文学修养读本

（修订版）

胡山林 主编
陈浩
徐远东 副主编

让文学走向大众，走进人生

河南人民出版社

图书在版编目(CIP)数据

文学修养读本 / 胡山林主编. —修订本. —郑州 : 河南人民出版社, 2018. 7
ISBN 978-7-215-11158-5

Ⅰ. ①文… Ⅱ. ①胡… Ⅲ. ①世界文学-文学欣赏-高校学校-教材 Ⅳ. ①I106

中国版本图书馆 CIP 数据核字(2017)第 216302 号

河南人民出版社出版发行
(地址:郑州市经五路 66 号 邮政编码:450002 电话:65788067)
新华书店经销 河南瑞之光印刷股份有限公司印刷
开本 710 毫米×1000 毫米 1/16 印张 22.75
字数 345 千字
2018 年 7 月第 1 版 2018 年 7 月第 1 次印刷

定价:45.00 元

前　言

生活中人们常说，现代文明人要有点文学艺术修养，换句话说，即文学艺术修养应该是现代文明人所具备的基本文化素质。那么为什么现代人要有一点文学艺术修养？原因多多，简而言之，一句话可以概括，那就是“五四”时期作家和评论家台静农先生说的：能有点文学艺术修养，才能活得从容些。

为什么有点文学修养（本书只讲文学，暗含艺术）才能活得从容些？这是由文学的审美特性决定的。

文学与非文学相比，最大特性是具有审美性，能够满足人们的审美需求。什么是审美需求？简单说即与现实、与功利拉开一点距离的情感心灵需求。如，人们不满于现实生活的平庸与沉重，因而时时追求着永不可即的美好理想，需要在理想的梦幻中使扭曲压抑的心灵得到暂时的自由和解放；人们不愿浑浑噩噩地活着，因而总要苦苦地追问为什么而活着，追问终极的价值和意义，寻求灵魂的故乡；世上的瞒和骗太多了，因而人们要求真诚交流和坦露，要求心灵的对话和回应，要求人与人之间多一些温暖和友爱；生存的艰苦磨钝了人的感觉，因而要求感觉的苏醒与活跃；个体生存的时空太狭小太短暂太有限了，因而要求超越有限，向往无限和永恒……

总之，现实的生存处境太沉重太紧张太苦太累，因而人类迫切希望有一个空灵一点、轻松一点、自由一点的精神空间得以休憩，得以调整，得以滋养。人类需要与现实与功利拉开一点距离，反观和回味一下自己和这个世界。于是文学艺术就出现了。这是一个美的天地，美的王国，它是人类对世界对人生进行审美体验所结出的硕果,反过来它又为人类进行审美体验提供了最佳的客观对应物。人类在文学中发现了自己,发现了整个世界。文学使人类的生命焕发光彩,给人类的心灵以温馨的抚慰,使人类的生活变得更美好。——这,就是文学的审美性。

文学修养内涵丰富,有高低之分。就其高者而言,是一个人一生都要努力才能达到的境界,而且主要是文学从业者的事情。但一般大众,没有时间没有条件因而不可能具备高深的文学修养。所以就大众而言,所谓文学修养主要是指,具备文学与文学欣赏的基本知识,掌握解读、分析文学作品的基本角度(切入点),了解文学与人生的内在关系,能够从文学作品中找到和自己心灵、和当下生活相通的东西,从中汲取精神滋养。

本书的读者对象是文学与非文学专业的本、专科学生,以及广大文学爱好者。本书的所有努力都着眼于读者文学修养的培养与提高。我们的基本理念是,让文学从大学中文系的课堂上解放出来,走向大众,走进人生。基于这种理念,设计了本书的基本内容。第一编介绍最基本的文学知识与文学欣赏理论;第二、三编介绍文学欣赏的基本角度,即内行看门道的"门道";第四编介绍文学与人生的关系。

目　录

第一编　文学基本知识

第二编　文学作品的构成因素与文学欣赏角度

第三编　文学批评方法与文学欣赏角度

第四编　文学与人生

第一编
文学基本知识

文学欣赏是一种既轻松又微妙、既简单又复杂的精神活动。说它轻松简单,是指不需要有专门的文学理论知识就可以阅读作品;说它复杂微妙,是说文学作品是经过作家精心创作的特殊的精神产品,它既复杂又微妙,要想真正深入地理解它、把握它,读者必须具备一些最基本的文学理论知识。这些必要的文学理论知识是进入文学殿堂的路标,有了它的指引,才能登堂入室。

第一章　文学是关乎灵魂的学问

文学欣赏的对象是文学，那么文学是一门什么样的学问，属于什么性质的学科呢？

第一节　文学属于人文学科

一般认为，人类的学问大致有两类：自然科学和社会科学。自然科学是研究自然界各种物质和现象的科学，包括物理学、化学、动物学、植物学、矿物学、生理学、数学等。社会科学是研究各种社会现象的科学，包括政治学、经济学、法律学、历史学、文艺学、美学、伦理学等。

那么科学又是什么呢？“科学”一词是从西方传过来的。广义地说，科学是人类用以探究事物发展客观规律的知识体系，在西方，往往特指近代以来所形成的实验科学体系，它的产生有多方面文化因素作支撑。例如，独特的世界观——理性精神和怀疑哲学；独特的方法论——归纳法和演绎法；独特的操作方法——观察、分析、实验；独特的表达方式——实证地描述研究对象的联系和发展规律。科学的最大特点是实验可以无限重复，结论都一样。反映客观世界规律的原理、公式、数据永远都是共同的、确定的、不变的，不因阶级、民族、时代的不同而不同，不因科学家的个性、情感等主观因素的不同而不同。

科学最初产生于也应用于自然现象的研究，后来，西方人把这一套又用于对社会现象，包括对人、人生的研究，于是产生了社会科学。但是在这一过程中人们发现许多社会人生现象的研究无法达到理想的“科学”状态。例如哲学，第一大问题是世界的本质是什么。从古到今意见纷纭：

水、火、风、土、数、原子、以太、理式、物质,哪个是最后真理?就人生哲学来说,第一大问题是人生意义,人为什么而活着,又是人言言殊,言人人殊,谁的正确?

历史学研究历史现象、历史进程、历史规律。历史研究的对象都是过去的事情,不可能再有变化了,按说可以科学了吧?但事实并不尽然。别说历史现象背后人们复杂的动机、心理、内幕不好“准确”,就连历史事件本身的真相也未必能轻易搞清楚。例如,司马迁笔下的《鸿门宴》,生动、具体、形象,场面、细节历历在目,让人如临其境,惊心动魄。但读后稍一思索就让人怀疑,这一切是真的吗?司马迁当时在场吗?看过当时的录像吗?读过前线记者的通讯报道吗?采访过当事人吗?没有!说到底,这一切都是司马迁的想象。想象者虚构也,不可完全当真也。试想连历史的基本真相都难以弄清楚,很大程度靠想象,你怎么能做到精确无误的“科学”?

说到文学,更是这样。文学是作家想象虚构的产物,带有作家的主观情感和精神个性,更丰富多彩,各美其美,难以用同一标准加以度量。在文学宇宙中,群星灿烂,争放光彩。李白与杜甫,谁更伟大?莎士比亚与托尔斯泰,哪个成就更高?《红楼梦》与《战争与和平》,哪个更有价值?诸如此类,谁能给出科学的回答!

于是人们明白了,被划归社会科学的诸多门类,因其自身特点是无法达到“科学”的。这些无法归属科学门下的门类,人们开始称之为“人文科学”,后来想,既然无法科学,就不宜再称之为科学,所以改称“人文学科”——是“学科”而不是“科学”。

第二节　人文学科的对象及特点

关于人文学科,《大英百科全书》的界定是:“人文学科是那些既非自然科学也非社会科学的学科的总和。一般人认为人文学科构成一种独特的知识,即关于人类价值和精神表现的人文主义的学科。”“人文学科包括如下研究范畴:现代与古典语言、语言学、文学、历史学、哲学、考古学、艺术史、艺术批评、艺术理论、艺术实践，等等。”按照这个界定，人文学科包括哲学、语言学、文学艺术、历史学、考古学、文化学、心理学、宗教学等学科。

人文学科的研究对象和特点是什么？北京大学教授叶朗先生有过明确的解说。他认为，人文学科的研究对象是人文世界，也就是人的精神世界（内在的）和文化世界（外在的）。人的精神世界和文化世界是统一的。从内容来说，人的精神世界和文化世界就是意义世界和价值世界。人文世界的精神性、意义性、价值性决定了人文学科区别于社会科学（政治学、经济学、法学、社会学、管理学等）的独特性质。

比较起来，科学回答的问题是世界“是什么”，人文学科回答的问题是世界“应当是什么”，也就是说人文学科包含价值导向。人文学科总是要设立一种理想人格的目标或典范。人文学科引导人们去思考人生的目的、意义、价值，去追求人的完美化。人文学科不是认识和实践的工具，不能立竿见影促进生产效率的提高，而是发展人性，完善人格。它不是使你学到技术，而是提高你的文化素养和文化品格。如果有人问：“读唐诗有什么用处？”“读《红楼梦》有什么用处？”回答只能是：没有用处。它们不是工具，它没有直接功利的用途。人文学科的特点是体验性（它要求参与主体知情意一体的全身心的投入）、教化性（教养）、评价性（价值导向）。这和社会科学不同，社会科学运用统计的、定量的、社会调查的方法，进行实证的研究。社会科学如经济学、法律学、政治学、社会学、人口学、统计学，对社会生活有明显的指导意义和直接应用价值，它们可以推动社会经济的发展，提高社会管理的效率，所以具有广泛而直接的实用性。①

人文学科没有直接的实用性，不等于真的没“用”。例如文学，王国维说文学的价值是“无用之用”。这一见解很精辟，意即表面上看起来“无用”，但深层看“有用”。所谓“寓教于乐”“春风化雨”“潜移默化”等等，就是对文学作用的最好描述。它不能直接推动 GDP 的增长，但它可以悄然改变人的精神和灵魂。简言之，文学是关乎灵魂的事业，它内在地

① 参见叶朗：《欲罢不能》，黑龙江人民出版社 2004 年版，第 20 页。

影响的是一个人,一代(代)人,一个民族,一个社会,一个时代,乃至于全人类的灵魂生活。

第三节　人文学科的价值和意义

由此看,无论是个人还是社会,人文学科都是必不可少、极为重要的。有人说,一个国家,一个民族,一个社会,没有自然科学一打就倒,没有人文学科(包括社会科学)不打自倒。这话极为透彻地概括了人文学科的地位和作用。

在当前我国经济快速发展,人们的物质生活迅速得以改善而人们的道德状况、精神生活令人担忧的条件下,人文学科担负着更为迫切而重要的历史使命。社会需要人文学科提供一种正确的价值和意义体系,从而为社会提供一种正确的人文导向,使人们不至于坠入物质主义、消费主义、技术主义,以及相对主义、虚无主义的泥坑而不能自拔。不仅如此,人文学科还要引导人们的精神向着更为高远的境界飞升,即要向人们提供精神上的终极关怀——寻找灵魂归宿,建构诗意家园。白居易说:"我生本无乡,心安是归处;"(《初出城留别》)。"无论海角与天涯,大抵心安即是家。"(《种桃杏》)白居易的话说出了古代、现代知识分子的精神追求,同时也代表了所有对人生稍有点反省的人的精神追求。文学,为这种美好追求提供了美妙途径。

在当前时代条件下,人文学科还承担着对广大群众特别是青少年进行人文教育,提高整个民族的文化素质和文化品格,塑造一种文明、开放、民主、科学、进步的民族精神的历史任务。

总之,正如叶朗教授所说:"人文学科不仅是职业(专业),更主要的是一种教养。职业是一部分人的事,教养就带有普遍性,关系到每个人。所以大学的人文系科不仅要面向本系各专业的学生,而且要面向全体大学生,更进一步,还要面向整个社会,面向社会上的广大群众,特别是广大青少年。”①

叶朗教授对包括文学在内的人文学科性质和任务的理解，其实就是本书的宗旨或曰指导思想。本书正是基于上述认识而撰写的面向中文专业学生，面向非中文专业学生，乃至面向所有文学爱好者，面向人民大众的书。意在普及文学知识，挖掘文学价值，让文学从大学中文系的课堂上走出来，走向社会，走向大众，让文学在人们现实的精神生活中发挥应有的作用。

第二章　文学的涵义及特征

第一节　文学的涵义

本书讨论“文学欣赏”，“欣赏”是动词，“文学”是动词“欣赏”的对象，即对于“文学”的欣赏，那么，什么是“文学”呢？

这里需要辨析几对基本概念。

一、文学≠文章

文学与一般文章不同。从基本性质来看，文学属于艺术的范畴，是艺术的一个门类，而文章是指独立成篇的、有组织的书面文字。广义的文章，既包括文学作品，也包括科学论（文）著（作）、通讯报道、调查报告、产品说明书等一系列实用文体，而文学的范围比文章狭窄得多。如果用个比喻的话，可以说文章是大海，文学是大海中的一个岛屿，岛屿上高高飘扬着一面大旗，上书两个醒目大字：艺术。换句话说，文学是“文章之海”中的艺术之国。

① 参见叶朗：《欲罢不能》，黑龙江人民出版社2004年版，第23页。

二、文学≠艺术

艺术王国的成员众多,主要有音乐、美术、舞蹈、戏剧、电影等,其中也包括文学。——文学是语言艺术,是以语言文字为媒介塑造形象、传情达意的一种艺术样式。由此说来,艺术与文学的关系是大概念与小概念的关系,是包含与被包含的关系。文学属于艺术,但不等于艺术。但人们也常常把文学从艺术中单独抽取出来与艺术这一概念并列,即文学艺术,简称文艺。

把文学与艺术并列,从艺术分类学角度看,逻辑上说不通。但是,人们又这样自然而然地接受了。是谁这样做的?从什么时候开始这样分?没有人能说得清。很可能因为,在艺术这一家族中,文学对社会生活的影响太大了,被人们谈论太多了,因而习惯成自然了。当然,现在的文化艺术生活中,电影电视可能更受人欢迎,影响面更大,但不要忘了,电影电视戏剧最重要的部分是剧本。剧本,剧本,一剧之本,没有好的文学本子做基础,单是表演、舞美、布景等,是不济事的。所以,电影电视戏剧这类综合艺术中,文学还是最基础最重要的部分。

三、文学≠文学作品

什么是文学?这问题看起来简单,实际复杂;不深究简单,深究复杂——你不问我还清楚,你一问我反倒糊涂。因为,文学概念经历了历史的嬗变,不同时代不同国家不同流派,人们对文学的理解各不相同。正所谓此一时彼一时,此一地彼一地,此一派彼一派,人言言殊,言人人殊,莫衷一是。这里,我们讲的是“文学理论基础”,是入门,所以我们避开理论的陷阱,避开旁征博引,而只向读者介绍一个当下文学理论教材广泛接受的文学概念,即美国当代文艺学家 M. H. 艾布拉姆斯的观点。他认为文学是一种活动——一种审美的精神活动;作为“活动”,由四个基本要素构成,即世界、作家、作品、读者。四者关系如下图:

根据上述理解,“文学”是一种活动,“文学作品”是其中一个要素——当然是其中的核心要素,正是“文学作品”把其他三种要素联系在一起。文学欣赏的对象,泛泛地说是“文学”,准确地说应该是“文学作品”。因为读者要“欣赏”的是“作品”,而不是“活动”,也不是活动中的其他要素。

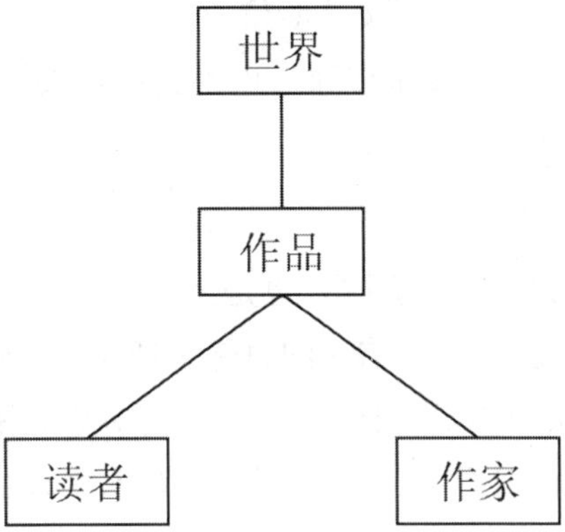

文学活动的四个基本要素

第二节　文学的特征

为了使没有专门学过文学理论的朋友对文学有一个整体的、概括的理性认识,从而更准确、更清晰、更全面地把握欣赏对象,这里打算对文学进行一次全景式扫描,从方方面面看看文学与科学、与其他实用文体相比,有哪些基本品性。

一、非直观性

这是由语言的基本特性决定的。语言是一种抽象的人为符号,不具有具象性,因而以语言为媒介写出的文学作品,在不识字的人眼里,只不过是一行行、一页页的印刷符号而已。“林黛玉”——三个汉字,有什么好“看”的。然而,“林黛玉”在绘画、雕塑、舞蹈、戏剧、电影、电视等艺术样式里,则立刻成为可视可感的生动形象。这就是说,美术、音乐、舞蹈等艺术形象具有直观性、直感性,而文学形象则不具有这一特性。所以,要想欣赏文学作品,必须调动想象力,通过想象把文字符号转化为生动具体可感的艺术形象。文学欣赏,实质上欣赏的是读者自己在心里“想象”出来的形象。因此,文学欣赏的对象,一般地说是文学作品,而严格说起来则是“显现”在读者心理屏幕上的艺术世界,是一种活的感性的东西。

因为读者的主观条件不尽相同,所以读者对于同一形象的"想象"也不会完全一样。这就是说,由于文学形象的非直观性,欣赏者即使面对同一客体(作品文本),每个读者欣赏到的也不会绝对相同。这是文学欣赏与其他艺术欣赏的一个根本区别。

二、抒写范围的无限性

文学的非直观性,是文学的局限,也是文学的长处。比起其他艺术媒介来,语言的使用最自由。语言与人的思想感情相伴相随,人的精神的翅膀飞到哪里,它就能跟到哪里,因而文学抒写的对象无限丰富,抒写的范围无限广阔。自然界的日月星辰、蓝天白云、草木虫鱼,人类社会的政治变革、军事战争、人伦亲情,幻想世界的天堂地狱、牛头马面、神仙魔怪等等,皆可纳入笔底。"广"可以写一个时代一个社会,"深"可以写一个人细腻入微的情感波澜。正所谓上天入地,出入六合,心游万仞,精骛八极,思接千载,视通万里,观古今于须臾,抚四海于一瞬。总之,这里是一座语言构筑起来的精神殿堂、精神宇宙,其蕴涵无限丰富,无比深远。在这里,现实的局限被突破了,有限与无限的界限消逝了,精神脱离了有限的、肉体的、个体的存在飞升到无限高远辽阔的境界,从而窥得几分宇宙的真髓、生活的奥秘,心理上获得了极大的满足和快慰。人类生存于茫茫无限的宇宙时空中,常常苦恼于自身存在的有限性(时间上只有"一生",空间上只有"一身"),因而与生俱来地怀有超越有限向往无限的精神欲求。对于满足这一欲求来说,再没有比文学更好的了。

三、虚拟性

文学作品是作家创造出来的。作家之所以创作文学作品,是为了表达自己对世界的某种感受、某种理解,是为了传达自己的情思意念。为了达到艺术目的,现成的生活材料往往很难恰好成为作家情思意念的合适载体,于是他必须创造,必须发挥想象力进行虚构,虚构出一个模仿第一自然的"第二自然"(艺术世界),一个情思意念的客观对应物。这也就是虚拟。所谓虚拟,就是用虚构的方法模拟对象。这是艺术创造的基本方法之一。

作家创造当然要以真实的生活材料、生活经验为摹本,为参照,为依据，但同时也要对它进行筛选、剪接、移植、变形，总之是进行艺术的加工和改造。通过想象，虚构出一个“心造”的虚幻的世界。这是一个奇妙的世界，它妙就妙在有无相因，虚实相生，妙在虚虚实实，有有无无，似虚似实之间，非有非无之际。相对于真实的现实世界来说，艺术世界具有明显的虚拟性和假定性特征。虚拟和假定，是文学作为艺术的重要规定性。某些宣称没有任何虚构的所谓“纪实文学”不宜称之为“文学”。

四、形象性

与形象性相对的是抽象性。抽象是科学的特点。科学要表述某一事物时，采用的是抽取本质形成概念的方法，将个别具体转化为抽象。而文学则与科学不同，文学在描述某一事物时采用的是感性的形式，即将抽象的东西（如情思意念）化为具体可感的艺术形象。正如黑格尔所说的，艺术的使命在于用感性的艺术形象的形式去显现真实。

例如“愁”，用科学语言去表述，即一种忧虑的情绪。这里排除了不同时代不同社会不同国家不同民族不同性别不同年龄不同身份……的人，在不同境况下不同性质不同程度的“愁”的一切具体性、个别性、生动性、差别性，而只留下一句由概念组成的干巴巴的判断。这就是抽象。而文学家笔下的“愁”则是生动的、可感的，各各以生动的形象感染着人们的心灵。如“若问闲情都几许？一川烟草，满城风絮，梅子黄时雨”（贺铸）；“自在飞花轻似梦，无边丝雨细如愁”（秦观）；“城上高楼接大荒，海天愁思正茫茫”（柳宗元）；“抽刀断水水更流，举杯销愁愁更愁”（李白）。

五、情感性

这也是相对于科学而言的。“科学”表述某一对象时，要求的是客观、冷静、尊重事实。如仙人掌，《辞海》是这样解释的：“仙人掌科。灌丛状肉质植物，高2—8米，节片扁平，绿色，卵形或长椭圆形，有黄褐色或暗褐色刺。”而到了文学家笔下，客观冷静不见了，而灌注满腔的激情。如流沙河的《草木篇·仙人掌》：“她不想用鲜花向主人献媚，遍身披上刺刀。主人把她逐出花园，也不给水喝。在野地里，在沙漠中，她活着，繁殖着儿女……”

在艺术里，没有纯粹客观的东西。一切都情感化了，心灵化了。这一概括,不但适应于抒情性作品,也适应于叙事性作品;不但适应于表现性作品,也适应于再现性作品。只不过是感情的表现形态不一样而已。

六、主体性

同一题材,到了不同作家笔下就会得到不同的艺术处理,传达出不同的意蕴。为什么?很明显,因为作家把自己投射到对象中去了,作家既是在写对象,同时又是在写自己。作家的创作个性不同,写出来的作品也就不同。这就是文学艺术的又一重要特性——主体性。

例如,同是写桃花源,在陶渊明笔下,写出了人民对剥削压迫的厌恶,对美好生活的向往,反映了洁身自好,不肯同流合污的知识分子隐逸避世的生活态度,又反映了普通百姓对小国寡民理想世界的向往。

到了王维的《桃源行》里,作者将陶诗中对无税的小国寡民世界的向往,改为对神仙世界的向往,反映出作者对神仙世界的迷恋与陶醉。

此后韩愈创作《桃源图》,对王维诗中浓厚的道教色彩给以毫不留情的批判,作品开头就正面提出"神山有无何渺茫,桃源之说诚荒唐",显示出与王维迥异的精神个性。

宋代王安石的桃源诗(《桃源行》)更带有政治色彩。在专制主义更加强化、君权更加集中的宋代,王安石竟公然对桃源中"儿孙生长与世隔,虽有父子无君臣"的社会秩序表示赞美。他在诗中还写道:"闻道长安吹战尘,春风回首一沾巾。重华一去宁复得,天下纷纷经几秦。"这就是说,自从天下为公的唐虞之世之后,历史无非是秦代的反复,无非是以暴易暴。这样的历史观和社会观是相当大胆的。

总之,同是桃源诗,立意却不同。王维诗是对陶渊明诗的异化,韩愈诗是对王维诗的异化,王安石诗是对陶渊明诗的复归与深化。[①] 创作主体不同,作品涵义风格也就不同。这就是文学的主体性。

七、独创性

凡是优秀的作品都是富有独创性的——或者是在题材方面,或者是在立意方面,或者是在艺术表现方面。正如屠格涅夫所说:"在文学天才

---

① 参见程千帆:《古诗考索》,上海古籍出版社 1984 年版,第 27—36 页。

身上……重要的是我敢称之为自己的声音的一切东西。是的，重要的是自己的声音。重要的是生动的、特殊的自己个人所有的音调，这些音调在其他每个人的喉咙里是发不出来的。”①

人类渴望认识环境认识自身，渴望对世界对人生有新的感受新的体验新的理解新的认识。这种精神欲求是促使文艺创新的内在动力，具有独创性作品的产生适应了、满足了这一精神渴求。“独创性”的价值即在这里。独创性作品扩大了文艺之国，给它的版图添加了新的省份，打破了人类惯常的麻木的心灵，使人类的感觉和思想总是处于一种常醒的新鲜的状态。所以英国诗人杨格称独创性作品是人们的大恩人。

八、模糊性

这是相对于科学、哲学的精确、准确、确定而言的。

文学的模糊性表现于以下几个方面：

一是形象的模糊性。这是语言艺术的非直观性造成的。例如，“晈砑岩”是描绘山的形容词，然而那山到底是什么样子呢？模模糊糊。鲁迅说如果有谁给我一张纸和一支笔，让我画出它们的模样，我就会腋下出汗，恨无地洞可钻。再如人物肖像，曹雪芹写贾宝玉“虽怒时而似笑，即瞋视而有情”，写林黛玉“两弯似蹙非蹙笼烟眉，一双似喜非喜含情目”，写王熙凤“粉面含春威不露，丹唇未启笑先闻”，历来被评为传神之笔，但他们到底是什么样子，仍然是朦朦胧胧的。再如“他高高的个子”“年轻时候”“黄昏时分”都很模糊。即使是使用了准确的数字，但这些数字的准确度却靠不住。如“白发三千丈”“飞流直下三千尺”“日啖荔枝三百颗”“南朝四百八十寺”“天下黄河九十九道弯”之类都是。

二是情感的模糊性。人类所体验到的情感是多种多样、无穷无尽的，其中只有一小部分突出而强烈的具有普遍性的有名称（如喜怒哀乐悲恐惊等），而大部分具有独特性个别性随机性的感情，则因其微妙隐曲复杂流动而不易被察觉不易被把握，因而没有名称。这些没有名称的“情感”

---

① 转引自〔苏〕米·赫拉普钦科：《作家的创作个性和文学的发展》，上海译文出版社 1982 年版，第 70 页。

在主体心理中出现时往往只是一团模糊的体验,一种朦胧的感受。这种体验和感受往往被敏感的作家捕捉住,表现在作品里。当你读到它时往往唤起一种既明晰又模糊的体验。如“相看两不厌,只有敬亭山”(李白),“行到水穷处,坐看云起时”(王维)等。即使是有名称的感情(如“愁”),当你具体体验时也仍然是模糊的。如“而今识尽愁滋味,欲说还休,欲说还休,却道‘天凉好个秋’”(辛弃疾)。

三是意蕴意味的模糊性。如孟浩然的《春晓》(“春眠不觉晓”)和白居易的《花非花》(“花非花,雾非雾”)都只有寥寥数句,且明白晓畅,然而其意蕴意味却朦胧蕴藉,不好确指,给人留下思考品味的极大空间。西方现代美学理论所谓的“意义空白”“含义不确定”等,是对意蕴意味模糊性的理论概括。

九、象征性

传统的文艺理论在谈象征时,只是把它当作一种具体的艺术表现手法,而现代文艺理论则对象征理解得更宽泛,认为它不仅是一种艺术技巧,还是一种艺术思维方式,它体现了艺术的本质特征,内在地蕴含着审美的秘密和艺术的灵魂。应当说,这种观点是深刻的。因为象征的基本内涵是用具体形象来标示某种不可见的意蕴,而文学创作正是人们用自己创造的艺术形象来表达难以言喻的经验和情感,将无形无相无体无状看不见摸不着的“意识”化为具体可感的形象。从这个意义上说,一切优秀的文学作品都可以说是人类生活和心灵的象征,都具有超越性的象征品格。因此,当你看到郑板桥笔下的“竹子”时,你就不能直白地说“这是一棵竹子”,而应该想到“竹子”象征了什么;当你看到鲁迅笔下的阿 Q 时,你就不能把眼光仅仅停留于阿 Q 自身,而应该想到阿 Q 代表了什么,象征了什么。

十、审美性

人类之所以是人类,就在于人类除了自然性的、本能性的、生理性的、物质性的欲求之外,还有更高的精神追求,要求更高的精神享受。在精神生活中,人类除了理性的认识上的满足(求真)和道德伦理上的纯洁(求善)之外,还要求情感上心灵上的慰藉(求美)。求美的冲动与生俱来,而且随着文明的进步与日俱增。人们不满于现实生活的平庸与沉重，因而时时追求着永不可即的美好理想，需要在理想的梦幻中使扭曲压抑的心灵得到暂时的自由和解放；人们不愿浑浑噩噩地活着，因而总要苦苦地追问为什么而活着，追问终极的价值和意义，寻求灵魂的故乡；世上的瞒和骗太多了，因而人们要求真诚的交流和坦露，要求心灵的对话和回应，要求人与人之间多一些温暖和友爱；生存的艰苦磨钝了人的感觉，因而要求感觉的苏醒与活跃；个体生存的时空太狭小太短暂太有限了，因而要求超越有限，向往无限和永恒……总之，现实的生存处境太沉重太紧张太苦太累，因而人类迫切希望有一个空灵一点、轻松一点、自由一点的精神空间得以休憩，得以调整，得以滋养。人类需要与现实与功利拉开一点距离，反观和回味一下自己和这个世界。于是艺术就出现了，文学就出现了。这是一个美的天地，美的王国，它是人类对世界对人生进行审美体验所结出的硕果，反过来它又为人类进行审美体验提供了最佳的客观对应物。人类在艺术品中发现了自己，发现了整个世界。艺术使人类的生命焕发光彩，给人类的心灵以温馨的抚慰，使人类的生活变得更美好。——这，就是文学的审美性。

关于文学的特征，这里一口气列了十个。看到这里，读者是否会问：为什么是十个而不是三个四个（一般文学理论教材列三个或四个），或五个六个？因为，文学属于人文学科。在人文学科里没有固定的、全世界公认的、永恒不变的结论，一切结论都是相对的，所以给你留下了无限创造的空间。明白这一点，对于学习文学的人来说，意义极为重大。它给人的启示是，对于人文学科的任何结论都不要迷信，而要带着一种批判的、怀疑的眼光看，这样有利于解放你的思想，有利于培养你独立的学术人格。这种方法论方面的启示比你死记几个观点或结论更有价值，更有意义。

第三章　文学欣赏的涵义及途径

第一节　文学欣赏的涵义

不用说读者就知道,“文学欣赏”讨论的是文学接受者与文学作品的关系。用来描述、指称这一关系的概念主要有:阅读、欣赏、鉴赏、批评、接受等。

“阅读”是最一般意义上对作品的接受,读者对作品不管是否读进去,不管是否读懂,也不管是否有情感投入,只要读了即为阅读。

“欣赏”指的是享受美好的事物,领略其中的情趣,这是一种感性直觉的、情绪化、情感化的,即审美的接受,读者的感受往往可意会不可言传,可神通不可语达。一般大众对文学的接受大多在这一层面上。即使是文学专业工作者,例如语文教师、文学评论及研究工作者,如果不是以专业研究的眼光去看待作品,而只是消遣浏览性的阅读,只限于感觉感情层面,也在“欣赏”的范围。日常生活中人们会随意交谈:那书(文学作品)怎么样啊?不错!好玩儿!有意思!或者相反。这些直觉的情感反应,均属于“欣赏”的范畴。

“鉴赏”的“鉴”字有鉴别、分析、审察的意思,人们常说的“品鉴”就是在“品”中有所鉴别、有所分辨、有所察觉。如果说欣赏时的心态偏重于感性,情感比较活跃,对欣赏内容知其然而不知其所以然,那么鉴赏时情感色彩已经趋于稳定,理性成分介入并逐渐加强,对欣赏对象既知其然又知其所以然。如中学语文教师对文学课文的分析,这篇作品啊,分为几大部分,这一部分又有几个段落,这一段又有几个层次,作品用了什么表现手法,主题思想是什么,艺术特征是什么,如此这般,条分缕析,头头是道,就属于“鉴赏”的范畴。

“批评”是在鉴赏基础上的理论概括和语言表述。一般文学理论教材对批评的定义是，在文学鉴赏的基础上，以美学的和历史的观点对各种文学现象进行研究、分析和评价的科学活动。作为一种“科学活动”，它对批评者的要求是很高的，要有理论水平，要有专业知识，还要有批评的专业训练，所以文学批评一般是专业研究人员的工作。这里顺便提及一个小意思，即文学批评中“批评”的涵义，与日常生活中“批评”的涵义有所不同。日常生活中的批评是对负面东西（缺点、错误等）的否定，而文学批评中的“批评”等于“评论”，包括肯定优点和指出缺点、错误。这是批评的本义、广义。

“接受”则涵盖了读者对作品的上述诸种反应，直至包括对文学的教学和研究。文学接受是作品和接受者之间极有意味而又十分复杂的现象世界，因而是现代美学和文艺理论的一个重要概念。

文学欣赏，作为常用的理论术语，有广义与狭义之分。广义等同于文学接受，包含了阅读、欣赏（狭义）、鉴赏、批评等概念，与“文学创作”相对应。现代文学理论视“文学”为一种“活动”，作为一种“活动”，包括四个基本要素，这些要素构成的基本流程为：世界—作家—作品—读者。在这一流程中，作家的活动是文学创作，读者的活动是文学欣赏（接受），文学作品是联系二者的中介。

由此看，狭义的文学欣赏即上文所说的与“鉴赏”相区别的“欣赏”，指以欣悦、审美的心态对文学作品的感性把握；而广义的文学欣赏则指的是与文学创作活动相对应的文学接受。狭义的文学欣赏是一种“心态”，而广义的文学欣赏是一种“活动”。书名的“文学欣赏”，两种含义兼而有之，更多的是广义。

第二节　文学欣赏的途径

一、文学作品与非文学作品的区别

文学欣赏的具体对象是文学作品，那么文学作品与非文学作品，如实用文体的通讯报道、消息、科学论文等有什么区别呢?

这里不打算从理论上展开深奥的逻辑思辨,而只想借几个读者熟知的小例子和读者一起探讨。

例一,鲁迅散文《秋夜》有一个著名的开头:

> 在我的后园,可以看见墙外有两株树,一株是枣树,还有一株也是枣树。

这段描写如果让小学三年级学生做课堂练习——缩句,可以缩写为:我的后园墙外有两株枣树。缩写后的句子语言精练而事实内容不变。那么,鲁迅的写作水平还不及小学生吗?那怎么可能!这里的差异是什么呢?——是文学与非文学的区别。缩写后的句子保留了原文的事实信息(是"我的"而不是"你的",是"后园"而不是"前园",是墙外而不是墙内,是两株而不是一株,是枣树而不是杨树)而丧失了弥漫在字里行间的情感信息(如放在全文中及联系作者当时处境、心情,可体会到其中蕴涵的空虚感、寂寞感、孤独感、无聊感,以及语言表达方面幽默、俏皮的意味)。

例二,鲁迅散文《社戏》前半部分叙述"我"在北京两次看戏的经历,其中一次是因捐赈灾款得京剧名角谭鑫培(叫天)演出的戏票,因预先得知谭鑫培出场晚而延宕到九点钟才到场。戏院里喧闹拥挤,立足都很困难。"我"因不知台上演员是谁问别人而遭白眼。以下的描写是:

> 我深愧浅陋而且粗疏,脸上一热,同时脑里也制出了决不再问的定章,于是看小旦唱,看花旦唱,看老生唱,看不知什么角色唱,看一大班人乱打,看两三个人互打,从九点多到十点,从十点到十一点,从十一点到十一点半,从十一点半到十二点——然而叫天竟还没有来。①

---

① 《鲁迅全集》第一卷,人民文学出版社2005年版,第588页。

从作文常识看来，这段话重复、啰嗦，完全可以缩写为：于是看各种角色轮流唱，看角色互相打，从九点多到十二点，——然而叫天竟还没有来。

这样一删减，不重复也不啰嗦了，事实没变，然而文字中那种心烦、厌倦，急不可耐，走也不是、不走也不是的情绪状态感受不具体了，差不多流失殆尽了。

例三，《木兰诗》中有这样几句：

> 东市买骏马，西市买鞍鞯，南市买辔头，北市买长鞭。

这几句描述木兰为从军做准备。读完诗有人可能心里犯嘀咕：古人难道就那么笨吗？把马、鞍鞯等放在东西南北四个市，不是自找麻烦吗？怎么不安排在一条街上或设个综合店呢？这样想就犯了傻，就不懂文学啦！文学从事实出发但不是购物指南，不是写实记日记。这样的描写一是追求语言的韵律感，增加音乐美；二是渲染出木兰从军前兴奋、激动的心情和为从军匆忙、紧张地做准备的情景。如果实录生活——一个店里买齐了，以上韵味就全没了。

例四，江南民歌《江南可采莲》：

> 江南可采莲，莲叶何田田，鱼戏莲叶间。鱼戏莲叶东，鱼戏莲叶西，鱼戏莲叶南，鱼戏莲叶北。

从描景叙事角度说，这首诗的后四句完全多余。但少了这四句，鱼在莲叶间前后左右自由自在悠然自得游动的情态，读者就无法感受了，只知道鱼在莲叶间游动这一事实了。

通过以上诸例的简单比较，不用多说读者也可以大致总结出文学与非文学的区别：非文学的描述往往只限于事实的认知这一层面，而文学的描述除此之外，在字里行间还蕴涵着无限丰富的言外之意、韵外之致、味外之旨、象外之象、景外之景。换句话说，文学的描述除了事实信息之外还有心灵信息、情感信息、生命信息；除了字面义之外，还有暗含义；即古人所说的气、神、韵、境、味等,用今人的话表达即审美场。关于这一点,本书在下面章节中还会反复讲到,兹不赘述。

二、文学欣赏的基本途径

文学作品与非文学作品的区别,决定了文学欣赏的基本途径和方法:感受、体验与分析、阐释。

文学作品当然是有思想的,但这种思想不是赤裸、抽象的思想,而是蕴涵在情感中的思想;文学作品当然是要叙事状物的,但这里的“事”和“物”除了字面义之外往往还有暗含义,这就是文学作品字里行间弥漫着的可意会不可言传、可神通不可语达的生命信息、心灵信息和情感信息。如此看来,文学作品至少是双重结构,一是情感、心灵层面,二是事实、思想层面。与前一层面对应的接受途径是感受、体验,与后一层面对应的接受途径是分析、阐释。

感受、体验是指以自己的全部身心投入作品,拥抱作品,心灵与心灵相对话,感情与感情相交流。在这里,欣赏者心理没有概念的干扰,没有逻辑的介入,一切都是感性的、直觉的。在这一过程中,欣赏者面对作品那活泼、流动的生命信息,心有所动,情有所感,意有所悟,全身心处于愉快、陶醉之中。这是精神的盛宴,心灵的狂欢,最大的艺术享受。文学欣赏同其他艺术欣赏一样,从根本上说就是现实的活的感性交流活动,这是文学欣赏区别于科学理性活动的根本标志。感受、体验是文学欣赏最主要最基本的途径和方式。文学作品中那些活的灵动的生命信息,如音韵节奏中的意味,字词的暗含义,语气,语调,情调,格调,风格,神韵等,必须亲身感受体验才能把握;否则终是雾里看花隔一层,即使说一千道一万,终是一个说不清。

然而理性分析也毕竟是不可少的。毛泽东说过,感觉到的东西往往不能深刻理解它,只有理解了的东西才能更深刻地感受它。毛泽东这一观点同样适用于文学欣赏。文学之所以是艺术,就在于它对于要表达的东西往往不直说,而是运用象征、隐喻等手法深深地寓于形象背后,如果仅凭感受往往很难把握它。这就需要借助于理性分析,进行一些必要的分析和阐释。而且,愈是优秀的作品愈需要分析,愈有分析探索的价值——歌德说过,优秀的作品无论你怎样去探测它都是探不到底的。莎士比亚的《哈姆雷特》、歌德的《浮士德》、曹雪芹的《红楼梦》被人分析阐释了几百年,人们对这些作品的理解,是随着不断的分析阐释而深化的。在这里,分析阐释没有干扰对作品的把握,而是有力地促进帮助了它。再者,即使是必须通过感受体验才能把握的艺术因素,也不应排斥和拒绝"过程"之外的分析。分析可以使感受体验更明确、更稳定、更深刻。

总之,感受体验与分析阐释对于文学欣赏来说,都是必要的、不可缺少的。二者各有独特的功能,不应该相互排斥、相互取代,而应该相互协同、相互补充。只有感受而无分析,感受有可能是浮浅的、虚飘的;只有分析而无感受,分析肯定是空泛的、无根的。只有使二者相辅相成,才能把握文学作品的精髓。

第四章　文学欣赏原则

怎样欣赏文学作品?具体的,是角度和切入点;宏观一点,是原则。文学作品是一种特殊的精神产品,欣赏它把握它,需要遵循一些特殊的原则。文学欣赏的基本原则,总的来说是把艺术当作艺术看,从艺术角度欣赏艺术。具体说来,又细化为以下几个方面。

第一节　不可当真

一、痴迷的读者(观众)

一般读者在欣赏文学作品时,面对逼真的艺术描绘,往往不由自主地猜想:这是真的吗?世界上真有此人此事吗?有的人则干脆直接把作品中所叙述的故事当作真实的生活。如清人王士禛《香祖笔记》卷一二记载一则他侄子亲眼所见之“故实”:兖州阳谷县西北有西门、潘、吴诸姓,自认是《水浒传》《金瓶梅》中西门庆、潘金莲、吴月娘的后人。某一日公众聚会演戏,吴姓使演《水浒传》,潘族谓辱其姑,聚众大哄,互控于县令。时至今日还有人对此执迷不悟。据某杂志载,有人在山东某地调查证明,西门庆和潘金莲都实有其人,他们的后代在收看春节晚会时,看到武大郎一出场,便家家关闭电视机,全员出动大放鞭炮,借以冲散除夕夜祖宗被诬蔑的晦气。①

以上是小民百姓的“痴迷”。遗憾的是,某些博古通今、学富五车的学者有时也照样痴迷。索隐派和考证派的某些学者就曾指《红楼梦》中的林黛玉是生活中的某某,薛宝钗又是生活中的某某。有些学者看小说不是看其美不美,而是先问人和事真不真,于是,考证本事一直是小说研究中的一个重要内容。

这是一种思维惯性,一种心理冲动,这是人们的认识需求在起作用——他们从生活经验出发,以习惯的眼光,要确认面前的欣赏内容是不是真的、实的。

二、艺术≠生活

问题的出现可以理解。因为文学作品是以类生活、拟生活的结构形态呈现于欣赏者面前的,所以极易引发欣赏者进入艺术幻境,产生与实际生活相比照、相联系的意念。但,提问题的思路却是不对的。因为艺术就是艺术,而不是生活本身,艺术自有艺术的规律,艺术自有艺术的特性,因而不能按常规的思路而只能按艺术的思路来理解艺术。也就是说,必须用艺术的眼光欣赏艺术,必须把艺术当作艺术看。

艺术是什么?这是个极复杂的理论问题,这里不打算介入纷争,而只取普遍流行的共识。艺术不是生活的拷贝,不是实在生活的照搬、照抄和影印。艺术是艺术家的创造物,是艺术家根据自己的精神需要创造出来的精神产品,是艺术家思想感情、生活体验、审美趣味的物态化。就其结构形式而言,可能是类现实、类生活的,但其实质却完全是精神性的、虚幻

① 见1987年10月18日《新民晚报》。

的。

艺术家创造出来的艺术作品有两个基本特征。一是主体性,即在艺术品中渗透着艺术家的主观精神世界,而不再是纯客观的、与现实经验世界等同的世界。二是假定性。艺术创造的一个基本原则就是想象和虚构,无论哪种类型、哪种样式的艺术作品都离不开想象和虚构。而想象和虚构就决定着文艺作品意象体系只能构成一种非现实的、假定性的世界。在艺术世界里,一切都是以虚构的假定的条件、环境、氛围、关系以及这些假定性因素所交织成的假定性逻辑为转移的。正是以上两个特征,决定了艺术的所谓真实,只能是一种具有主体性和假定性的真实,而不是纯客观的实存实有的真实。既然如此,把艺术等同于生活,把精神性、虚幻性的存在当成现实的客观的存在当然是错的啦!

三、不可当真

艺术≠生活,由此基本前提出发,应当确立文艺欣赏的一条基本原则——不可当真。

对此原则,读者在欣赏以幻为真型(如《西游记》《聊斋志异》)、夸张变形型(如契诃夫的《变色龙》,王蒙的《雄辩症》《冬天的话题》)、象征寓意型(如唐代传奇《枕中记》《南柯太守传》,巴尔扎克的《驴皮记》)等表意性较强的作品时,比较容易接受;但是,遇到拟实性较强、尤其是纪实性较强的作品时,迷惑就产生了,不可当真的原则就动摇了。那里面的人物明明是历史上(或现实中)确曾有过的真人,事件明明是历史上(或现实中)确曾发生过的真事,例如《三国演义》,难道也不可当真吗?

当然,也不可当真。就说《三国演义》吧,小说中的刘备、曹操、诸葛亮确实是历史上的真人,里面的"官渡之战""赤壁之战"等也确实是历史上发生过的真事,但这里所谓的"真人""真事"只是小说创作的原型和素材。作家在创作时,通过想象和虚构,对此进行了全面的艺术加工和改造——选择、剪裁、集中、概括、连缀、整合、夸张、移植等,这些所谓的"真人""真事"已经艺术化了,已不可与生活原型同日而语了,所以称为"演义"。"演义"者,历史小说也。

随便举些例子即可证明这一点。如小说中"三顾茅庐",是全书最见艺术光彩部分之一,在这里,作者极尽跌宕起伏、铺张渲染之能事,写出洋洋近万言的文章,古今传为美谈,“三顾茅庐”成为礼贤下士渴求人才的象征。但这一切全赖“艺术”。《三国志·诸葛亮传》中提到此事时只有五个字:“凡三往,乃见。”又如,《三国演义》中诸葛亮身着八卦衣手执鹅毛扇,一出场就是一个老成持重、胸有城府的军事家、政治家,人们印象中他是四五十岁的中年人(在戏剧中诸葛亮由老生扮演,电视连续剧中他一出场就有飘洒的胡须)。与诸葛亮比,周瑜却完全是一个血气方刚、雄姿英发的青年人,而且气量狭小不能容人,最后活活被诸葛亮气死。其实这一切都是作者有意的创造。事实是,诸葛亮出山时28岁,而周瑜34岁,已是身经百战有丰富军事经验的大统帅了。说周瑜心胸狭窄也是“歪曲”。史书称周瑜“性度恢廓,大率为得人”。周瑜作统帅,老将程普不服,“颇以年长,数陵侮瑜。瑜折节容下,终不与较。普后自敬服而亲重之,乃告人曰:‘与周公瑾交,若饮醇醪,不觉自醉’”。[①] 类似例了,比比皆是:“草船借箭”之人不是诸葛亮而是孙权;玩过“空城计”的人是魏将文聘和蜀将赵云而不是诸葛亮;诸葛亮北伐“失街亭”时魏军主帅不是司马懿而是曹真;十八路诸侯伐董卓时,威斩华雄的不是关羽而是孙坚;“单刀赴会”的是鲁肃而不是关羽,小说恰好把二者位置倒过来……

不要说像《三国演义》这样的历史小说中的情节、人物不能当真,就是典型的历史著作,只要运用了文学的(即艺术的)手法,也不能用考证的方法将其具体的情节、细节一一坐实当真。如《史记》,史书的代表作,其中所载历史人物、历史事件是最“真实”的了,但我们却不能否认,其中也渗透着想象虚构的成分。试看《鸿门宴》,刘、项双方勾心斗角、剑拔弩张,形势险恶,气氛峻急,写得何等生动传神,活灵活现。读之能令人感觉到在场人员屏息的呼吸,捏紧的手心,咚咚的心跳。但读后一想,司马迁其实并没有参加过《鸿门宴》,宴会上项庄的舞剑,樊哙的瞋目,司马迁并没有亲眼看见。而且我们绝对敢肯定司马迁也没有看过《鸿门宴》的录像,没有读过记者们详尽的现场报道,没有听樊哙等人亲口向他汇报过自

① 参见《三国志选》,中华书局1962年版,第266页。

己在宴会上的诸种表现。所有这一切细节均不过是太史公的想象和虚构而已。既是想象和虚构,就不能坐实当真也。

四、艺术并不要求把它的作品当作现实

关于文学作品与生活现实的关系,德国哲学家费尔巴哈说过一句很简单,但很朴实、很中肯的话,为我们解决这一问题提供了有益的启示。他说:“艺术并不要求把它的作品当作现实。”[①]是的,艺术就是艺术,艺术不等于生活,不等于现实,艺术是艺术家受到现实的启发创造出来的精神产品。因此,欣赏者就应当从精神意向的角度而不是从直接现实的角度来认识艺术品,应当从艺术的角度而不是从生活本身的角度来确认艺术的真实性。

第二节　保持适当心理距离

一、毛泽东看《白蛇传》

1958 年,毛泽东到上海视察,上海市委组织演出了传统戏曲《白蛇传》。毛泽东的卫士李银桥陪同毛泽东观看演出,曾详细记述毛泽东观看演出时的情形:

> ……毛泽东一坐下,锣鼓便敲响了。毛泽东稳稳坐在沙发里,我帮他点燃一支香烟。毛泽东是很容易入戏的,用现在的话讲,叫进入角色。一支烟没吸完,便拧熄了,目不转睛地盯着台上的演员。他烟瘾那么大,却再不曾要烟抽。他在听唱片时,会用手打拍子,有时还跟着哼几嗓子。看戏则不然,手脚都不敲板眼,就那么睁大眼看,全身一动也不动,只有脸上的表情在不断变化。他的目光时而明媚照人,时而热情洋溢,时而情思悠悠。显然,他已进入许仙和白娘子的角色,理解他们,欣赏他们。特别对热情勇敢聪明的小青怀着极大的敬意和赞誉。唱得好的地方,他就鼓掌。他鼓掌大家立刻跟着鼓。

① 转引自:《列宁论文学与艺术》,人民文学出版社 1983 年版,第 41 页。

然而,这毕竟是一出悲剧。当法门寺那个老和尚法海一出场,毛泽东脸色立刻阴沉下来,甚至浮现出一种紧张恐慌。嘴唇微微张开,下唇时而轻轻抽动一下。齿间磨响几声,似乎要将那老和尚咬两口。

终于,许仙与白娘子开始了曲折痛苦的生离死别。我有经验,忙轻轻咳两声,想提醒毛泽东这是演戏。可是,这个时候提醒已失去意义。现实不存在了,毛泽东完全进入了那个古老感人的神话故事中。他的鼻翼开始翕动,泪水在眼圈里悄悄累积凝聚,变成大颗大颗的泪珠转啊转,扑簌簌,顺脸颊滚落,砸在胸襟上。

……毛泽东的动静越来越大,泪水已经不是一颗一颗往下落,而是一道一道往下淌。鼻子壅塞了,呼吸受阻,嘶嘶有声。附近的市委领导目光朝这边稍触即离,这已经足够我忧虑。我有责任保护主席的"领袖风度"。我又轻咳一声。这下子更糟糕,咳声没唤醒毛泽东,却招惹来几道目光。我不敢作声了。

毛泽东终于忘乎所以地哭出了声。那是一种颤抖的抽泣声,并且毫无顾忌地擦泪水,擤鼻涕。到了这步田地,我也只好顺其自然了。我只盼戏快些完,事实上也快完了,法海开始将白娘子镇压到雷峰塔下……

就在"镇压"的那一刻,惊人之举发生了!

毛泽东突然愤怒地拍"案"而起。他的大手拍在沙发扶手上,一下子立起身:"不革命行吗?不造反行吗?"①

读着这段回忆,很可能每个读者都会从内心发出友善的微笑:笑毛泽东率真可爱——一代伟人原来竟也那么天真烂漫,爱动感情,而且毫不掩饰;笑毛泽东"痴"——一出明显具有假定性形式的戏竟让他沉醉不醒,以致"失态"。

能发出友善的微笑,说明读者已看出毛泽东入戏入得太深以至于忘情忘我,迷失了艺术与现实的界限。

① 《走下神坛的毛泽东》,《十月》1989年第3期,第14—15页。

毛泽东对《白蛇传》的欣赏态度，涉及一个具有普遍意义的文艺欣赏原则问题，即如何处理与欣赏对象的“距离”。

二、适当的心理距离是什么？

与对象保持适当的距离，是瑞士心理学家布洛的著名论题，也是美学中讲审美态度时经常引用的观点。布洛认为，要想欣赏对象的美，必须与对象保持适当的心理距离，不能太远或太近。太远了，对象的轮廓就会变得模糊淡薄，甚至消失，主客体之间不发生关系，因而产生不了审美效应；太近了，分不清主客体之间的区别，或者只见局部不见全体，只及一点不及其余。只有不远不近才能产生最佳的审美效应。布洛的观点是有道理的。文艺欣赏也是一种审美活动，主客体之间的距离也不能太远或太近。对于欣赏活动来说，距离太近一般是指带着日常的、实用的、功利的动机去看艺术，把艺术等同于生活；太远则是指对作品感到陌生，感到有隔膜，或者疏远，因而不能投入感情，态度冷淡，心不在焉。只有不远不近，不即不离，即一方面中断了现实的日常的心态，切断了主体与现实的功利关系，把艺术当作艺术看；另一方面主体又通过移情的方式进入欣赏对象，与对象融为一体，这样既入乎其内又出乎其外，既沉浸又超脱，才能充分领略对象的美。

适当的心理距离是欣赏活动得以进行的前提，是正确欣赏态度的基本要求。鲁迅一向提倡为人生的艺术，主张文艺应对社会人生发生作用。但他也认为欣赏文艺必须与对象保持一定的心理距离。他说：“小说乃是写的人生，非真的人生。故看小说第一不应把自己跑入小说里面。……看小说犹之看铁槛中的狮虎，有槛才可以细细地看，由细看推知其在山中生活情况。故文艺者，乃借小说——槛——以理会人生也。槛中的狮虎，非其全部状貌，但乃狮虎状貌之一片断。小说中的人生，亦一片断。故看小说看人生都应站在槛外地位，切不可钻入，一钻入就要生病了。”[①]“站在槛外地位”者，即保持适当的心理距离也。

① 许广平：《鲁迅回忆录》，作家出版社 1962 年版，第 32 页。

三、怎样保持适当的心理距离?

具体说来,大致要注意以下几个方面:

(一)动情而不忘情

文艺作品饱含着感情——人物的感情和作家的感情,所以极易激发、调动欣赏者的感情,吸引其不由自主地投入其中。没有欣赏者的感情投入,主客双方互不关涉,也就谈不上欣赏。所以只有欣赏者愉快地投入了感情,主客体双方实现了交流和沟通,客体才能占有主体,主体也才算是把握了客体。这是一种理想的欣赏境界。

但是,欣赏活动中的感情投入应该是有分寸有限度的,具体说来即动情而不忘情。欣赏者此时的心理活动应该是双重的:想象并且知道自己在想象,体验并且知道自己在体验。总之,一个是想象和体验着的自我,一个是思考着的自我;思考着的自我始终控制着、监察着想象和体验着的自我。这就是说,欣赏者的自我意识并没有彻底丧失。只有这样,才能保证欣赏者在想象和体验对象时,尽管可能相当激动,相当高兴或相当痛苦,但还是手捧书本默默地读,静静地看,而没有像角色那样或大喊大叫,或痛哭失声……

当然,由于欣赏者心理素质不同,有的可能是分享型,有的可能是旁观型,各人的欣赏心理活动并不完全一样:前者在欣赏中"进入"程度深,后者则浅。但不论哪种类型,其欣赏心理都应该是动情而不忘情,不应该完全丧失了"自我"。

(二)进入角色而不硬充角色

在小说欣赏过程中,有的读者看到自己喜欢的人物,尤其是与自己的身份、年龄、气质、性格等方面相接近的人物时,常常不知不觉地进入角色,把自己的感情移入角色,或者说是把角色的感情移入自己,与角色同欢同乐,同悲同苦,心心相印。这是艺术欣赏的佳境,进入这种境界是一种艺术享受。

但是,所谓进入角色,仍然是相对的、比喻性的、描述性的。进入角色只是为了寻找主客体之间在心理上的契合点,从而增加心理体验的深度,而不是要把自己等同于角色,不是对号入座,硬充角色。进入角色有助于欣赏艺术，硬充角色只能阻碍欣赏艺术。为什么？因为硬充角色是典型的功利主义和实用主义，而功利主义和实用主义与艺术欣赏相敌对。

关于这一点，早在几十年前鲁迅先生就已经指出过。鲁迅说，《红楼梦》在中国小说中实在是不可多得的，但问世以后反对者却很多，以为将给青年以不好的影响，所以始终不能认识《红楼梦》的价值。这其中的原因，就是"因为中国人看小说，不能用赏鉴的态度去欣赏它，却自己钻入书中，硬去充一个其中的角色。所以青年人看《红楼梦》，便以宝玉、黛玉自居；而老人看去，又多占据了贾政管束宝玉的身份，满心是利害的打算，别的什么也看不见了"①。鲁迅的话点出了硬充角色的要害是"满心是利害的打算"，即狭隘的功利主义和粗鄙的实用主义。这是正确欣赏态度的大敌。

（三）不可直接模仿

看了文艺作品中自己喜爱的人，就自觉不自觉地产生一种模仿的冲动，这恐怕也是一种相当普遍的欣赏心理倾向。模仿是人类的天性。心理学家麦独孤认为，人类生来就有模仿他人的冲动。这种冲动在青少年时达到顶峰，从无意识转向有意识。文艺作品作为欣赏对象，对于欣赏者无形中具有一种暗示和诱导作用。尤其是那些与欣赏主体在气质、性格、年龄、经历、兴趣、爱好等方面相似或接近的艺术形象，由于主客体之间具有可比性，所以更容易刺激起欣赏者的认同心理，诱发从行为上加以模仿的倾向。大量的欣赏经验证明了这一点。

看来，通过欣赏文艺作品产生模仿的冲动是必然的，是可以理解的，也未必就是坏事。但问题是应该怎样模仿。

中世纪的唐·吉诃德看骑士小说中了邪，一心想模仿骑士闯荡天下，结果处处碰壁，受尽折磨，出尽洋相。18 世纪末德国某些青年人看了歌德的《少年维特之烦恼》，与维特产生共鸣，竟模仿维特去自杀。20 世纪 80 年代中国的某些中学生看了电影《少林寺》，一时心血来潮竟弃家出走，投奔河南少林寺要求当和尚。有的中学生看武侠小说、武打电影、武

① 《鲁迅全集》第 9 卷，人民文学出版社 1982 年版，第 338 页。

打电视剧入了迷,竟模仿作品中描写成立帮会,喝酒为盟,推选帮主、护法、坛主、香主,制定帮规,用针和烟头在右臂上烫帮标——这样来模仿作品中的人物,对吗?当然不对。因为文艺作品不是现实人生的实录,不是人生的行为指南,从本质上说,它是作家、艺术家人生体验的一种外化形式,它是精神的符号、心灵的象征,是一种虚幻性的存在。既如此,就应当按同样的思路去理解它,把握它,就应当着重理解其中所寄寓的精神、思想、心灵,就应该着重领会作者的精神意向,从而丰富自己的内心世界,向更高的境界趋近或靠拢。如果说这也是"模仿"的话,这是一种宽泛的模仿,而不是一种狭隘的模仿;是间接的(即精神的)模仿,而不是直接的(即行为的)模仿。

四、文艺作品产生社会效应的三个环节

这一过程用图式表示应该是:

欣赏对象(模仿对象)——欣赏者对作品从精神上全面领悟,心灵得到净化,情操得到陶冶,思想境界得到提升——欣赏者的实际行为。

这三个环节是文艺作品产生社会效应的完整过程,这三个环节中起关键作用的是第二环节,它是整个过程的中介,起着由前向后过渡的调节和缓冲作用。有了这一环节,就可以避免唐·吉诃德式的悲剧,就可以纠正对艺术情节、艺术形象简单化的直接模仿倾向。

第三节　用心灵拥抱对象

黄河能燃烧吗?当然不能!但是在文学作品中,在人物形象的心理感觉中,黄河是能燃烧的。请看张承志在《北方的河》中的一段描写:

> 他抬起头来。黄河正在他的全部视野中急驰而下,满河映着红色。黄河燃烧起来啦,他想。沉入陕北高原侧后的夕阳先点燃了一条长云,红霞又撒向河谷。整条黄河都变红啦,它燃烧起来啦。他想,没准这是在为我而燃烧。铜红色的黄河浪头现在是线条鲜明的,沉重地卷起来,又卷起来。他觉得眼睛被这一派红色的火焰灼痛了。

看，黄河不仅燃烧起来了，而且好像是在为“我”——感知主体——而燃烧。在这里，黄河已经不是自然的黄河了，黄河已经人化了，情感化了，心灵化了，成为情感的符号、心灵的象征了。——黄河发生“质”变了。

在艺术里，发生“质”变的当然不只是黄河，而是“一切”。举凡客观世界的日月星辰，草木虫鱼，风云雷电，乃至于社会生活中的世态人情，一旦进了艺术的大门，就沐上了心灵的灵光。文艺作品是作家、艺术家心灵的创造，它对客观世界的“反映”经过主体心灵的观照，变成了脱离自然形态的心灵化的“第二自然”。一切优秀的作品，都是作家的主观精神世界与客观社会生活热情拥抱、相互渗透、有机融合的结果。正如黑格尔所说，在艺术里，感性的东西心灵化了，而心灵的东西也借感性化的东西表现出来。——这里的“心灵”，包括作家的心灵和作品中人物的心灵。

欣赏对象（作品）的性质如此，那么，应该以怎样的态度去接受之，自然也就不言自明了——用心灵去拥抱。

用心灵拥抱对象也就是用艺术的眼光欣赏艺术，所指很宽泛，似乎一下子很难全面地道尽其内涵。这里择其要者，理出几个方面：

一、衡量艺术不能拘泥于常识

缺乏必要的生活常识，很难深入地理解艺术；但若拘泥于生活常识，又会妨碍欣赏艺术。道理很简单，无须赘述。这里只举些浅显的例子以证之。

有一幅漫画，画面上两个人于晨色熹微之中，猫着腰鬼鬼祟祟地出发了。看见一个东西像轿子，高高兴兴抬起就走，天亮了一看，原来是个垃圾筒。此为《抬轿子》。又一幅漫画：漆黑的夜晚，猫与老鼠立于墙头之上悄悄谈话。猫告诉老鼠：“最近上边查得很紧……”老鼠一副心领神会的样子。题为《墙头夜话》。以上作品，其形象本身题材本身，从日常经验生活真实角度看来，自然是子虚乌有的。但从艺术角度看，没有人不称赞它们是绝妙的、真实的。再如齐白石画的虾，神态生动，趣味盎然，似乎正在水中游，但如细细地数一数，虾的腿和须比真的虾少得多。李苦禅画鹰很出名,鹰的嘴本来是有尖带钩的,而他为了突出鹰嘴的神韵,却把它画成看上去差不多是长方形的。以上是漫画和国画,强调表现性、写意性,因而自然不能以生活形象本身框之。即使强调再现性、写实性的西方传统油画,也不能以生活本身框之。如荷兰大画家吕邦斯(1577—1640)有一幅风景画,画的是夏天傍晚的田园景象。画面上有田野,有农夫,有村舍,有牛群、骡马等。一些村庄和一个小镇远远出现在地平线上,最美妙地把活跃而安静的意境表现出来了,是一幅使人“看了多次都还不够”的杰作。这幅画妙肖自然但却不是自然的临摹。画面上对于光的处理从生活常识角度看是违反自然的。如前景中的人物受到从对面射来的光照,阴影投到画这边来,其中的一丛树又把阴影投到看画者相对应的那边去。这样画面就从两个相反的方向受到光照,这当然不符合人们的生活经验。但具有很高艺术鉴赏力的伟大作家歌德,充分肯定了这种艺术处理。他解释说:“关键正在这里啊! 吕邦斯正是用这个方法来证明他的伟大,显示出他本着自由精神站得比自然要高一层,按照他的最高目的来处理自然。光从相反的两个方向射来,这当然是牵强歪曲,你可以说,这是违反自然。不过尽管这是违反自然,我还是要说它高于自然,要说这是大画师的大胆手笔,他用这种天才的方式向世人显示:艺术并不完全服从自然界的必然之理,而是有它自己的规律。”①歌德的解释对于文艺欣赏来说,极富于启发意义。

再如戏曲,舞台上某角色坐在椅子上,一只手支着稍偏的头在唱:一更里怎么怎么,二更里怎么怎么,一会儿五更唱完了,一夜也就过去了。而且,这一角色在剧情中是在“睡觉”,他(或她)不是躺着睡,而是坐着睡;更奇怪的是他(或她)“睡着了”还在唱。就是舞台上那块地方,梁山伯与祝英台边唱边走,一会儿走了 18 里。舞台上一个灯笼也没有,但小两口正月十五出门观灯,边看边唱这是什么灯,那是什么灯,好像满台都是灯……这一切既不真实又非常真实,艺术之妙全在其中。

文学属于艺术,也应作如是观,也不能用非艺术的眼光要求它。如对

① 爱克曼辑录,朱光潜译:《歌德谈话录》,人民文学出版社 1978 年版,第 136 页。

杜牧的诗《江南春》（“千里莺啼绿映红，水村山郭酒旗风。南朝四百八十寺，多少楼台烟雨中”），我们不能问“千里莺啼，谁人听得？千里绿映红，谁人见得”①，看完了也不能问：四百八十寺，统计得准确吗？难道不会是四百八十一或四百七十九吗？其他如“白发三千丈，缘愁似个长”（李白），“燕山雪花大如席”（李白），“霜皮溜雨四十围，黛色参天二千尺”（杜甫）等等，在文学史上曾引起笔墨官司的诗句，如用艺术的眼光看，一切争议都显得可笑了。

二、欣赏艺术不能拘泥于常理

常理即通常流行的对事物的感受和理解，是符合理智符合理性的理解，符合逻辑思维的理解。常理是人们日常生活的行为准则，却不能用来作为评判文艺作品的唯一标准。否则，诗意将荡然无存，艺术也将不成为艺术。

如：“打起黄莺儿，莫教枝上啼。啼时惊妾梦，不得到辽西。”（金昌绪《春怨》）按常理，黄莺啼干你何事，打它作甚？“当君怀归日，是妾断肠时。春风不相识，何事入罗帏？”（李白《春思》）丈夫迎春思归，妻子应当高兴，缘何痛至“断肠”？——于理不合！“春风”乃无知无情之物，质问春风，岂不痴人？！“从来夸有龙泉剑，试割相思得断无。”（唐·张氏《寄夫》）“相思”能用剑割断吗？——痴人说梦！“你/一会看我/一会看云//我觉得/你看我时很远/你看云时很近”。（顾城《远和近》）“云”比“我”离你还近吗？——这绝不可能！一位1289年出生的人一直活到本世纪。一位女演员也想不死，便抛弃原先的男友与这位老人生活在一起，企图借助他而永恒。但他却悄悄躲开了，她到处追寻，终于找到他时他说，人的幸福不在于人的不死，而在于人都会死。他视自己的不死为一种厄运，为了争取能死，他已奋斗了几个世纪。（西蒙娜·德·波伏瓦《人无不死》）法国一个小城中突然出现了一头犀牛，开始人们还表示惊恐，但不久便适应了，后来竟以变成犀牛为时髦，人们争先恐后地争着变为犀牛，犀牛越来越多，一位坚持不肯与犀牛为伍的人反而被彻底孤立起来，就连他的女

① 参见《历代诗话续编》中册，中华书局1983年版，第800页。

友也离开他奔向犀牛群。但他决不投降,决心以孤独的个人的身份同犀牛世界相对抗。(欧仁·尤奈斯库《犀牛》)……这一切,均违背“常理”,简直匪夷所思!如果挥舞“常理”的大刀一路砍将下去,最终会将艺术的百花园砍得枝叶凋零,生命枯萎,最后落得个“白茫茫一片大地真干净”。

三、不能以科学眼光阐释艺术

如月亮,用科学的眼光看,它是太阳系中的一颗星球,绕地球而运行,借太阳而发光,如此等等。但到了艺术家笔下,就成为人类多种审美情感、审美心态的象征符号了。“江畔何人初见月?江月何年初照人”——由月想到宇宙的永恒和神秘;“人生代代无穷已,江月年年只相似”——月亮升沉圆缺,周而复始,循环不已,暗合了人类代代相传、绵延不绝、生生不息的生命意识;“今人不见古时月,今月曾照古时人”——古时月尚在,古时人不存,月之永恒反衬出人生之有限,令人生发无穷感叹;“人有悲欢离合,月有阴晴圆缺,此事古难全”——月亮阴晴圆缺的刻刻变化象征了人生的悲欢离合,命运的升沉荣辱;“海上生明月,天涯共此时”——牵动游子思乡情;“江天一色无纤尘,皎皎空中孤月轮”——月光的皎洁与人们对纯洁无瑕的崇拜相契合;中秋的圆月唤起人们对家人团圆的向往;月亮高居苍穹,看见她,人们顿生超脱尘世远离凡俗的愿望;“月朦胧,鸟朦胧”——好温馨,好静谧……总之,人世间一切痛苦烦恼,一切欢欣愉快,一切隐约幽微的心情都可以假月相证,由月勾起,月亮成了人们寄托和交流共同感情的艺术媒介。不仅如此,月亮不单是某一民族某一国家乃至全人类交流感情的共同符号,而且还可以传达某一特殊个体的特殊心境,即月亮又因人而异,因心境而异。例如,在李白的笔下,月亮是他的好友,可以陪他饮酒、散步、访友:“举杯邀明月,对影成三人……我歌月徘徊,我舞影零乱”(《月下独酌》);“暮从碧山下,山月随人归”(《下终南山过斛斯山人宿置酒》);在契诃夫笔下,月亮是心胸狭窄、醋意十足的妒妇:“月亮从飘浮的云朵里偷窥着,皱起眉,仿佛妒忌新婚不久的沙夏和华丽雅的幸福”(《乡间小屋》);在欧·亨利笔下,月亮竟是“迷人的妖妇”,使人失魂落魄(《朋友的召唤》);在泰戈尔笔下,月亮“颇像醉汉的一只眼睛”(《沉船》)……

艺术≠科学，这一道理说起来可能谁都清楚，可一遇到具体作品却又往往糊涂。如文学作品中（尤其是诗词）的数字，往往并非实数，而是泛指或是夸张与缩小，因而不能从数学、统计学角度去理解它。某些古人在这方面的迂阔（如从杜甫诗“速宜相就饮一斗，恰有三百青铜钱”推算唐代酒价，指责杜甫“霜皮溜雨四十围，黛色参天二千尺”两句诗中古柏尺寸的不准确或为之辩护为准确等等），且不去说了。即使是现代人，而且是现代诗人，而且是著名诗人，在对某些作品的理解上也难免犯错误（但愿是无心的错误）。如郭沫若对杜甫某些诗的理解即如此。杜甫在《茅屋为秋风所破歌》中有一句“八月秋高风怒号，卷我屋上三重茅”，这无非是说自己生活的凄凉悲惨，“三重茅”明显是虚数。而郭沫若却认真地考证起来：“诗人说他所住的茅屋，屋顶的茅草有三重。这是表明老屋的屋顶加盖过两次。一般地说来，一重约有四五寸厚，三重便有一尺多厚。这样的茅屋是冬暖夏凉的，有时候比起瓦房来还要讲究。”[①]那么，言外之意，杜甫过的是地主生活。再如杜甫的《将赴成都草堂途中有作，先寄严郑公五首》（其四）中有这样两句诗：“新松恨不高千尺，恶竹直须斩万竿。”这两句虽然也可能由草堂附近的“松”“竹”所引起，但既用了“新”“恶”这类情感色彩强烈的字眼，则非写实已很明显。但郭沫若对诗的写意性视而不见，他重考证重科学，他说：“草堂里有四棵小松树，是他所关心的。所谓‘新松’就是这四棵小松树，他在希望它们赶快成长起来。草堂里的竹林占一百亩以上，自然有一万竿竹子可供他斫伐。”[②]郭氏由“万竿”恶竹推算杜甫有竹林百亩以上，他这么富有，言外之意，他仍然是地主。——这种“科学”阐释令人瞠目结舌！

早在20世纪20年代，鲁迅就以诗歌欣赏为例，说明不能用科学的眼光欣赏艺术。他说：“诗歌不能凭仗了哲学和智力来认识，所以感情已经冰结的思想家，即对于诗人往往有谬误的判断和隔膜的揶揄。”这些人所以不懂得诗美，是“因为他们精细地钻研着一点有限的视野，便决不能和博大的诗人的感得全人间世，而同时又领会天国之极乐和地狱之大苦恼

① 郭沫若著：《李白与杜甫》，人民文学出版社1971年版，第214—215页。
② 郭沫若著：《李白与杜甫》，人民文学出版社1971年版，第262—263页。

的精神相通"[1]。鲁迅还进一步指出,欣赏艺术同欣赏一切美的事物一样是情感的愉悦和交流,是心灵的沟通和感应,而不能用伦理学等科学的眼光来穷根究底,否则就体会不到美的情趣。如听柳荫下黄鹂鸣叫,我们感得天地间春气横溢,见流萤明灭于丛草里,使人顿怀秋心,这就够了。而不能学究似的进一步追问:黄鹂为什么鸣叫呢?流萤为什么明灭于草丛呢?花为什么开呢?这样一追一问,就要用科学去回答。原来莺歌萤照都是为了希图觅得配偶,而一切花原来是植物的生殖器,百花盛开都是为了传粉受精。这样一来,从科学方面得到了解释,而美的趣味则丧失殆尽。所以鲁迅主张,对于诗美,必须从艺术的角度来欣赏,而不能凭仗哲学和智力,不能用科学来阐释。

第四节　只可意会而不可求甚解

一、欣赏文学作品(尤其是诗词),为什么"只可意会而不可求甚解"?

我国老一辈诗词专家浦江青先生认为,欣赏古代诗词,不能像理解散文那样处处找寻文章的理路脉络,找出句与句之间的逻辑关系,将句句的情事、意思都落到实处。他说,如果那样的话等于把诗词翻译成散文,这是一件最笨的工作。那么,应该怎样欣赏诗词呢?他认为应该像古人那样——只可意会而不可求甚解。[2]

为什么呢?

浦先生说,因为诗词的组织与散文的组织,各有各的路子,本来是不相同的。在散文里面,句与句的递承靠着思想的连贯,靠着叙事与描写里面事物的应有的次序和安排,句与句、段与段之间有明显的逻辑关系。诗词句与句之间的组织结构不像散文那样一线贯穿,有逻辑可寻,而是句与句之间往往距离较远,中间留有空当(空白),有大幅度的思想的跳跃。

① 《鲁迅全集》第7卷,人民文学出版社1982年版,第236页。

② 参见《词的讲解》,见《名家析名篇》,北京出版社1984年版。

但好的诗词又从不给人以脱节、散漫的感觉。原因何在？就因为诗词有自己独特的连接方法（组织方式），归纳起来主要有两方面：一是音律，二是情调。

诗词是有韵的语言，这韵的本身即有黏合的力量，有连接的能力。诗词里的句子，论它们的内容和意义，往往是各自成立为单位，中间没有思想的贯穿，但有一定的韵脚（或一韵到底或转韵换韵）和统一的情调在那里联络贯穿，使散漫的句子黏合在一起。（如马致远的《天净沙·秋思》，其中的“枯藤”等“意象”之间没有必然的联系，但通过音韵和情调浑然统一为一个整体）因此，诗词的意境往往比较朦胧，如阴晦天气立身于山头之上，远远望去，云遮雾掩，但见若干高峰出没于云海之中，若断若续，至于山峰与山峰之间的联络，但凭感觉意会而已。

二、作品欣赏举例

以上见解是浦江青先生在讲解无名氏词（一说为李白所作）《忆秦娥》时有感而发的。这首词原文如下：

箫声咽，秦娥梦断秦楼月。秦楼月，年年柳色，灞陵伤别。乐游原上清秋节，咸阳古道音尘绝。音尘绝，西风残照，汉家陵阙。

“箫声咽，秦娥梦断秦楼月。”是秦娥梦醒时听到了呜咽的箫声吗？是箫声呜咽惊醒了秦楼中秦娥的美梦吗？是酒席宴上伴唱的箫声吹起，听歌者由箫声引起联想，想到了秦楼上的秦娥吗？……因为没有“不但”“而且”“因为”“所以”之类的关联词，看不出这两句之间的“实在”联系，因而不可确指。“秦楼”，只是长安的一座楼，近于后来“秦楼楚馆”中的“秦楼”，位于长安的北里，乃冶游繁华之区；“秦娥”（泛说一位长安女子，可单数亦可复数）多半是倡楼之女，再不然便是“昔为倡家女，今为荡子妇”的身份。她蓦地半夜梦醒见楼头之明月，听别院之箫声，从繁华中感到冷清。词作提笔已带来凄凉意味，定下了全词的情绪基调。

“秦楼月”再重复一句，并无实义，只是为了音调上的需要，对上句尽了和声的作用，同时逼唤出下一个韵脚，好像有甲乙两人联吟递唱之意味。——这里充满了神韵,仔细吟味即可感知。

“年年柳色,灞陵伤别。”灞陵者,汉文帝的陵墓,在灞水流经的白鹿原上,离长安二十里。汉代凡东出函潼,必自灞陵始,送行者于此折柳为别。“灞桥折柳”成了送别的代称。从秦楼到灞陵,地点换了,人物也变了,前后似连(楼上女子半夜梦醒莫非要送客远行吗?回忆往日的离别吗?……)似不连(“灞陵伤别”完全可以作为一个典型的人生情境来看),没有必然的逻辑联系可寻,因而也就不必强寻联系,强求“甚解”。

“乐游原上清秋节”。单立成句,写景转入秋令。乐游原在唐代长安城中的东南角上,有汉宣帝乐游庙的故址。此处地势甚高,登之可望全城,附近有游览名胜之区。清秋节为九月九日,游人甚众,非常热闹。但马上来了个冷静的对照——“咸阳古道音尘绝”。通咸阳的官道在长安西北,这一跳又是几十里路程。两句之间靠“节”“绝”两字的共鸣作用,以及排句的句法连接。“音尘绝”意义深远:或者道路悠远望不见尽头,有相望隔音尘之意;或指路上冷静无车马的音尘;或指征人远去无音信回来……总之,三个字给人以悠远及冷清的印象。

借“音尘绝”的重复再逼唤出下面一韵,作用在构成音律上的连锁而不是意义上的需要。但是这三个字音,再重复一遍,打入人们心坎,另外唤起新的情绪、新的意念。其意若曰:咸阳古道的道路悠远是空间上的阻隔,人从咸阳古道西去,虽然暂隔音尘,也还有个回来的日子。夫古人已矣,但见陵墓丘墟,更加冷静得可怕,君不见汉家陵阙,独在西风残照之中吗?这是古今之隔,永绝音尘,意义更深刻而悲哀。汉代诸位皇帝的陵墓排列在长安与咸阳之间,所以一提到咸阳古道,便自然转到古代帝王陵墓上来,以吊古的情怀作结:“西风残照,汉家陵阙。”这是又一幅更加苍凉悲壮的画面:西风残照之中,但见陵墓丘墟,冷静得可怕。昔日帝业之显赫尊贵已一去不返,化为一抔黄土了。人们顿悟帝业空虚,人生事功渺小,于是悲壮慷慨情绪油然而生。这里,反省人生感叹人生的意味极浓极深,气象宏大,极为深沉感人。王国维对此八字推崇备至,赞之曰:“寥寥八字，遂关千古登临之口。”①

这首词连带重复过渡之句共十句，用韵律粘连起来五处长安场景。这几处场景从情事上讲没有必然联系，但它们都是与长安有关的几处典型景物，都是能代表长安历史、长安精神的场景。几处场景经过作者用类似电影蒙太奇的手法排列组合在一起，产生了画面之外的韵外之旨——读者从中感受到一种苍凉悲壮的情调，进入一种深厚深沉的意境，精神凌空而上，鸟瞰历史的变迁，沉入一种缥缈悠远的神游之中。此种精神效应的产生，不是从字字句句的表面意义推演而来，而是从总体情调韵味而来。文艺作品的妙处就在这里，文艺欣赏的享受也就在这里。进入这种境界，从欣赏方法角度讲，即开头提出的“只可意会而不可求甚解”者也。若必死扣字句意思及其逻辑联系，翻译成白话散文，则诗词韵味顿失，生命不存。——这也就不成其为文艺欣赏了。

三、怎样理解“只可意会而不可求甚解”？

由此可知，所谓“不求甚解”，并不是怂恿读者对文艺作品的欣赏可以不下功夫，只停留于“似懂非懂”即可，而是说要转换思路，从意象、意境、画面的排列、转换和音节韵律的设计上体验其中的情调与意味，而不必一定要“因为”“所以”地推出一个确定、确凿的解说（“甚解”）来。正如明人谢榛在《诗家直说》中所说：“诗有可解、不可解、不必解，若水月镜花，勿泥其迹可也。”②

以上我们以诗词为例讨论“只可意会而不可求甚解”这一欣赏原则。作为一条欣赏原则，它同样适用于散文、小说等其他文体的欣赏，尤其是适用于抒情性、表意性较强的作品的欣赏。

第五节　用历史眼光看作品

一、“安娜有什么好”？

20 世纪 80 年代初，根据俄国作家列夫·托尔斯泰的名著《安娜·卡

① 姚柯夫编：《〈人间词话〉及评论汇编》，书目文献出版社 1983 年版，第 4 页。

② 《历代诗话续编》（下），中华书局 1983 年版，第 1137 页。

列尼娜》改编的同名电视剧在我国播放,引起了包括大学生在内的不少观众的强烈反应。有人不能理解抛弃家庭投入情人怀抱的安娜何以是个一向被肯定的正面形象,他们无论是从道德上还是从情感上都不能接受安娜。他们困惑地问:安娜有什么好?

安娜有什么好,这问题不能笼统地简单回答,而必须用历史的眼光去进行判断,即把她放回到具体的历史背景、具体的社会环境、具体的人际关系中进行考察。

《安娜·卡列尼娜》是一部以现实生活为题材的长篇小说。小说的构思始于1870年,1873年动笔。19世纪六七十年代的俄国,是政治、经济、思想文化发生剧变的时代。正如小说中所描绘的,贵族庄园急剧没落,资本主义经济迅速增长,人们之间的阶级关系也随之发生变化。那些名门望族不得不向出身微贱的商人低价拍卖田产,或者转向资本主义经营方式。有的贵族家道中落,经济拮据,债台高筑。商人、银行家和企业主发展的势头咄咄逼人,俨然成了"新生活的主人"。社会的剧变带来了道德观念和社会风气的急剧变化。人们发现,在婚嫁方面,由父母做主由中间人做媒的旧习俗已经成为嘲笑的对象,年轻人普遍要求恋爱自由、婚姻自主。"最重要的是,女孩子都坚定地相信选择丈夫是她们自己的事,与她们父母无关。"作为小说的中心人物,安娜就出现在这样的时代背景上。

安娜生存的社会环境属于贵族上流社会。当时上流社会的状况是,由于时代的变动,世风的冲击,贵族阶级家庭关系开始逐渐瓦解,道德状况普遍败坏。在他们当中,家庭破裂已是普遍现象。丈夫欺骗妻子,妻子背叛丈夫,贵族仕女们几乎都有"外遇",所有的"合法的"家庭外面几乎都有"非法的"婚姻补充形式。人们寡廉鲜耻,道德沦丧,到处是伪善的面孔。而安娜看破了这一切,厌恶这一切,她不愿意过虚伪的生活,要求解除旧的婚姻关系,正当地缔结新的家庭,于是为上流社会所不容。

安娜所处的具体人际环境是她的家庭:她和她丈夫卡列宁。卡列宁是个大官僚,长期的官僚生活使他变得刻板僵化,冷漠寡情。对他了解甚深的安娜说他"想得到功名,想升官,这就是他灵魂里所有的东西",他

“乐于在虚伪里游泳，就像鱼在水里游泳一样”。他需要安娜，但不是出于爱，而是把安娜当作一件美丽的小摆设。表面上看他对安娜彬彬有礼，但彬彬有礼掩盖着的是冷漠无情，冷漠到连说话也要官腔，公文气十足。而安娜又偏偏是个聪明貌美、内心感情丰富的女人。她刚刚17岁就由姑妈包办嫁给了比她大20岁的卡列宁。她需要爱，需要强烈而纯正的爱情，可是她得不到。她的感受是：“八年来他窒息了我的生命，窒息了我身上一切有生气的东西，他从来没有想到我是一个需要爱情生活的女人。他根本不懂得什么叫爱！”安娜就生活于这样的家庭环境里。当社会风气剧变，婚姻自主的呼声出现的时候，安娜受时代的感召，发出了“我要爱情，我要生活”的呼声，并为争取自由的幸福勇敢行动起来。

“历史”的状况就是这样：大环境——资产阶级个性解放思想正成为时代的新思想，逐渐渗透进人们的生活中；小环境——一个强烈渴求爱情的人（其实，这是超时代超阶级的人性的普遍要求）而得不到爱。在这种背景下，安娜行为的意义也就显示出来了：她追求爱情的行动恰好和俄国社会的变动相呼应，代表了妇女争取婚姻自主的要求，反映了年轻妇女追求新生活的愿望，所以具有进步的性质。安娜是一个追求资产阶级个性解放的女性，其行为的社会意义，一方面是反对旧的封建礼教，反映了个性解放的要求，另一方面也是向贵族社会的虚伪道德挑战。①

这就是我们“用历史的眼光”对“安娜有什么好”所作的回答。

二、用历史眼光看作品

这一回答具有普遍的方法论意义，即欣赏文学作品，尤其是欣赏古典文学作品，应该学会用历史的眼光看问题。

用历史的眼光看作品，包括共时性和历时性两个向度。“共时性”的基本要求是，要考察作品，就要把作品放到所由产生的具体历史背景之下，要评价作品中的人物，就要把人物放到所以生存的具体社会环境之中，而不是相反。这一点，我们在分析安娜形象的意义时已作了尝试。“历时性”的基本要求是，把欣赏对象放到历史发展的长河中，用发展的

---

① 参见朱维之、赵澧主编：《外国文学史》，南开大学出版社1985年版，第568页。

变动的眼光进行分析考察。在这一视角下,有的作品在产生的当时有积极意义(历史意义),而时过境迁之后,就未必仍然有意义(现实意义)。我们不能因为某些作品或作品的某些方面失去现实意义而否定其历史意义,也不能把它的历史意义当作现实意义来接受。

如产生于14世纪的卜迦丘的《十日谈》,是揭开欧洲文艺复兴运动序幕的最早的代表作品。为了反抗基督教神学对人性的摧残和压抑,《十日谈》无情地揭露了教会和教徒的荒淫无耻,抨击了教会的虚伪和罪恶;作品还热情讴歌了大胆追求爱情、忠于爱情、为爱情而勇于献身的青年男女们,表现了作者的人文主义的思想观点。但是,除了对纯洁爱情的讴歌,作品还以大量篇幅写了男女之间并不那么高尚的性爱关系。卜迦丘对这种关系所表现的特别的宽宏态度和津津玩味的描写,反映了作者思想和趣味有局限性的一面。不过对这些性爱关系的描写,我们也应做具体的历史的分析。因为在封建社会,婚姻并不是建立在爱情的基础之上,而只是被看作巩固和扩大家族经济利益和政治势力的一种手段。在这种情况下,妇女往往成为买卖包办婚姻的牺牲品。因此,有些妇女为了反抗这种婚姻,便走上了被恩格斯称为"破坏婚姻的爱情"道路,即背着丈夫与情人私下偷情的道路。虽然"从这种力图破坏婚姻的爱情,到那应该成为婚姻的基础的爱情,还有一段很长的路程"(恩格斯语),但这种"破坏婚姻的爱情"行为无疑体现了对于买卖包办婚姻的嘲弄和否定,在历史上起着瓦解和破坏封建家庭制度的进步作用。①

再如《西厢记》里张生与崔莺莺的爱情。张生爱崔莺莺的什么呢?爱的是她的美貌:"颠不剌的见了万千,似这般可喜娘的庞儿罕曾见。只教人眼花缭乱口难言,魂灵儿飞在半天。""只见她宫样眉儿新月偃,斜侵入鬓云边。未语人前先腼腆,樱桃花绽,玉粳白露,半晌恰方言"。于是乎,张生便"饿眼望将穿,馋口涎空咽,空着我透骨髓相思病染","今日多情人一见了有情娘,着小生心儿里早痒痒。迤逗得肠荒,断送得眼乱,引惹得心忙"。② ——这是什么样的爱情观呢?对一个女子缺乏最起码的

① 参见孙逊:《明清小说论稿》,上海古籍出版社1986年版,第160—161页。

② 《中国十大古典喜剧集》,上海文艺出版社1982年版,第70—72页。

了解，仅仅凭外表漂亮就一见钟情，意马心猿，不显得太轻浮了吗？《西厢记》有什么好？！

不错，如果用现代观点去要求《西厢记》的话，其爱情观确实不够高明，不值得鼓吹和提倡。然而，如果用历史的眼光看问题，则《西厢记》自有其不朽之处。

《西厢记》产生于金末元初。其时，封建伦理道德经过宋代理学家的大力鼓吹、提倡，得到了空前强化，成为牢牢束缚人们的统治思想，封建统治者大力宣扬“饿死事小，失节事大”和“存天理，灭人欲”，男女之间正常的爱情要求简直成了先天的罪孽，成了与生俱来的原罪，此种情形颇类似于欧洲的中世纪。在这种背景下，《西厢记》出现了，它以“情”反“礼”，对于封建伦理观念是个有力的抗争。这是一。再说，在封建时代，男女结合不能自由选择，全凭父母之命媒妁之言，当事人完全是被动的。《西厢记》里张生和崔莺莺主动选择，主动争取，努力抗争，力求自己主宰自己的命运。这，无疑也是一个历史的进步。

至于凭漂亮外表而“一见钟情”，私订终身，这当然不足提倡。但这“不足”也必须用历史的眼光去看——这是由历史条件造成的。在封建社会，男女青年没有自由交往的机会，能有“一见”恐怕也就是“天赐良机”，相互之间当然谈不上深入了解，在这种情况下，“一见钟情”也就是可以理解的了。还有，张生心理和行为中的轻浮，当然也是不足道的。不过，这也是“历史”的反映。那个时代，无论是角色张生，还是作者王实甫，作为封建文人，心灵中藏着艳趣，对女性对爱情抱有消遣的、游戏的态度，恐怕是不能避免的。从这方面来看，张生不如贾宝玉，王实甫不如曹雪芹。由《西厢记》到《红楼梦》，这又是一个历史的进步。明乎此，我们也就不必过于苛求古人了。因为，没有人能摆脱时代加给个人的限制。

总之，“正面”也罢，“负面”也罢，“进步”也罢，“局限”也罢，都是“历史的”，都盖上了历史的印章。用历史的眼光看作品，可以还作品一个合适的地位、一个公允的评价，可以使读者保持一个全面的辩证的态度。这是正确对待以往的文学作品的一个基本前提。

第二编
文学作品的构成因素与文学欣赏角度

常言说“外行看热闹，内行看门道”，对于文学欣赏来说，“门道”即角度，或切入点，掌握了必要的角度，就掌握了进入文学作品的门道。而进入作品的角度，来自作品本身，即文学作品的构成因素。

第五章　语言层面

第一节　字句、音节与神气

一、音节与意味的关系

文学的意蕴、意味弥漫充盈于作品各艺术因素的有机组合之中，弥漫于作品整体之中。总之，意味无处不在。只要你善于感受，打开作品，意味就会散发着迷人的馨香扑面而来。

对作品意味之感受与体验，可以从作品整体切入，可以从艺术各具体因素切入。我们先从文学的音乐因素——音韵与节奏（古人合而称之为“音节”）入手。因为文学的第一要素是语言，而语言的第一要素是语音。

汉语是最具有音乐美的语种。汉语的音乐美产生于汉字的单音节性（即一字一音）以及固定的声调。一字一音，这一特点便于经过组织形成特定的格律。如在格律谨严的近体诗中，诗人通过字数相等的分行和句式中有规律的停顿而产生节奏感。其次，汉字的每一音节，从音素上说，有声母和韵母；从声调上说，有四声的变化（即“平”“上”“去”“入”，适应格律的需要，第一声叫做“平”，其余三声叫做“仄”）。这些声调不仅音高不同，而且在音长及滑动方式上也有差异。第一声相对来说比较长一些，并保持同样音高；其他三声则相对短一些。正像它们的名称所指的那样，音高上滑、下滑或者急收。诗人在创作时，运用平仄起伏的音调变化和交替出现的韵脚，造成特定的音节，传达出特定的神韵、特有的意味。

二、从音节入手把握作品意味

怎样把握文学作品的神韵、意味呢？首先可以从作品语言层面的音节入手。

古人认为,特定的语言音节能传达出特定的神韵、意味(古人称之为“神气”),二者之间有紧密的内在联系。如清人刘大櫆就说过:“神气者,文之最精处也;音节者,文之稍粗处也;字句者,文之最粗处也。……盖音节者,神气之迹也;字句者,音节之矩也。神气不可见,于音节见之;音节无可准,以字句准之。”①总之,刘氏把“文”分为三个层次,最深最微妙的是“神气”(内容),“神气”无形,藏之于“音节”(内形式),“音节”亦无形,藏之于“字句”(外形式)。这三个层次(神气——音节——字句),用现代理论术语表述即:审美场——语流场——语义场。这是从创作角度讲。从欣赏角度讲顺序正相反:字句(语义场)——音节(语流场)——神气(审美场)。那么,要把握“神气”必须从“字句”体现的“音节”入手。

三、音节的艺术功能

刘大櫆的思路对我们的文学欣赏富有启发性。以下我们就来看看音节在具体作品中的艺术功能。

音节的艺术功能主要表现在两方面:

一是好听,给读者一种生理和心理上的愉悦感。

如《诗经》中著名的《周南·芣苢》:

采采芣苢,薄言采之。
采采芣苢,薄言有之。
采采芣苢,薄言掇之。
采采芣苢,薄言捋之。
采采芣苢,薄言袺之。
采采芣苢,薄言襭之。

从意义角度看,全诗12句所叙写的只是妇女采芣苢的一个简单的劳动过程,其实用不了那么啰嗦。但诗人不惜文字,用轻快的节奏,不厌其

① 郭绍虞主编:《中国历代文论选》第3册,上海古籍出版社1980年版,第434—435页。

烦,反复咏唱,结果唱得悦耳动听。读者只觉得其优美宜人,而不觉其啰嗦。

利用节奏和韵律产生一种愉快的效果,在民歌和儿歌中体现得更为充分。例如:

> 一个小孩儿写大字,写、写、写不了;了、了、了不起;起、起、起不来;来、来、来上学;学、学、学文化;画、画、画图画;图、图、图书馆;管、管、管不着;着、着、着火啦;火、火、火车头;打你一个大背儿头。

这是一首20世纪五六十年代的童谣,从意蕴上看没有什么"意思",只是一些儿童生活内容和日常生活现象的粘连组合,不讲逻辑,不合事理,但童趣盎然,朗朗上口,儿童一读就会,过"口"不忘。没有别的原因,只为韵脚清晰响亮(上下句重复一个同音字押韵),节奏鲜明夸张,符合儿童心理,念起来顺口、好听,能让儿童激动、兴奋,摇头晃脑,乐此不疲。这首童谣的"妙处"全在音乐性上,其"趣味"来自音节的组合。音乐因素的艺术作用在这里得到了充分显现。

二是,帮助传情达意,增强作品的艺术表现效果。

这里又可分为两个方面:

第一个方面,帮助写景叙事,使意境更加鲜明、生动、形象。

例如,杜甫的《登高》中的名句:

> 无边落木萧萧下,
> 不尽长江滚滚来。

"萧萧下",借着"萧萧"叠字和"萧""下"双声的声音,摹写出漫天落叶飘飘而下的声势;"滚滚来",摹写出长江波涛奔腾流泻的气势。写景状物如闻其声,如在目前。

李煜词《玉楼春》的结尾:

归时休放烛花红，
待踏马蹄清夜月。

两句是讲李后主夜阑舞罢，回归寝宫的时候，不让侍从点燃蜡烛，他要骑马静静地欣赏一下皎洁的月色。末句的“待”“踏”“蹄”都是舌头音，这样不仅在意思上说出马蹄踏地的事实，而且也让人似乎听到了马蹄在洒满月光的路上嘚嘚踏过的声音，抑扬顿挫，清晰逼真。

前面所引《诗经》中的《周南·芣苢》，不仅优美动听，而且使人从轻快的节奏、声音中仿佛看到了妇女采芣苢时动作的轻盈，情绪的欢快，心中幻出劳动场面。清人方玉润说读了这首诗，“恍听田家妇女，三三五五，于平原旷野，风和日丽中群歌互答，余音袅袅，若远若近，忽断忽续”（《诗经原始》）。

现代诗的声律更加自由、灵活，因而更有利于写景状物，渲染意境。如我国现代诗人徐志摩的一首小诗《沪杭车中》：

匆匆匆！催催催！
一卷烟，一片山，几点云影，
一道水，一条桥，一支橹声，
一林松，一丛竹，红叶纷纷：
艳色的田野，艳色的秋景，
梦境似的分明，模糊，消隐，
催催催！是车轮还是光阴？
催老了秋容，催老了人生！

这首诗以匆促紧凑的节奏模仿车轮的滚动行进，韵律轻快流畅而错落有致，描摹出飘忽流逝的意象，使人恍然如置身于飞驰向前的列车上，使人真切形象地感受到匆促流逝的时间的脚步声。

王蒙的小说《春之声》中有这样一段对满载旅客的列车的描写：“赶上！赶上！不管有多么艰难。咔，咔，咔，快点开，快点开，快开，快开，快，快，快，车轮的声音从低沉的三拍一小节变成两拍一小节，最后变成高亢的呼号了。”这段文字的节奏模拟了火车加速行进的节奏，暗示了社会生活也正在加快节奏迅跑。

第二个方面，帮助传达感情，强化作品的情绪基调。

韦庄有一首词《思帝乡》：

> 春日游，杏花吹满头。陌上谁家年少足风流？妾拟将身嫁与一生休。纵被无情弃，不能羞。

这里讲的是一个青年女子春游时春心萌发，她心里想，如果能够找到一个理想的对象，情愿许身于他，决不后悔。“妾拟……”一句，不但字面上表达了坚决的意志，而且“妾”“将”“嫁”都是舌头与牙齿的声音，是很有力量发出来的，给人很有决心的感觉。这里声音也代表了一种坚决的意志。①

李煜词《清平乐》写离愁，其结尾句“离恨恰如春草，更行更远还生”，两个六字句，每两个字一个顿挫。念起来一波三折，写尽缠绵宛转之致。他的《虞美人》后两句：“问君能有几多愁，恰似一江春水向东流。”一句七字一句九字，两个长句语势流转奔放，滔滔不绝，不可遏止，恰到好处地渲染出悲愁如春江之水奔放流泻，滚滚长流。如将此两个长句改为节奏短促的短句（如：问君愁几何，恰似春水流），就很难表现出愁如春水奔流不息之意味。

再如杜甫的《茅屋为秋风所破歌》末两句：“呜呼！何时眼前突兀见此屋，吾庐独破受冻死亦足！”前句末五字和后句末七字，接连不断用仄声字，节奏上又快又窄又急，再加上“呜、呼、突、兀、屋、吾、庐、独、足”等字音韵上重重相叠，造成了如泣如诉，如呼如哭，真诚感人的艺术效果。李白的《宣州谢朓楼饯别校书叔云》开头两句“弃我去者昨日之日不可留，乱我心者今日之日多烦忧”，既不写“楼”，也不写“别”，而是陡起壁立，直

---

① 参见叶嘉莹：《唐宋词十七讲》，岳麓书社1989年版，第83页。

抒郁结。而且采用长达十一字的特长句式和顿挫有致的节奏,生动形象地传达出诗人内心深广的郁结和忧愤,以及一触即发,发则浩浩荡荡,不可抑止的心理状态。

诗歌如此,散文小说亦如此。鲁迅先生精研古典文学,他把骈文、近体诗的平仄互换、虚实相对的人为声律之美,和散文的"气盛则言之短长与声之高下者皆宜"的自然音节之妙,经过融化运用到他的作品之中。声调的抑扬帮助了文思的顿挫,也体现出风格的沉郁。这种三位一体的表现方法是鲁迅小说的一个特点。

如《在酒楼上》:

> 觉得北方固不是我的旧乡,但南来又只能算一个客子,无论那边的干雪怎样纷飞,这里的柔雪又怎样的依恋,于我都没有什么关系了。

几个子句的最末一个字("乡、子、飞、恋")平仄互换,在朗诵的时候,就会感到它的朗朗上口。如把"客子"改为"客人",把"依恋"改为"晶莹",就顿然失去声调的抑扬之美。失却了这种抑扬,在声音上有些漂浮(因为都改为平声字了),影响得连原来所体现的感情也似乎不够深沉了。

再如《伤逝》的起句:

> 如果我能够,我要写下我的悔恨和悲哀,为子君,为自己。

四个子句短语的煞尾处也构成"仄、平、平、仄"的格律。"悔恨"和"悲哀"不容颠倒,"子君"和"自己"不能互易。变换一下,就读不响。句中"悔恨"的激励昂扬和"悲哀"的迂徐低沉,充分表达出抑扬顿挫的极致,真是"一弹再三叹,慷慨有余哀"。①

① 参见傅庚生:《文艺赏鉴论丛》,东风文艺出版社1963年版,第119—120页。

四、音节有独立的审美价值

文学作品中的节奏和韵律，有独立的审美价值。梁启超在谈到李商隐的诗歌时说过，李商隐的许多诗歌很难懂，但即使不懂它的内容，当你反复念着时，那节奏和声律也使你陶醉，觉得诗写得很美。他曾举李商隐的《锦瑟》《碧城》《燕台》等为例说："这些诗，他讲的什么事，我理会不着；拆开一句一句地叫我解释，我连文义也解不出来，但我觉得它美，读起来令我精神上得到一种新鲜的愉快。"①也正因为如此，在文学作品朗诵会上，许多操不同语言的各国听众聚在一起，即使听不懂朗诵的内容，也可以从朗诵者的声音、节奏、语气及表情动作中感受到某种精神意味，受到情绪的感染与冲击，从而获得审美的愉快。

文学作品的节奏韵律（尤其是声调的平仄变化）是很专门的知识，非专业工作者不能有准确分辨。另外，古典作品，尤其是诗歌富于吟唱性，古人（无论是诗人或读者）对诗的平仄音律当然就相当敏感。现代诗的吟唱性相对减弱而更倾向于思考性（小说、散文就更是如此了），所以今天的读者，尤其是非专业的广大文学爱好者对平仄变化等已经不大重视，当然也就谈不上敏感。这当然可以理解，可以谅解——要求读者都懂平仄音律不太实际，因而也不必过于苛求。但无论如何，如果想深入鉴赏语言艺术，尤其是古典诗歌艺术，懂一些音律知识是很有必要的。

思考练习题

一、文学的音乐美主要包括哪些因素？

二、字句、音节、神气之间的关系是什么？

三、音节的作用主要表现在哪些方面？

四、分析《回答》（节选）中音节与神气的关系。

回　　答（节选）

北　岛

告诉你吧，世界，

---

① 《中国韵文里头所表现的情感》，见《饮冰室合集·文集》第13册。

我——不——相——信!
纵使你脚下有一千名挑战者,
那就把我算作第一千零一名。

我不相信天是蓝的;
我不相信雷的回声;
我不相信梦是假的;
我不相信死无报。

1976 年 4 月

第二节　字词的暗含意味

一、字词的两种含义

字词的意义一般包含两个方面:字面义和暗含义。字面义是字词的直接意思,一般在字典上有明确的解释和界说。暗含义一般是指字词的引申、双关、比喻、象征、上下文隐含的暗示等联想意味。文学作品的语言是艺术语言,它与一般文章(如科学论著、通讯报道、产品说明书等)所用的实用语言的最大不同在于,实用语言要求准确,没有歧义,一般只用字面义;而文学语言除运用字面义外还特别注意运用暗含义。字词的暗含义具有丰富的精神信息,往往难以简单明确地解释或非此即彼式地界定,因此需要读者仔细体验品味。

二、字词的暗含意味举例

例如蒋韵的散文《记性》,写闺女儿是个敏感的孩子,有特别好的记性——不满两岁就能背出童话《快乐王子》,会讲很多故事;也有特别好的忘性——永远记不住老师布置的作业。闺女儿完全无意识地在企图保护一个纯净、纯粹、毫不功利的孩提世界,保护一个透彻的、大人永不能深入其中的混沌。在这篇散文中,作者对女儿的称谓不是“女儿”,也不是“闺女”,而是“闺女儿”。从这一称谓我们读出了女儿的娇小,聪明,伶俐,天真,稚气,稚嫩,有灵性;读出了女儿在妈妈心中的价值和地位——

心肝儿，宝贝儿，乖乖，娇娇……总之是读出了无限丰厚、无限温馨、无限亲昵的母女之情。一个词读得让人心动。"闺女儿"比"女儿"、比"闺女"，只是多了一个字，然而所多出的，难道仅只是一个字？

再如唐人严维的诗《丹阳送韦参军》：

丹阳郭里送行舟，一别心知两地秋。
日晚江南望江北，寒鸦飞尽水悠悠。

这首七绝抒写的是传统题材：送别；传达的是常见情感：离情别绪。诗中用字选词十分精当，无不蕴含暗示着浓浓的情感意味。第二句中"秋"字，其字面义是指自然时序中的一个季节，别无他意；而在这首诗中出现，却是一个情感符号。读者读到它时，心中随即自然涌现出与季节特征（"凉"）相对应的情感体验：萧索、凄清、寂寥、戚然等。设身处地细品诗境，好像唯有"秋"字方能传出抒情主人公当时心中况味。试换以"春""夏""冬"或别的字，唤起的感觉体验就会迥然不同。附带再指出一点，此句中有一文字游戏，即"心""秋"相合而为"愁"。这一文字游戏的破译，使读者进一步从理智上领悟了诗人遣词用字的意向，领悟了中国人造字的奥秘，领悟了大自然（如作为季节的"秋"）在艺术中作为情感符号的实质。还有第四句中的"尽"字，字面义是说江面上的寒鸦全都飞走了，而它在读者心里唤起的却是空空荡荡、若有所失、无所依凭等感觉体验。其他的"寒""寒鸦""悠悠"等，除字面义外，都暗含着浓浓的情思。

三、不同语种为什么不能全息对应互译？

由于文学语言中字词的暗含意味十分丰富、微妙、朦胧、隐曲，只可意会不可言传，所以很难全息对应地翻译成另一种文字（如汉语译成英语），甚至无法翻译成同一种文字的不同文体（如文言翻译成白话）。一经翻译，不说尽失其妙，也将失却大半。如李清照的词《声声慢》中有这样几句："满地黄花堆积。憔悴损，如今有谁堪摘？守着窗儿，独自怎生得黑？"这里的"损"字和"黑"字，无论译成外语或译成白话，都无法尽传其内在神韵、内在意味、内在精神。

同样道理,当外语译成中文时,不懂外语的中国读者也无法从译文中全息对应地领会原作之美。如莎士比亚的一首十四行诗《我爱人赌咒说她浑身是忠实》:

我爱人赌咒说她浑身是忠实,
我相信她(虽然明知她在撒谎),
让她认为我是个无知的孩子,
不懂得世间种种骗人的勾当。
于是我就妄想她当我还年轻,
虽然明知我盛年已一去不复返;
她的油嘴滑舌我天真地信任,
这样,纯朴的真话双方都隐瞒。
但是为什么她不承认说假话?
为什么我又不承认我已经衰老?
爱的习惯是连信任也成欺诈,
老年谈恋爱最怕把年龄提到。
因此,我既欺骗她,她也欺骗我,
我俩的爱情就在欺骗中作乐。

这首诗第五行中“妄想”一词的原文是“vainly”,这个词有两个意思:一是徒劳地,二是爱虚荣地。译文“妄”字接近第一个意思,但无法同时译出第二个意思。第十一行中“习惯”一词的原文是“habit”,也有两个意思:一是习惯,二是外衣。译文无法同时译出第二个意思。第十二行中“提到”的原文是“told”,也有两个意思,一个已译出,另一未译出的意思是“计算”。第十三行中“欺骗”的原文是“lie”,也有两个意思,一个已译出,另一个意思是“睡觉”。莎士比亚在这首诗中同时使用一个字词的几个意思,使诗的意思丰富、有趣、有味,而译诗只能得到一个平面的或一度的意思，而不能得到读原文时可能得到的多面的或多度的意思。①

这种不同语言、不同文体之间无法沟通无法对译的地方，很可能正是文学艺术中最为微妙最为动人的心灵信息、艺术信息。翻译的这种遗憾从反面提醒我们，要想领略文学的美，必须亲自阅读原文，直接去感受它；否则，你从译文中所获得的只能是“大意”“意思”，而不是其“全意”“意味”。

思考练习题

一、阅读文学作品（尤其是读诗），为什么要特别注重把握字词的暗含意味？

二、夏丏尊先生说过这样一段话：“在语感敏锐的人的心里，‘赤’不但解作红色，‘夜’不但解作昼的反面吧。‘田园’不但解作种菜的地方，‘春雨’不但解作春天的雨吧。见了‘新绿’二字，就会感到希望、自然的化工、少年的气概等等说不尽的旨趣，见了‘落叶’二字，就会感到无常、寂寥等等说不尽的意味吧。真的生活在此，真的文学也在此。”这段话对文学欣赏的启示是什么？为什么说“真的生活在此，真的文学也在此”？

三、译作与原作的主要区别在哪里？

四、阅读下列作品，仔细体会加着重号的字的暗含意味。

杜甫《上兜率宫》

兜率知名寺，真如会法堂。
江山有巴蜀，栋宇自齐梁。

阅读提示：清代著名杜诗研究者仇兆鳌解释说：“江山兼有巴蜀，写其形胜；栋宇起自齐梁，推其古迹。”当代学者葛兆光认为仇氏解释虽然不错，但却没有仔细体会出那一个“自”所暗含的时间的流动感。葛兆光认为，杜甫面对古寺所产生的那种对悠久而边远的历史的感慨，是由于一个“自”字而产生的，这个“自”使兜率宫寺楼阁殿堂的雕梁画栋仿佛是从幽深的历史深处蔓延过来似的，携带着几百年岁月的沧桑。一个“自”字传

① 参见殷宝书编译：《怎样欣赏英美诗歌》，北京出版社 1985 年版，第 33—34 页。

达了杜甫对历史蔓延变迁的敏感和慨叹。如果把这一句换成“齐梁栋宇留”,就似乎是陈述一个简单的事实而没有多少深刻的历史意味了。

第三节 语气的把握

一、语气及其性质

语气,即说话的口气,直接传达发言人的情感态度,是发言人精神世界的外在表现。同一句话,用不同的语气说出,就会传达不同的信息,表现各不相同的意思、意味。如“你听见了没有”这句话,用凶狠而刻薄的语气说出,其意思是威胁;用声色俱厉的语气说出,其意思是警告;用严肃而激动的语气说出,其意思是质问;用平静和缓的语气说出,其意思是询问;用亲昵而轻佻的语气说出,其意思是撒娇;用可怜巴巴的语气说出,其意思是哀求……因此我们可以说,语气就是情感,语气就是态度,语气就是意思,语气就是意味。

语气的这种性质,在以书面表达为形式的文学作品中依然不变。这就告诉我们,要想准确理解作品,把握作品的意蕴,弄清作者或发言人对表现对象、读者或本人所持的情感态度,就非仔细体会作品的语气不可。

二、文学作品的语气例析

如汉乐府民歌《上邪》:

上邪!我欲与君相知,长命无绝衰。山无陵,江水为竭,冬雷震震,夏雨雪,天地合,乃敢与君绝!

这是一位女子指天(“上邪”即“天啊”)向意中人发誓:无论发生什么事情,我将永远爱你。语气激动率直,斩钉截铁,表达了热烈奔放的感情,痛切决绝的决心和意志。

同是汉乐府民歌的《孔雀东南飞》,其中也有一段爱情的誓言:

感君区区怀!君既若见录,不久望君来。君当作磐石,妾当作蒲苇。蒲苇纫如丝，磐石无转移。

这是刘兰芝在被迫离开婆家，送行的丈夫表示“誓不相隔卿”之后，所说的几句话。丈夫焦仲卿是个忠厚老实的府吏，母亲无理逼迫他遗弃妻子，他不敢勇敢抗争，而只能眼睁睁看着妻子被迫而去。刘兰芝感到很失望。但既然他表示了“不相负”的决心，刘兰芝当然是感动的、高兴的，所以她接着立刻表了态。其意是说，只要你能像磐石一样坚硬，我就会像蒲苇那样柔韧。这段话所表示的决心是坚定的，但语气却与《上邪》大不一样。她没有那么冲动那么忘情，而更多的是理智和冷静。“感君……”，说明他们之间感情上尚有一些距离；“君当……”，表示的是她的希望——她知道丈夫软弱，她希望他坚强。总之，话语里既表示着自己的决心，也包含着对丈夫的鼓励和期待。语气里透露出她内心深微复杂的情感信息。

再如李煜著名的一首词——《虞美人》：

春花秋月何时了，往事知多少？小楼昨夜又东风，故国不堪回首月明中。　雕栏玉砌应犹在，只是朱颜改。问君能有几多愁？恰似一江春水向东流。

李煜是一位感觉极为敏锐、深挚细腻的人，他对宇宙的永恒无尽和人生的短暂无常有极深刻的感受，对自身的亡国之痛更怀有深悲极恨之感情。这种深沉痛切而又无穷无尽的哀愁，压在他心上，他想解脱，想宣泄，故而一下笔便“奇语劈空而下”，对宇宙人生作彻底的究诘和发问。所以语气沉痛悲慨，情感任纵奔放，如滚滚波涛，一发不可收。由于内容的深挚和语气的痛切，这首词极富感染力。

让我们以晏殊的一首《浣溪沙》来与李煜的这首词进行比较。

一曲新词酒一杯，去年天气旧亭台。夕阳西下几时回？　无可奈何花落去,似曾相识燕归来。小园香径独徘徊。

这首词也感叹美好事物的流逝,时光的不可逆转,但在感叹的同时又有理智的反省:往日的时光虽不在了,但眼前却有新词美酒可供享受;美好的花儿虽无可奈何地落下去了,但似曾相识的燕子却又归来了。逝去的让它失去吧,我们无法挽留;值得欣慰的是,失去的同时又有新的补偿。生活就是这样,苦涩中又有甘甜。这首词的情感基调是感伤而不沉溺,叹惋而又有自慰。理智上对“无奈”表示了旷达的理解,对现实表示了理性的满足,心理上大体平衡,所以它的语气不像李煜的《虞美人》那样沉痛悲慨,而是淡淡的惆怅和感叹。情绪的流泄极有克制,理智牢牢控制着感情。

叙事性作品主要靠叙述来展开情节,塑造人物,表现情感。叙述作为一种艺术表现手段也有一个语气(叙事作品中的语气一般又称为叙述语调)问题,只要仔细体会也不难辨识。

如鲁迅的《伤逝》开头的一段:

如果我能够,我要写下我的悔恨和悲哀,为子君,为自己。

短短一句内心独白,奠定了全文的叙述语气:低回沉重,倾心诉说。这种语气传达出全篇的基本情调——刻骨铭心的沉痛和悲哀。

再如老舍的短篇小说《月牙儿》:

是的,我又看见月牙儿了,带着点寒气的一钩儿浅金。多少次了,我看见跟现在这个月牙儿一样的月牙儿;多少次了,它带着种种不同的感情,种种不同的景物,当我坐定了看它,它一次一次的在我记忆中的碧云上斜挂着。它唤醒了我的记忆,像一阵晚风吹破一朵欲睡的花。

这是一篇自叙式的抒情小说,这里的叙述人是一位经过艰难挣扎但最后不得不沦为暗娼的年轻女人。她在监狱中看见“月牙儿”，勾起了平生无比辛酸的回忆，就是在这种心境下开始了她的叙述，所以叙述语气具有浓烈的情绪色彩：凄寒、阴冷、悲伤、哀戚，一如那闪着寒气的“月牙儿”。然而并不激动，并不捶胸顿足，并不呼天抢地，而是出奇的平静——阴冷的平静。这是因为她已经历了人生各种惨状，已经被黑暗和痛苦折磨得麻木了，眼泪流干了，所以平静了，像一个勘破人生的过来人一样。这种语气与叙述人的年龄不相称，然而却符合她的心境，符合她的经历。从叙述语气里，我们读出了她的全部悲苦全部不幸，体验到她心境中深沉的悲戚和哀伤。

三、把握语气对文学欣赏的意义

通过上面的举例及分析，读者对于什么是语气及语气的实质有了比较具体深入的理解认识，这种认识对于提高欣赏能力很有帮助。对于有欣赏经验的读者来说，对语气的把握是直觉的自动的不需刻意留心的，但对于缺乏阅读经验的读者说来，就需要进行一些有意识的锻炼，即借助于作品的各种艺术成分——如字词的感情色彩，意象和意境的营造，艺术手法的运用（如比喻、夸张、象征、抒情、感叹等），句子的结构，节奏的快慢等等来把握作品的语气。

关于文学作品的语气的把握，还需注意的是，在篇幅短小的作品里，全文的语气往往是一致的、单一的，而在篇幅较长的作品里，语气往往会随时发生变化，因而可能是多种语气并存的。

思考练习题

一、举例说明语气的实质是什么。

二、把握语气对于欣赏文学作品有什么意义？

三、对“我没说他偷了我的钱”语气的分析。

日常生活中人们说话，语气、重音所在很明显，听的人一下子就能感觉、识别出说话人的意思、情感所在。而文学作品是以文字形式呈现在你面前，从字面上你识别不出语气、重音，所以有时候就难以把握说话人的准确意思和情感，就难免产生诸多歧义。

例如有这样一句话:我没说他偷了我的钱。乍一看,似乎没有人不理解其意思,连小孩子都不会产生歧义。但是,仔细深究,这句话到底表达的是什么意思,你没有听见语气,你不知道重音在哪里,语调是什么,你就难以判断。因为,重音、语调不同,其传达的意思也就不同。

1. 重音在第一个字"我",其潜台词是,我没说,但可能别人说了。

2. 重音在第二个字"没",其潜台词是,我明明没有说,而有人却硬说我说了。这是对自我的辩解,对别人传言的否定。

3. 重音在第三个字"说",其潜台词是,我没有"说"他偷了我的钱,但是我用其他方法暗示他偷了。

4. 重音在第四个字"他",其潜台词是,我没说"他",但我说别人了。

5. 重音在第五个字"偷(了)",其潜台词是,我没说他"偷"(这个字太难听,太伤人尊严了),而说他拿了之类。

6. 重音在第七个字"我(的)"(被偷的对象),其潜台词是,我没说他偷了"我(的)"的钱,而说他偷了别人的钱。

7. 重音在第九个字"钱",其潜台词是,我没说他偷了我的"钱",而说他偷了我的别的东西(如手机等)。

读者请看,一句简单明了的话,如果不了解语气、重音所在,就可能产生这么多不同的理解,由此可知语气、重音对于理解、把握文学作品的重要意义。

——参考肖剑:《闲话》,报刊文摘,2008 年 8 月 20 日

第四节　古典诗词的语法特点

有这样一种说法:语法家和诗人是累世冤家。很显然,这是夸张之辞,不可过于当真。但也确实道出了诗词的语法特点有别于通常语言现象的语法特点这一基本事实。诗歌要求语言精练含蓄,形式整齐押韵,讲究平仄格律,所以就必须突破散文语言的语法规则,创造出自己独特的语言表达方式即语法特点。了解这种特点,对于诗歌欣赏无疑会有很大帮助。

与散文比，诗歌的语法特点主要表现在以下几个方面：

一、句子成分的省略

在诗歌中，各种句子成分都可能被省略，但最常见的是主语和谓语的省略。

1. 主语的省略

省略主语在古代诗词中较为常见。如王维的《鹿柴》：

> 空山不见人，但闻人语响。
> 返景入深林，复照青苔上。

诗人只说“不见人”，而没说谁不见人。但读者也并不因此就产生“如果没人在这儿，那么是谁听到了人语呢”或“如果你在这儿，怎么能说是空山呢”这类问题。

再如贺知章的《回乡偶书》：

> 少小离家老大回，乡音无改鬓毛衰。
> 儿童相见不相识，笑问客从何处来。

这里写的是作者久别回乡的感慨，但诗中略去了主语“我”。

有时一首诗中各句的主语不同，也同样可以省去。如王勃的《送杜少府之任蜀州》中“与君离别意，同是宦游人”，前一句省略了主语“我”，后一句省略了主语“我们”。李白的《宿五松山下荀媪家》：“跪进雕胡饭，月光明素盘。令人惭漂母，三谢不能餐。”前句省略了主语“荀媪”，最后一句省略了主语“我”。

省略的主语可以是任何一个人，或许是读者，或许是某一想象的人物。主语的省略使中国诗歌通常具有一种普遍的、超人格化的气质。西方的诗歌以自我为中心，主语常常是“我”。如华兹华斯有一首诗叫《我独自云游》，如果是中国诗人，则可能题名为《云游》。前者叙述的是特定时间空间中特定个人的经历，而后者则比较超脱，从而具有抽象性、普遍性。正因为如此,中国诗的意境、内涵往往可以摆脱特定的主语而独立出来,成为对任何人都适用的格言名句。如“欲穷千里目,更上一层楼”(王之涣);“不识庐山真面目,只缘身在此山中”(苏轼)。

2. 谓语的省略

谓语是散文句子中最重要的成分,省略了往往使句子不成其为句子,所以在散文中谓语一般不能省略。但在古代诗词中省略谓语的现象却比较常见。

刘禹锡的《秋日送客至潜水驿》:“枫林社日鼓,茅屋午时鸡。鹊噪晚禾地,蝶飞秋草畦。”

后两句有谓语(“噪”“飞”),而前两句就省略了谓语(鼓)“响”、(鸡)“鸣”。

岑参的《白雪歌送武判官归京》:“中军置酒饮归客,胡琴琵琶与羌笛。”从前一句可以推知后一句省略了谓语“吹拉弹奏”。

杜牧的《早雁》:“莫厌潇湘少人处,水多菰米岸莓苔。”后一句的意思是“水中多生长着菰米,岸边多生长着莓苔”,因有状语“多”而省略了谓语“生长”。

3. 以词组代句子

在诗歌中,除了句子成分的省略外,还常常省略散文所必不可少的介词、连词等虚词,而以词组代替句子。以词组代替句子也是古代诗词的一种常见的省略形式。

马致远的小令《天净沙·秋思》(枯藤老树昏鸦),前三行由九个名词词组构成,宛如一个个电影镜头,用蒙太奇手法把它们组织起来,烘托出一种苍凉凄绝的意境。“飘飘何所似?天地一沙鸥”(杜甫),后句的前面省略了“似”。“织者何人衣者谁?越溪寒女汉宫姬”(白居易),后句省略了“是”。“慈母手中线,游子身上衣”(孟郊),两句都省略了动词和形容词。

二、句子成分顺序的变换

在散文中,句子各种成分之间的排列是有一定的顺序的。但在古代诗词中,为了适应格律的需要,往往会改变句子中成分的顺序。这种变换

复杂多样,主要有以下几种:

1. 谓语前置

散文句式一般是主语在前,谓语在后,宾语最后。而诗词中主谓语却颠倒次序,这是古代诗词中又一个突出的现象。

王维的《山居秋暝》:"竹喧归浣女,莲动下渔舟。"谓语"归""下"倒置于主语"浣女""渔舟"之前,既符合律诗的平仄、押韵要求,又显得诗意盎然,生动有致。"风雪夜归人"(刘长卿《逢雪宿芙蓉山主人》),"夜归人"实为"人夜归"。"江晚正愁余,山深闻鹧鸪"(辛弃疾《菩萨蛮·书江西造口壁》),"正愁余"应为"余正愁"。

谓语前置不一定都置于主语前,有时是置于状语前,即仅仅同状语换一下位置。如"僧敲月下门",是"僧在月下敲门",谓语动词倒置在状语之前了。"双燕归来细雨中"的"归来细雨中",实应为"细雨中归来"的倒置。

2. 宾语前置

如"杀人辽水上,走马渔阳归"(崔颢《古游侠呈军中诸将》),这两句的意思是,在辽水作战杀敌,功成之后走马回归渔阳。下句"渔阳归"是"归渔阳"的倒装。

"吴山楚泽行遍,只欠到潇湘"(张孝祥《水调歌头·泛湘江》),前一句为"行遍吴山楚泽"的倒置。"露凝花瘦,薄汗轻衣透"(李清照《点绛唇》),后一句为"薄汗透轻衣"的倒置。

宾语提前,有时是部分的。如"菊花须插满头归"(杜牧《齐山登高》),"插"的宾语是"满头菊花",作为宾语一部分的"菊花"提前了。

3. 状语、补语前置

状语前置的,如张碧《农父》中的"到头禾黍属他人","到头"是"属"的时间状语;补语前置的,如苏轼的《念奴娇·赤壁怀古》中"多情应笑我,早生华发","多情"是"笑"的补语,应在"我"后,却前置于句首。也有主语置于定语之前的,如"破纸窗间自语"(辛弃疾《清平乐·独宿博山王氏庵》),实应为"窗间的破纸自语",主语"破纸"提在定语"窗间"之前了。

了解了诗歌中语法顺序变换的特点,对于比较复杂的诗句就可以索解了。如杜甫的《秋兴八首》(之八)中的“香稻啄余鹦鹉粒,碧梧栖老凤凰枝”两句,造句奇特,颇为费解。但通过调整语法关系(主宾相倒),就可以得到以下诗句:“鹦鹉啄余香稻粒,凤凰栖老碧梧枝”。生硬地直译为现代汉语即为:“喷香的稻米是鹦鹉吃剩下的,碧绿的梧桐是凤凰经常栖息的。”

三、词类的活用

1. 名词用做动词

汉乐府《上邪》诗中的“夏雨雪”,是“夏天下雪”的意思,名词“雨”当动词用了。刘禹锡的《乌衣巷》:“朱雀桥边野草花,乌衣巷口夕阳斜。”前句的“花”前省略了谓语动词“开”,于是名词“花”用做了动词。

2. 名词用做形容词

刘禹锡《酬乐天扬州初逢席上见赠》中的“病树前头万木春”,最后一个字“春”就是名词用做形容词。李嘉祐的《同皇甫冉》:“孤云独鸟千山暮,万井千山海色秋。”前句中的“暮”是名词用做动词,后句中的“秋”是名词用做形容词。

3. 形容词用做名词

杜甫的《望岳》“岱宗夫如何,齐鲁青未了”中,“青”字是形容词活用为名词,指青青的山色。白居易《买花》中的“灼灼百朵红”,“红”指“红花”,是形容词当名词用。

4. 形容词用做动词

王安石的名句“春风又绿江南岸”中的“绿”字,就是形容词用做动词的范例。

其他如动词用做形容词,动词用做副词,名词和形容词用做副词等等,千变万化,丰富多彩。总之,汉语中的词类具有可变性,同一个字可以用做名词,也可以用做动词或形容词等。同一个字,在一首诗里是什么意思,必须具体分析,不可凭表面意思下结论。

思考练习题

1. 古代诗词主要有哪些与现代汉语不同的语法特点?

2. 阅读中国古代诗词，注意观察分析其语法特点。

第五节　文学的多义性

欣赏文学作品，常常发现同一词汇、同一语句、同一作品，往往既有这样的含义，又有那样的含义，因而读者既可以这样理解，也可以那样理解，不管哪种理解都有道理，都说得通。——这，就是文学的多义性。

文学的多义性体现于各种文体中，但更集中充分地体现于诗歌中，因为诗歌语言凝练精粹，包孕丰富，概括力、暗示力强，给理解留下了巨大的空间。以下我们就以诗歌为例讨论这一问题。

一、多义性的表现

（一）意象（词汇）的多义性

诗歌是用意象来表现作者意旨的，意象是以语言词汇为物质外壳出现在诗篇中的。同一意象（词汇）在诗人笔下往往有很丰富的含义。

例如“菊”这种花草，作为一种象征，最早见于屈原的《离骚》：

朝饮木兰之坠露兮，
夕餐秋菊之落英。

在这里，菊花似乎是纯洁和心灵高尚的象征，同时也可能象征长寿，因为在此上面一句中，屈原有“老冉冉其将至兮”的感叹。

汉武帝的《秋风辞》：

兰有秀兮菊有芳，
怀佳人兮不能忘。

菊花在这里着重指的是楚楚动人的仪态，不是道德上的完美无瑕，同时也可能与长寿有关，因为全诗所表现的是哀叹老之将至和时光的流逝。

陶渊明以爱菊名扬古今，在他笔下，菊不仅成了道德高尚的象征，而且也意味着隐士的生活：

秋菊有佳色，裛露掇其英。
泛此忘忧物，远我遗世情。

在李清照笔下，菊花又被用来比喻红颜易老，青春短暂：

满地黄花堆积。
憔悴损，
如今有谁堪摘？

再如“春风”：

苍苔浊酒林中静，
碧水春风野外昏。

——杜甫《绝句漫兴九首》之六

这里的“春风”属自然意象，即春天的风，为“春风”之本义。

落日平台上，
春风啜茗时。

——杜甫《重过何氏五首》之三

这里的“春风”为时间意象中的季节，义同“春天”，是“春风”在诗歌作品中的特殊转借义。

春风知别苦，
不遣柳条青。

——李白《劳劳亭》

这里的“春风”用象征义来表现“离别”。

春风不相识，
何事入罗帏。

——李白《春思》

这里的“春风”又用象征义来表现爱情。

谁家玉笛暗飞声，
散入春风满洛城。

——李白《春夜洛城闻笛》

这里的“春风”用以表达乡思。

云想衣裳花想容，
春风拂槛露华浓。

——李白《清平调词三首》(其一)

这里的“春风”用以比喻容貌美。

香飘合殿春风转，
花覆千官淑景移。

——杜甫《紫宸殿退朝口号》

这里的“春风”与“千官”相组合，比喻“皇恩浩荡”。

有时，同一意象在同一作品中可作多种理解。

如王之涣的《凉州词》：

黄河远上白云间，一片孤城万仞山。

羌笛何须怨杨柳,春风不度玉门关。

对于这首诗中的“春风”,历代解释者甚众,综合起来主要有三种理解:(1)夸张玉门关的荒寒,说那里连春风也吹不到,这是“春风”一句的字面含义。(2)比喻朝廷的恩泽到不了边塞,戍卒的艰苦生活无人关心。(3)“春风”与上句“杨柳”组合,象征戍卒的离愁别恨。三种理解都有道理。[①]

又如杜甫诗《江南逢李龟年》:

岐王宅里寻常见,崔九堂前几度闻。
正是江南好风景,落花时节又逢君。

这里“落花”一词,从字面上理解只有花朵凋谢之意。但其内在含义却非常丰富。(1)它是一个描述性的时间意象,特指作者同李龟年的重逢是在暮春花木凋零之时。(2)它又是一个比喻性意象,暗指李龟年当初在长安红极一时,如今沦为流浪江南街头卖唱艺人的不幸身世。(3)此诗作于杜甫临死的那一年,其时作者已半生漂泊潦倒不堪了,“落花”又可以作为自身暮年飘零的隐喻。(4)杜甫作这首诗时唐王朝盛世的繁华已一去不返,故“落花”又可以作为一个象征性意象,象征风雨飘摇的时局。四层意思,层层深入,层层合理。[②]

(二)句子的多义性

韦庄的词《菩萨蛮》(其一):

红楼别夜堪惆怅,香灯半卷流苏帐。残月出门时,美人和泪辞。琵琶金翠羽,弦上黄莺语。劝我早还家,绿窗人似花。

这里“美人和泪辞”一句,可有两种理解:一种是说美人带着泪,和我告辞了;另一种说我带着满脸的泪痕,跟美人告辞了。两种理解并不矛

① 参见陈植锷:《诗歌意象论》,中国社会科学出版社 1990 年版,第 186 页。
② 参见陈植锷:《诗歌意象论》,中国社会科学出版社 1990 年版,第 194—195 页。

盾，我可以有泪痕，美人也可以有泪痕，更可能是双方都有泪痕。还有“绿窗人似花”一句也可以有两种理解：一种是说美丽的女子如花似玉，有这么美的女子在家里苦苦等着你，你还是早点回来吧！另一种理解是，美丽的女子如鲜花一样灿烂，但鲜花易凋谢，青春易消逝，“你还是早点回来吧，要不然我就老了”。

相传为李白所作的《忆秦娥》：

> 箫声咽，秦娥梦断秦楼月。秦楼月，年年柳色，灞陵伤别。
> 乐游原上清秋节，咸阳古道音尘绝。音尘绝，西风残照，汉家陵阙。

这里的“咸阳古道音尘绝”一句，可作三种理解：一是说道路悠远，望不见尽头，有相望隔音尘之意；二是说路上冷静，无车马的音尘，由此可以说这三个字给人以悠远及冷静的印象；三是说征人远去绝少音信回来，即音信隔绝之意。

（三）全诗整体的多义性

白居易有一首小诗《花非花》：

> 花非花，雾非雾。夜半来，天明去。
> 来如春梦几多时？去似朝云无觅处。

这首诗语言浅近易懂，写得朦胧、含蓄、空灵、洒脱。然而它的含义到底是什么？这里可以作多种理解。

（1）我们可以说它写的是一种朦胧不定飘忽易逝的心理感觉，一种微妙的心绪。它闪闪烁烁，若隐若现，扑朔迷离，飘忽不定，你不知不觉时它忽然来访，你想用清醒理智去分析把握它时它又飘然而去。

（2）白居易把此诗编入自己诗集“感伤”部，同部中还有情调相近的两首诗，一是《真娘墓》（“霜摧桃李风折莲，真娘死时犹少年。脂肤荑手不牢固，世间尤物难留连。难留连，易销歇。塞北花，江南雪”），一是《简简吟》（“二月繁霜杀桃李，明年欲嫁今年死”“大都好物不坚牢，彩云易散琉璃脆”)。有人根据此二诗内容推测白居易的《花非花》表达了一种对于生活中存在过、而又消逝了的美好的人与物的追念、惋惜之情。这种较为“落实”的理解也有道理。

(3)我们还可以超脱一点,说它概括了一种人生哲理:人生中一切美好的东西(追求的理想境界、对美的领悟和把握、微妙的人生体验……)都因其“美好”而易飘逝消散,都是可望而不可即,可忆而不可留的。从这一角度看,这首小诗就有了深远的象征意蕴,它超越了对生活中某一特定事物的描述而具有了抽象性和普遍性,它可以和每个人类似的生活体验相契合,相对应,相共鸣。

二、多义性的原因

关于文学的多义性,简单列举如上。造成多义性的原因,十分复杂。有语言和语法方面(如字词本身的多义,主语及动词、虚词的省略等)的,也有作者和读者方面(如作者本意之难以确指,读者因主观条件不同而引起的不同联想、不同理解)的,此处不拟细说。总之,文学的多义是客观事实,能在极有限的语言文字里包含凝聚多种含义,这是文学的长处,它可以使读者进入更丰美更含蓄更多样的境界,丰富读者的情感和想象。从思维科学角度讲,欣赏具有多义的作品也大有好处。它可以开启人们的思路,训练思维的灵活性,使之富于变化,善于多角度多层次地思考问题,从而开拓思维空间,避免简单化和片面性。

思考练习题

一、文学的多义性表现在哪些方面?

二、试析下列作品中加着重号的词、句的多义性。

国破山河在,城春草木深。
感时花溅泪,恨别鸟惊心。

——杜甫《春望》

寒雨连江夜入吴,平明送客楚山孤。
洛阳亲友如相问,一片冰心在玉壶。

——王昌龄《芙蓉楼送辛渐》

第六章　形象层面

第一节　意象与意境

一、什么是意象?

意象,是中国美学中一个最基本也最重要的概念,是文学作品构成的重要因素,当然,也是文学欣赏的一个重要角度。

那么,什么是意象呢? 让我们以诗为例来讨论:

夜来风雨声,花落知多少?

——孟浩然

雨中黄叶树,灯下白头人。

——司空曙

落花人独立,微雨燕双飞。

——翁　宏

以上诗句中都有可视可闻可感的物象(风雨、黄叶树、落花)或事象(雨中、灯下、人独立、燕双飞),它们巧妙地组合在一起,传达出不尽的意味。如"风雨"吹打,"落花"一片,美好的事物不能长留,隐隐约约传达出伤春惜春、"美人迟暮"的感叹。"黄叶树"本已接近凋残,偏又置于"雨中";"白头人"本已衰老自怜,感叹岁月之流逝,何况又在"灯下",更加凄然哀伤。……"在诗歌艺术中,这种通过一定的组合关系,表达某种特定意念而让读者得之言外的语言形象,如‘黄叶树’‘白头人’等等,就叫意象。”①

如果嫌这一概念不够纯粹和精练,那么更准确精练的总结,以笔者看来当属流沙河。流沙河罗列古今中外关于意象的论述加以分析比较,发现定义愈苛细漏洞也愈多,于是他返璞归真,把意象定义为——表意的象。他说这个定义在纵的方向上承续了中国古代的意象论,在横的方向上认同了西方现代的意象论。这里所说的“意”,可以是心意、情意、意思、意图、意义、意念、意向等,包括整个意识的活动和潜意识的活动。这里所说的“象”,可以是显现在心中的意象(用于创作论),也可以是完成在作品中的意象(用于欣赏论)。②

如果把“意象”放到整个文学活动流程中,就可以更清楚地理解它的涵义:物象——表象——意象——形象。“物象”即客观事物之实相,如黑板,长方形,扁平,黑色,如此等等。“表象”是客观实物不在自己眼前,但你脑子里留有它的影像,如你父母这会儿不在你眼前,但你记得他们的音容笑貌。表象是艺术创作的素材,作家艺术家根据表意的需要对其加工,让它成为要表达的思想感情的客观对应物即是意象。但这时还在作家脑子里、构思中,还没有表达出去,所以叫“意象”——意中之象,表意之象,意化之象。刘勰所说的“窥意象而运斤”就是这个意思。“形象”是作家把构思中的意象表达出去,成为读者从作品中感受到的艺术形象。意象、形象,本来含义是不同的,但新时期以来,由于“意象”概念的“出口转内销”,国内文艺理论界对其近乎“崇拜”,将其涵义大大地泛化了,所以既包括作家心中的“象”也包括作品中的“象”了。

二、意象的实质:作家情感的客观对应物

以诗人为例,作家创作为什么要用意象呢?

作家为什么要创作?是因为对人生、对世界有所体验,有所感悟,有所理解,总之是心中有了一定的意念需要表达。怎么表达?——用“言”

① 陈植锷:《诗歌意象论》,中国社会科学出版社 1990 年版,第 13 页。

② 参见流沙河著:《流沙河诗话》,四川文艺出版社 1995 年版,第 285、287 页。

(语言)?“言”不尽“意”。“意”本身无形无相,无体无状,摸不着看不见,因如雾,浑沌一片,鲜活生动,朦胧模糊,千般复杂,万般变化……总之它是一种生命性的本体性存在,而具有抽象性的“言”又怎么能穷尽它?!“言”不尽“意”改用“象”——“立象以尽意”,这就是“意象”。如上引诗句,作者要传达的“意”是多么丰富多么微妙细腻啊!用逻辑性、概括性的散文化语言,无论如何也说不清其中的微妙韵味,而一旦化为“意象”,则比较完满地传达出了那些微妙情意。所以诗人在创作时,总是要选取或创造最能传达内心情意的意象,意象经营成了艺术构思的一个中心任务。

那么,怎样经营或构思意象呢?经营、构思意象的原则是什么呢?原则是选取和“意”有相互契合、相互对应关系(用学术语言表述即“异质同构”)的“象”。中国古人注意到了客观外物与人的内在精神世界的关系,常常用外物象征人的内在精神。如孔夫子说“岁寒,然后知松柏之后凋也”,就是从松柏身上看到了人的某种崇高的品格,后人把这叫做“比德”之美。西方人也懂这一点。法国著名象征主义诗人波德莱尔就说过,外界事物与人的内心世界能互相感应、契合,诗人可以运用有声有色的物象来暗示内心的微妙世界。英国大诗人艾略特也说,表达情感的唯一的艺术方式便是为这个情感寻找一个客观对应物。艾略特的话直截了当,道出了意象的实质。

三、意象的表现形态

意象在不同作品中的表现形态是不同的,读者要注意加以识别。

1. 物象:《诗经·桃夭》:“桃之夭夭,灼灼其华。之子于归,宜其室家。”(桃花开得好漂亮啊,这个女子要出嫁了,要组织一个好家庭了)这是新婚典礼上唱给新娘的歌,这里的意象是物象——桃花,以桃花象征妙龄青春的女子。

《诗经·采薇》:“昔我往矣,杨柳依依。今我来思,雨雪霏霏。行道迟迟,载渴载饥。我心伤悲,莫知我哀!”这是一位守边士兵从前线回归故土时遇到的情景。意象在这首诗里表现为“情景”——“杨柳依依”和“雨雪菲菲”,分别与“留恋故土,依依不舍”和“天气恶劣,情绪悲哀”两种情感相对应。

2. 场景:《越中览古》(李白):“越王勾践破吴归,义士还乡尽锦衣。宫女如花满春殿,只今惟有鹧鸪飞。”李白游览越王城故址,浮想联翩,看到古今对比,产生无限慨叹。这首诗的意象是两个场景:前三句是想象中昔日的热烈、繁华、烜赫,后一句是眼前之荒凉、衰颓、破败,两种场景相对比,盛衰无常、世事变迁的意味隐含其中。

3. 意境:《江雪》(柳宗元):“千山鸟飞绝,万径人踪灭。孤舟蓑笠翁,独钓寒江雪。”这首读者熟悉的诗的意象表现为意境。整首诗的意境是一个意象(广义的意象)。

4. 事象:《没有走的路》(罗伯特·弗罗斯特):

路到渐黄的树林分两股,
我呀,一个人,只能走一股,
伫立林中,我多时踯躅,
极目远望前面这条路曲折通到一片灌木。

我却走另一股,同样美丽,
选定这一股也许有理由:
因为这条路草深人稀;
当然要就其他外貌说,
两条路倒也相差无几。

那一早,落叶下面的两条路
都很清新,还没人行走,
啊,我想把第一股暂时留着,
谁知我这股和旁路相连,
我不会转回再走那一股。

我将带着内心沉痛,

向几代后来行人倾诉：
我遇到两条道路在林中，
却选择来往稀少的一股，
结果导致了遭遇不同。

诗向读者讲述了一个“故事”：一个人在树林里遇到两条路，他既想走这条又想走那条，这当然是不可能的，于是只好选择其中的一条而放弃另一条，结果导致一生遭遇不同，令人感慨万端——这首诗有没有意象？当然有，只不过其意象是个“故事”，即事象。作者在这里是运用象征手法谈人生，林中择路的“事象”其实就是人生选择的“客观对应物”。

总之，意象在作品中的表现形态各不一样，但基本性质不变。欣赏作品时一定要善于识别不同意象，仔细体会其“对应”的意蕴是什么。

四、怎样借助意象欣赏作品？

欣赏诗歌，首先要仔细品味意象本身所蕴涵的丰富独特的情感信息。

诗歌的词藻（意象的载体）和日常语言不同，在它上面总是蕴涵着更细微更丰富的情感信息，有着更动人的审美意味。当我们读着这些词藻时，马上就会唤起一幅意象，马上就会感觉到“象”中的意味。

如，西风与秋风，字面义都是秋天的风，但诗歌中更多用的是西风：“菡萏香销翠叶残，西风愁起绿波间”（李璟《山花子》）；“碧云天，黄花地，西风紧，北雁南飞”（王实甫《西厢记》）；“西风烈，长空雁叫霜晨月”（毛泽东《娄山关》）——之所以如此，是因为虽然二者都有萧索、凄凉、伤感的意味，但西风似乎更强劲，更有力度。

“白日”当然是太阳，但它比“太阳”有味儿。“白日”有一种光芒万丈、灿烂辉煌的气象。

“绿窗”，意思是绿色的纱窗，但“绿窗”作为一种意象更有一种温馨感、亲切感，有一种诱人的家庭生活气氛。从“劝我早还家，绿窗人似花”（韦庄《菩萨蛮》）和“今夜偏知春气暖，虫声新透绿窗纱”（刘方平《夜月》）中，均可体会出以上意味。

“板桥”即木桥，但古代诗歌中却只有“板桥”而绝少“木桥”。如“春江一曲柳千条,二十年前旧板桥”(刘禹锡《杨柳枝》);“鸡声茅店月,人迹板桥霜”(温庭筠《商山早行》)等,仔细品味,“板”比“木”更有诗味,更有形象感,音节上也更响亮。

“菡萏”即荷花,二者所指名物相同,但在诗歌中出现给人的感受不同:“荷花”通俗写实,“菡萏”则比较古雅,给人一种高贵而疏远的感觉。“翠叶”即“绿叶”,但“绿叶”给人以浅俗的感觉,而“翠叶”给人以珍贵美好的感觉。

其次,要充分了解意象所凝聚的文化内涵。

意象原本是诗人为表达某种特定的情思意念而创造出来的。它一旦被创造出来,并得以广泛流传,就为社会大众所认可,某一意象就和某种特定的情思意念建立起比较稳定的内在联系,从此成为一种现成思路被诗人反复运用。于是,特定意象上就积淀起相应的文化内涵,成为文化传统的表象符号。正如C.布鲁克斯所说,当一个词用在 首诗中,它就应当是在这一词境中被具体化了的全部历史的总结。对此,读者必须有相应的了解。

如,“折柳”“折梅”“南浦”“长亭”“游子”“故人”“落叶”“孤帆”“浮云”“落日”“朝”“暮”“秋”“雁”“月”等等常见意象,往往和离愁别恨有关,成为表达相思离别的现成符号,人们一看见这些意象,就很容易勾起相应感情。

“蛾眉”作为一个意象最早见于《诗经·硕人》的“螓首蛾眉”,随后又见于《楚辞·离骚》的“众女嫉余之蛾眉兮”。由这些文化传统作基础,就大体形成了“蛾眉”意象的联想指向:美女那细长而弯曲的双眉,如“华清恩幸古无伦,犹恐蛾眉不胜人”(李商隐《华清宫》);有时是美女的代称,如“六军不发无奈何,宛转蛾眉马前死”(白居易《长恨歌》);有时又指一个人美好的情操和品德,如“众女嫉余之蛾眉兮”(屈原《离骚》)。

在古代诗歌中,像这类代表了人类的共同感情和习惯思路,能引发某种固定情绪和习惯性联想的程式化意象,比比皆是。欣赏古代作品不可不察。

再次,从意象的组合中感悟“味外之旨”。

意象常常并不孤立地在作品中出现，而是相互拼接组合，共同完成“意”的传达。诗歌中每个意象都有其相对独立的意味，而当它们通过不同手段组合在一起时，就会产生新的意味，产生如司空图所说的“象外之象”“景外之景”“韵外之致”“味外之旨”。

如温庭筠的《商山早行》中诗句：“鸡声茅店月，人迹板桥霜。”从语法上看是六个词语的堆垛，从意象角度看是六个意象的巧妙组合。“鸡声”是早行的时间意象，“茅店”“板桥”是早行的空间意象，“人迹”“霜”是早行的场景意象，“月”与“鸡声”相并也是时间意象，与“茅店”衔接，一上一下，又是一个空间意象；与对句“霜”组合，极写凌晨之冷清，又是一个场景意象。单个地看，六个意象每个都可以用来描写早行之辛苦；所有意象排列组合在一起，行人的羁愁旅思、道路辛苦得到了更强烈的表现。

相同或相近的意象经过不同作家的不同组合，可以产生完全不同的意味。如以“白骨”代死人，是汉魏隋唐诗歌中常见的一个意象，但分别出现于下列三种组合中，其“味外之旨”就不同。曹操的《蒿里行》用“白骨露于野”与“千里无鸡鸣”相组合，渲染出因战乱而造成的荒凉景象；杜甫在《赴奉先咏怀五百字》中用“朱门酒肉臭”与“路有冻死骨”相并置，暴露了贫富不均的强烈对比；陈陶在《陇西行》中用“可怜无定河边骨”与“犹是春闺梦里人”相接，沉痛地控诉了战争给人民带来的生离死别。①

为了论述问题的方便，以上我们举的例子大都是诗歌中的意象，但读者不要产生误解，以为只有诗歌中才有意象。不是的，意象是文学所有体裁所共有的艺术要素，在散文、小说、戏剧、电影等叙事文体中也同样存在。因篇幅所限本节就不再列举了，读者阅读时须留心识别。

五、意境与意象的联系与区别

意境与意象一样，是我国抒情文学创作中总结出来的审美范畴，也是传统文艺理论和美学的重要概念，因而具有共同的审美特征。这就是，它们都是作家根据抒情传意的需要而从生活中选择、提炼出来的，或者干脆就是由心灵幻化出来的，因而都是主客观的统一：情与景、心与物、意与

① 参见陈植锷：《诗歌意象论》，中国社会科学出版社 1990 年版，第 72—73 页。

象、意与境的统一。当然,在这种主客观的统一关系中,也有侧重,即矛盾的主导方面是主观,是主体的心灵。在意象和意境中,当然要描绘大量的景象、物象、事象乃至于人物形象,但这些都不是作家着意表现的中心,作家的目的不是为它们本身留影造像,而是在为"情思"寻找和创造合适的载体。透过载体,所抒发的是情感,是心灵——作品发言人(如游子、思妇等)的心灵以及作家的心灵。

意象与意境的另一个共同点是,具有生动具体的可感性、可内视性,即都可以"呈于象,感于目,会于心"①。王国维称这一特点为"不隔"。他举例说,"池塘生春草"和"空梁落燕泥"两句,妙处唯在"不隔";而"谢家池上,江淹浦畔"则"隔"矣。② "池塘生春草"是著名诗人谢灵运的名句。"谢家池上"指的就是谢氏这一名句。那么为什么前者"不隔"而后者"隔"呢? 因为前者写景如在目前,形象清新,生动可感,而后者无形象可"视",不能"呈于象,感于目",所以为"隔"。"江淹浦畔"亦如此。意境,首先是一"境",是"境"就应该具体可感,可以"内视",丧失了这一特点,"境"不存在了,意境也就没有了。

意境与意象有联系更有区别。区别在于,意象(狭义)具有单个性、独立性,表现在作品中是一个个词语,代表单个的景、物或事实,是作品艺术构成的基本单位;而意境则是由许多个意象的有机组合构成的,因而具有整体性、统一性。意境的"境"不同于"景"和"物",而相当于整体性的"生活"情景,相当于一个"场"。意境的创造离不开意象,各种意象的有机组合构成"意境"。

如柳宗元的《江雪》:

千山鸟飞绝,万径人踪灭。
孤舟蓑笠翁,独钓寒江雪。

这里的"千山"(物象)、"鸟飞绝"(事象)等等都是意象,诸多意象构

① 叶燮语,见《中国美学史资料选编》(下),中华书局 1981 年版,第 314 页。
② 《人间词话》,见《中国历代文论选》第 4 册,上海古籍出版社 1980 年版,第 372—373 页。

成了一个可“见”的“生活场景”，一个空灵的艺术空间：在冰天雪地、荒无人烟的严寒之中，一个老渔翁正驾一叶扁舟悠然垂钓于寒江之上。——这里已经不是单独存在的意象，而是意象的综合。综合之后形成了一个“场”，一个具有空间性、立体性、流动性的可供读者体验的“生活场”。

再如马致远那首著名的《天净沙·秋思》，其中的“枯藤”“老树”“昏鸦”等，是一个个单个的独立的意象，而它们的完美组合才形成一个“境”（或者说是“场”）——一个充盈弥漫某种情思意绪的“境”——即意境。既然是“境”，是“场”，就具有立体性、空间性，就是一个整体，一个和谐的场景、氛围。这种效果是要靠整体才产生的，而单个的、独立的意象是不具有如此强大的艺术感染力的。

六、意境的特征

以上是我们所要说的意境的第一个重要特征：空间性、场景性、和谐性。——意境是一个完美和谐的艺术空间，是一个相对完整的生活场景。

意境的空间性、场景性特征在具体作品中的表现，大体上可分为两种类型：

一种是如《江雪》《天净沙·秋思》那样笼罩整首诗的空间或场景。也就是说，一篇作品呈现为一个整一完备的空间或场景，这是一种典型的“空间”形态。

但更多的是非整一完备的空间形态，即一篇作品中某几句构成了一个相对完整和谐的空间或场景，这也是一种意境。如唐代司空曙的《喜外弟卢纶见宿》，全诗如下：

静夜四无邻，荒居旧业贫。
雨中黄叶树，灯下白头人。
以我独沉久，愧君相见频。
平生自有分，况是蔡家亲。

这首诗的前四句描绘出一幅场景：远景是静夜里孤零零的荒村，陋室内潦倒落魄的寒士，已然传出凄凉困窘的意味。近景：“雨”“黄叶树”

“灯”“白头人”,四个意象叠加,一幅立体场景象电影画面一样呈现在读者眼前,无限辛酸,无限悲凉,无限的人生感慨,见于言表。这四句所描绘出来的已经构成一个“空间”,一个“场”,这已经可以视为一个相对完整的意境。即使没有后四句,也不失为一首好诗。

再如杜甫的绝句:

> 江碧鸟逾白,山青花欲燃。
> 今春看又过,何日是归年?

这首诗前两句写景,十个字描绘出一幅富有生气的优美境界:青山绿水,白鸟红花——雪白的水鸟翱翔在碧波荡漾的江面之上。白与绿相互映衬,白者愈白,绿者愈绿;火红的鲜花盛开在蜿蜒起伏的青山之上,青草衬红花,青者愈青,红者愈红。两句十个字写出了江、山、花、鸟四景,白、绿、青、红四色,写出了鸟在天上飞,水在河里流,花在山上开。天上地下,有动有静,无论是动的还是静的都显出勃勃生机,显出大自然无限美好,让人感到赏心悦目,心旷神怡。这两句写出了一个阔大壮丽的“空间”,自成一意境。在这里透出的是作者对大自然的欣悦和热爱之情。然而,虽然眼前美景无限好,毕竟不是我家乡。美景反而勾起作者深沉的乡思,这才引出后两句“抒情”:“今春看又过,何日是归年?”

意境的另一重要特征是含蓄蕴藉,余味无穷。

对于这一特点,古人早有认识并有许多精辟的论述。如“义生文外”“余味曲包”(刘勰);“文已尽而意无穷”(钟嵘);“但见性情,不睹文字”(皎然);“境生于象外”(刘禹锡);“象外之象,景外之景”(司空图);“句中有余味,篇中有余意”(姜夔);“言有尽而意无穷”(严羽);“妙在笔画之外”(苏轼);等等。所有这一切都证明了古人对于意境含蓄蕴藉、余味无穷的特点的透彻领悟。

由于意境具有余味无穷的性质,所以有意境的作品能够诱导欣赏者超越具体有形的“象”(“景”“物”“境”)而想得更深更远,乃至于无限。

例如《江雪》,直接呈现给读者的就是那样一个“生活场”,但这个“生活场”是生活中根本不存在的，这是由作者的心灵幻化出来的，因而具有象征意义。它象征了柳宗元政治上失意之后的抑郁苦闷以及不屈服的心灵，渔翁清高孤傲，完全蔑视周围环境的冷酷。渔翁的形象实际上就是柳宗元的心灵形象。体会不出这些篇外之“余意”，仅仅看到了一个虚幻的“生活场”就决不能说理解了此诗。

我们还可以想得更远——这首诗不仅是柳宗元的心灵象征，而且也可以是一切清高孤傲、不与世间污浊相妥协的心灵的象征。它是一种具有普遍意义的理想人格，一种具有典型性的精神品格。一切有此类心灵品质的人都可以在这里找到精神寄托、精神参照和精神慰藉。

对于《江雪》这首诗，我们似乎还可以从超越历史、超越社会、超越现实的角度来观照它，以既从文本出发又超越文本的眼光来领悟它。在这种眼光里，诗的头两句描绘出的是一个空无虚静、万籁俱寂的恒寂世界。渔翁在这寥廓的宇宙空间中悠然自得地垂钓，其意义已远不在垂钓本身，而是象征了渔翁超世拔俗，游心太玄，独与天地相往来的精神境界。对于渔翁来说，身外世界已不成为束缚限制其行为的客观羁绊，他已获得了自由——心灵的自由和行动的自由。从这一意义来说，渔翁其实是庄子所说的“真人”“至人”。

再如元稹的小诗《行宫》：

寥落古行宫，宫花寂寞红。
白头宫女在，闲坐说玄宗。

这首诗20个字，直接呈现于读者面前的，是空虚冷落的古行宫里一幕生活小景。但这里蕴涵了多少意味啊！这里有对宫女凄凉身世的深切同情，有红颜易老、青春易逝的人生感慨，有时移世迁、盛衰递变的感喟叹息……总之，小诗意境深邃，诗味隽永，诱发读者浮想联翩。宋代洪迈在《容斋随笔》中称赞它“语少意足，有无穷之味”。

现代美学理论认为，整体大于部分之和，形式与关系可以生成一种新质。两个（乃至于更多）意象的组合可以生出象外之意（$1+1>2$）。意境余味无穷的奥秘即在这里。

七、意境的涵义

通过意境与意象异同的对比可以看出,所谓意境指的就是作品中心灵化了的特定“生活”场景,它是由意象与意象的有机组合而形成的。意境具有具体可感性(不“隔”)、空间性(“场”或“境”)、余味无穷等几个显著特点。根据以上特点可以看出,并不是所有的诗词作品都有意境——例如那些以学问入诗(大量用典、雕章琢句等)、以议论入诗,不假形象直接抒怀咏志等类作品一般就没有意境。对于有意境的作品来说,也并不都是从开头到结尾构成一个完整统一的意境,而更多的是其中某几句构成一个相对完整和谐的意境。

以上我们着重谈了诗词作品中的意境,其原因是意境在诗词中表现比较普遍比较集中,同时也因为诗词作品篇幅短小,便于举例分析。不过这样做并不意味着散文、小说、剧本等其他样式的文学作品中不存在意境。事实上,作为一个审美范畴,作为一种艺术现象,意境普遍存在于各种类型的文学作品中,只不过其表现形态与诗词作品中的意境有所不同,但其基本特征仍是一脉贯通的。

最后,从欣赏角度出发还需要说明的一点是,有无意境不应该成为衡量作品艺术上成败优劣的唯一尺度。正确而通达的观念应该是:“有意境者固然高,无意境者未必低”①。

思考练习题:

一、什么是意象?

二、意象的实质是什么?

三、意象主要有哪些形态?

四、从哪些方面把握意象中的意味?

五、意象组合的艺术功能是什么?

六、意境与意象的共同点是什么?

---

① 袁行霈:《中国诗歌艺术研究》,北京大学出版社 1985 年版,第 47 页。

七、意境的特征是什么?

八、体会下列诗句意象的意味。

狗吠深巷中,鸡鸣桑树颠。

——陶潜《归田园居五首》之一

大漠孤烟直,长河落日圆。

——王维《使至塞上》

落日照大旗,马鸣风萧萧。

——杜甫《后出塞五首》之一

无可奈何花落去,似曾相识燕归来。

——晏殊《浣溪沙》

秋风萧瑟天气凉,草木摇落露为霜。
群燕辞归鹄南翔,念君客游多思肠。

——曹丕《燕歌行》

第二节　人物与主题

叙事性作品(为行文方便,以小说为例),顾名思义,其基本特点是叙事,而"事"是由人做的,无人即无事,所以叙事必写人,人与事是相互依存不可分割的。但在具体创作实践中,作家根据艺术表现的需要,也可以有所侧重,如或侧重于叙述故事,或侧重于描绘人物。有人根据这种侧重点的不同,把前者叫做情节小说,把后者叫做人物小说。

侧重于描绘人物的小说,其艺术表现的重心也不尽相同:有的侧重于表现人物的性格特征(如鲁迅的《阿Q正传》);有的侧重于表现人物的命运(如王蒙的《蝴蝶》);有的侧重于表现人物的心态(如张承志的《绿夜》);当然,更多的是性格、命运、心态的综合表现……形态复杂,难以尽述。这里,我们着重谈谈侧重于人物性格塑造的作品的欣赏。

文学作品中的人物性格,简单说就是人物的全部精神因素、全部精神特征的总和。由于生活中人的精神世界本身的复杂性、微妙性,也由于作家个性、气质、生活经验、艺术修养等各方面的独特性、多样性,所以由以上两种因素(生活+作家)融汇出来的人物性格也是千差万别、形态各异的。这正应了生活中的俗语:“人上一百,形形色色”,“人心(性格)不同,犹如其面”,“一娘生九子,连娘十个性”。这既是生活的奥妙,也是艺术的奥妙。——以上是我们要讲的第一层意思:人物性格的各异性。对此,读者在欣赏作品时一定要有充分的认识,通过各异的性格认识各异的人心,各异的人生,各异的命运。

但这只是把握人物性格时需注意的一方面。同时,还应该认识到,各异性中也有相对共同、共通、统一的一面,即有相对的一致性。据此,我们又可以对形态各异的人物性格进行大致的归纳和分类。

一、人物形态分类

关于人物形态的分类,比较有影响的是英国作家爱·摩·福斯特的分法。他在《小说面面观》中将人物性格分为扁形和圆形两种类型。所谓“扁形人物”,就是按照一个简单的意念或特征而被创造出来的类型人物或漫画人物,其性格特征可以用一句话加以概括。所谓“圆形人物”,就是性格比较复杂,因而不能用一句话加以概括的人物。福斯特对人物性格类型的两分法简单明快,通俗易懂,其中包含不少合理成分,因而很容易被人理解和接受。

但是,如果深入到具体作品、具体人物来考察,就会发现“两分法”不免失于粗疏和过于简单化,用以解释文学史上许多著名典型形象的性格十分牵强,不能令人信服。对此,我国学者马振方在他的《小说艺术论稿》中进行了深入详细的分析和检视。他从古今中外文学作品实际出发,同时吸取福斯特理论的合理之处,提出了自己的人物类型理论——把人物性格分为三类:扁形人物、尖形人物、圆形人物,并且对每一类人物的特征都给予了更为科学更为合理的解释。下面,我们就以马振方先生的分类为依据,结合作品中具体人物形象,简要介绍三类人物性格的特征。

(一)扁形人物

如上所述,扁形人物是指性格特征单一,可用一个词语或一句话加以归纳概括的人物形象。这类人物的创造,目的是为了传达作者的某种意念。具体说又可分为两类:观念型和特征型。

观念型扁形人物，是作者为表现某种思想观念而借用的工具或符号。

例如，日本作家星新一有一篇小说叫《自信》，写一个名叫西岛正男的独身青年，住在某公寓某房间里。一天晚上，忽然有一个自称"西岛正男"的汉子大模大样地走了进来，声称自己就是这房间的主人。正男认为那汉子是开玩笑，是恶作剧，是神经不正常，因而左盘右问，并且用种种办法来证明自己是"西岛正男"而来人不是"西岛正男"。但在盘问及想办法证明自己身份的过程中，那汉子神态率真、自然，泰然自若，充满自信；而自己心里却越来越虚，越来越不敢自信，最后竟至于承认："大概您是真正的正男。即使事实并非如此，可您很有自信，您有存在的价值。"于是，只好自己灰溜溜地离开自己的屋子，"茫茫的夜雾将他吞没了"。

这篇作品，情节很荒诞，寓意很明显。作者想借西岛正男这一人物传达自己对人生的某种观察：生活中有的人缺乏自信，以至于缺乏到连自己是自己都不敢相信。西岛正男的性格被夸张被变形，因而很典型很单一。他还有没有其他性格特征我们一概不知。这是一个典型的观念型扁形人物。

观念型扁形人物自古就有。例如："远古神话传说中的部分人物。如开天辟地的盘古，抟土造人的女娲，窃药奔月的嫦娥，怒触不周之山致使'天倾西北''地不满东南'的共工，都是表现古人思想观念的符号，是古人对天地、自然形象的解释。"再如，"单纯表现迷信观念、宗教信条的人物。六朝志怪小说中的许多人物都是为'记经像之显效，明应验之实有'服务的，是善恶报应、因果轮回等宗教观念的形象化。此种人物在小说史上历代不绝，古典名著《聊斋志异》也不乏其例"。还有，"以写实形式出现而无生活血肉的概念化人物。这是图解观念的稻草人，或宣示观念的传声筒；有些角色被纳入所能想见的种种美德或丑行，看上去似乎很多面，实际上是高尔基说的那种善或恶的'容器'，仍是体现观念的工具"。[①] 这一类型的人物，清代小说《野叟曝言》的主人公文素臣可以算作一个标本。作者试图把他塑造成浑身放光彩的神圣人物，说他"是铮铮铁汉，落

① 马振方：《小说艺术论稿》，北京大学出版社1991年版，第34页。

落奇才,吟遍江山,胸罗星斗。说他不求宦达,却见理如漆雕;说他不会风流,却多情如宋玉。挥毫作赋,则颉颃相如;抵掌谈兵,则伯仲诸葛,力能扛鼎,退然如不胜衣;勇可屠龙,凛然若将陨谷。旁通历数,下视一行;闲涉歧黄,肩随仲景"①。总之,他文功武烈,并萃一身,天下少有,古今无双。不仅如此,作者还要进一步"美化"他,说他还是玩女人、生孩子的好手,说他姬妾成群,生二十四男,男又大贵,且生百孙。如此等等,肉麻之至。鲁迅说,凡人尘荣显之事,为士人意想所能及者,此书几毕载矣,惟尚不敢希帝王。可以说,文素臣的性格集当时理学家们梦境之大成,看似多面实则是木偶。在扁形人物中,这种以写实形态出现的概念化人物,最令人讨厌。

特征型扁形人物,特点是具有某种孤立的具有象征意义的性格特征,是某种性格特征的抽象。

例如王蒙的小小说《雄辩症》,写一位病人前往医院就诊。医生说请坐。病人说,为什么要坐呢?难道你要剥夺我的不坐权吗?医生无可奈何,说请喝水吧。病人说,这样谈问题是片面的,因而是荒谬的,并不是所有的水都能喝。例如你如果在水里掺上氰化钾,就绝对不能喝。医生说,你放心,我这里并没有放毒药。病人说,谁说你放了毒药了呢?难道我诬告你放了毒药?难道检察院起诉书上说你放了毒药?我没有说你放毒药,而你说我说你放了毒药,你这才是比毒药还毒的毒药!……短短几百字,小说创造出一个具有突出性格特征——雄辩症——的人物形象。这种性格特征是一种夸张一种概括一种象征,从中能见出时代的某些印痕。人物有现实外表,却又显然非写实,而颇像寓言。在古代寓言中,有一些具有单一性格特征的人物。如愚公、智叟、东郭先生以及"守株待兔""刻舟求剑""揠苗助长""削足适履""杞人忧天""叶公好龙"等故事中的主人公。神话中也有这类人物,如夸父、精卫、羿、刑天、普罗米修斯等。

(二)尖形人物

尖形人物的基本特征是:第一,有多方面的性格特征,不像扁形人物

① 《野叟曝言》第一回语,转引自《鲁迅全集》第9卷,人民文学出版社1982年版,第243页。

只有一面；第二，在多方面性格特征中，某一侧面特别突出，超常，引人注目。尖形人物不是平面人物，而是立体人物。他们就像几何图形中的各种锥体，都有一个引人注目的高高的尖顶——尖端特征。

例如《三国演义》中的关羽，是很成功因而也很动人的艺术形象。清人毛宗岗在评点《三国演义》时对他评价甚高："历稽载籍，名将如云，而绝伦超群者莫如云长。青史对青灯，则极其儒雅；赤心如赤面，则极其英灵。秉烛达旦，人传其大节；单刀赴会，世服其神威。独行千里，报主之志坚；义释华容，酬恩之谊重……是古今来名将中第一奇人。"[①]总之，关云长是封建时代传统道德的楷模，在他身上集中着多方面的性格特征。诸如忠、义、仁、智、勇、信、骄……但最突出的是忠、义、勇。所以在小说《三国演义》行世之后，终于被尊为"忠义神武关圣帝君"。

再如《水浒传》中的李逵，通常被认为是性格最简单的形象——其基本性格特征是鲁莽。但是，如果深入研究就会发现，李逵性格并不只是一个"鲁莽"，而是还有直率、天真、无私、至诚、勇猛、孝顺、讲义气等，甚至有时还要无赖、弄狡猾，一副可爱的儿童相。

再如著名的阿 Q，也很复杂或者说很丰富。有学者用系统论方法对阿 Q 性格作了全面分析，指出他既质朴愚昧又狡黠圆滑；既率直任性又正统卫道；既自尊自大又自轻自贱；既争强好胜又忍辱屈从；既狭隘保守又盲目趋时；既排斥异端又向往革命；既憎恶权势又趋炎附势；既蛮横霸道又懦弱卑怯；既敏感禁忌又麻木健忘；既不满现状又安于现状；如此等等。不过，虽然阿 Q 的性格有如此多的侧面，但其最突出给人印象最深的还是他的"精神胜利法"，能够让人一下子记住的，还是阿 Q 自我安慰的话："我们过去比你阔多了"，"儿子打老子"。

类似关羽、李逵、阿 Q 这种既有多侧面又有突出点的人物形象，中外文学史上比比皆是。如极端主观主义的唐·吉诃德，吝啬得出奇的葛朗台老头，懒惰成性的奥勃洛莫夫，人道主义楷模冉·阿让，投机大王乞乞科夫，伪君子答丢夫，野心家麦克白，妒忌狂奥塞罗，"套中人"别里科夫

① 《中国美学史资料选编》，下，中华书局 1981 年版，第 219 页。

等等,都是尖形人物的显例。中国古典小说中尤其多,明代三大小说名著《三国演义》《水浒传》《西游记》中的主要人物大多属于这一形态。

(三)圆形人物

与尖形人物相比,圆形人物的根本特点是没有超常的性格特征,逼似生活中的真人、常人。当然,这并不是说圆形人物没有突出的性格特征,而是说圆形人物即使有突出的性格特征,但与现实的人相比,并不超常,没被漫画化,也不带类型性,就像生活本身一样,如林黛玉的多愁善感等等。①

让我们举个当代小说中的成功例子吧——刘震云的中篇小说《单位》和《一地鸡毛》中的小林。小林大学毕业,分配到某国家机关当职员。刚开始来到单位,小林仍是学生脾气,跟个孩子似的,对什么都不在乎。譬如说,常常迟到早退,上班穿个拖鞋,不主动打扫办公室的卫生,还常约一帮分到其他单位的同学来这里聚会,聚会完也不收拾。领导批评他,他还顶嘴。党小组长劝他写入党申请书,他说"我对贵党不感兴趣"。但两三年下来,小林"幡然悔悟",发现应该改掉孩子脾气。首先是同时分配工作的不少同学开始提升,而自己还是个大头兵;再者是结婚了没房子,与别人合住一套房子;还有,结了婚生了孩子,又接母亲来住,工资低生活紧张,而要分房子涨工资就要提级,提级就必须入党,必须在单位混得好,处好人际关系。从此,小林像换了一个人:上班准时准点,不再穿拖鞋,不与人开玩笑,积极扫地打开水,主动干一切别人不愿干的杂务,帮领导搬家卖大力气,写入党申请书外加一个月一次思想汇报。宁肯忍疼让孩子喝不上奶粉,也要省下钱来给党小组长送点礼。单位里人际关系复杂微妙,钩心斗角,他谁也不敢得罪。他时时察言观色陪小心,处处低声下气讨别人的好,既要任劳又要忍气。小林被生活征服了,生活教会了他许多。为了老婆调动工作,他被迫违心送礼;为了省下几分钱,他一大早到公家副食店排队去买豆腐;为了增加点收入,他抹下脸来去卖鸭子……终于,小林开始"成熟"了,已不像刚来单位时那么天真,尽说大实话,明白

① 参见马振方:《小说艺术论稿》,北京大学出版社1991年版,第38页。

了在单位就要真真假假，真亦假来假亦真，说假话者升官发财，说真话倒霉受罚。于是，他渐渐学会了说假话，学会了办事卖关子，也学会了收人家的送礼……（《一地鸡毛》）

小林变了：由幼稚变得老练了，由天真变得世故了，由单纯变得复杂了。从艺术角度看，小林的性格由“扁形”变为“圆形”了。“生活”真是这样子的吗？——不是这样子又是什么样子呢?！面对这样的人物，谁不感觉他真得不能再真呢?！谁能不感到他就在我们眼前，就在我们身边，甚至就是我们自己呢?！

像小林这样的人物，从生活中走来，带着生活本身的全部本真性、丰富性、复杂性。通过小林的生存处境与心路历程，作品揭示了人与人生的种种奥秘，让读者从中透视了世态世相世情的本来面目，看清了人心人性的深层幽微，了解了人情世故的种种隐曲和复杂，因而体验到一种勘破人生底蕴的苦涩感、怅惘感、痛快感。正如马振方先生所说的：“小说是表现人生的艺术，人物逼似生活中的真人、常人，必然产生特有的亲切感、真实感和艺术美感。这是圆形人物独到而普遍的审美价值，是任何扁形人物和尖形人物无法代替、也无法比拟的。”①

关于人物性格形态的把握，暂谈以上这么多。在结束本节之前，还有两个意思需要说一说。第一，人物性格类型的划分只是大体，大略，大致，粗线条，大轮廓。其实，类与类之间不是非此即彼、截然分明的，而是还有许多中间型、过渡型。第二，人物性格的形态虽有层次高低之分，但并不意味着某一种形态形象的审美价值和艺术成就就一定比另一种形态的形象低。人物性格的形态类型不能作为衡量人物形象价值和成就的唯一尺度。事实上，每种类型的性格都各有所长，各有自己独特的审美价值，因而不可一概而论。

二、人物形象与主题的关系

叙事文学题材的三要素（人物、情节、环境）中，人物最重要。这是因为，人是社会实践的主体，是各种“社会关系的总和”（马克思语），所谓社

① 马振方：《小说艺术论稿》，北京大学出版社 1991 年版，第 46 页。

会生活,就是人的生存及活动。离开了人,既无“社会”亦无“生活”。因此,作家在创作中,无不倾全力写好人物,通过人物形象尤其是主要人物形象,传达自己对社会人生的感受和理解,揭示作品的主题。

这样一来,就为欣赏者把握作品的主题提供了一个有效的思考线索——通过人物形象的分析入手。

通过人物形象揭示作品主题,大体上有以下几种情况:

(一)通过人物性格的丰富内涵揭示主题

例如蒋子龙的《一个工厂秘书的日记》中的厂长金凤池,是个一心为工作,精明能干而又世故圆滑的人物。上任第一天,厂里人还不认识他,他就为一位普通工人解决了葬母要车的困难。为了笼络捣蛋的对手,他主动为其女儿安排了工作。他利用到工业局开会之机,在机关大楼挨门拜访搞“关系学”——他不无炫耀地宣称自己发现了一个“真理”:在资本主义社会办事靠金钱,在社会主义社会办事靠关系。他领导的工厂赢利了,支部书记主张为工人盖宿舍楼,他坚决反对,因为他怕直接管辖他们的“三姑六婆”乱伸手爪分掉。年终发奖金,他亲自到银行软缠硬磨,要回了钱还要当天发下去,因为他怕明天来了文件不让发。果然第二天来了不让再发奖金的文件,但文件对他们已失去效用。总之,作品情节处处揭示了金凤池的精明、圆滑、世故。然而他却是廉洁奉公的好干部。他拉关系让的烟等全是自己掏腰包,家里全靠老婆工资维持生活;而且,对于自己的圆滑,金凤池本人也很讨厌,他认为自己不够“人民代表”的资格,因而选代表时不投自己的票。金凤池的性格是怎样形成的呢?他自己有过一个解释:“我不是天生就这么滑的。是在这个社会上越混,身上的润滑剂就涂得越厚。泥鳅之所以滑,是为了好往泥里钻,不被人抓住。人经过磕磕碰碰,也会学滑。社会越复杂,人就越滑头。”这段话,解释了金凤池性格的成因。由此,作品的主题也就明确了:抨击社会不正之风。

乔典运的《问天》,塑造了一个农民形象——三爷。支书让民主选村长,候选人是张文和李武,选谁呢?三爷首先想的是“看谁对咱好”:张文在公共场合挽回过自己的面子,为答谢这份情义,于是决定选张文;李武的妈在吃食堂时照顾过自己,此恩不能不报,于是又决定选李武。儿子说谁对咱好是白搭,得看谁对支书好,谁对支书好了才能当。思来想去两人都对支书好,三爷又决定不了,于是只好掷硬币占卜。抛了两次俩结果,没办法只好直接问支书。支书不表态,难坏了三爷。万般无奈中三爷只好弃权。

三爷的性格有点夸张和漫画化,但让人觉得很真实、很典型、很有代表性。三爷有了民主权利,却不习惯使用——他习惯于啥也不想,听上级的话。面对"民主",他的惯性思路是自己的利益(看谁对咱好),要不就是揣摩上级的意图(支书想叫谁当),以上级的意志为自己的意志。这就把三爷自私、愚昧、奴性的性格特征充分刻画出来了。把握了人物性格,主题大体上也就明确了:揭示了某些农民缺乏民主意识和独立人格、愚昧奴性的精神状态,批判了极左政治所造成的恶劣影响,提出了要推进民主政治,必须大力提高广大人民群众的精神素质的大问题。

(二)通过人物的命运揭示主题

有的作品,并不特别注重人物性格的塑造,而是着眼于人物的经历、人物的命运,通过人物的生活史来透视人生和社会,从而揭示作品的主题。

莫泊桑的长篇小说《一生》就是如此。主人公约娜,是个极平凡、极普通的好姑娘。她心地单纯、温柔善良,在修道院寄宿学校接受过良好教育,很有教养。她对人生怀着美好的憧憬,却没有过分的奢望;她渴望走向生活,却缺乏必要的生活经验。离开学校回到家乡,认识了当地贵族青年于连·德·拉马尔,看到小伙子温文尔雅,风度翩翩,很快坠入情网,不久就由热恋到结婚,度过了一段短暂的甜蜜岁月。但约娜看错了人,其实于连在温柔体贴的外表下面有一颗卑污的心灵。当他与约娜结婚并占有了约娜的财产后,便开始暴露出贪婪、吝啬、自私的本性,他一心算计钱财,对约娜越来越粗暴,越来越冷淡。他诱奸了使女并使她怀孕。约娜对丈夫失望后将全部感情寄托在儿子身上,但儿子长大后和父亲一样成了冷酷无情的市侩,当他在商业投机和糜烂的私生活中耗尽母亲的财产后,便弃母亲于不顾。约娜在一连串不幸的打击下心力交瘁,灰心绝望。走投无路中只好卖掉心爱的住宅和老使女一起节俭度日。最后,儿子的姘妇死了,儿子把刚出世的婴儿交给了老母亲。约娜满心喜悦,感到生活又有了活气。小说的最后一句话,是约娜的使女萝莎丽的感叹:"你瞧,人生从来不像意想中那么好,也不像意想中那么坏。"萝莎丽是约娜一生经历的见证人,她的感叹可以视为是对约娜一生命运的总结,也可以视为整个作品的主题。作者似乎是想借约娜的一生,说明人们所期待的幸福往往是不现实的,永远得不到的,但也不要完全失望;对待生活既不能有太多的幻想,也不要完全不抱希望。

人的命运,是人的生命历程,是人生在时间和空间上的展开。命运富有沧桑感、历史感,富有戏剧性、故事性,宜于直接呈现社会的面貌,传达人生的况味,因而常常为文学家所关注,选为主题的载体。鲁迅笔下的祥林嫂(《祝福》),王蒙笔下的张思远(《蝴蝶》),高晓声笔下的李顺大(《李顺大造屋》),性格特征并不特别鲜明突出,但其命运却十分典型。在他们的命运中负载着更为丰富深远的社会历史内容,显现着更为深刻厚重的社会文化特征。

(三)通过性格与命运的结合揭示主题

这种情况更为普遍,即既注意人物性格的精细刻画,通过性格尽量映照和涵盖更多的社会生活信息;同时又注意人物命运的展开描述,从人生际遇、人际纠葛、人事变迁的角度透视社会历史的底蕴。大型作品如长篇小说更多的是采用这种方式。

如莫泊桑的《漂亮朋友》就是如此。小说出色地描绘了一个流氓恶棍(性格)发迹的全过程(经历、命运)。主人公杜洛华原是一个乡村贫穷酒店老板的儿子,精明狡猾,天生的强盗胚子。在殖民地非洲服役时,奸淫烧杀,无恶不作。回巴黎后在铁路局当了一名寒酸的小职员。他无比艳羡上流社会的优雅和浮华,决心挤到这一阶层去。经人介绍,他进入了法兰西生活报社当了一名外勤记者。外勤记者的工作使他接触到巴黎社会的各个角落,上至亲王、部长、将军、主教,下至妓女、老鸨、咖啡馆侍者。很快他就对巴黎社会的腐臭、污浊有了透彻的认识,他认定了"在人类的道貌岸然之下,不过是永恒的男盗女娼"。这一点与他臭味相投,从而增加了他"奋斗"的信心和力量。他狡黠机敏,诡计多端,善于揣摩老板的秘密企图,善于制造假象,散布流言蜚语,很能迎合老板的需要,不久就得到老板的信任。他利用自己漂亮的外表向老板夫人献殷勤,很快被升任为"社会新闻栏"主编,从此更加肆无忌惮。他毫无道德和良心,无所顾忌地把遇到的所有女人都当作奴隶或工具加以使用,政治主编福雷斯蒂埃的妻子玛德莱娜最初是杜洛华的向导、恩人,是她帮助他写出一篇文章,使他获得了进身之阶。他对她无比钦佩,无比感激。他发现她与政界有密切交往,文笔潇洒,很有才能,便疯狂向她进攻。果然,在她丈夫死后,他如愿以偿,既接替了她丈夫的政治主编职务,又接替了丈夫的角色。依靠她的帮助,他转眼间成为政治新闻界的风云人物,新内阁的重要代言人,荣获了十字勋章,挤进了贵族阶层。之后,他的政治野心恶性膨胀,需要借用新的梯子时,他就嫌玛德莱娜碍事了。于是他设圈套玩了一出捉奸的丑剧,毫不费力地达到了离婚的目的,又从玛德莱娜那里勒索了五十万法郎的遗产。他盯上了金融巨头兼报社老板瓦尔特的权势和财产,他勾引了瓦尔特的女儿(同时也是他情人的女儿)并拐走了她,强迫瓦尔特承认他们的婚事。他要借势参与国家政治,要干更大的"事业"。杜洛华惊人的无耻使老奸巨猾的瓦尔特也大为惊叹,料定他"将来一定能当议员和部长"。

杜洛华是莫泊桑所塑造的最为成功的一个典型形象,这个人物的性格特点十分鲜明:寡廉鲜耻,阴险狡诈,不择手段。他的信条是:"人人都为自己,谁有胆量,谁就胜利。"然而就是这样一个恶棍,在那个社会里竟能如鱼得水,飞黄腾达。这说明当时日益堕落腐败了的资产阶级需要他,特别是金融垄断集团,为了控制操纵国家政治经济及一切宣传工具,需要物色一批精明强干的恶棍作为走狗,这些人越是无耻越是胆大就越有利用价值。而杜洛华就正是这样的人。是社会培养和造就了杜洛华无恶不作、荒淫无耻的性格,也是社会为这种人横行无阻创造了条件。读者读完全书,作品的主题自然而然就明白了:通过杜洛华这一恶棍的发迹过程,无情地揭露和批判了资本主义社会(尤其是报界)的黑暗和腐败。——这是从社会政治角度看出的主题。

换个角度,即超越社会和历史的人生角度,我们可以说作品揭示了人类生活普遍存在的一种荒诞现象:小人得志。杜洛华这样性格的人并不是只有资本主义社会才存在。马克思主义的思想路线是实事求是,一切从实际出发。如果从实际出发我们就不得不承认,包括我们现在所处的社会主义初级阶段在内的各种社会形态下,都有这种人。这说明,这类人的存在并成为"英雄",成为众人眼里的"成功人士",是人类生活中普遍存在的一种荒谬现象:在一定条件下,君子斗不过小人,小人反能成功、得志。原因复杂,此处不拟细说。

《漂亮朋友》代表了莫泊桑小说思想和艺术的最高水平,由于这部作品的出版,恩格斯曾表示要向作者"脱帽致敬"。

思考练习题

一、人物性格的形态大致可以分为哪几种类型?每种类型各有什么特点?

二、结合具体形象体会圆形人物的审美价值。

三、分析曹操和王熙凤的性格特征。

四、人物形象与主题的关系是什么?

五、通过人物形象揭示作品主题大体有几种情况?

第三节　人物与作者

传统文学观念总是强调文学对生活的反映。在这种观念影响下,作家倾向于对生活的写实,读者倾向于把作品理解为写实,大家关注的都是作品与客观生活的关系,对作品中人物的分析往往是就人物说人物,关注的是人物本身,而忘了人物背后的作家。这是一种狭隘的欣赏观念,为了纠正这一不足,这里提出人物形象与作家的关系问题,提出人物背后有作家。

一、人物形象与作者的关系

文学作品中人物形象与作者的关系是什么?这是读者在欣赏文学作品时经常想到的一个普遍性问题。

最简单的答案是，人物形象是作家的精神产儿，是作家心灵感受人生的艺术结晶，作家们的创作体验无不确凿证明着这一点。人物形象是作家经过心灵的熔铸创造出来的，因此在人物身上流淌着作家的血液，灌注着作家的生命，充盈着作家的精神，弥漫着作家的气息，人物是作家整个生命、心灵、精神、个性的对象化、形象化。由于作家把自己的一切都投射到人物身上，反过来，从人物身上也自然而然地映射出作家。读者眼前出现的是“双重影像”——直接是人物，间接是作者；表层是人物，深层是作者。

从人物形象上可以看到作者的什么？——可以看到作者的人生观、价值观、生活观，看到作者的人格理想、思想认识、精神追求，看到作者的生活经验、文化修养、审美情趣，看到作者的感情和理智，看到作者的个性和气质……总之，从人物身上可以看到作者整个精神世界，看到作者的方方面面——“凡你给我的我都还给你”。当然，我们这是就整体而言，至于每一具体形象身上映射了或主要映射了作者的什么，那要具体情况具体分析。

二、从人物形象身上可以看到作者的哪些方面？

（一）看到作者的人生观、价值观

例如，在《红与黑》的主人公于连·索黑尔身上，主要映射了作者司汤达的人生观、价值观和社会观。于连是一个资产阶级个人奋斗者的典型形象，是法国大革命以后成长起来的一代知识青年的代表。这批青年人大都雄心勃勃，精力充沛，在智力与意志上大大优越于贵族青年，只是因为出身微贱才不得不处于下层。但他们对此并不甘心，他们渴望财富和荣誉，渴望改变自己的社会地位，于是勇敢地投入上流社会的角斗场。于连英勇顽强地奋斗了，在他身上体现出了资产阶级个性中最有活力、最有进取性的一面。他属于资产阶级上升时期那种敢作敢为、具有顽强意志和冒险精神的类型。这种人没有宗教信仰，没有对来世的幻想也没有对来世的恐惧，他们生来就是要为荣誉、地位、财富及一切现世幸福而奋斗。他以平民的平等意识对抗封建等级观念，以个人价值对抗高贵的出身，他维护个人的尊严，追求个人的价值。总之，于连的全部行为代表了一种价值观念,这就是个人主义——追求个人幸福,个人价值,个人意志,个人的独立和自由。在19世纪文学中充满了这种“个人”,而于连是其中最为突出的一个。

《红与黑》的主要情节取自法国伊泽省的一个刑事案件,案件中的刑事犯是于连的原型。将生活原型改造成为一个举世闻名的艺术典型,奥妙不是别的,当然是作者赋予了他以不朽的艺术魅力——作者放进了自己,放进了自己的人生观、价值观、社会观。司汤达本人是个启蒙思想的信徒,政治态度激进,拥护资产阶级革命。在思想上,他直言不讳是一个自我中心论者,在他心目中,“利己”是人的本性,谋求个人幸福是人生的最高目的和人类一切行为的唯一动机。为荣誉、地位、财富和爱情而奋斗,是人生无可争议的“伟大事业”。他在《自我中心主义者的回忆》中说:“社会好比一根竹竿,分成若干节。一个人的伟大事业就是爬上比他自己的阶级更高的阶级去,而那个阶级则想尽一切办法阻止他爬上去。”这句话非常明确地概括了他的人生观、价值观、社会观。正是由这种观念出发,他塑造出了于连。[①] 而读者从于连身上也看到了司汤达。

(二)看到作者的人格理想

在列夫·托尔斯泰笔下的一系列人物身上,我们看到了作者所认同、所追求的人格理想。这些人物主要有:《复活》(长篇小说)中的聂赫留朵夫、《哥萨克》中的奥列宁、《战争与和平》中的彼尔和安德烈、《安娜·卡列尼娜》中的列文。这些人物,虽然名字、职业、身份不尽相同,但有一个共同点是道德上纯洁高尚,追求人格的自我完善,有了罪恶真诚地忏悔以求良心的安宁。他们出身高贵却对社会的不平和本阶级的腐朽有明确认识,因而在精神上紧张探求走出本阶级的道路,探索如何消除社会的不平和罪恶,宣扬“爱人如爱己”的博爱思想。作为贵族,他们坚持体力劳动,尽量使自己的生活平民化,愿意为老百姓谋福利。以上种种,是托尔斯泰本人在生活中所奉行、所坚持、所思考过的,是他本人已经做过或想做的事。他追求一种完善的人格和崇高的道德境界,这种追求反映在文学作

① 参见艾珉:《法国文学的理性批判精神》,北京大学出版社1991年版,第90—91页。

品中，就是他笔下的一系列人物形象。

（三）看到作者的个性气质

在人物形象（尤其是在作家所刻意塑造的主要人物）身上，往往还可以透视出作者本人的个性气质。如美国著名作家海明威，30 年代接连创造出一批性格强悍有力的硬汉形象。这些人物中有斗牛士、拳击手、渔夫、猎人等。他们面对险恶的自然环境和艰难的人生处境不消沉，不退却，冷峻地与命运进行抗争。《老人与海》中的老渔夫桑提亚哥，就是硬汉形象的代表。作品写这位风烛残年的老人经过千辛万苦好不容易捕到一条大鱼，但在返航途中却被一群鲨鱼吃掉了。老人与鱼群进行了顽强的搏斗终于失败了，但他的精神不败："一个人并不是生来要被打败的，你尽可以把他消灭掉，可就是打不败他。"——从这一系列硬汉形象身上，折射出了海明威本人的个性气质。海明威从小喜欢打猎、射击、踢球、拳击、游泳，成年后在非洲丛林围过猎，在古巴海上捕过鱼，既是斗牛迷也是拳击迷，无论在任何事情上，他都喜欢做强者。可以说他笔下的硬汉形象正是他本人性格的化身。

（四）看到作者的生活经验

例如王蒙，19 岁时写的小说《青春万岁》，其中的人物形象的性格天真、单纯、透明而热情；几年后，作者阅历稍增，对生活和人生有了较多的理解，再写《组织部新来的年轻人》，主人公就相应地复杂一点，在单纯、透明和热情中又加上一些淡淡的惆怅和困惑。及至 20 多年后的 80 年代，王蒙经历了"故国八千里，风云三十年"生活的洗礼和磨炼，思想已经成熟了。复杂化了的经历、思想、感情使他看到了人和生活的复杂。于是，他开始写出一个个富有深度的思想和性格都很复杂的人物形象，典型的代表是长篇小说《活动变人形》中的倪吾诚。倪吾诚是个什么样的人？说不清，复杂得连他的儿子（倪藻）也说不清："知识分子？骗子？疯子？傻子？好人？汉奸？老革命？唐·吉诃德？极左派？极右派？民主派？寄生虫？被埋没者？窝囊废？老天爷？孔乙己？阿 Q？假洋鬼子？罗亭？奥勃洛摩夫？低智商？超高智商？可怜虫？毒蛇？落伍者？超先锋派？享乐主义者？流氓？市侩？书呆子？理想主义者？这样想下去，倪藻急得一身又一身的冷汗。”很难设想,阅历简单思想浅薄的人能写出像倪吾诚这样的形象。

(五)看到作者的无意识心理

在人物形象身上,欣赏者不但可以看到作者显意识层面的精神内涵——即作者在创作过程中可能明确意识到的东西(如人生观、价值观、人格理想、道德评价等);也可以看到作者无意识层面的精神内涵——作者在创作过程中没有明确意识到的东西。而这,也就是常说的深层心理或无意识、下意识、潜意识。

只要稍稍留心观察,就可以发现深层心理在作品中的存在几乎是无所不在的。例如,在新时期最早出现的一批“改革文学”里,人们发现了这样一种模式:陷入困境的改革家(英雄),往往会得到才情卓具而且长得也很漂亮的痴情女性的辅佐(她们常常是女工程师、女记者、女医生之类的才女)。在《乔厂长上任记》里是乔光朴和童贞;在《花园街五号》里是刘钊和吕莎莎;在《跋涉者》里是杨昭远和丁雪君;在《故土》里是白天明与袁静雅……人们仔细一想,这不就是传统文学中“英雄才女”“英雄美人”的格局吗?张贤亮的一组作品(《土牢情话》《灵与肉》《绿化树》)与以上作品稍有不同,这里叙述的是悲欢离合的爱情故事,当男主角遭难时遇到的是“乔安萍—李秀芝—马缨花”这样一组心善貌美的女性,她们虽无才情但却温柔贤惠善良。人们仔细一想,这不是传统小说戏曲的“才子淑女”格局吗?这种格局多是一个落难的“才子”(知识分子),被一个委身事之的慧眼淑女(古典式女性)所救。这种种模式在当初出现时,反映了作者内心深处的幻想或愿望,也就是作者心中的无意识;如今作家仍喜欢采用这种模式,除了显现了内心深处的幻想外,还可能因为受以上传统文学的影响,脑子里无形中接受了古老的文化模式。这可以说是双重无意识。类似的例子还有很多。

有位精细的评论家对作为新时期审美理想载体的女性形象(佘丽娜、陆文婷、冯晴岚、凌雪、袁静雅、童贞、金竹……)作了一番考察,发现她们的外貌体态乃至神情气质都有着一脉传承的相似:她们大多“生来苗条纤细,看上去弱不禁风”(陆文婷);而且“多病”(如冯晴岚、佘丽娜、袁静雅等）。她们又全都那么温善娴静："具有一种特别的恬静美"（冯晴岚）；"素来是从容的、沉静的"，"坐在对面的椅子上，安静得像一滴水"（陆文婷）；"不喊不叫，脸上甚至还挂着甜蜜蜜的笑容，说话温柔好听"（童贞）；"娴淑是她的本色"（袁静雅）；"温柔得简直像没有脾气的人"（余丽娜）……在肖像上，她们又大都有"秀气的眉，端正的鼻子，加上乌黑的头发"（冯晴岚）；还有"一双目光非常沉稳和善的眼睛，一个端正、秀美、光泽和神气的鼻子"（凌雪）；"一弯柳叶眉……那双会说话的丹凤眼神，时而深沉，似乎在思索什么？时而不安，似乎又在担心着什么"（金竹）；"她的眼神是温润的、绵软的，里面透出来的愁苦多于欢乐"（童贞）；"漆黑的美发""温柔的含着笑意的眼睛"（陆文婷）……当这些描写分散地存在于各个作品时，我们或者发现不了什么，可是当把它们集中起来综合考察时，却会引起人的深思。从这一个个古典东方女性的体态神韵气质里，读者似乎又看到了温柔娴静纤弱多病的崔莺莺、杜丽娘、林黛玉、薛宝钗。生活中女性的外貌及性格绝不会一模一样，但几十个作家笔下的理想女性竟如此的不约而同，在作者深层潜意识中起作用的难道不是历史积淀的传统审美心理吗?![1]

三、反面形象与作者的关系

上面我们谈到可以从人物形象身上不同程度地看到作者的某些方面。这里自然引出一个躲不开的问题：从反面（包括有缺点弱点的）人物形象身上也能"看"到作家吗？答案也是肯定的，不过也不可一概而论，而应具体分析。

从反面形象身上"看"到作者，大体上有两种情况。（1）从对反面人物的"丑"的否定中，反观作者正面的道德观念、情感态度和人格理想；（2）从反面形象身上"看"到作者与之相同、相通、相近的弱点和缺陷。

第一种情况比较普遍，也容易理解，基本属于文艺常识。即作家塑造反面人物形象，揭露他（或她）的丑恶，不是"零度感情"的纯客观罗列，更不是肯定和赞扬，而是带有明确的主观情感、主观态度，如嘲笑、讽刺、挖

① 参见宋永毅：《当代小说中的性心理学》，《文学评论》1985 年第 5 期。

苦、鞭挞等等,即揭露它是为了批判它、否定它。在这种批判和否定中,自然就体现出了创作主体的正面态度和正面理想。这里的转化机制颇似一个简单的数学公式:$-(-1)=1$。括号中的“-1”代表否定性形象(或一般人物身上的缺点错误即否定性方面),对于否定性形象加以否定(否定之否定),传达出的当然是正面的东西了。这种情况理论上比较简单,此处不拟多说。

这里主要谈谈第二种情况。

从反面形象上看到与作者相同、相通或相近的弱点和缺陷,大略说来有两种类型:一是直接相通,即作者本人身上就存在着与人物相同的缺点、弱点和毛病;二是间接相通,即在深层心理(无意识深处)上有某种相通之处。

我们先来看第一种类型。

果戈理的传记作家魏列萨耶夫,在研究了果戈理的生平和作品之后惊奇地发现:“我们最伟大的讽刺作家(指果戈理——引者注)在自己私生活中的表现,同他抛掷到世界上永远为人嘲笑的乞乞科夫、赫列斯塔科夫、罗士特来夫、玛尼洛夫一模一样。果戈理处理自己的事务时正像乞乞科夫那样不择手段,像赫列斯塔科夫那样自吹自擂到忘我的地步,漫天撒谎同罗士特来夫如出一辙,建立空中楼阁时的那份天真劲儿,活脱就是玛尼洛夫。”①

为什么果戈理笔下的人物同他本人那么相像呢?原因无它,就因为作者在塑造这些人物时取了自身的某些性格特征为模特儿。果戈理本人对这一点直言不讳。请看果戈理有趣的“供认”:“坦率地说出一切:所有我最近的著作都是我的心史……对我的这些人物,我除了赋予他们以自身的龌龊行径外,还把我本人的丑陋行径也赋予他们了。我是这样做的:抓住自己的恶劣本性,把它放在另一个人身上和另外一个场合里,然后跟踪追缉,竭力把他当作一个深深地侮辱过自己的死敌来描绘,用仇恨、嘲笑以及凡是能到手的一切追逐他。”②果戈理在这里承认把自己的“恶劣

① 〔苏〕魏列萨耶夫著:《果戈理是怎样写作的》,天津人民出版社 1980 年版,第 1—2 页。

② 〔苏〕魏列萨耶夫著:《果戈理是怎样写作的》,天津人民出版社 1980 年版,第 21 页。

本性”“丑陋行径”赋予了他笔下人物，这并不意味着他本人就等同于他笔下的丑类。因为他说得很清楚，他挖出自己身上的丑恶面是为了“跟踪追缉”，是为了仇恨它、嘲笑它、批判它。能嘲笑自身丑陋的人，其心灵某种意义上已经并不丑陋。因为他已经从对自身负面的否定中超越了负面，走向了正面。虽然如此，读者毕竟从他笔下的人物形象身上，看到了作为人的果戈理，心灵中也确实存在着至少是存在过一般人性的弱点。正因为他身上有与书中人物相同或相通的东西，所以下笔如写己，优游自如，栩栩如生；而一写到自己所不熟悉的人物则笔致枯涩，生气顿消。鲁迅在翻译了果戈理《死魂灵》第二部第二章后就看出了这一点。他说：“果戈理的运命所限，就在讽刺他本身所属的一流人物。所以他描写没落人物，依然栩栩如生，一到创造他之所谓好人，就没有生气。”①

和果戈理一样，俄国另一作家冈察洛夫也承认过，他笔下那个怠惰麻木、萎靡不振、无所作为的奥勃洛摩夫，不仅是从“他人身上”看到的，而且也是“自身”体验出来的。可见果戈理的创作经验是一种比较普遍的现象。

我们再来看第二种类型。

对人类深层心理深有研究的心理学家荣格告诉我们，在人类集体潜意识中有一个著名的“原型”叫“阴影”。所谓“阴影”，荣格认为，简单说就是“黑暗的自我”。它处于人格的最内层，比其他任何原型都更多地容纳着人的最基本的自然性。“阴影”中包括一切激情和不道德的欲望和行为，它是人身上所有那些最好和最坏东西的发源地。② 这种心理能量平时被理智、理性、伦理道德、社会规范压抑着，管束着，掩盖着而不流露出来。但作为心理能量被压抑不等于被清除，相反，它像一股奔涌的潜流时时在寻找表现自己的机会。作家也是人，人格深层中也不例外地隐藏着“阴影”，平时被严严地控制着，没机会得到表现，但一旦进入自由想象的天地，尤其是进入有缺陷的人物的心灵深处，就可能在暗中与其沟通，从而产生共鸣。在这里，是集体潜意识把他们连在一起。这时候作家对

① 《鲁迅全集》第10卷，人民文学出版社1981年版，第413页。

② 参见霍尔等著：《荣格心理学入门》，生活·读书·新知三联书店1987年版，第56—61页。

缺陷和丑恶的描写和揭露,其实也就等于自身深层心理的宣泄,说白了就是“阴影”原型在自我表现。这样一来当然就能写得生动活泼,真实可信。

英国著名作家毛姆曾分析过作家与人物在深层心理上相沟通的情形。他借笔下人物说:“作家对那些吸引着他的怪异的性格本能地感到兴趣,尽管他的道德观不以为然,对此却无能为力。……他喜欢观察这种多少使他感到惊异的邪恶的人性,自认这种观察是为了满足艺术的需求;但是他的真挚却迫使他承认:他对于某些行为的反感远不如对这些行为产生原因的好奇心那样强烈。一个恶棍的性格如果刻画得完美而又合乎逻辑,对于创作者是具有一种魅惑的力量的,尽管从法律和秩序的角度看,他绝不该对恶棍有任何欣赏的态度。我猜想莎士比亚在创作埃古(《奥赛罗》中的小人——引者注)时可能比他借助月光和幻想构思苔丝德梦娜怀着更大的兴味。说不定作家在创作恶棍时实际上是在满足他内心深处的一种天性,因为在文明社会中,风俗礼仪迫使这种天性隐匿到潜意识的最隐秘的底层下;给予他虚构的人物以血肉之躯,也就是使他那一部分无法表露的自我有了生命。他得到的满足是一种自由解放的快感。”①毛姆的剖析显然有些“冷酷”,也可能有点武断,但我们不得不佩服他的观察力,不得不承认其中的真理性。

毛姆所剖析出来的作家心灵深处的潜意识,前面我们已经说过,是一种集体潜意识,是人所共有的潜意识。这也就是说,作者在创作时挖掘的是自己的深层,但就其性质而言,却等于是对人性的剖析。只有从这一角度出发,才能更公平地理解作者与笔下反面形象的关系,才能更准确地理解某些反面形象不朽的艺术魅力。如歌德笔下的靡非斯特,巴尔扎克笔下的伏脱冷,莎士比亚笔下的麦克白夫妇,陀思妥耶夫斯基笔下的瓦尔科夫斯基公爵等等。这些人物,极端邪恶,口中常常吐出了一连串“残酷的真理”,然而却自有撼人心魄的艺术魅力。通过他们,读者对人性会有更深入全面的认识。

---

① 毛姆:《月亮和六便士》,外国文学出版社 1981 年版,第 187 页。

四、人物形象与作者关系的复杂性

以上,我们对作品中人物形象与作者的关系作了一些分析考察。需要说明的是,这种分析考察是抽象的、简单化的。就文学作品的实际来看,二者的关系是十分复杂十分微妙的:有的比较直接,更多的比较间接;有的比较显露,更多的比较隐晦。这与作家所选用的题材、使用的创作原则、所属的创作流派以及本人的创作个性有关。但不管直接间接显露隐晦,有一点是必须明确的,即人物形象与作者之间的关系既不是毫不相干也不是相互等同,而是若隐若现,若明若暗,若即若离。

读者一定要牢记,文学作品属于艺术的范畴,作品中的人物形象是艺术形象,其中包含着作者而不等同于作者。即使是那些具有明显自叙传性质的作品也是这样。如美国作家菲茨杰拉德是一位喜欢把自己写入作品的小说家,他常常毫不留情地把自己的私生活写入小说中,以至于使读者分不清哪些是他笔下的故事哪些是他的私生活。尽管如此,我们也不能把他与笔下人物等同。他的传记作家查尔斯·显恩说得好:"菲茨杰拉尔德不断地把自己渗入到他小说的人物里去,是为了他要重新创造一种想象中的美国式生活。他常常在写作中显露他自己,可是他写得如此卓越,以致他显出来的是人性的百态。"[①]20世纪30年代,鲁迅在批驳某某作品是写的生活中的某某人之类的论调时,也说过类似的话。他说,不要说某作品没有以某某人为模特儿,"纵使谁整个的进入了小说,如果作者手腕高妙,作品久传的话,读者所见的就只是书中人,和这曾经实有的人倒不相干了。例如《红楼梦》里的贾宝玉的模特儿是作者自己曹霑,《儒林外史》里马二先生的模特儿是冯执中,现在我们所觉得的却只是贾宝玉和马二先生……这就是所谓人生有限,而艺术却较为永久的话罢"[②]。

思考练习题

一、怎样理解"人物是作者的精神产儿"这句话?

---

① 转引自:《读书》1989年第9期,第71页。

② 《鲁迅全集》第6卷,人民文学出版社1982年版,第519页。

二、从人物形象身上可以看到作者的哪些方面?

三、反面形象与作者的关系大体上有哪几种情况?

四、怎样理解“作者与性格有缺陷的人物乃至是反面人物有某种内在相通的东西”?

五、谈谈深层心理与文学创作的关系。

第四节 把握故事情节

一、故事情节对于叙事作品的重要意义

一篇(部)小说写的是什么? 当然是“事”。因为小说属于叙事的艺术,其艺术经营的中心环节就是“叙事”,无“事”可“叙”,无论如何也不会产生一篇小说。叙事就是讲故事,因而小说家往往被称为故事家。

故事在具体作品中是通过情节来展开的。情节指的就是一系列相互有因果联系的,主要按时间顺序发展的那些事件,因此有故事就有情节。情节是一篇(部)小说的骨架,也是作家创作意图和作品主题的基本载体。正因为此,读者欣赏小说的时候,当然也就要特别注意去把握小说的故事情节。

二、怎样把握一篇(部)小说的故事情节?

(一)用一句话或几句话归纳故事情节的梗概

一篇作品,从整体上看总是有一个中心内容。这个中心内容大体上可以视为“关于××的故事”。如《三国演义》的中心内容,大致可以归纳为:东汉末年至三国归晋这段历史时期,军阀混战及三国鼎立的故事。《水浒传》的中心内容可以归纳为:北宋末年以宋江为首的农民军在水泊梁山起义造反的故事。《西游记》的中心内容可以归纳为:孙悟空大闹天宫和唐僧师徒四人一路斩妖除怪、战胜千难万险去西天取经的故事。《红楼梦》呢,讲的是封建大家庭贾府里的故事。如此等等。

以上归纳是对作品内容最抽象、最简括的归纳,可以视为对作品“写的是什么”的第一级归纳,归纳出的是“故事”,也就是作品的中心题材。这种归纳当然失之于粗疏,但有了这样一个归纳,读者对全书内容就看到

一个总的轮廓和框架，就获得了一个俯瞰整个作品细部的制高点，就找到了全书基本情节的总的源头。有了它，就可以纲举目张，由源及流。

中心内容的展开，就推演、生发、撒播出一系列具体情节。这些具体情节仍可进行归纳和概括，这可以视为对作品“写的是什么”的第二级归纳，归纳出的是情节。如《三国演义》中的“刘关张桃园三结义”“刘玄德三顾茅庐”，《水浒传》中的“智取生辰纲”“三打祝家庄”，《西游记》中的“大闹天宫”“三打白骨精”，《红楼梦》中的“宝玉挨打”“抄检大观园”等等。这些都是著名的典型情节，在中国几乎有口皆碑。这些归纳，精要地抽取了情节的基本内容，简单明快，易懂易记，如画龙点睛，一下子活在读者心里。对故事情节的归纳，可以锻炼读者的理解力和概括力。

（二）理出情节中的矛盾冲突及情节发展顺序

任何情节的内部都包含有某种矛盾冲突，即两种对立力量的起伏消长。这种矛盾冲突可能是尖锐激烈的，也可能是相对和缓的；可能是外在的（如人与人、人与社会、人与自然），也可能是内在的（如思想感情上的犹豫、波动、困惑、迷惘、对立等），更可能是内外结合，相互渗透、相互影响的。从创作角度看，矛盾冲突是情节发展的内在动因。从欣赏角度看，矛盾冲突是理解情节实质和意义的关键，所以欣赏者必须善于用心，找到矛盾冲突的症结所在。

矛盾冲突双方力量的起伏消长，推动着情节一步步地向前发展。这种发展有着大体上的轨迹：开端（即开场或发端，这是矛盾冲突的起点）、发展（矛盾冲突逐渐展开、深化、激化）、高潮（矛盾冲突达到顶点）、结局（矛盾冲突解决后的结果）。这里的顺序是事物发展的自然顺序、“生活”顺序，而不是作品的结构顺序。结构是对情节的安排，可以打破以上自然顺序，直接或从高潮或从结局写起，等等。

如王蒙的小说《冬天的话题》，杜撰了一个关于“什么时候沐浴为好”的争论的荒诞故事。其中的矛盾冲突也纯属虚构：某市“沐浴学”权威朱慎独，认为晚上沐浴为好；从加拿大留学归来的青年人赵小强，在晚报上发表《加国琐记》的小文章，说那里的人们更喜欢清晨起床后洗澡。赵小强的文章，写者无心，而看者却有意。文章被朱慎独的崇拜者们煞有介事地视为是对权威的不敬,开始攻击赵小强;而赵小强的“哥儿们”为保护赵小强起而反“攻击”。于是双方矛盾越来越激化,战斗越来越升级,以致闹得沸反盈天,龙卷风一样把全城乃至方圆400公里的人都卷了进去。小说夸张、荒诞、幽默,辛辣地嘲讽了社会心理中的某些恶性积弊和不正常。小说情节的开端起始于朱慎独的崇拜者余秋萍从小报看到赵小强的文章,义愤填膺地找到朱氏“告状”。朱氏在崇拜者们的煽动下态度有点不太冷静,但姿态还是蛮高的。可是他的崇拜者们却添油加醋,无中生有地宣扬了一大堆朱氏骂赵小强的话。这些传到赵小强的耳朵里,“哥儿们”开始反击——这是情节的发展。事情一直闹得满城风雨,市领导也介入了冲突,社会上浴池开放时间开始分为早上和晚上两大派,整个社会卷入,甚至省级和国家级报刊也含蓄地参与了这场论争。赵小强觉得自己被放到了一台“旋转加速器”上,越转越快,身不由己。这是情节的高潮。这篇作品的情节没有明显的“结局”,矛盾冲突直到最后也没有得到解决。虽然“忽然又传说一个什么人说了话了,早晨洗澡也未尝不可”,但这并不是矛盾的解决,而说明争论仍在延续中。所以当有人向赵小强祝贺时,“他的心却更沉重了”。故事在情节高潮中结束,留下的是另一番更深远的意味。

需要说明的是,“故事情节”是个比较含混的概念,严格说起来,“故事”和“情节”是不一样的。故事靠情节来展开,来完成,但故事“大于”情节。因为,故事中包括有非情节因素。如故事的开始往往有一些背景性介绍,告诉读者故事发生的时间、地点、环境及出场人物等,接下来才是某件事的发生,即进入情节。如《冬天的话题》,作品开头一千多字关于朱慎独及其家世的介绍就属于非情节因素,属于故事不可缺少的内容而并不进入情节。

(三)掌握情节的基本形态

这也是把握故事情节的重要方面,此问题内容较多,单独列出详细解说。

三、情节的基本形态

古今中外小说(小说乃叙事作品经典文体,故以小说为例)汗牛充栋、浩如烟海，情节形态千类万殊，难以尽述，读者往往有眼花缭乱之感。北京大学马振方教授博览群书，详细梳理，做了富有创造性的归纳。[①] 他把小说故事情节的形态大致分为拟实和表意。拟实是以人生世事为蓝本，内容须合现实的逻辑，以生活本身的样态反映生活，传达作家的识见、感情和理想；表意小说是以表意为指归，内容是超验的、非现实的，或是现实的变形变态，以奇思异想为意念、情感，营造幻诞的形象结构，传达作家的生活感受和真知灼见。两类小说，有时互相渗透互相融合，但一般以其一为主。

（一）拟实小说的情节形态

两类小说的艺术形态表现在情节上各有不同。具体说来，拟实小说的情节大致可分为三种形态。

1. 传奇型

基本特点是情节中的人，一般都是非寻常之人（英雄，豪杰，奇人，能人，名人，美人，恶人……）；事，也是非寻常之事（英雄创业，豪杰争锋，战场厮杀，官场斗智，情场奇闻……）。在情节的组织上，注重关联性、连贯性、奇巧性、戏剧性，一般都跌宕多姿，复杂曲折，波澜起伏，引人入胜。情节中的矛盾冲突相对来说都比较尖锐、紧张、激烈，而且有起因，有发展，有高潮，有解决，来龙去脉比较清楚，节奏快捷，毫不拖沓。主要人物和主要事件有头有尾，线索分明。在艺术表现上，以叙述为主，少用工笔细描及写意、象征等手法。由于情节推进速度较快，所以与主线无关的细节较少，基本上没有或很少心理刻画，一般是将心理融入人物的语言行动之中，这就使情节密度较大。

传奇型情节最明显的艺术效果是扣人心弦，有很强的吸引力，使人过目不忘。如《三国演义》中关云长“温酒斩华雄”“过五关斩六将”“单刀赴会”“刮骨疗毒”“水淹七军”“败走麦城”等；《水浒传》中武松“景阳岗打虎”“斗杀西门庆”“醉打蒋门神”“大闹飞云浦”“血溅鸳鸯楼”等；林冲“误入白虎堂”“刺配沧州道”“风雪山神庙”“雪夜上梁山”等，都能给读

① 参见马振方：《小说艺术论》，北京大学出版社 1999 年版。

者留下很深的印象,以至于家喻户晓,有口皆碑。

我国古代的传奇、话本、拟话本、章回小说、武侠小说、公案小说,现代的《李自成》《林海雪原》《犯人李铜钟的故事》等小说中的情节,基本属于这一类型。

2. 生活型

与传奇型情节相比,生活型情节的最大特点是追求"常"而不追求"奇"。选择日常生活、凡人小事作题材,内容充分生活化、现实化、日常化、凡俗化,反映生活深入细致,就像生活本身。在艺术表现上特别注重细节的描绘,用绵密、逼真、细腻的细节编织生活之网。生活型情节由于与现实的生活形态接近,所以具有充分的可体验性、可比照性。读着这样的情节,恍如走进真实的生活氛围,使人于布帛菽粟、柴米油盐、衣食住行中品味人生的滋味。生活型情节的审美效果是让读者感到亲切、亲近,而不是惊奇。

中国古典小说《红楼梦》《儒林外史》,托尔斯泰的《安娜 · 卡列尼娜》,福楼拜的《包法利夫人》,奥斯汀的《傲慢与偏见》,日本紫式部的《源氏物语》等,其故事情节都是典型的生活型。这些年我国文坛上出现的被称为"新写实主义"的小说,也属于这一类。如池莉的《烦恼人生》,方方的《风景》,刘震云的《新兵连》《单位》《一地鸡毛》等。

3. 心态型

与前两种类型的情节相比,心态型情节最大特点是写人物外在行动少而内心活动多。人物心态成为作品压倒一切的艺术内容,因而作为传统情节骨骼的事件短、小、少、散,而且推进不长,往往是写了好多,情节才前进了一小段。然而就在这一小段上,却生发延展出数不清的枝杈——人物的所见、所闻、所感、所思。由那一小段"情节"线所触发,人物的各种感受、印象、联想、幻想、幻觉、回忆、情绪、情感纷至沓来,人物的心理活动和感情因素成为结构的主要依据,心理时空成为结构的中心线索,物理世界的现实时空被心理时空打乱、分割,成为两者错综复杂的结构形态。

如爱尔兰现代著名作家乔伊斯的《尤利西斯》,三部分共 18 章,用写实手法记录了都柏林三个平凡人物一天的琐碎活动,它通过人物各个器官的感受，逼真、细腻地描绘了都柏林市从早到晚万花筒般的生活情景。再如我国读者熟悉的王蒙的短篇小说《春之声》，没有什么故事，用传统眼光来看，其情节很单纯很单薄：一个科学家春节前回家探亲，在闷罐子车里乘车的过程。他坐在车里，没做什么事，也没什么事好做，顶多只是为一位抱孩子妇女让了“座”，与她交谈。其余全写的是他的所见、所闻、所感、所思。他感觉敏锐，联想丰富，四面八方，天花乱坠，零乱中有不零乱，都统一在一个调子中：“如今每个角落的生活都在出现转机，都是有趣的，有希望的和永远不应该忘怀的。”

这类小说的意义和价值并不在于那“一小段”简薄的外在情节上，而主要在于这段情节上所黏附、生发、辐射出的生活内容、心理内容上。那是一个令人眼花缭乱，而内容可能异常丰富的生活世界、情感世界，看懂了自有美妙的趣味。

以上三类情节形态比较典型，容易识别。然而也有许多小说的情节形态并不典型，而是同时兼有两种形态特点的两栖型、中间型。

（二）表意小说的情节形态

表意类小说更复杂多样，这是由其超验形态特征决定的。超越现实的范畴不同，情节形态也就不同，综合考虑可分为两大类型：幻异型和变态型。

1. 幻异型

吴承恩的《西游记》、斯威夫特的《格列佛游记》、威尔斯的《星际大战》，产生时期不同，内容、形式也不同，但有一个共同点：天马行空、幻诞奇异，超越现实的自然性，因而同属幻异型。根据三者超越自然的性质不同，由此又分属三种形态：神话式、变异式和科幻式。

神话式又称神怪式、魔幻式，鲁迅谓之“神魔小说”，是神话传说的艺术发展，也是宗教观念与现实生活在小说中互相融合的结晶，它运用神鬼灵异、妖魔幻化之类具有宗教渊源、民俗信仰的超自然意象表达作者对现实的理解和生活理想。如《西游记》和《聊斋志异》等。

变异式是不带任何迷信色彩，而使自然之人或物发生不可能发生的变异，如人化为物，物具人格之类。这类情节的最早形态出现在寓言、童话中,这两类作品经常把物人格化。但变异的范围更广,更多的是人的变异。如变异型的代表作——拉伯雷的《巨人传》,斯威夫特的《格列佛游记》,卡夫卡的《变形记》等。

在特定范畴之内,科学与神话是对立的,但科学幻想与神话幻想一样,成为小说超越现实自然性的一种形式巧手段,成为幻异型的又一形态——科幻式。科幻式小说主要在科学技术领域驰骋幻想,既要借助现实的科学,又要超越科学的现实,从而造成超越现实自然性的奇幻意象。如凡尔纳的《地心游记》《从地球到月球》,威尔斯的《时间旅行机》等就是这类小说的代表作。

2. 变态型

变态小说的形象、内容如果并不超越现实的自然性,只是超越其社会性,换句话说,所写之事不是人做不到的,而是人不会去做的,违反正常的生活逻辑、人情事理,这就会造成与幻异型并立的另一超验小说——变态型。

变态是变形艺术的一种,变形有自然性的,也有社会性的,变态型仅指后者。从其变态途径来看,又可分为四种形态:夸诞式、奇想式、佯谬式、假实式。

夸诞式:夸张是小说常用的艺术手段。但拟实之作的夸张不超出生活逻辑的最大限度,所以还是现实性的。如果夸张大大超出生活限度,使现实人生大变其态,从而失去现实性,具有荒诞的艺术品格,这就是夸诞的表意形态。如中国古代寓言中的“刻舟求剑”“守株待兔”“削足适履”“揠苗助长”等,都是把人的某种不智的特征夸张到荒诞程度的产物,是现实人事的艺术变态。现代小说如马克·吐温的《竞选州长》、契诃夫的《变色龙》《套中人》,本书前文所举的王蒙的《雄辩症》《冬天的话题》等都是这类小说的精品。

奇想式:讲求艺术构思的奇与巧。所谓奇,就是造设的形象、世界新奇特异,出意表,使生活大变其态。以出奇吸引注意,表达作者情思意念。如清代小说家沈起凤在其《谐铎·桃夭村》中创造了一个风俗奇特的所在:每到仲春,地方官先将女子“以面目定其高下”,再将男子按考业排列次序，“然后合男女两案，以甲配甲，以乙配乙”。商人马某为得美妇贿通考官，得中榜首，不料奇丑女子也用同样办法“列名第一”，两者相配，哭笑不得；不肯行贿的才士和美女都被考官“缀名案尾”，因而也侥幸相配，因祸得福。作者以其奇思异想嘲讽了官场的舞弊之风，发泄了才士的不平之气。

佯谬式：佯谬式小说与夸诞式和奇想式不同之处在于，前两种的变态虽然超越现实，却合幻想的逻辑，因而显得合情入理，怪亦不怪，易为读者理解、接受；而佯谬变态作品展示的既非奇人，亦非异域，只是人物言行构成的事体极端反常，自相矛盾，既无现实的逻辑性，也无幻想的逻辑性，显得异常荒谬，难于理解，给人一种莫名其妙的神秘感。但在这种荒谬的背后隐藏着作者的艺术用心，隐藏着他对现实、人生的独特的感受和思考，其中不乏真知灼见。荒谬只是事象的表面，艺术的造作，故称“佯谬”。卡夫卡的小说《审判》中的约瑟夫，无缘无故被逮捕，抗辩、奔走都无济于事；最后被残酷处死，既不气愤，也不反抗。一切都显得莫名其妙，不合情理。还有，卡夫卡著名小说《城堡》中的主人传经送宝受雇于城堡，却莫名其妙地进不了城堡，一切努力也都莫名其妙地不起作用。这种莫名其妙的情节、事象就是生活的佯谬变态。

假实式：以上三种变态造成的形象、画面、艺术世界与现实生活差异很大，因而比较容易辨别。较难辨别的是假实式。假实式情节不明显违背生活逻辑，与现实情事并无显著差异，但又不像拟实之作那样贴近实在的人生，而给人一种陌生感和距离感。这种陌生感和距离感恰是变态造成的心理效应，也是变态的一个证明。这种变态的突出表现是其形象的思想强化而个性弱化。这正合作者的创作意图：主要不是摹写某种特定的人物与人生，而是假借近乎现实的形象结构表现某种思想精神和生活哲理，故谓之“假实”，而属于表意。如海明威的《老人与海》，八十多岁的老人八十多天没有打到鱼，后来打到一条硕大无比的马林鱼，但在拖鱼上岸时马林鱼又被鲨鱼吃掉了。如此人物似真似幻，不以个性鲜明见长，而以表意得力取胜。

以上所列情节的形态都是比较典型的，但是一接触实际作品或许未必如此特点鲜明。这不要紧,作为一般读者其实没有必要把作品情节形态一定分得那么清。你不明白哪篇作品具体属于哪种形态不影响欣赏。本节讨论情节形态的意义在于,让读者从理论上明白小说情节是有不同形态的,每种形态各有自身的艺术特点、艺术规范,不要固守欣赏成见,接受自己熟悉的而排斥自己相对陌生的;再者,对待不同类型的情节,要用不同的标准去衡量,而不要用此类要求彼类。

还是歌德说得好,一件艺术作品是用自由大胆的精神创造出来的,我们也就应尽可能地用自由大胆的精神去观照和欣赏。①

思考练习题

一、简述故事情节对于叙事作品的重要意义。

二、怎样把握一部叙事作品的故事情节?

二、故事情节主要有哪些主要形态?

四、阅读王蒙的短篇小说《说客盈门》(或自选作品),然后作下列练习。

1. 归纳故事情节;
2. 找出矛盾冲突;
3. 指出情节的发展过程;
4. 属于哪种情节形态?

第五节 怎样评价情节

情节是叙事性作品的基本骨架,叙事性作品离不开情节,情节对叙事性作品有特别重要的意义。那么,作为读者,怎样评价情节处理的优劣,如何看待情节设置的利弊得失呢?讨论这一问题不能就情节论情节,而必须把它放到一个更大的背景——文学活动的全过程——来加以考察。

现代文学理论把文学视为一种活动——审美的精神活动,活动的四

① 爱克曼辑录,朱光潜译:《歌德谈话录》,人民文学出版社 1978 年版,第 138 页。

个基本要素是：世界、作家、作品、读者，四个要素构成一个完整的艺术活动链条。四个要素的中心是作品，是作品把它们联系在一起。用图示即：

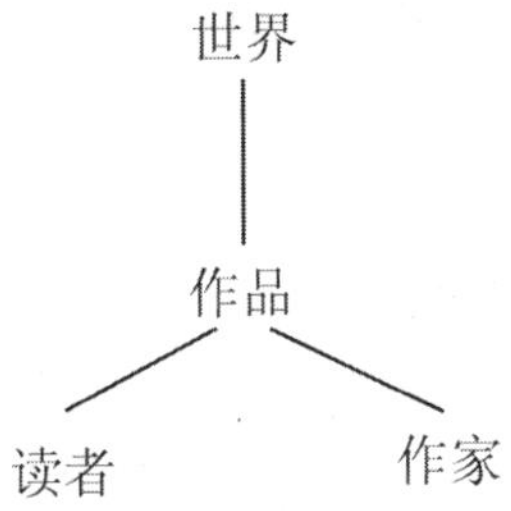

艺术生产，作为一种精神现象，说到底，是世界在作家头脑中反映的产物，客观世界包括宇宙自然和社会生活是文艺创作的源泉，因此必然要受到客观社会生活本身的制约；同时，又因为它是社会生活在作家头脑中反映的产物，因此又打上了生产者本身主观的精神印记；再者，艺术创作是通过欣赏才能对社会产生作用，因而，作品将对欣赏者产生什么样的影响，产生什么样的效果，也是作家不得不考虑的内容。社会生活—作家—欣赏者，也就是原料—生产者—消费者，这是完整的艺术生产系统的三个基本环节。系统论的观点告诉我们，每个系统都是一个不可分割的有机整体，要寻找处理和解决问题的最佳方案，必须立足于整体，充分考虑到要素间的互相联系。从这个理论基点出发，笔者认为评价情节（对于作家来说是处理情节）需要遵循三条基本原则。

一、看情节是否符合生活逻辑

任何成功的文学作品的情节，都是作者通过艰苦的艺术构思才“编”（笔者是从正面意义上使用这个字眼的）出来的。生活可能为作家提供相当不错的可供参考的情节，却绝不可能为作家提供不经任何艺术加工就可以原封不动搬进作品的现成情节。因此，搞创作必须善于虚构，善于编织情节。作家的虚构具有充分的自由性，但自由性不等于随意性。也就是说，情节虽然是“编”出来的，却不能随意乱编，而应当受着非常严格的规定和制约。这就是：必须服从生活逻辑，符合事理真实。“所谓事理真实，系指构成情节的人物行动合乎生活的发展逻辑，合乎社会的人情事理，具有现实的同一性；如果是神话幻想小说，则要合乎幻想的逻辑，具有幻想的同一性。这种同一性是由人物与环境的关系体现的。情节是人物的行动,是人物与环境相互作用的结果,受人物、环境两个方面条件的制约。看一个情节真实与否,就是看某种人物在某种环境下能否采取某种行动。”①

不合事理真实的情节有两种。一种是现实人的“超人”行动,超越人的自然性或社会性。《三国演义》就不乏其例。诸葛亮两番“预伏锦囊妙计”就远非人力所能及。第五十四、五十五两回中,刘备赴吴招亲,身履危境,孔明对此有所预见,授以密计,化险为夷,是可能的;但历时半年之久,事态变化多端,一个个具体环节很难预料,将三条妙计封于锦囊,并且规定了每条拆看的时间,这就弄得过于玄虚,大大超过了智力的极限,因而也就不可信了。第一百零五回孔明又用同样办法于死后诛杀叛变的魏延,情节更不可信。所以鲁迅说,《三国演义》写诸葛亮多智而近妖。

另一种不合事理的情节与此不同,人物的行动不是人力达不到的,而是与人物性格相左,与人物所处的具体环境相矛盾。《水浒传》第三十五回“浔阳楼宋江吟反诗”,就与他先是拒不落草、后又力主投降的一贯忠君的思想、表现大相径庭,因而显得突兀、造作、不真实。前面我们讲到贾宝玉在后四十回中的表现与前面不一致、与人物性格核心相违背,也属这种类型。

综上所述,“现实的情节,一要合于一般人的自然性和社会性——事理真实的大前提,二要合于个别人的性格特点和他所处的具体环境——具体真实的小前提。违背两者之一,就要破坏事物矛盾的同一性,损害情节的真实性”②。

幻想的情节不受前者的束缚,但受后者的制约。孙悟空等神话人物的行动可以超越一般人的自然性和社会性,却不可违背自己的性格,不可违背他与环境的同一性。当然,那人物、环境是幻想的,不是现实的,其同一性也是幻想的。但这幻想的同一性十分要紧,是幻想情节合于事理真实的重要前提。如孙悟空神勇无比,变化多端,天马行空,自由自在,但作

① 马振方:《小说艺术论》,北京大学出版社1999年版,第113—114页。

② 马振方:《小说艺术论》,北京大学出版社1999年版,第115页。

者设定他要受紧箍咒的约束，这就是一个幻想的规定，既然设定就必须遵守，不能违背这一规定，违背了就不可信。

然而，生活中具体事件受多种因素的影响，所以，同样是符合生活逻辑，事物的发展趋向往往不只是一种可能性，而是有多种可能性。表现在艺术作品里，情节的发展就可能有多种趋向，而不仅仅只有一种趋向。那么，作家选择哪种可能，让情节往哪条路上发展呢？根据什么选择呢？这就要求有别的原则，也就是处理（亦即评价）情节的第二条原则——

二、看情节是否符合作家的创作意图

列夫·托尔斯泰的短篇小说《天网恢恢》，写一个小商人阿克肖诺夫，在经商途中被栽赃诬陷为杀人犯，流放到西伯利亚做苦工，一待就是 26 年，已经步履蹒跚了。就在这时，来了新犯人叫马卡尔，经了解证实马卡尔就是杀了人嫁祸于他的那个人，就是破坏了他的家庭幸福，使他失去了妻子和孩子，使他受了 26 年冤枉罪的那个人。情节发展到这里，以后怎么办，有多种可能性：告发仇人，昭雪自己的冤案；拼出一死来报仇；保持沉默，饶恕他；等等。托尔斯泰写的是："两个星期就这样过去了。阿克肖诺夫夜里睡不着，苦恼得什么似的。"他在做着激烈的思想斗争，犹豫不决。这都合乎情理。正在这时，马卡尔在监狱墙角挖洞企图逃跑被阿克肖诺夫发现了。他只要一说出去，马卡尔就会被处死——前罪姑且不论，仅此新罪就足以被置于死地了。天赐良机予阿克肖诺夫，报仇的机会到了。那么，阿克肖诺夫会怎么办呢？这里至少又有两种可能：告发或者不告发，而按一般常理，他应该去告发。但阿克肖诺夫却终于没有去告发。不但不主动告发，而且当押解他们的士兵发现有人挖地道，典狱长把大家公认为老实公道的阿克肖诺夫叫去，让他检举揭发的时候（第三次报仇雪恨的契机），他仍然不告发。他说："我不能说，大人。要是我说了，这是不合上帝的意志的。随你怎样处置我吧，我是听候你的发落的。"——他终于没有告发他的仇人。

受了 26 年天大的不白之冤，惨到家破人亡，妻离子散，然而仇人到了面前且又遇到几次告发契机却终于不告发，这实在让人感到憋气，忍不住发出质问，他为什么不告发！

很明显,是作者不让他告发。托尔斯泰是个虔诚的基督教义的信奉者、宣传者。他讲良心,讲慈善,讲博爱,讲宽恕,讲感化,讲救赎人的灵魂。在《天网恢恢》中,托尔斯泰让阿克肖诺夫见了仇敌不告发,目的就是要把他塑造成理想人物,从而宣传他的托尔斯泰主义:宽恕一切人,包括自己的仇人。托尔斯泰认为只有这样才是符合上帝的意志的。作者对这篇作品十分珍爱,在《什么是艺术》一书中,认为他所有的作品中最好的只有两篇,一篇是《高加索的俘虏》,另一篇就是《天网恢恢》。

和阿克肖诺夫的形象塑造相呼应,杀人犯马卡尔的行为(表现为情节)也按托尔斯泰的方式处理了。他终于被感化了(终于没被感化而是一坏到底也不是不可能,生活中并不乏这样的人,但托尔斯泰不需要这种人)。他跪在阿克肖诺夫面前承认自己杀了人又加害于阿克肖诺夫。他请求宽恕:"看基督分上,宽恕我吧,我是多么卑鄙下流啊。"他终于去自首坦白了自己的罪行。

从《天网恢恢》关于阿克肖诺夫和马卡尔两人的艺术描绘中,我们看到了作者的创作意图在情节处理中所起的某种决定性作用。

文学作品中情节的发展,首先应该服从生活逻辑,服从人情物理。但在不违背生活逻辑和人情物理的前提下,情节的发展常常具有多种可能性而不是只有一种可能性。既然情节发展具有多种可能性,那么选择哪种可能,让情节往哪条路上发展呢?这就要看作家的创作意图了。也就是说,在情节的选择与处理背后,隐藏着的是作家。透过情节的选择与处理,我们看到的是作家,是作家的创作意图、精神意向,是作家的人生观、价值观、审美观,是作家的思想倾向、情感倾向、道德评价等。

这一道理,在表意类作品(如神话式、寓意式、变异式、象征式、喻隐式等)中,表现得更加明显。因为表意类作品的创作宗旨即是表现主观情意,所以,情节的选择与处理均以"意"为主,服从"意"的传达。如汤显祖的《牡丹亭》,主人公杜丽娘是个痴情女子,她向往美好甜蜜的爱情,由于在现实生活中无法实现,只好把理想托于偶然在梦中出现的书生。她"梦其人即病,病即弥连,至手画形容传于世而后死。死三年矣,复能溟莫中求得其所梦者而生"。为了爱情,她真正是"一往而深,生者可以死,死可以生"[①]。这样的情节设计明显不是基于"实"而是基于"情"。

需要进一步讨论的是,符合以上两条原则的情节就是最好的情节吗?不一定。例如舞台上要表现一个流氓调戏良家女子,让角色表演种种下流的动作。这样的情节既符合生活真实又符合作者揭露坏人的意图,但却会对观众产生不必要的刺激,具有不良的社会效果。这样的情节显然不是好情节。看来,仅有以上两条原则是不够的,还必须有别的原则来制约,这就是处理(亦即评价)情节的第三条原则——

三、看情节能否产生好的社会效果

文学作品具有两重性。一方面,它是作家个人创造的精神产品,通过作品表现着作家的思想感情和创作意图;另一方面,它又是社会的精神产品,它总是要对社会对大众负责的。因而作家在创作时就必须时时刻刻考虑作品可能产生的社会效果,考虑作品可能对欣赏产生什么样的影响。这种考虑制约着整个艺术处理的方案当然也包括情节的处理。历来有社会责任感的作家都是这样做的。篇幅所限,此处不再举例,相信没有读者会认为作品是可以不顾社会效果的。

由"社会效果"这条原则,我们就不难判断某些以"真实"的名义,津津乐道于展示凶杀、暴力、性行为的详尽场面和过程,从理论上看错在哪里。"真"必须辅之以"善",才美;否则就可能是"丑"或"恶"。这些所谓的作家自然也考虑到了读者的反应,但考虑的不是社会文明的要求,而是迎合了那些非文明甚至是反文明的趣味,追求的是商业上的利益,简单说是金钱让这些人丧失了作家起码的道德意识。这些人玷污了文学,玷污了艺术,已经不配作家的称号。

以上,我们对于艺术生产系统中的四种因素三个环节进行了考察和分析,并相应提出了三条作家处理情节——同时也是欣赏者评价情节的基本原则。这三条原则各自具有相对独立性,又相互交叉、相互制约,共同组成一个有机的严密的逻辑体系。三者的关系如下:

---

① 汤显祖:《牡丹亭记题辞》,见《中国美学史资料选编》,下册,中华书局1981年版,第136页。

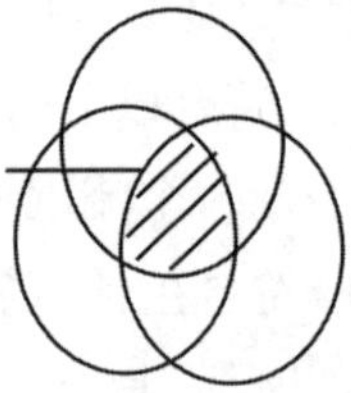

只有同时符合三条原则的情节才是我们需要的最佳情节。每一条都不能孤立存在,而必须与其他两条相联系、相依赖,达到辩证统一才有存在的价值。不能过分强调其中的任何一条,否则就会在思想方法上犯形而上学的错误。多年来我们的文艺工作中出现这样那样的错误,原因很多,其中与理论上的片面性和绝对化也不无关系。违反辩证法是要受惩罚的。

思考练习题

1. 评价情节的基本原则是什么?其理论根据何在?

2. 用评价情节的基本原则,分析你所欣赏的文学艺术作品。

第六节　背景与氛围

一、背景的含义

什么是背景?简单说,背景就是叙事性作品中故事发生所在的时空范围。

叙事性作品的中心任务是叙事写人,这个“事”发生在什么时候,什么地方,什么条件下,这些对人物的活动对故事的进展关系极大,正是这些为人物的活动和故事的进展提供了舞台,提供了依据,也提供了某种客观规定性。而这些,就是所谓“背景”,我国文艺理论教材中一般又叫做“环境”,它是叙事作品题材构成的三要素(人物、情节、环境)之一。正因为如此,作家在创作时一般都很注重背景的营构和描绘,有经验的读者在阅读文学作品时也很注意对背景的把握和研究。

二、背景的构成因素

具体作品中，背景的构成比较复杂，粗略说大体上可以分为两个层次：具体背景和社会背景。具体背景即故事发生的具体环境（人们习惯上又称为“小环境”），包括时间、地点以及人物间具体的人际关系。如《红楼梦》中的贾府——大观园，《高老头》中的伏盖公寓，《老井》（郑义）中的老井村，《孔乙己》中的咸亨酒店，《祝福》中的鲁镇。更具体的是“某一天夜晚”“在小河边”……具体背景与人物活动有直接关系，一般作品都有直接的叙述和描绘，可以在作品中直接看到。

社会背景（人们习惯上又称为“大环境”）指故事发生的时代（社会环境），也包括特定的文化氛围，如风俗、人情、习惯、民族心理等。这是大范围的“背景”。正是这种大范围的时空背景，决定某一时期社会生活的性质，规定了人与人之间的“现实关系”，制约着人们生存活动的大致走向。社会背景在作品中有时有明确而简略的交代，如“某朝某代”“文化大革命中”“党的十一届三中全会以后”等；有的交代并不清楚，如《红楼梦》，但读者也能看出来属于封建末世。

三、背景的作用

具体背景与社会背景的关系，是前者体现后者并受后者制约，后者寓于前者之中并通过前者表现出来。作者在创作时着力经营的是具体背景。以下，我们从几个方面谈谈背景的艺术作用，换句话说就是从哪些方面“看”背景。

（一）背景与主题思想

背景的选择与设置对于主题思想的表现关系极大。某些特定的时间、空间具有特定的意义，作家、艺术家特别注意选择这类具有特定意义的时间和空间。

如法国作家都德的《最后一课》，故事发生于最后一堂法文课上。这堂课的大背景是普鲁士军打败了法国，在占领区强制推行文化奴役政策，强行剥夺了该地区法国人包括法国小学生学习本国语言的权利，改为一律学德语。这对于具有强烈民族自尊心的法国人来说，无疑是一种奇耻大辱。这是最后一堂法文课了，在这堂课上，教师、学生乃至自动涌来听课的村民,都极为激动;就连平时不爱学习的小法朗士也被一种悲壮庄严的感情所控制,对本国语言表现出强烈的留恋,痛悔过去没有好好学习它。《最后一课》集中表现了法国人的爱国热忱。“最后一课”,漫长历史中极短暂的一瞬间,但在特殊情况下,它却熔铸着极为深刻的社会历史内容,具有极大的象征意义。“最后一课”,让人一听就感到了极大的情感冲击力,就会唤起深沉的亡国之痛和爱国之情。可以肯定,换一个“时间”就很难产生如此强大的艺术效果。

再如都德同是反映普法战争的短篇小说《打完这盘台球》,写一位法军元帅打台球上瘾成癖,一旦玩起来便如醉如痴,天塌下来也不顾。他又一次打台球了,时间是在敌人进攻法军阵地之际。前线将士忍饥挨冻,严阵以待,只等元帅一声令下便发起冲锋。但命令迟迟不下,原因是元帅球兴正浓。传令兵接二连三地跑来报告,军情十万火急,元帅置若罔闻。元帅的积分一分一分在增长,战场上法军士兵一批一批在阵亡。再有一分元帅就赢了这场球,然而一颗炮弹在指挥所前炸响,法军全军覆没,彻底输了这一仗。作品把故事背景安排在敌人疯狂进攻,法军亟待指挥的这一瞬,把法军元帅的昏庸腐败揭露得淋漓尽致。

“空间”的安排也同样重要。如上例《打完这盘台球》,这场台球不是在娱乐休息等场所里打,而是在前线指挥所里,其揭露鞭挞的意义得到了最大限度地突出和强化。再如王蒙的《春之声》,“空间”选在挤满了急于回家过春节的旅客的闷罐子车上。车上的旅客来自四面八方,各行各业,一节车厢就是一个“社会”,车厢成了观察社会了解社会的好窗口。作品就通过主人公在车厢里所见所闻,感受到了“春之声”——“如今每个角落的生活都在出现转机,都是有趣的,有希望的和永远不应该忘怀的”。

有的作品“空间”不变,但在它上面再加上一维——变化着的“时间”,那么这一“空间”就会成为一面镜子,有效地映照出人事的更迭,社会的变迁。如老舍的《茶馆》就是成功的范例。

(二)背景与人物性格

背景可以有效地烘托、暗示人物性格。如巴尔扎克的《欧也妮·葛朗台》中对于葛朗台老头所居住的索漠城的那条街,那所“灰暗、阴森、静寂”的屋子的描绘，无不处处表现着葛朗台的性格特点——虽腰缠万贯，但却极端地贪婪吝啬：门框支柱的柱头、门洞、门坎，都磨出无数古怪的洞眼，像法国建筑的那种虫蛀样儿，也有几分像监狱的大门。褐色的大门是橡木做的，没有油水，到处开裂。门上小洞的铁栅已经锈得发红。室内顶上的梁木露在外面，梁木中间的楼板涂着白粉，已经发黄了……一般来说，暴发户都喜欢摆阔气，比奢华，但葛朗台却相反，他把一分钱看得比自己的生命还重要，他疯狂聚敛，却一个子儿也不愿花出去，他是一个守财奴。这才是葛朗台，暴发户中独特的“这一个”。

有的背景设计，可以用来解释人物性格的形成。如方方小说《风景》中的“河南棚子”，是七哥生于斯长于斯的生存环境。这里贫穷、肮脏、喧闹，居住条件简陋而拥挤，七哥一家弟兄几个不得不常睡在床底下。人们缺乏文化，缺乏爱意，人与人之间变得冷酷而势利。七哥在这种环境中长大，骨子里渗透着环境所加给他的影响。

（三）背景与情绪基调

背景描写还能有效地渲染出特定的气氛，传达出特定的情绪情感内涵。

请看鲁迅小说《药》中对“坟场”的一段描写：

> 微风早已经停息了；枯草支支直立，有如铜丝。一丝发抖的声音，在空气中愈颤愈细，细到没有，周围便都是死一般静。两人站在枯草丛里，仰面看那乌鸦；那乌鸦也在笔直的树枝间，缩着头，铁铸一般站着。
>
> ——《鲁迅全集》第一卷，第448页，人民文学出版社，1981年版

“气氛”阴冷，凄凉，直透骨髓。

再如：

> 会馆里的被遗忘在偏僻里的破屋是这样地寂静和空虚。时光过得真快，我爱子君，仗着她逃出这寂静和空虚，已经满一年了。事情

偏又这么不凑巧,我重来时,偏偏空着的又只有这一间屋。依然是这样的破空,这样的窗外的半枯的槐树和老紫藤,这样的窗前的方桌,这样的败壁,这样的靠壁的板床。深夜中独自躺在床上,就如我未曾和子君同居以前一般,过去的一年中的时光全被消灭,全未有过,我并没有曾经从这破屋子搬出,在吉兆胡同创立了满怀希望的小小的家庭。

——《鲁迅全集》第二卷,第 110 页,人民文学出版社,1981 年版

这是鲁迅小说《伤逝》开头部分的一段。文中对“破屋”的描绘透露着叙述人消生的心情,同时也定下全篇的叙述语调及情绪基调:悲凉、戚怆、伤感。背景消融在情绪中,情绪投射在背景中。

(四)背景与故事情节

记得有位作家说过,在人生,环境是招来行为的,事件和它发生的场所之间,有一种相生相应的关系。说得不错,人生中的某些行为(表现为故事情节)常常是由环境所产生出来的。“老井村”(郑义小说《老井》中的具体背景)因为地处黄土高原,常年缺水,人的生存极为困难,这才有孙旺泉的爷爷率众舍身求雨的壮举,才有老井村祖祖辈辈为打井找水所作的艰苦努力,才生发出《老井》的一系列故事。再如某些特殊地域中流行的民俗风情、生活习惯、文化观念、图腾禁忌等,也是某些特殊故事发生的生活根源。离开了这些背景,人物、故事都可能会变得让人不可理解。

还有些艺术品类,例如推理、侦探小说,故事情节与地理环境、生活场景关系极为密切。在这些小说中,屋后有一条小路,墙上有个裂缝,楼上有个贮藏室之类,往往可能成为情节发生发展的关键因素,成为犯罪的契机或破案的线索。因此,阅读这类文学作品,一定要注意研究背景,以便弄懂全部故事情节。

背景的作用大致就是以上这些。

关于背景,最后还须说明几点:(1)有的作品,背景是固定不变的,而更多的作品中,背景是不断地变化和转移的;(2)写实性较强的作品,比较强调背景的确定性、真实性,而寓意性较强的作品,往往并不强调这些,

而好像是故事可以发生在任何时代、任何地方。(3)有的作品,无论是对自然环境还是对社会环境,一般都有明显的文字加以描绘和交代(如巴尔扎克和雨果的作品),而有的作品常常把背景描写融汇于故事情节之中(如《红楼梦》)。

四、什么是氛围?

20世纪80年代初,作家王蒙在谈到小说创作时曾说过,中国的诗歌创作讲究意境,其实小说创作也应该讲究意境。小说的意境,也可以叫做氛围(为了与诗词的意境相区别,本书选择了"氛围"这一概念)。王蒙非常重视它在小说艺术中的地位,把它列为小说构成的一种基本要素。

什么是氛围呢?简单说就是作品中出现的可供读者具体感受的艺术情景、艺术场景、艺术空间,它和意境一样,是一个可以"进入"的具有空间感的活生生的"生活场"。用王蒙的话说就是小说中创造的艺术世界。他向小说家们发出号召:"我希望我们在写小说时,能够注意创造这么一个艺术的世界。在某种意义上说,在小说里创造这么一个艺术的世界,比我们写出一段很精彩的故事还难。"①

王蒙有号召有行动。他自己的小说创作就很注重氛围的创造。例如他的短篇小说《听海》,写一个盲老人和一个小女孩来到大海边,亲近大海,感受大海,思考大海。老人看不见大海的浩瀚了,但他有敏锐的听觉,他不但"听波""听涛"而且"听虫",他俨然进入了心灵化的艺术氛围,从中听出了浓浓的诗意,听出了一曲曲心灵的歌唱。

例如在"听虫"一节里,作者为我们描绘出这样一个艺术世界:温柔的海风,没有月亮,只有星星。在这静静的海边之夜,老人听到的不是海啸而是虫鸣:"叮、叮、叮,好像在敲一个小钟,滴哩、滴哩、滴哩,好像在窃窃私语,咄、咄、咄,好像是寺庙里的木鱼,还有那难解分的拉长了的嘶——嘶——嘶,每个虫都有自己的曲调、自己的期待和自己的忧伤。"

这是一个沉静的世界:"什么都没有,只有空旷,只有寂静和洁净,只有风";这又是一个热闹的世界:"当心静下来的时候,当人静下来的时

① 王蒙:《漫话小说创作》,上海文艺出版社1983年版,第105页。

候,大自然就闹起来了。”在这里,永恒而巨大的海潮声成为遥远的幕后伴唱,小虫的声音,甚至是渺小得差不多是零的颤抖的呼吸声却清晰地鸣响起来……这是一个特定的“自然世界”,一个特定的艺术氛围。

在“听波”一节里,作者笔下又是另一种景观:第二天晚上他们来到了海边沙滩上,风平浪静,老人听到的是缓慢、均匀、完全放松的海的运动。噗——好像是吹气一样的,潮水缓缓地涌过来了。沙——潮水碰撞了沙岸,不,那不是碰撞,而是抚摸、爱抚,像妈妈抚摸额头,像爱人抚摸脸庞。平平静静,安安稳稳,潮水涌过来又退回去,永无休止……

五、氛围的艺术品性

以上两种氛围,既是通常所谓的环境(背景),又不完全是通常的环境。它与通常的环境描写不同的地方在于,它不强调对“客观”的直接再现,而是作者根据抒情达意的需要,经过选择、组织或根本就是由心灵幻化出来的心灵化环境、诗意化环境,它的根本特点不是再现性而是表现性。从艺术价值来说,氛围其实就是作者或作者笔下人物心灵的物化形态,是心灵的客观对应物。换句话说,艺术中的氛围不是“物质”空间,而是精神空间;不是物理空间,而是心理空间。

由于氛围的这种艺术品性,所以读者在面对“氛围”时,一定要仔细体会这里所渗透、所弥散、所暗示、所象征的精神信息、心灵信息。

如上面“听虫”一节里,盲老人沉浸在虫声的奏鸣中,渐渐听出了自己的心声:大海的潮声是永恒和巨大的,但在大海面前,小虫们并不自惭形秽,而是用尽自己的生命力去鸣叫,即使发出的是渺小得差不多是零的颤抖的呼叫,也尽其所能地叫出来:“他谛听着虫鸣,又觉得在缥缈的月光中,自己也变成了那只发出颤抖的睨睨声的小虫,它在用尽自己的生命力去鸣叫。它生活在草丛和墙缝里,它感受着那夏草的芬芳和土墙的拙朴。也许不多天以后,它就会变成地上的一粒微尘、海上的泡沫,然而,现在是夏天,夏天的世界是属于它的,它是大海与大地的一个有生命力的宠儿,它应该叫,应该歌唱夏天,也应该歌唱秋天,应该歌唱它永远无法了解的神秘的冬天的白雪。他应该歌唱大海和大地,应该召唤伴侣,召唤友谊和爱情,召唤亡故的妻,召唤月光、海潮、螃蟹和黎明。黎明时分的红霞将送它入梦。妻确实是已经死了,但她分明是活过的,他的盲眼中的泪水便是证明。这泪水不是零,这小虫不是零,他和她和一切的他和她都不是零。虽然他和她和它不敢与无限大相比,无限将把他和她和它向零的方向压迫去,然而,当他们走近零的时候,零作为分母把他们衬托起来了,使他们趋向于无限,从而分享了永恒。在无限与零之间,连结着零与无限,他和她和它有自己的分明与确定的位置。"——这分明就是一曲生命的赞歌,一曲弱小的、不幸的、卑微的人的人生价值、人生意义的赞歌。小虫的吟唱,唱出了盲老人的自尊与自信,唱出了小说作者对弱小者、不幸者、卑微者的尊重、鼓舞和激励。——"叫吧,小虫,趁你还能叫的时候"。

同样,在风平浪静、缓慢、均匀、完全放松的海波声中,老人感受到的是"大海的胸襟",大海的浩瀚可以涵纳一切,包容一切。面对大海,人世的芥蒂、纠纷、恩怨,又算得了什么!"天空是空旷的,海面是空旷的,他不再说话了,他听着海的稳重从容的声息,他感觉着这无涯的无所不包的世界,他好像回到了襁褓时期的摇篮里。大海,这就是摇篮,荡着他,唱着摇篮曲,吹着气。他微笑了,他原谅了,他睡了。"——多么富有韵味的一幅"画"!以上描绘,是大海景观的客观真实,还是人物心理的主观真实,无法分清。准确地说,两者都是:是主观心理屏幕上映出的自然景观,也是感觉化形象化物态化了的心理真实。这是一幕主观性很强的艺术"画面",或者说是一幕表现性很强的艺术氛围。在这里,读者既听到了大海的涛声,也听到了老人的心声。作为自然的海浪拍打自然的岩石,无所谓胜利与失败,也无所谓英勇与怯懦。所谓"失败"与"英勇",所谓"无可奈何"与"振作精神",所谓"执着"与"超脱"云云,全是盲老人对大海的感觉与理解,是老人心中的大海,是人化的大海。

六、氛围小说与传统小说的区别

在传统小说里,作者最为重视的艺术因素是人物和故事,因而把如何叙述情节,如何刻画人物作为艺术经营的焦点。在现代小说里,有的作者已经不把人物和故事当作艺术经营的中心,而开始着意营构某种富有精神气息的"氛围"。在这类作品里,人物、故事的存在已经不具有独立意义,已经不成为艺术表现的目的,小说家叙述一些事件(如《听海》中人们到海滨旅游,《春之声》中乘客回家过年),介绍几个人物(如《听海》中的盲人与小女孩,《春之声》中岳之峰和抱小孩妇女),目的在于营造一种意境,渲染某种气氛。在这里,人物、事件成为营构意境、氛围的素材和媒介,而氛围才是艺术的真正核心。在氛围小说里,故事显得若有若无,情节显得支离破碎,人物显得模模糊糊。这些,并不是作品的缺点,因为作者的意图不在这里。作者的意图是想以氛围烘托、暗示、隐喻、象征某种情思、某种意念,某种难以言传的心态,某种曲折隐晦的人生哲理,所以作者必须把读者的注意力直接引向氛围,使氛围占据读者的注意中心和感受中心,让读者从对氛围的直接感受中得到某种启示、某种领悟、某种体验。这就理所当然地要对人物和故事进行淡化处理,有意把它们从引人注目的中心地位推到幕后去。

在着重渲染氛围的小说里,作品的意旨不靠人物和情节展现,而是从"氛围"中自然流出。如"听虫"一节中,主人公的(同时也是作者的)人生赞歌是从氛围的描绘中自然引发的,氛围的意蕴逐渐透明。再如美国电影《金色池塘》,反复地渲染了一个自然氛围——宁静的森林。夕阳照耀下的池塘平静无波,饱经人世风霜的一对老人安详地住在这里。老人的女儿从喧嚣浮华的城市来到这里,一下子被这里幽静、安适的气氛所震慑,所征服,所感动。这种气氛所透出的是人类对生命的彻悟,是人类从浮华浅薄走向深沉浑朴的象征。这里没有语言,没有说明,面对这样的氛围,一切语言都是多余的。

很明显,小说里氛围的营构吸取了抒情性作品创造意境的经验,突出和强化了作者的主观因素,以主统客,以情统形,具有明显的表现性。因而,氛围也就明显有别于一般写实性作品中的环境描写,一般的环境只是人物活动的空间,故事发生的地点或场景,其艺术价值是一维的——如这里一棵树,那里一座桥,它们只说明"这里"有什么,什么样,而不像氛围那样具有抒情性、心灵性。因此读者在欣赏着意营构氛围的作品时,要仔细品味氛围当中、氛围之外的艺术信息,体味里面所蕴涵的情思意绪。

思考练习题

一、什么是背景？

二、背景的构成因素有哪些？

三、背景有哪些作用？

四、举例说明什么是氛围。

五、氛围的艺术品性是什么？

六、氛围小说与传统小说的区别是什么？

七、体会下列作品中“氛围”的意味。

在我的后园，可以看见墙外有两株树，一株是枣树，还有一株也是枣树。

这上面的夜的天空，奇怪而高，我生平没有见过这样的奇怪而高的天空。他仿佛要离开人间而去，使人们仰面不再看见。然而现在却非常之蓝，闪闪地映着几十个星星的眼，冷眼。他的口角上现出微笑，似乎自以为大有深意，而将繁霜洒在我的园里的野花草上。

……

鬼眨眼的天空越加非常之蓝，不安了，仿佛想离去人间，避开枣树，只将月亮剩下。然而月亮也暗暗地躲到东边去了。而一无所有的干子，却仍然默默地铁似的直刺着奇怪而高的天空，一意要制他的死命，不管他各式各样地映着许多蛊惑的眼睛。

——鲁迅《秋夜》

第七章 意蕴层面

第一节 意蕴的涵义及类型

一、意蕴的涵义

作为阅读文学作品的读者,大都有一种强烈的精神需求,那就是读完某一作品,总是要问:作品表现的是什么?——这实际上是在追索作品的意蕴。可以说,追索作品的意蕴,是读者的普遍性要求。

那么,什么是文艺作品的意蕴?朱光潜在翻译黑格尔论艺术的经典巨著《美学》时解释说,“意蕴”的原文是 Des Bedeutende,意思是“有所指”或“含有用意”的东西,近于汉语的“言之有物”的“物”,因译“意蕴”。①

黑格尔非常强调意蕴在作品构成中的地位。他认为,文艺作品由两种因素构成:外在因素和内在因素。外在因素即直接呈现给我们的东西——即我们通常所说的题材,在叙事性作品里表现为人物、情节、环境,在抒情性作品里表现为意象和意境等;内在的因素即意蕴。“意蕴总是比直接显现的形象更为深远的一种东西。艺术作品应该具有意蕴……它不只是用了某种线条,曲线,面,齿纹,石头浮雕,颜色,音调,文字乃至于其它媒介,就算尽了它的能事,而是要显现出一种内在的生气,情感,灵魂,风骨和精神,这就是我们所说的艺术作品的意蕴。”②

黑格尔的意见代表了许多作家、理论家对于意蕴的共识,即认为意蕴

① 《美学》第 1 卷,商务印书馆 1981 年版,第 24 页。
② 《美学》第 1 卷,商务印书馆 1981 年版,第 25 页。

是作品中所蕴涵的心灵、思想等精神性因素。基于这种认识，我国文艺理论家余秋雨把意蕴简洁地概括为“蕴藉于艺术生命体内的精神能量”[①]。作为欣赏对象的文艺作品的构成形态，决定了主体对它的欣赏程序：“遇到一件艺术作品，我们首先见到的是它直接呈现给我们的东西，然后再追究它的意蕴或内容。”[②]。这就是说，欣赏一部作品，眼光绝对不能只停留在外在层次，而必须穿过外在层次把握其中的意蕴。把握文艺作品的意蕴，是文艺欣赏最关键最重要的一步。意蕴隐形于作品外在因素之中，成为外在因素的核心和主宰，那么，意蕴就是平常我们所说的主题吗？

回答是：是，又不完全是。我国文艺理论关于“主题”的通常解释是：“又叫主题思想。文艺作品通过描绘现实生活和塑造艺术形象所表现出来的中心思想。”[③]从这一定义可以看出，通常所说的“主题”即一种思想。它是通过对整个作品的分析、提炼，从而归纳总结出来的一种理性认识，具有抽象性和概括性。我国小学、中学乃至大学课堂上，归纳一篇作品主题的模式一般是：本文通过“××”反映（或表现）了“××”。这里前一个“××”，即作品的题材，直接显现于外的东西，后一个“××”即主题思想。显然，这时的主题已从具体题材中被剥离出来，已是高度概括和抽象的东西。

与主题相比，意蕴包含“思想”，但又远远不止是“思想”。黑格尔说意蕴是“一种内在的生气，情感，灵魂，风骨和精神”，这里当然包含所谓“思想”，但又远远比“思想”丰富。它包括人的整个内心世界，显现着人的整个内心世界的全部丰富性，具有更多的心灵信息和精神内涵。例如，一首无标题乐曲，一幅山水风景画，一首即兴抒情小诗，它们可能传达了创作主体的某种感受、某种体验、某种思绪、某种情感……它们朦胧混沌，不可捉摸，可意会不可言传，可神通不可语达，但又真切实在，而不虚无缥缈。欣赏者从这些作品里可以领悟到某种意蕴，但却不一定能归纳出什么“思想”。准确地说，它们也根本不是什么“思想”。“思想”一词具有

① 余秋雨著：《艺术创造工程》，上海文艺出版社1987年版，第53页。

② 《美学》第1卷，商务印书馆1981年版，第24页。

③ 《辞海》，文学分册，上海辞书出版社1979年版，第11—12页。

“沉甸甸”的分量和“凝重成形”的“质感”,而情绪、体验、感悟等等情感性、心灵性的东西未必都具有如此的“分量”和“质感”。要言之,“意蕴”包含思想又大于“思想”。

二、意蕴与意义有什么不同?

简单说来,第一,意蕴大于意义。文学作品的意蕴包括意义和意味。第二,意义是经过分析,抽象出来的东西,能够以命题的形式进行表述。如上面所讨论的“主题”,其具体内容就相当于“意义”。而意蕴却不必而且也很不容易以命题的形式表述。当你试图以抽象的命题形式去表达它时,它已从命题形式中飘散和逃失了,也就是说,你所抓住的其实已经不是它本身了。“当然,我们也可以对意蕴进行理性的抽象,将意蕴转变为意义,但这已经属于审美领悟之后的理性分析了。经过理性抽象的意义小于意蕴。”①第三,从艺术欣赏的角度看,意义属于理性认识的对象,而意蕴属于审美领悟的对象。审美领悟是一种感性悟解活动,它以感性直觉的形式,对意蕴进行直接的、整体的把握和领会;而理性认识则以逻辑思维的方式,以理论的形式把握对象。逻辑思维必然要对对象进行分析和抽象,而分析和抽象的过程中,必然会丧失掉对象本身丰富微妙的东西。因此,许多艺术家拒绝对自己作品的意蕴进行抽象和归纳。当某位莎士比亚剧作的导演被问及作品的主题时,导演回答:一切都在台词里。当列夫·托尔斯泰被问及《安娜·卡列尼娜》的主题思想是什么时,托翁说要回答这一问题就必须把全部故事情节重新再写一遍。歌德也拒绝把他的作品的意蕴归结为某种简单的“概念”。他说:“我对美学家们不免要发笑,笑他们自讨苦吃,想通过一些抽象名词,把我们叫做美的那处不可言说的东西化成一种概念。”②

三、意蕴≠作家的立意

本书以为,创作意图与意蕴之间有十分紧密的内在联系,但终究不是一回事。创作意图是作家试图通过作品表达的一种思想、认识、感情、意

① 叶朗主编:《现代美学体系》,北京大学出版社1988年版,第193页。

② 爱克曼辑录,朱光潜译:《歌德谈话录》,人民文学出版社1978年版,第132页。

念，用古人的话说就是“立意”。立意的确定对于一篇作品的创作来说极为重要，对于整个创作过程的各个环节都有指导作用，即所谓“意在笔先”，“以意为主”，“以意为帅”，等等。立意体现在作品里，即通过艺术的形象、意境传达出去，就成为作品的意蕴。前者是后者的基础，后者是前者的外化，二者在一般情况下是一致的。这是二者的联系。但二者的区别也是明显的。具体表现在：

第一，意蕴是作品的意蕴，是通过作品体现出来，以作品本身为载体的一种精神存在，它本身具有客观性和确定性，否则就失去了供人们逐渐认识、反复认识的客观依据，也失去了衡量各种不同认识是非曲直的客观标准。而创作意图是作家的主观思想主观心灵，它是存在于作家心灵中思维中的一种精神存在，它还没有通过作品外化出去，还没有找到合适的“物质”载体，因而还不具有客观性和确定性。

第二，从内涵角度考察，立意体现在作品里即成意蕴，二者在一般情况下往往是一致的，即作品表现出来的正是作家想要表达的。但，由于种种原因，二者之间也常常出现不一致的情形。造成这种不一致的原因是多方面的。

综上所述，可以看出，意蕴≠主题思想≠意义≠立意，意蕴是作品本身所蕴涵的客观的可以归纳和概括的思想，也包括心灵、生命、情感等可意会不可言传的精神信息，换句话说即除了“思想”“意义”之外还有“意味”，它具有自身的审美特性。

四、意蕴的类型

（一）情感性意蕴

情感是人类精神生活的一个极重要的范畴。对于艺术创作来说，情感尤其有着特殊的价值：它既是创作的材料（表现对象）又是创作的动力（创作动机）。作家、艺术家大都是情感特别丰富、特别细腻、特别敏感的人，同时又是具有艺术表现能力的人，于是，情感体验遂成为作家艺术家最为热衷于表现的内容。古往今来，文艺作品中留下了多么丰富的人类情感体验的信息啊！这些作品中所体现的情感也就是作品的意蕴。

如秦观的《浣溪沙》：

漠漠轻寒上小楼,晓阴无赖似穷秋。淡烟流水画屏幽。自在飞花轻似梦,无边丝雨细如愁。宝帘闲挂小银钩。

这首词的意蕴就是一种心境,一种情感体验:“像轻寒一样冷漠的感觉,晓阴一样黯淡的心情,飞花一样渺茫的梦想,丝雨一样细微的哀愁。”①这是一种空虚、落寞、无可奈何、百无聊赖的心态。这种心态十分具体也十分“抽象”,没有具体原因,因而更具有普遍性和典型性。再如李清照的《声声慢》(“寻寻觅觅”)也是写心境的名篇。作者以高超的语言技巧,通过种种意象,既融情入景又直抒胸臆,创造出一个绝美的“意境”。读者从中读出了孤寂冷清、悲哀疲惫、伤感烦闷、无情无绪、无着无落、无抓无挠、若有所失、空空荡荡等情感体验。而这就是这首词的意蕴。这是一种不可名状不可言传的情绪状态,李清照敏感地捕捉到了,将其形象化、形式化、符号化了,因之,一种典型的情感体验成为可以“把握”的了。

在叙事性作品中,作家、艺术家的情感态度、情感体验是作品全部意蕴的一个方面,一般来说比较隐蔽,但如果对作品进行整体观照,还是可以体会出来的。如鲁迅对孔乙己是既有同情又有嘲讽,对阿 Q 是“哀其不幸,怒其不争”。曹雪芹对大观园中那群不幸的女孩子是无限同情、无限惋惜,认为她们“原应叹息”(“元迎探惜”);对封建大家庭日渐没落,他感到无限伤感。

(二)道德性意蕴

道德性意蕴,即作品所体现出来的某种道德倾向、道德理想、道德观念。

道德,是人们在共同的社会生活中所遵循的行为规范。从社会角度说,它是意识形态的重要组成部分之一,是社会文明程度的重要标志,社会靠它来调节人与人之间的关系。从个体角度看,它是个人精神生活的

① 沈祖棻:《宋词赏析》,上海古籍出版社 1980 年版,第 28 页。

一个重要领域，是立身行事的内在准则，是内心无形的“上帝”。文学艺术以社会生活为反映和表现对象，目光始终对准人，人与人的关系，人的行为动机，人的内心世界，而这一切无不与道德紧密相关，所以文学写人，必然涉及人的道德，自觉不自觉地对笔下人物作出道德评价，从中透露出作者的道德倾向、道德观念。而这，通过艺术形象体现出来，即作品的道德意蕴。

作品的道德意蕴往往以人物性格为载体，通过人物形象的塑造体现出来。如刘备的忠厚，曹操的奸诈，关羽的义气，杨家将和岳飞的忠君爱国，包公的清正廉明，陈世美的忘恩负义，赵氏孤儿的报仇雪恨，白娘子的忠贞痴情，刘慧芳的善良贤惠，聂赫留朵夫的忏悔意识，冉·阿让的仁慈博爱等，都比较明显地体现着作者的道德评价，宣示着作品的道德意蕴。

由于道德在社会生活、社会意识及人的心理结构中的地位，所以道德性内容历来为广大艺术家所关注，历来为广大欣赏者所欢迎。从文艺史看，凡是真实而深刻地表现了某一时代某一社会健康而美好的道德观念的作品，都能拨动广大欣赏者的心弦，有的甚至流传千古，与人们进行着心灵上的交流和共鸣，净化和提高着一个民族乃至全人类的道德水准。

（三）政治性意蕴

在现代社会里，政治是社会生活的重要组成部分，在某些特定时期里，甚至是最为重要最为核心的部分。社会的政治生活状况如何，直接影响着社会生活的方方面面，影响着千千万万社会成员的前途和命运。因此，具有历史使命感和社会责任感的作家、艺术家，总是时刻关心着国家大事，关心着政治生活的状况，常常以政治生活为题材进行创作，表达着自己对政治问题的认识、见解和建议，而这些就形成了作品的政治性意蕴。

例如我国粉碎“四人帮”进入新时期的最初几年里，政治问题是作家们思考的焦点，因而也是这一时期文学作品所要表现的中心内容之一。随着社会政治生活的发展和艺术家思考的深化，作品的意蕴也不断发生着嬗变。先是以《班主任》（刘心武）、《伤痕》（卢新华）为代表的对“文化大革命”所造成的沉重灾难进行揭露。紧接着是对错误政治形成的过程进行历史反思,思考重心由现实转向历史,表现领域由“文革”伤疤上推到五六十年代甚至更远,力图在更深广的范围内总结历史经验。随后出现的是以蒋子龙的《乔厂长上任记》为代表的一大批作品对社会经济体制进行的政治思考,极为深沉地揭示出现代化的历史要求和与这个要求不相适应的政治经济体制之间的矛盾,暴露了极左政治的严重遗患所形成的重重阻力,反映了要求改革的强烈愿望。这三类作品分别被冠以“伤痕文学”“反思文学”“改革文学”之名,由此也可以看出它们与社会政治思潮的紧密联系。由于它们契合了当时的政治思潮,所以都曾产生过强大的社会影响。20 世纪 90 年代之后至今出现的“反腐败”小说,如张平的《抉择》《法撼汾西》《十面埋伏》《国家干部》等,都是政治性意蕴很强的小说,体现了作家在新的历史条件下高度的社会责任感和历史使命感。

由于政治在社会生活中的特殊地位,广大读者十分关心政治生活,同时也特别关注具有政治性意蕴的文艺作品。中外文艺史上,以政治性意蕴引起关注甚至产生轰动效应的例子俯拾即是。有时候,欣赏者对作品政治意蕴的关心超出了对艺术性的追求。

(四)社会性意蕴

社会性意蕴是指作品真实反映了一定历史时期社会生活的面貌及其本质,具有较高的认识价值,使读者能够通过作品更好地认识社会、理解社会。

对于文学反映社会生活的功能,古今中外的理论家和艺术家们一直都相当重视。古希腊的“模仿说”、文艺复兴时期的“镜子说”、19 世纪俄国的“再现说”,直到马克思主义的反映论,以及我国古代孔夫子的“诗可以观”(“观风俗之盛衰”)等等,都比较一致地认识到了文学反映社会生活的功能。文学来自生活,生活是文学的源泉,没有生活也就没有文学,所以,关注社会生活,反映社会生活,应该说是文学的题中应有之义,是文学的一个好传统。许多作家以真实地反映自己所处时代的社会生活为己任,从而创作出了不朽的作品。

如巴尔扎克、托尔斯泰、狄更斯等人就是这方面的卓越代表人物。巴尔扎克明确表示说,他决心要当法兰西社会的“书记”,为社会留下真实的记录。由于他有意识的努力，在艺术地描绘社会方面取得了辉煌的成就。恩格斯在评论他时赞颂说："他在《人间喜剧》里给我们提供了一部法国'社会'的卓越的现实主义历史，他用编年史的方式几乎逐年地把上升的资产阶级在1816至1848年这一时期对贵族社会日甚一日的冲击描写出来……在这幅中心图画的四周，他汇集了法国社会的全部历史，我从这里，甚至在经济细节方面（如革命以后动产和不动产的重新分配）所学到的东西，也要比当时所有职业的历史学家、经济学家和统计学家那里学到的全部东西还要多。"①

（五）人生意蕴

人生意蕴即作品所传达出的对人生况味的品尝与玩味，对有关人生诸问题的思考与回答。

"人生"与"社会"相互渗透相互交叉，但仔细品味，二者又不是一回事。"社会"具有明显的时间和空间的限定性，时空变了，社会面貌也随之而变。时间在流逝，社会在发展，今天的社会已不是昨日之社会，此处的社会亦不是彼处之社会，正所谓此一时也彼一时也，此一地也彼一地也。而"人生"却具有相对的稳定性与永恒性：生老病死，悲欢离合，爱情婚姻家庭，事业前途命运，成功与失败，所失与所得……无论哪个时代哪个社会的人都要面临这些人生的基本问题。它与生俱来与生俱去，谁也躲避不开，谁也超脱不了，无论是皇帝还是小民，是富翁还是乞丐。既如此，"人生"遂成为人人共同关心的对象，成为作家艺术家热衷于表现而广大读者热心欣赏的永久性话题，"认识社会和人生"遂成为广大读者最重要的欣赏动机之一。

由于"社会"和"人生"相互渗透相互交叉，描写人生要常常同时写到社会，那么具有社会性意蕴的作品和具有人生意蕴的作品有什么不同呢？大体说来，二者的着眼点不一样，重心不一样：一个着眼于社会，时代特征明显，注重背景、环境的描写；一个着眼于人生，时代特征不明显，背景、环境淡化。例如，杜甫的诗歌中，"三吏三别"等时代特征鲜明的属于前者，

① 《马克思恩格斯选集》第4卷，人民出版社1966年版，第445—446页。

而《茅屋为秋风所破歌》《登高》等着重品味人生况味的属于后者。在白居易的诗歌中,《观刈麦》《卖炭翁》《宿紫阁山北村》等篇属于前者,而《长恨歌》《琵琶行》《花非花》等篇则属于后者。我国新时期小说中,路遥的《平凡的世界》,贾平凹的《浮躁》,柯云路的《夜与昼》和《衰与荣》属于前者;池莉的《烦恼人生》和《太阳出世》,刘震云的《单位》和《一地鸡毛》属于后者。如此等等。

当然,由于"社会"与"人生"的相互渗透和交叉,所以同时具有人生意蕴和社会性意蕴的作品也很普遍。如鲁迅的《伤逝》《孤独者》等。

(六)理想性意蕴

理想性意蕴是指作品所表现出来的追求美好事物美好生活的理想和愿望。

俄国作家冈察洛夫曾说过:"……艺术家的目的,哪怕是无意识的、被动的或隐蔽的目的都是追求某些理想,譬如说,追求把他观察到的现象加以改善,追求以最好的事物代替最坏的事物。这种最好的事物便是理想,艺术家摆脱不了它,特别是当他除了智力之外,还有热情的时候。"①冈察洛夫的话是深刻的,他透过令人眼花缭乱的艺术现象看到了艺术创造的某种本质。不安于现状,时时心存美好的愿望,憧憬美好的未来,追求美好的理想,是人类在艰难困苦中生存下来的一大精神支柱,是人类不断进步、社会不断进化的内在精神动力,也是艺术创造的内在精神动力。人类对理想的追求,一是落实在现实的社会实践中,一是表现在文艺作品中。文艺作品是寄托理想,"实现"理想的最自由的天地。整个文艺发展史充分证明了理想与艺术创造的密切关系。当原始人被倾盆而下的暴雨以及随之而来的洪水灾害逼得生存不下去的时候,《女娲补天》的神话产生了;当封建社会青年男女为不能自由婚恋而愤懑而遗憾的时候,《孔雀东南飞》《梁山伯与祝英台》《牡丹亭》等作品就出现了……当我们仔细考察古今中外文艺作品意蕴的时候,就可以清晰地看到作品中投射出来的各个时代人们的理想和愿望,看到人类心灵发展的轨迹。

① 《古典文艺理论译丛》第1册,人民文学出版社1961年版,第184页。

（七）人性意蕴

人性意蕴是指作品所表现出来的对于人的本性、天性的理解和认识。

什么是人性？这是一个从常识角度看来非常简单，然而从理论角度看来却又很不容易说清的问题。本书主旨不在于理论辨析，所以我们避开抽象的哲学讨论而只取通常理解：人性即人之所以为人的基本属性，它包括自然属性和社会属性，是自然属性和社会属性的渗透和融合。人性的这种结构决定了它既不等于兽性又不等于神性。人就是人，是人就不可能不受人性的制约。文学是人学，文学关注的对象是人，是人的生活、人的心灵、人的情感、人的性格、人的思想、人的命运。而这一切的深层，隐伏着的是"人性"。"人性"并不抽象，它就现身于每个人的具体生活中。因而，作家在关注人的生活、人的心灵的时候，更关注其中所蕴含的人性信息。人性，自古以来就是作家热衷表现的一个兴奋点，作家在对人的生活的具体描绘中，往往透露着自己对人性的洞察、理解和认识，从而使作品传达出耐人思索的人性意蕴。

如文艺复兴时期著名作家卜迦丘的《十日谈》，高举人性的旗帜，反对基督教神学；用个性解放反对禁欲主义，大力宣扬男女之爱、人的自然欲望是符合人性的，"人性"和"人欲"是不可抗拒的。例如"第四天"故事的开头讲了一个插曲：一个青年自幼随父亲在山上修行，过着与世隔绝的清教徒生活。有一天父亲带他下山去，看到一群年轻漂亮的姑娘。他问父亲这是什么。父亲怕儿子知道她们是女人从而唤起肉欲，于是骗他说，那是"绿鹅"，是"祸水"。但儿子不怕，他向父亲要求带一只绿鹅回去。父亲这才知道人的天性是阻挡不了的。19世纪法国作家法朗士的小说《泰绮思》，写一位高僧在沙漠中修行，忽然想到名妓泰绮思是一个贻害世道人心的尤物，他要感化她出家，救她本身，救被惑的青年们，也给自己积无量功德。在他的感化下，泰绮思竟出家了。他恨恨地毁坏了她在俗时候的衣饰。但是，奇怪得很，这位高僧回到自己的独房里继续修行时，却再也静不下来了，见妖怪，见裸体的女人，他急遁，远行，终于无效。无奈何只好跑到泰绮思那里老实坦白:“我爱你!”[1]——作品对高僧有所嘲讽,但也道出了人性力量的强大。

当然,所谓人性,并不就是以上两个作品所讲的“色”,其实它有着极为广泛的涵义:既包括人性的优点如同情、怜悯、向善等,也包括人性的弱点如自私、势利、好逸恶劳等。中国古代小说家对人性往往有透彻的洞悉,在作品中多有描绘。[2] 关注人性,说明了人类具有理解自身、认识自身、把握自身的强烈意向,文学作品对人性的表现说明了人类在这方面的艰苦努力。当然,就每一具体作品来说,作者对人性的理解和认识或许是偏颇的、片面的;但,在人类自我认识的漫漫长途上,谁敢说自己的认识是一次完成的绝对真理呢?

(八)哲理性意蕴

哲理性意蕴是指作品的意蕴具有哲理品格,涵盖的时间和空间更久远更阔大更具有超越性。具有哲理品格的作品,着眼点不在于特定时代、特定社会里特定的人身上发生了什么,而在于任何时代、任何社会里任何人身上都可能发生的什么。艺术哲理的本质在于对世界对人生的内在意蕴的全面性、整体性开发,是对于人生真谛的探索和开掘。人生哲理,深含于人生现象的最深层,或者说矗立于人生现象的最高处,俯瞰着、统摄着、支配着每个具体个人的人生。它无时不在,无处不在,悄然化身于一切人的人生过程之中。人生哲理的这种涵盖性、普适性、深刻性、抽象性使其具备了强大的精神魅力,吸引着古往今来的人类苦苦地探索它,追寻它。探索它简直可以说是人类与生俱来的形而上的精神冲动。正因为如此,人生哲理成了艺术家和欣赏者注目的共同焦点,成了双方进行对话的最佳话题之一。每当欣赏者在作品中发现人生哲理时,在精神上就会感到制止不住的兴奋。

人生哲理的品味其实就是人生真相的窥破。窥破了人生真相当然是愉快的,但往往同时也是痛苦的、苦涩的。这种痛苦不是一般意义上的痛苦,而是清醒的痛苦、哲学的痛苦、智慧的痛苦。它不是单纯的痛,而是痛

---

① 参见《鲁迅全集》第6卷,人民文学出版社1982年版,第304页。

② 参见邵毅平:《洞达人性的智慧》,浙江人民出版社1992年版。

中有快;也不是单纯的苦,而是苦中有甜。这种复合的味道才更接近人生的真实,更有深度。这种痛苦并不引人消极和颓废,而是增加几分直面人生的勇气,增加几分承受人生的内在力量,多几分应付人生、驾驭人生的智慧。

(九)宗教性意蕴

我们不止一次说过,文学艺术所关注的对象是社会,是人生,而社会和人生太复杂太奥妙,人们对它越是深入思考就越是对有些现象感到不可理解不可思议,感到有一种超出于人的主观能力之外的"神秘力量"的存在,感到它在冥冥之中对人生对世界对自然起着一种支配作用。这种"神秘力量",通常人们称之为"上帝""造物主""大自然""无限""永恒"等等,中国古人称之为"天",称之为"道"。总之它确实客观存在着,而人对它的面目又不能完全窥知,因而感到敬畏,产生一种类似宗教性的情感体验。把这种体验通过作品体现出来,即宗教性意蕴。

如史铁生的小说《宿命》。作品写一个正春风得意、马上就要出国留学的青年人莫非,在马路上骑车突然轧在一只茄子上,摔倒后被汽车撞断了腰椎,从此以后被"种"在了病床上和轮椅里。汽车与人相撞,只是一秒钟的时间,正是这一秒钟颠覆了他的命运。那么,为什么他不能早一秒钟或者晚一秒钟摔倒从而躲开这万恶的一秒钟呢? 于是他开始往回想,一步步地追根溯源。追来追去终于追到了——是因为一个学生在课堂上老是笑,而学生笑是因为他看见一只狗望着一进学校大门的大标语放了一个很响但是发闷的屁。狗放屁引起学生笑,学生笑引起莫非追问他为什么笑,追问时校长给莫非戏票,看完戏排队吃包子,回家路上碰见同学说话,然后自行车在路上轧上茄子摔倒被汽车撞断腰椎瘫痪。由狗屁到瘫痪,一连串事件的发生纯属偶然,完全随机,随便一个小小的因素变化都会打断整个链条,灾难就不会发生。但是,神秘莫测的是,一连串事件竟然因缘和合,接连发生了。这是谁在安排,谁在支配? 没有谁安排,也没有谁支配,一切都是无目的无规律无原因地自然发生的。这种力量无以名之,只好把它叫做超人力量,也可以叫造化,叫"造物主",叫"上帝"(不等于教堂里的上帝),叫"道",叫"神"。这个"神"不是人格神,而是自然神、宇宙神——即客观世界、客观规律本身。由于它不是人格神，换句话说不是宗教所说的神，所以人们对它的感受就是类似宗教的宗教性体验，作品的意蕴就是宗教性意蕴。

《宿命》写出了对命运的偶然性、随机性、荒诞性的思索，对命运的神秘性、不可知性、不可思议性的思索。这就是我们所说的宗教性意蕴。

顺便说一句，在史铁生的作品中，相当一部分都具有宗教性意蕴。由于作者不幸的生活遭际，使他对人生对命运对宇宙思考得格外深，格外远，于是他就与“上帝”照面了。“上帝”在他笔下，是个使用频率比较高的词。

不但作家、艺术家在深入思考时不期然遇到了“上帝”，就是以探讨物质世界为己任的自然科学家，当他们一步步逼近自然的奥秘时，也同样不期然遇到了“上帝”。例如20世纪的科学泰斗爱因斯坦就是一个宗教感很强的科学家。他说：“相信世界在本质上是有秩序的和可以认识的这一信念，是一切科学工作的基础。这种信念是建筑在宗教感情上的。我的宗教感情就是对……那种秩序怀有一种崇敬和激赏的心情。”“那些我们认为在科学上有伟大创造成就的人，全都浸透着真正的宗教的信念。”[①]可见，一旦穷究到人生、世界、宇宙的最深处，就会有一个“上帝”出现。在这一点上，科学与艺术是相通的。

不用多加解释也会明白，我们所说的“宗教”“上帝”等，只是为了方便借用，是加了引号的，并不等于基督教教堂里所崇奉的上帝。二者的区别是明显的。正如爱因斯坦所说，基督教的上帝是一种支配人间祸福的人格神，而科学家所说的“上帝”是指世界秩序或因果关系。

思考练习题

一、文艺作品的意蕴是什么？意蕴的审美特性是什么？

二、意蕴与主题思想、与意义、与立意的联系及区别是什么？

三、怎样理解“形象大于思想”？

四、文学作品的意蕴主要有哪些类型？

---

① 转引自赵鑫珊:《科学・艺术・哲学断想》，生活・读书・新知三联书店1985年版，第138、140页。

第二节　意蕴的丰富性

一、什么是意蕴的丰富性?

前面,我们对于文学作品的意蕴进行了粗略的分类。在进行完这一工作之后,紧接着需要说明几个意思。其一,以上分出的若干类,只是文学作品意蕴的主要类型而非全部类型。文学作品意蕴的类型与人类精神生活体验相对应,而人类精神生活体验是无限复杂无限丰富的,所以对文学作品的意蕴无论分出多少类,都是不完备的,有遗漏的。其二,这些类型在具体作品中往往是互相渗透互有交叉的,而不是截然分明,互不相干的。其三,某些作品,尤其是一些篇幅较小的作品,意蕴可能比较单纯集中,可以明确归到某一类,而相当多的作品(尤其是篇幅较大内容丰富的作品)的意蕴往往是复杂的、多样的,即具有多方面意蕴,这就是所谓意蕴的丰富性。

二、以《红楼梦》等为例说明意蕴的丰富性

例如,《红楼梦》,意蕴就非常丰富,从不同角度考察就有不同的意蕴。

从社会角度看,《红楼梦》以贾府为中心,写出了一个正在衰落中的完整的封建社会:上至王公贵族、皇亲国戚,下至丫环奴仆、僧道尼姑,大至国家礼法,小至老妪怄气,封建社会的方方面面,诸如政治、经济、文化、教育、法律、宗教、婚姻、家庭,纷繁复杂,应有尽有。因此,《红楼梦》被誉为封建社会的百科全书,为我们全面认识封建社会提供了一个活标本,具有较高的认识价值。

对于《红楼梦》,一般人不大注意从政治角度去看它,但作为具有诗人气质的政治家毛泽东,却看出了其中的政治性意蕴。毛泽东说《红楼梦》的主题是四大家族统治的历史,四大家族的兴衰史。他说曹雪芹写《红楼梦》是想"补天",补封建制度的"天",但写出的却是封建家族的衰落。《红楼梦》是借一家一族的衰败展示封建社会走向没落的必然性。毛泽东认为贾府的衰落,首先是人的衰败,即统治者阶层自身的腐朽所

致;其次体现在作为封建根基的家长制的动摇,在贾府里的儿子不听父亲的话,各人有各人的打算;再次,封建社会经济关系也开始变化,土地所有权不断转移。以上三个基础动摇了,整个封建制度的衰败自然就无可挽回。毛泽东还认为《红楼梦》是写阶级斗争的,小说人物中统治者有二十几人,其他都是奴隶,三百多个,被压迫致死很多。《红楼梦》体现了古代的"民主文学"的传统,其民主性便是对封建制度的不满,对小人物尤其是被压迫妇女的同情。总之,毛泽东的看法是从大处着眼,即从政治、阶级斗争着眼,具有高屋建瓴的概括力,很富有启发性。

从道德角度看,作品通过艺术形象的塑造,对传统的道德观念,如男尊女卑、文死谏武死战等,提出了大胆的挑战;通过对一切善的美的事物(如宝玉对女孩子们的尊重体贴,宝玉与黛玉的纯情相恋等)的衷心赞美,和对一切恶的丑的事物(如贾赦、贾珍、贾琏之流的淫滥,王熙凤的阴险刻毒、谋财害命等)的揭露批判,传达出明确的道德判断。

从《红楼梦》对"大观园"的描写,可以看出理想性意蕴。相对于社会现实来说,大观园不折不扣是一个"桃花源",是一个子虚乌有的乌托邦。它的存在与外面的世界相对立:外面的世界是一个污浊的世界、肮脏的世界、淫滥的世界、功利的世界,而大观园却是一个纯净的世界、情的世界、爱的世界、超功利的世界。总之,大观园是作者创造的一个理想国。现实的污浊,逼得人透不过气来,所以才"逼"出一个大观园来,而大观园作为一种理想境界,反过来成为人们寄托精神寄托情感的符号,成为一种与现实力量相抗衡的精神力量。

从人性角度看,曹雪芹谙熟人情世故,对人与人之间的微妙关系,人的内心隐秘,都有至深至细的精彩描写。此所谓"世事洞明皆学问,人情练达即文章"。"洞明"世事,"练达"人情,说明作者对人性有着透彻的观察和理解。

从人生角度看,《红楼梦》全书都可以视为作者对人生的一声既深且长,无可奈何的感叹。作者的身世遭遇,加以精神敏感的素质,决定了他对人生的痛苦、人生的孤独、人生的悲凉、人生的荒谬、人生的无常、人生的无奈、人生的短暂、人生的失落、人生的幻灭等,有着超乎常人的深切体验，把这一切投射到作品中，就使《红楼梦》具有了浓郁的人生意味。正是这一点，引起了不同时代不同社会不同国家的读者的深切共鸣，陪着作者感叹人生、品味人生、思考人生。

从哲理角度看，《红楼梦》对于许多关于人的本原性问题都有很深入的哲学思考。如“我”是谁？“我”是什么？“我”从哪里来，到哪里去？没有“我”之前和之后，“我”在哪里？什么是“时间”？“时间”的本质是什么？“时间”是怎么存在的？人为什么而活着？人活着的目的和价值是什么？“色”与“空”的关系是什么？如此等等，这些既玄且妙，既古老又现代的形而上命题，《红楼梦》都有自己的理解和回答。《红楼梦》对这些人生本体命题思考的深度及广度，甚至令现代人感到惊异。

还有，对于人的命运的偶然性、随机性、不可思议性、不可预测、不可把握性，曹雪芹也有深切的领悟。他感到人的命运似乎被某种看不见的神秘力量支配着，他对此无法解释，只好归之于冥冥之中“神”的安排——即一切事皆前定，这就是“太虚幻境”中关于人物命运的“判词”。这当然是迷信，当然不足取。但，这至少说明艺术家曹雪芹在思考人的命运时，就像科学家爱因斯坦在思考宇宙的秩序时一样，感到了神秘，遇到了“上帝”，于是他把这个“上帝”人格化为警幻仙子（神），一切由她主宰着。不过，作者并没有机械地演绎“判词”，而是把人放回生活中去描写。从整个作品的叙述中，从诸多人物悲欢离合、盛衰起伏的遭际中，读者感到了作者曾经感受到的人生命运的某种神秘性，感到了肃穆澄明的宗教性意蕴。

对于《红楼梦》的意蕴，我们概括完了吗？当然没有。《红楼梦》是说不完道不尽的，正如歌德所说，优秀的作品无论你怎样去探测它，都是探不到底的。《红楼梦》就像一块蛋白石，能在慢慢转动的不同角度下放射出不同的光彩。

以上是从不同角度看作品，因而看出了不同意蕴。其次，如果读者看作品时运用的理论不同，即读者所戴的“眼镜”的色彩不同，也可看出不同意蕴来。

还是《红楼梦》，鲁迅说：“单是命意，就因读者的眼光而有种种：经学家看见《易》,道学家看见淫,才子看见缠绵,革命家看见排满,流言家看见宫闱秘事……”①英国作家戈尔丁的《蝇王》中说:“相信弗洛伊德的从中得出孩子们的行为是对文明社会和父母权威的反抗;道德主义者认为由此可以知道,一旦脱离社会制约和道德规范,‘恶’会膨胀到何种程度;政治家说《蝇王》说明了民主的破产和专制的胜利;基督教徒归之于原罪和世纪末;还有的人索性把戈尔丁看作存在主义者。”②

三、文学作品为什么会具有多方面意蕴?

这首先是由文学的对象——生活——本身的特性决定的。生活本身是混沌整一的、丰富的、复杂的,它无所不包,无所不有,独立自足,周行不息。作为作家,只要尊重生活,尊重生活的本原性,就可能使作品像生活本身那样经得起分析,从中看出丰富的意蕴。

其次是艺术方面的原因。艺术讲究含蓄、蕴藉、不直说,意蕴靠形象自身显现出来,这样就给读者留下了进行不同理解的可能。

了解了文学作品,尤其是优秀作品的意蕴具有丰富性特征之后,我们也就同时获得了把握作品意蕴的又一有益启示:必须学会从不同角度不同层次不同侧面分析提炼作品的意蕴,以求获得一个全面的立体的认识。

思考练习题

一、文学作品意蕴的丰富性主要表现在哪些方面?

二、文学作品为什么会具有多方面意蕴?

三、文学作品意蕴的丰富性特征对文学欣赏的启发是什么?

四、分析《三国演义》(或《西游记》)的意蕴。

第三节　表层意蕴与深层意蕴

一、什么是表层意蕴与深层意蕴?

一部优秀的文学作品,除了表层意蕴之外,往往还有深层意蕴。

① 《鲁迅全集》第8卷,人民文学出版社1982年版,第145页。

② 戈尔丁著:《蝇王·译本序》,《蝇王》,上海译文出版社1985年版,第9页。

表层意蕴即通过作品的艺术描写,直接体现出来的意蕴,可以从艺术形象中直接归纳和概括;而深层意蕴则是直接的艺术描写所暗示、所象征出来的意蕴。深层意蕴不脱离具体的艺术描写又远远超越了具体的艺术描写,它由具体的艺术描写出发向人类精神生活的深层掘进,往往代表了人类精神生活的某种模式、某种范型。与表层意蕴相比,深层意蕴具有抽象性、普遍性、超越性特征。

二、举例分析作品的表层意蕴与深层意蕴

《诗经》中有两篇很有名的爱情诗:《蒹葭》和《将仲子》。《蒹葭》写一个秋天的早晨,主人公来寻他(或她)的心上人,但心上人在可望而不可即的地方,他(或她)不畏水道的迂曲回盘,不顾道路险阻悠长,依然执着地追求。《将仲子》写一个热恋中少女的复杂心理。请看第一段的今译:"求求您仲哥儿呀,莫翻我家里巷墙呀,可别攀断杞树杈呀。哪敢吝惜杞树杈呀?怕的是我爹和妈呀。仲哥仲哥真想您啊,爹妈责骂也可怕呀。"①

两诗的意蕴是什么呢?比较普遍的看法是,《蒹葭》表达了主人公对"伊人"的爱悦之情,表现出主人公执着的爱情追求,以及不能和心爱者欢会倾诉衷情的怅惘情怀。②《将仲子》反映了女主人公对婚姻自由幸福的憧憬和追求","以及对当时旧礼教压制的极端不满和抗争。③ 以上两诗意蕴的归纳,是直接从作品的艺术描绘中作出的,因而读过作品的读者一般都会表示同意和接受。这可以视为两诗的表层意蕴。但这种绝对有根据有道理因而也为读者广泛接受的归纳并不意味着已穷尽了对两诗意蕴的探索。现代眼光透过直接的艺术描写看到了其中更深层更普遍更根本的东西。例如我国学者林兴宅,认为在《蒹葭》和《将仲子》里,蕴含着人类生活中最深刻的悲剧,是人生悲剧情调的象征形式。具体说,它们"分别表现了人类的两种困扰、两种心态和两种行为方式"④。

---

① 《诗经鉴赏集》,人民文学出版社 1986 年版,第 114 页。

② 参见《诗经鉴赏集》,人民文学出版社 1986 年版,第 174、176 页。

③ 参见《诗经鉴赏集》,人民文学出版社 1986 年版,第 115 页。

④ 参见《艺术魅力的探寻》,四川人民出版社 1985 年版,第 169—177 页。

我们将林氏的意思图示如下：

作品＼意蕴	人生困扰	心灵范式	行为方式
《蒹葭》	理想与现实的冲突	(对可望而不可即理想境界的)企恋	主动的进取(或痛苦的追求)
《将仲子》	感情与理智的冲突	(情理冲突、灵肉交战的)内心戏剧	被动的顺应(或无可奈何的适应)

林氏的归纳从具体出发但又超越了具体,走向了抽象;立足于意象但又超越了意象,走向了形而上。虽然“凌空”但不“蹈虚”,它开启了认识文学作品意蕴的新思路,使人很受启发。

再如白居易的《长恨歌》的意蕴,从表层看,人们的意见比较一致,即表现了唐玄宗(李隆基)与杨贵妃的爱情悲剧。深一层看,“除了有一个显在的爱情悲剧的主题之外,还有一个隐在的美的主题:美的存在、美的毁灭和人类对美的向往的主题”①。在《长恨歌》中,白居易把杨贵妃的美作为她的格外突出的唯一特征加以描写,因此,杨贵妃也就成为“美”的代号,她的命运也就可以视为美的命运。爱美、追求美是人类的本性,唐玄宗的“重色思倾国”就建立在爱美本性上。但是,在现实社会中,不只有美的原则,还有实利原则。当二者发生冲突的时候,实利原则往往压倒美的原则而使美遭到摧残和毁灭。所以唐玄宗在“六军不发无奈何”的情况下,为了政治的需要,只好让“宛转蛾眉马前死”。这是人类的深刻悲剧,是人类永远难以摆脱的两难困境。所幸的是,无情的现实虽然可以毁灭掉美的事物,但它却不可能毁灭掉人类对美的向往。追求美、向往美将永远是人类的精神寄托、精神安慰。《长恨歌》中蓬莱仙景的神话就证明了这一点。——显然,这个“隐在的美的主题”比“李杨的爱情悲剧”的主题更具有人类学的本体意义,更具有形而上的意味。

① 参见王富仁:《角度和意义所指和能指——白居易〈长恨歌〉赏析》,载《名作欣赏》1992年第3期。

三、方法论意义

以上例证的分析，具有普遍的方法论的意义。它启发我们，在欣赏文学作品时，眼光务必不要只停留于表层意蕴上，还要开动脑筋，想想在直接的艺术描写之外，是否蕴藏着更为深层的意蕴（这些深层意蕴往往也是作者所不曾想到的）。循着这一思路，我们可以“读”出许多作品的深层意蕴。例如，《安娜·卡列尼娜》除了社会性、道德性等意蕴外，还可以从中读出追求个人幸福与社会伦理规范之间永恒性的矛盾；从《哈姆雷特》中读出意愿与行为相脱节；从《阿Q正传》中读出普遍的人性的弱点……

思考练习题

一、举例说明什么是文学作品的表层意蕴和深层意蕴。

二、分析《离骚》的表层意蕴和深层意蕴。

第八章　文学综合质

第一节　情调

一、什么是作品的情调？

在阅读文学作品时，读者常常不知不觉地会进入一种情绪氛围之中，被某种情绪所吸引所控制所笼罩所感染：或热情洋溢，或冷静理智，或亲切温馨，或尖酸刻薄，或幽默滑稽，或严肃深沉，或激昂慷慨，或恬淡平和，或清新明朗，或阴郁沉重……这种情绪体验有时甚至强烈影响着读者的心情，使其在某一时间内竟然无法从中摆脱出来。读者的这种审美反应当然受制于作品的某种艺术因素，这种艺术因素，人们通常称之为情调。

让我们通过具体作品来体验什么是文学作品的情调。

例如曹操的《短歌行》:

> 对酒当歌,人生几何!
> 譬如朝露,去日苦多。
> 慨当以慷,忧思难忘。
> 何以解忧?唯有杜康。

这首诗是曹操抒情言志的代表作。全诗叹人生,明心志,情调颇为复杂:时而感伤,时而悲壮,时而慷慨,时而沉郁,感情一波三折,回环往复,但基本调子是沉雄豪壮,感伤而不悲观,沉郁而不沉沦。情感富有力度,其浓如酒。

再如《古诗十九首》中的“青青陵上柏”:

> 青青陵上柏,磊磊涧中石。
> 人生天地间,忽如远行客。
> 斗酒相娱乐,聊厚不为薄。
> 驱车策驽马,游戏宛与洛。

这首诗创作的时代背景与曹诗相距不远,但传达的思想感情却大不一样。本诗也慨叹人生之无常,但在此前提下不是珍惜有限的生命去做一番事业,而是表示要及时行乐,游戏人生,享受生活,感伤导致消沉、沉沦。所以全诗调子就很低沉、灰暗,情感真实却浮泛无力。

杜甫的《春望》:

> 国破山河在,城春草木深。
> 感时花溅泪,恨别鸟惊心。
> 烽火连三月,家书抵万金。
> 白头搔更短,浑欲不胜簪。

感世伤时，忧国忧民。调子抑郁、沉痛。

杜甫的《闻官军收河南河北》：

剑外忽传收蓟北，初闻涕泪满衣裳。
却看妻子愁何在，漫卷诗书喜欲狂。
白日放歌须纵酒，青春作伴好还乡。
即从巴峡穿巫峡，便下襄阳向洛阳。

热情洋溢，涕泪交流。调子欢快、明朗。

白居易的《问刘十九》：

绿蚁新醅酒，红泥小火炉。
晚来天欲雪，能饮一杯无？

天晚欲雪，邀朋饮酒，情味十足，情调温馨可人，令人微醺欲醉。

白居易的《舟中读元九诗》：

把君诗卷灯前读，诗尽灯残天未明，
眼痛灭灯犹暗坐，逆风吹浪打船声。

谪戍途中，怀念朋友（朋友元稹也被贬在外），逆风吹浪，凄苦人生。诗中意境、氛围渲染得浓烈逼人，读之令人黯然无话。全诗的情调凄苦、悲凉。

通过以上诸例的罗列，读者大体可以从中体会什么是文学作品的情调。情调，指感情的基本特质。在心理学上通常指感觉、知觉等的情绪色调，即同感觉、知觉等相联系的情绪体验。[①] 在文学作品中，情调指的是贯注和流动于作品整体中的情绪色调。它没有“实体”可供把捉，你“看”

① 《辞海》缩印本，上海辞书出版社 1980 年版，第 870 页。

不到它,然而你又无时无处不感觉到它的存在,它像精灵一样弥散充盈于作品的字里行间,诉诸读者的感觉和体验。情调有时又叫基调(基本情调)、色调或调子。

二、文学作品中的情调是怎样形成的?

从创作心理学上看,它来源于作家创作时的心境,来源于作家对于笔下题材的心理体验、心理感觉、情感态度。找到了这种感觉,写起来就左右逢源,游刃有余,文思泉涌;找不到这种感觉,则文思枯涩,凝滞艰窘,难以下笔。例如列夫·托尔斯泰在写作《哥萨克》期间,曾写信给朋友诉说自己的苦恼:"我有一次跟您提到过的那部严肃的东西,我起初曾用四种不同的调子写作过,我把每一种调子写了约莫三个印张,然后就搁笔不写了,因为不知道选择哪一种调子好。"法捷耶夫在写作《青年近卫军》时,一切材料都收集好了,主人公们的性格和情节的发展也都清楚地浮现在脑子里了,但就是下不了笔,原因就是还没把握好作品的调子,没找好心理感觉。看来,文学作品情调的内在机制是作家创作时对于对象的一种基本情感体验、情感态度,它的形成与创作主体的各种主观因素有关。

三、怎样从情调中看作家?

了解了情调的形成机制,对我们欣赏作品很有启发。它启示我们要善于通过作品的情调更好地把握作品中的作家,分析调子中蕴涵的作家的心灵,作家的情感,作家的心态,作家的个性等。

例如,透过情调,首先可以体验到创作主体的心境。杜甫的《春望》与《闻官军收河南河北》的情调大不一样,很明显是因为作者创作时的心境大不相同。李清照的《声声慢(寻寻觅觅)》,情调凄然冷清,惨戚动人。透过字里行间我们看到了女诗人的内心凄凉,悲苦,寂寞,冷落,孤独,哀怨,疲惫,失望,伤感,烦闷,无聊,无情无绪,无着无落,如有所失,空空荡荡,魂不守舍。岳飞《满江红(怒发冲冠)》调子激昂悲壮,大气磅礴。这本身表现出岳飞创作时心情悲愤慷慨,壮怀激烈,洋溢着建功立业的战斗豪情。总之,心境是内在原因,情调是外部表现。有什么样的心境,写出的作品就有相应的情调。情调的改变就意味着情绪发生了变化,心境与情调密切相关。许多作家懂得心境与作品情调的内在联系,为了保持作品相对稳定相对统一的情调，创作时尽量保持心境的一致，尽量一气呵成，而不中断停顿，致使作品情调不统一。

其次，从情调中能看出作者对生活的认识、处世的态度，看出作者的人生观、世界观。一个人热爱生活，对生活充满自信，充满理想和希望，那么其作品的情调就绝对不会悲观黑暗、低沉消极。上举曹操的《短歌行》就是显例。同样道理，一个对生活丧失信心，悲观厌世的人，其作品的情调无论如何不会是沉雄豪迈、激昂高亢的。

再次，从情调中还能看出作家的创作个性。个性是一个带有倾向性的比较稳定的心理特征的总和。人的个性是在生理素质的基础上，在教育和环境的影响下发展起来的。对于作家来说，个性表现在作品中，就形成作品的情调和风格。所以读者可以从情调中反过来把握作家的个性特征。例如鲁迅作品的调子大多冷峻、沉郁，思想深刻犀利，眼光冷静敏锐，看问题精深透辟，入木三分，从中我们可以看出鲁迅是一个阅历丰富、善于思考、抑郁内向的内倾型性格。郭沫若作品的调子大多热烈奔放、激情充沛，从中我们可以感觉到郭氏的外倾型性格。由于作家的个性特征是比较稳定的心理结构、心理模式，所以在创作中就容易外化为作品某种相对稳定的艺术色调。如果戈理的幽默，陀思妥耶夫斯基的阴冷，屠格涅夫的感伤，契诃夫的谐谑，等等，从这些调子就可以透视出作家本人的形象。

关于文学作品的调子，读者在欣赏过程中还要注意的是，对于篇幅较短、容量较小的作品（如诗、词、散文、小小说等）来说，一篇作品一般只有相对统一的一种调子；对于篇幅较长、容量较大的作品（如长篇小说）来说，一部作品可能有多种调子，即可能既有温暖的抒情，又有冷静的解剖，还有豁达宽容的幽默，如此等等。

思考练习题

一、举例谈谈什么是文学作品的情调。

二、情调对于创作的意义是什么？

三、怎样从情调中看作家？

四、阅读下列作品，体会其不同情调。

西江月·世事一场大梦

苏　轼

世事一场大梦,人生几度秋凉?夜来风叶已鸣廊,看取眉头鬓上。酒贱常愁客少,月明多被云妨。中秋谁与共孤光,把盏凄然北望。

浣溪沙·游蕲水清泉寺

苏　轼

游蕲水清泉寺,寺临兰溪,溪水西流。

山下兰芽短浸溪,松间沙路净无泥,潇潇暮雨子规啼。　　谁道人生无再少?门前流水尚能西,休将白发唱黄鸡。

第二节　传神

一、"传神"的涵义

《卫风·硕人》是《诗经》里一首赞美卫庄公夫人庄姜的诗。全诗四章,最为人传诵的是第二章:"手如柔荑,肤如凝脂,领如蝤蛴,齿如瓠犀,螓首蛾眉,巧笑倩兮,美目盼兮。"余冠英先生将这一章译为现代汉语:"她的手指像茅草的嫩芽,皮肤像凝冻的脂膏,嫩白的颈子像蝤蛴一条,她的牙齿像瓠瓜的子儿,方正的前额弯弯的眉毛,轻巧的笑流动在嘴角,那眼儿黑白分明多么美好。"[①]而这一章中最有魅力的是后两句。魅力何在?在其"传神"。正如清人孙联奎所评:"《卫风》之咏硕人也,曰:'手如柔荑'云云,犹是以物比物,未见其神。至曰:'巧笑倩兮,美目盼兮',则传神写照,正在阿堵,直把个绝世美人,活活地请出来在书本上晃漾。千载而下,犹如亲见其笑貌。此可谓离形得似者矣。似,神似,非形似也。"[②]

"传神写照,正在阿堵",是中国美术史和美学史上很著名的一句话,出自东晋画家顾恺之。顾恺之画人,"或数年不点目睛。人问其故,顾曰:

---

① 《诗经选》,人民文学出版社 1979 年版,第 59 页。

② 《中国古代文论类编》上册,海峡文艺出版社 1990 年版,第 413 页。

‘四体妍媸，本无关于妙处。传神写照，正在阿堵中”。阿堵，意为这个，此处指眼睛。顾恺之的意思是，传神靠的就是眼睛。这是顾恺之的创作经验谈。在人体各器官中，眼睛最能充分流露心灵的秘密，是内心生活和情感的主动性的集中点。要想写（画）好一个人，最好的是写（画）好他（她）的眼睛，因为眼睛能“传神”。

看来，“传神”一说最早来源于人物画的创作经验，后来，“传神”的理论思想泛化为衡量艺术品成败与否的一条重要标准，被广泛运用于诗歌、音乐、戏剧、小说等一切文学艺术领域，由此演化出诸多类似提法：入神、神似、神遇、神采、神理、神骏、神髓、神情、神韵等。“神”——“传神”成为中国美学的独特范畴，成为创作、欣赏、批评文艺作品的一个重要概念。

那么，“神”到底指的是什么呢？

汉代刘安在《淮南子·说山训》中说：“画西施之面，美而不可说，规孟贲之目，大而不可畏：君形者亡焉。”[①]这话是说，所画西施，虽美却不动人。画孟贲（古代大力士）之目，虽大却不可怕，原因是只画出了人物外形而没有画出主宰外形的内在精神。“君形者”即“神”，即人的精神气质。

据《世说新语》载，顾恺之为裴楷画像，画完了又在其面颊上添三根胡子。人问其原因，顾恺之说裴楷的面相俊朗而有特征，添三根胡子就把特征显出来了。“看画者寻之，定觉益三毛如有神明，殊胜未安时。”[②]这里的“神”指的是对象的丰采、特征。

到明清时，“传神”的概念被用于小说评论中，金圣叹高度评价《水浒传》的艺术成就，尤其称赞其人物塑造“传神”，说《水浒》叙一百零八人，人有其性情，人有其气质，人有其形状，人有其声口，所以令人“只是看不厌”。

“神”也可以指一种精神境界、心理状态。如陶潜的名句“采菊东篱下，悠然见南山”，活现出悠然自得、闲静自适的心境。而唐宋时关于末句的“见”字颇有分歧，有人以为应为“望”字。苏东坡以为应该是“见”字，

① 《中国古代文论类编》上册，海峡文艺出版社 1990 年版，第 393 页。
② 《中国古代文论类编》上册，海峡文艺出版社 1990 年版，第 395 页。

若作“望南山”,“觉一篇神气索然也”。“见”与“望”都是观看之意,为什么用“望”字就神气索然了呢?苏东坡解释说:“陶渊明意不在诗,诗以寄其意耳。‘采菊东篱下,悠然望南山’,则既采菊又望山,意尽于此,无余蕴矣,非渊明意也。‘采菊东篱下,悠然见南山’,则本自采菊,无意望山,适举首而见之,故悠然忘情,趣闲而景远。”①苏东坡的艺术感觉是很细腻很敏锐的,他从一字之差中体会到的是精神境界的不同,心理状态的不同;从一个字的运用中体会诗之有神与无神。

对于状物描景的作品来说,“神”还可以是指对象的精微奇妙之处,指对象独特的动态、状态,即神态。如杜甫有两句诗:“白鸥没浩荡,万里谁能驯。”一个“没”字把白鸥翻飞灭没于烟波浩渺间的动态美尽传出来了。而有人不懂,认为“鸥不解没”,欲改为“波”字;苏东坡说,一字之改,就把原诗的“神气”改掉了。杜甫作诗很注意炼字,所以他的许多字用得非常传神。如“穿花蛱蝶深深见,点水蜻蜓款款飞”;“细雨鱼儿出,微风燕子斜”;“星垂平野阔,月涌大江流”;“无边落木萧萧下,不尽长江滚滚来”;等等。

二、“神”的特征

通过以上诸例,我们大体可以意会,古人所谓的“传神”,即准确表现出了客观对象的特征、个性、气质、精髓、本质,等等。古人所谓的“神”,有几个重要特点。

(一)独特性

事物的外形可能是相似的,而事物的“神”却是绝对不相同的,是不可重复、不可代替、独一无二的。正如清代沈宗骞所说:“传神写照,由来最古……以天下之人,形同者有之,貌类者有之,至于神则有不能相同者矣。”②如《水浒传》中人物,皆英雄豪杰,而其个性特征却各不一样。

(二)内在性

观察事物注重内在精神气质,是中国文化的一个传统。《列子·说

① 参见许钦承编:《千古名句诗话辞典》,中州古籍出版社 1989 年版,第 382 页。

② 转引自杨辛、甘霖编:《美学原理》,北京大学出版社 1983 年版,第 209—210 页。

符》中记载的九方皋相马的故事就说明了这一传统：九方皋是相马名士伯乐的好朋友，有一次受秦穆公之命寻觅好马。九方皋辛苦奔波三个月觅得一匹，赶快呈报秦穆公。秦穆公问是一匹什么样的马，九方皋想了想说是一匹黄色的雌马，拉来一看却是一匹黑色的雄马。秦穆公很失望，说不辨牝牡骊黄的人怎么能识马之优劣。伯乐为九方皋作了辩护。伯乐说，九方皋识马的眼光与一般人不同，他是“见其精而忘其粗；见其内而忘其外；见其所见，不见其所不见；视其所视，而遗其所不视”。意思是九方皋不看重马的皮毛外相，只重视它的内在精神气质。秦穆公将信将疑地试用了那匹马，果然是天下最好的马。这故事本身具有典型意义，它道出了中国人看问题的智慧。评诗论画着重“神”就是这一智慧的表现。

（三）超越性

古人认为“神”并不在于艺术品的某一局部某一细节某一因素，而是关注于整体并从象外、意外、言外传达出来的具有超越性的新质。如明人彭珞说：“盖诗之所以为诗者，其神在象外，其象在言外，其言在意外。”①金圣叹说：“传神要在远望中出”，也说出了“神”的超越性特征。

思考练习题

一、举例说明“神”的涵义。

二、“神”的基本特征是什么？

三、古代对“神”的理解有什么局限？

四、下列句、段摘自安琪的短篇小说《喊山》，仔细阅读，体会字、词、句的“传神”。

（一）

八百里伏牛山，哧溜一下子，便将这地方围了起来……

（二）

一饼血红夕阳被山嘴咬住，一点儿一点儿往下吞。牛呢，便犟着脖筋，死活不肯再往前挪，硬撅橛地立等着卸套，任凭那掌鞭的汉子往死里

---

① 《中国古代文论类编》上册，海峡文艺出版社 1990 年版，第 402 页。

打它。

(三)

牛通人性,便喜欢着蹄子,不等卸完套,就挣着要走。

(四)

一架山响满了焦急的牛啼声。

汉子微微一笑,遂披了布衫,掮了犁,夹了鞭子,仄着身子跟着牛蹄声下山。

暮色渐合,天和地都有些苍凉。汉子呢,便觉得这一个世界实在是大得慌,空得慌……

(五)

……他看见沟那边粘着一粒人,眼睛一亮,遂拧着脖子喊:"喂,那个哎——"

(六)

那边山腰里,有一豆灯火亮出,女人紧了紧脸皮,收着笑……

第三节　趣

一、"趣"之于文学的作用和意义

清代郭麐有这样一首诗:

小憩人家屋后池,绿杨风软一丝丝。
舆丁出语太奇绝,"安得树荫随脚移?"
——《真州道中绝句》(四首之一)

这首诗写的是,盛夏酷暑,诗人乘轿行路在真州道上,因为又热又累,所以暂时在路旁绿荫下歇息。又该上路了,轿夫好不情愿,遗憾地说:要是树荫凉儿能跟着我们一道走该多好啊!

这首诗摄取的是一幅生活小景,原本无甚稀奇,但又有打动我们的地方:这就是最后一句轿夫的真情痴语,新奇别致,突发异想,让人觉得特别有趣，也就是说，这首诗妙就妙在它的新奇，它的别致，它的有趣。有趣就有味儿，有趣就动人，因此它虽不“著名”，但我们仍不能不承认它是好诗。

由此引出文学的一个共性问题，即趣味性。有趣，是区别文学作品与非文学作品的一个重要标志（广义的“趣”，即严羽所说的“诗有别趣”的“趣”），也是区别文学作品优劣高下的重要标志之一（狭义的“趣”，详见下文。本文所谈即狭义的“趣”）。

历来的作家、艺术家以及理论家、评论家都很重视“趣”的作用与意义。明代高启说：“诗之要，有曰格、曰意、曰趣而已。”谢榛说：“诗有四格，曰兴、曰趣、曰意、曰理。”李贽更说：“天下文章当以趣为第一。”说法虽嫌夸张，却醒目地道出了“趣”之重要。清代黄周星说得比较平实中肯，他说：“一切语言文字，未有无趣而可以感人者。”[①]事实正是如此，若无“趣”，作品则如泥人、土马，有生形而无生气，无生气即无生命，自然不能感人。

二、“趣”的涵义

什么是“趣”呢？《现代汉语词典》中一般把“趣”解释为意味、情态或风致。意味、情态与风致又是什么呢？这实在是一个只能感受，只能体验，只能品味，只能意会，而很难用语言文字加以准确概括的问题。——古人对此早有认识，如袁宏道说：“世人所难者唯趣。趣如山上之色，水中之味，花中之光，女中之态，虽善说者不能下一语，唯会心者知之。”[②]看来，“趣”同“神”“韵”“气”“味”等范畴一样，是一种活泼灵动，既空蒙又实在，既无形无相又不是不可把握的一种艺术元素。

“趣”难说但也并不是完全不可以说。宋代苏轼就曾试着对“趣”作过一个解释。他说：“诗以奇趣为宗，反常合道为趣。”[③]反常，即表达不一般化，超越常规思路，打破习惯性思维，给人以新奇感、新鲜感，让人觉得出人意表，妙不可言；合道，即合乎情理，合乎“实际”，可以理解可以接

---

① 参见《中国古代文论类编》上册，海峡文艺出版社 1990 年版，第 437、438、440、444 页。

② 参见《中国古代文论类编》上册，海峡文艺出版社 1990 年版，第 441 页。

③ 参见《中国古代文论类编》上册，海峡文艺出版社 1990 年版，第 444 页。

受。如郭麐的《真州道中绝句》,轿夫如果说“我真不想走啊”,“我想多凉快一会儿啊”之类,那就毫无诗意,也就说不上有趣。因为这样说没跳出常规思路。而现在他竟异想天开地想让本不会动的树凉荫儿“活”起来“动”起来跟上自己走,这显然是疯话、傻话、痴话,即超越习惯思路的话,然而也正是在这疯、傻、痴中见出“趣”来。可见,“反常”也确是有趣的一种条件一种前提。我们认为,苏轼的话当然不能说是对“趣”的解释的最后真理,但也确实对我们理解“趣”的本质、“趣”的特征有所帮助,有所启发。

三、“趣”的类型

“趣”之于作品,如“香”(味)之于花,当读者在作品中发现它时,自能感到馨香扑鼻,会心一笑。然若细品之,如“香”可以分类一样,“趣”也是可以分出不同类别的。以下我们试将常见的“趣”类列出,以便于识别。由于“趣”的品格和特征如上所述,所以我们的分类不重分析不重阐释,而着重在列出作品让读者自己玩味、体会。

天趣

我们先来看看古人称之为有天趣的作品:

> 子美《秋野》诗:“水深鱼极乐,林茂鸟知归。”此适会物情,殊有天趣。
>
> ——谢榛《四溟诗话》
>
> 汤扩祖《春雨》云:“一夜声喧客梦摇,春风送雨夜潇潇。不知新水添多少,渔艇都撑进板桥。”庄廷延《听雨》云:“梅花风里雨霏霏,人卧空堂静掩扉。一夜沧浪亭畔水,料应陡没钓鱼矶。”二诗相似,均有天趣。
>
> ——袁枚《随园诗话》

细品以上诸例及点评,我们可以感受到所谓天趣,主要是指作品妙肖自然,浑然天成,清新可爱之情态。有天趣的文字,好像是作者在“跟着感觉(直觉)走”,感觉所到,信手拈来,得之于心,应之于手,毫无刀雕斧凿之痕迹。如谢灵运的名句“池塘生春草,园柳变鸣禽”,极为质朴自然,天趣盎然，被元好问赞为“池塘春草谢家春，万古千秋五字新”。相反，如果过于雕琢用力，就会失却天趣。如宋代诗人黄庭坚，以议论为诗，以学问为诗，讲究“无一字无来历，无一字无出处”，所以作品就比较沉闷、枯涩，少有天趣。清人赵翼在《瓯北诗话》中说：“山谷则专以幻峭避俗，不肯作一寻常语，而无从容游泳之趣。”赵翼的评语是不错的。

机趣

机趣即机巧之趣，这是由作者机心巧运、妙思巧构而带来的一种趣味。机趣之“趣”一般体现在作者安排之“巧”上。

如古代江南民歌《子夜歌》：“始欲识郎时，两心望如一。理丝入残机，何悟不成匹！”“怜欢好情怀，移居作乡里。梧桐生门前，出入见梧子。”再如刘禹锡的《竹枝词》：“杨柳青青江水平，闻郎江上踏歌声。东边日出西边雨，道是无晴却有晴。”以上三首诗，都是根据汉语语音的特点，采用了谐声双关语的表现方式。第一首中的“匹”既是成匹布的匹，又是匹配成双的匹；“丝”既是蚕丝，又与思念的“思”谐音。第二首中的“欢”是当时女子对情人的爱称，“梧子”双关“吾子”，即我的人。第三首中的“晴”谐音“情”，“道是无晴却有晴”明指天气阴晴无定，暗喻意中人的感情扑朔迷离，捉摸不定。以上这种“文字游戏”，巧在谐音双关，显得妙趣横生。这类表现手法在其他文学体裁如小说中也常有运用。如《红楼梦》中的“千红一窟（哭）”、“万艳同杯（悲）”、“贾雨村”（假语村言）、“甄士隐”（真事隐去）、“空对着，山中高士晶莹雪（薛宝钗）；终不忘，世外仙姝寂寞林（林黛玉）”，如此等等。

谐趣

谐趣即诙谐之趣，作品写得幽默滑稽，引人发笑。

如辛弃疾的《西江月·遣兴》下阕：“昨夜松边醉倒，问松我醉何如。只疑松动要来扶，以手推松曰‘去’。”辛弃疾别出心裁地写出了憨拙可爱的醉态以及醉态中的幻觉，写得别有风致，诙谐有趣。

鲁迅先生的笔最为辛辣，在他笔下，常常是嬉笑怒骂皆成文章。他的文字中，许多充满谐趣，请看一例：

A:阿呀,B先生,三年不见了!你对我一定失望了罢?……

B:没有的事……为什么?

A:我那时对你说过,要到西湖上去做二万行的长诗,直到现在,一个字也没有,哈哈哈!

B:哦,……我可并没有失望。

A:您的"世故"可是进步了,谁都知道您记性好,"责人严",不会这么随随便便的,您现在也学会了说谎。

B:我可并没有说谎。

A:那么,您真的对我没有失望吗?

B:唔,无所谓失望不失望,因为我根本没有信任过你。

——《鲁迅全集》第三卷,第596—597页,人民文学出版社1982年版

这段对话,俨然是精彩的相声小段,"包袱"一甩,令人喷饭,既辛辣又幽默。

情趣

主要指情绪、情感表达得新巧、别致,不一般,有趣味。

如金昌绪的《春怨》:

打起黄莺儿,莫教枝上啼。
啼时惊妾梦,不得到辽西。

小诗要表现的是少妇思念丈夫的相思之苦,但不直述直说,而是虚拟一出生活味儿十足的戏剧情景,表现得情趣盎然,令人叫绝。

再如唐代诗人于鹄的《江南曲》:

偶向江边采白蘋,还随女伴赛江神。
众中不敢分明语,暗掷金钱卜远人。

这也是一首写思妇的诗,但写法不一样,因而另有一番情趣。诗中写一位少妇心不在焉,无可无不可地随女伴"采白蘋""赛江神",但她意不在此,而是苦苦地思念着心上人。她想祷祝他身体健康,她想掷钱占卜他何日归来。但这一切都不敢明说、明做,而只好暗语、暗掷以掩人耳目。小诗活活刻画出了少妇内心深处复杂而微妙的情态,充满生活情趣。

许多民歌也深谙此道,请看一首洛川民歌:

> 郎在山上放牛羊,姐在河边洗衣裳。郎望姐,姐望郎,牛羊跑上打麦场,棒子打在石板上。

意趣

即意念、意蕴方面奇妙生趣。

如唐代诗人张籍著名的《节妇吟》:

> 君知妾有夫,赠妾双明珠;
> 感君缠绵意,系在红罗襦。
> 妾家高楼连苑起,良人执戟明光里。
> 知君用心如日月,事夫誓拟同生死。
> 还君明珠双泪垂,恨不相逢未嫁时。

此诗题下曾注曰:"寄东平李司空师道。"李师道是当时割据一方、很有权势的军政大官,他看中了张籍的才干,想拉他做幕僚。可是张籍政治上主张统一,反对藩镇分裂,道不同则不相为谋,因而拒绝了李师道的拉拢。但因为李师道位高势大,张籍又不敢得罪他,所以用这首《节妇吟》含蓄而又明白地表达了自己的政治态度:你虽有一番好意,但我不得不拒绝。张籍借男女情事以言政治,言辞委婉而意志坚决,非常巧妙而艺术地处理了一件相当棘手的人生难题。这种表现方法精巧别致,独出心裁,有理,有节,有情,有智慧,有技巧,意趣由此产生。

再如宋代诗人杨万里的《明发茅田见鹭有感》:

自叹平生老道途，不堪泥雨又驱车。
鹭鸶第一清高底，拂晓溪中有干无？

这首诗是作者一早启程赶路偶遇茅田鹭鸶所发的感叹：鹭鸶不是第一清高吗？那么它一早就站立茅田，干什么呢？——那还用说，还不是为了觅食疗饥嘛！既如此，又谈何清高！作者由鹭鸶想到了自己为官一生劳碌奔波，眼下还不得不一早驱车奔走在泥雨中，于是禁不住发出了深沉悠远的感叹：叹人生，叹命运，叹自己！作者从自身出发理解鹭鸶，又从鹭鸶身上看到自己。于是既感叹鹭鸶又感叹自己，充满意趣。

理趣

一般来说，“理”是理性的、理智的，往往与情无涉；“理”又是抽象的、枯燥的，这一点又与艺术的生动形象相牴牾。由于以上原因，在文学作品中“说理”是需要谨慎的，但这并不意味着文学作品中不能说理。事实上，只要处理得好，即用艺术的方法去“说理”，把“理”说得很艺术，照样可以趣味盎然，这就是所谓有理趣。请看杨万里的一首诗《晚日再度西桥》：

归近西桥东复东，蓼花迎路舞西风。
草深一鸟忽飞起，侬不觉他他觉侬。

这是一首典型的触景生情(意)的即兴诗，作者完全无意于说理，而是眼前景，胸中意，顺手拈来，浅白轻灵，富有天趣。然而，我们又完全可以把它当作一首哲理诗读。作者似不经意间吟出的第四句(“侬不觉他他觉侬”)多么富有哲理！仔细想来，社会的人际关系中有多少“侬不觉他他觉侬”的情景(如“说者无心，听者有意”就是一例)发生啊！我们每个人都处在一定的社会关系之网中，作为个人，当你自以为不关涉任何人，只是自己独个儿自由行动时，其实你已在不经意间拉动了结在你身上的整个人际关系之网，已经直接间接地关涉到网上的其他人，他人就有可能对此作出相应的反应和对策。这些反应及后果往往是你个人所始料不及的，这难道不是“侬不觉他他觉侬”吗？当你这样品味杨万里这首即兴小诗时，就不知不觉地为它的理趣所打动，沉醉于意味悠远的艺术享受中。——其实我们这样来理解杨万里的诗本身也是“侬不觉他他觉侬”的一个例子。因为，当杨万里兴味十足地写下这首诗时，他绝对不会想到千年之后会有人这样来理解他的诗。再生发去，就在笔者此刻写下对杨万里诗的理解时，也料不到未来的读者对此会作何想。可见，“侬不觉他他觉侬”就像多米诺骨牌，具有相关性、串连性、辐射性、无穷性、普遍性。想一想，此“理”难道无“趣”吗？

理趣在作品中的存在形态多种多样：或在物中，或在景（或境）中，或在情中……有的是无意说理而理自见，有的是有意说理而化为形（象）。但不管哪种形态哪种方式，都必须符合艺术规律，都必须是艺术的。好的说理诗都具有很高的艺术性，既有“理”又有“趣”。

思考练习题

一、谈谈“趣”之于文学的作用和意义。

二、结合具体作品谈谈什么是“趣”。

三、文学作品中的“趣”主要有哪些类别？

四、阅读作品时，注意仔细体会其中不同类别的“趣”。

第四节　艺术风格

一、什么是艺术风格？

请先来仔细吟诵、品味两首著名的唐诗。

登幽州台歌

陈子昂

前不见古人，后不见来者。
念天地之悠悠，独怆然而涕下！

宣州谢朓楼饯别校书叔云

李　白

弃我去者,昨日之日不可留;
乱我心者,今日之日多烦忧。
长风万里送秋雁,对此可以酣高楼。
蓬莱文章建安骨,中间小谢又清发。
俱怀逸兴壮思飞,欲上青天揽明月。
抽刀断水水更流,举杯销愁愁更愁。
人生在世不称意,明朝散发弄扁舟。

这两首诗,在思想情感方面有一个共同点,那就是两位作者都有很强的生命意识,对时间的流逝极为敏感;时间无限而生命有限,时光在匆匆流逝,然而人生之路却困顿艰窘,豪情难抒,壮志难酬,因而内心郁结,借诗抒发出无限感慨。两位作者的情感都有相当的深度和力度,所以艺术表现上也有相同点,即都不绘景状物,也不拐弯抹角,而是直坦胸怀,直抒郁闷,如开闸泄洪,一任情感奔涌而出,浩浩荡荡,淋漓酣畅。但,尽管如此,仔细品味起来,两诗给人的艺术感觉(审美效果)还是不一样的。陈诗深沉悠远,慷慨悲凉;李诗飘逸潇洒,豪迈奔放。读者对诗的感觉来源于作品本身,即来源于作品的总的艺术特色、艺术风貌。文学作品通过内容与形式所呈现出来的这种总的艺术特色、艺术风貌,文学理论中有专用术语概括,这就是:艺术风格。

艺术风格,对于一个作家来说,是具有独特的艺术创造能力和在创作上臻于成熟的一种标志;对于一部作品来说,是区别于其他作品的鲜明印记,是作品中所有艺术因素、艺术特点的融汇和集中。前面我们已经分别讲过了文学作品艺术因素的方方面面,如字词、节奏、韵律、意象、意境、氛围、基调、文体、气、势、趣等,所有这些因素与作品的艺术风格都有联系,但又不同于艺术风格本身。它们是构成风格的一种元素,是风格的一种外在表现,而艺术风格则弥散、浸透于以上诸种艺术因素、艺术成分的有机综合之中并通过它们表现出来。风格之于作品,犹如一个人的风度,它是一个人的气质、经历、思想、感情、文化修养等内在精神因素的综合表现，它体现于主体的一颦一笑一言一行一举手一投足之中。一个人可以模仿另一个人的服饰、动作等，却不能模仿出他的风度，因为风度是内在的、整体性的东西。

二、艺术风格是怎样形成的?

它的形成直接决定于作家的创作个性。作家的创作个性是指作家全部精神因素的总和，因此创作个性又可以说是作家的精神个性，包括独特的个性气质、生活经历、文化修养、人格精神、艺术追求、审美情趣和艺术才能等。所有这些相互渗透，熔铸成作家独特的心理结构，形成独特的创作个性。独特的创作个性贯注于整个创作过程中，体现于具体的艺术处理、艺术运作方式上，就产生了千类万殊的艺术风格。

三、从哪些方面辨识和把握艺术风格?

艺术风格是作品文本所独具的一种风采，作品通过它证明自身的价值，作家通过它证明自身的存在，读者通过它理解和把握作品并从而认识作家。因此，风格是读者在欣赏过程中一定要注意充分领略的东西。那么，从哪些方面来辨识作品的艺术风格呢?

前面我们已经讲过的韵律、节奏、语气、氛围、色调、文体等，都是“认出”风格的依凭和切入点。现在让我们换一种角度，即从创作角度来看，风格是通过哪些艺术途径、艺术手段、艺术因素体现的，反过来说就是从哪些方面可以“认出”作品的风格。

撮其要者，主要从以下几个方面：

(一)题材的选择与处理

题材，是作家的写作材料，是作品的表现对象，是作品构成中客观方面的因素。客观事物本身是有自身特定的“风格”色彩的。如自然界中的长江黄河，崇山峻岭，万里长城，浩瀚沙漠，怒吼的狂飙，呼啸的海洋，喷发的火山，倾泻的瀑布，等等，本身带有崇高、雄浑、壮阔的美学“风格”；而小河流水，清风明月，湖边垂柳，江南桃花，毛毛细雨，莺歌燕舞等，本身带有优雅、秀丽、妩媚的美学“风格”。这些带有“风格”色彩的客观事物，与作家不同的精神个性、审美情趣相适应，召唤着不同作家对它们的选择。例如,喜欢阳刚之美的艺术家,可能会选择“长江黄河”之类作题材。我们从作家笔下的题材中,就可以大致领略到作品的某种风格。

如唐代“边塞诗派”诗人高适和岑参,主要以戎马风尘的边关战斗生活为题材。在他们笔下经常出现的是苍茫辽阔的原野,一望无际的黄沙,剽悍凶猛的匈奴,咆哮奔腾的烈马,粗犷悲凉的胡笳,彻骨钻心的严寒,大开大阖的出征,大起大落的胜负,激烈残酷的厮杀,白骨累累的战场,突兀荒瘠的高山……这些题材,无不带有雄壮、雄奇、雄伟的壮美气象,因此,从这些题材的选择和表现上很容易看出高适和岑参雄浑恢宏、大气磅礴的艺术风格。

当然,相同的题材只是为作家创作风格相近的作品提供了客观基础,由于作家创作个性的差异,所以对于相同的题材会进行不尽相同的艺术处理,因而就会显出同中有异的艺术风格。仍以高适和岑参为例。两人同写“边塞”,因为主观条件有所不同,所以诗风也不尽相同。高适年少落魄,家境贫寒,四处漂泊,落拓不羁;中年以后得到重用,好气任侠,即使在皇帝面前也“负气敢言”。这种性格特点为他的诗增添了胆识、力量、气魄,使他的诗风格雄浑中带有粗犷。岑参出身世宦之家,书香门第,早年习诗,诗风迥拔孤秀;出塞后诗风臻于雄浑,但仍带有早年的特色,因而他的雄浑中带有奇丽、峭拔的风味。如《白雪歌送武判官归京》的开头和结尾:“北风卷地白草折,胡天八月即飞雪。忽如一夜春风来,千树万树梨花开。”“轮台东门送君去,去时雪满天山路。山回路转不见君,雪上空留马行处。”此诗是一首咏雪送人之作,诗中再现了边塞瑰丽的自然风光,充满浓郁的边地生活气息。全诗笔力矫健,状物充满奇思妙想,抒情真挚动人且含蓄深沉。从风格上看,雄浑豪迈中不乏温婉新奇。

(二)意象、意境的组合与营构

意象、意境是作家主观精神世界的客观对应物,透过意象、意境的组合与营构,很容易看出作家的创作个性,看出作家、作品的艺术风格。如高适笔下经常出现的意象是胡天、远天、万木、草原、冰雪、青云、北溟、大漠、荒城、云屯、三边、蓟门、戍楼、异域、空塞、风尘、肥马、骐骥、鸿鹤、黄鹄、白鸥、苍鹰、长山、铁岭、天路、千岩、千旗、氛氲、大旆、大刀、浩歌、雷霆、大浪、沧波等，岑参笔下常见的意象是赤焰、虏云、炎氛、千仞、万蹄、大荒、胡沙、天涯、边烽、胡烟、昆仑、天山、葱山、万岭、战场、出征、六翮、苍穹、飞鸿、边空、浮图、铁衣、角弓、飞雪、金甲、烟尘等。这些意象无不具有雄浑劲健、气势浩瀚的情感色调；由这些意象进而组成的意境当然也就雄浑阔大、壮美有力。再如李白笔下的意象常常是巨大的、有力的。如巍峨的泰山，峭拔的峨眉，奔腾的江河，漭荡的海湖，滚滚的惊雷，光耀的闪电，苍茫的云海，浩瀚的星空，飞泻的瀑布，呼啸的长风，咆哮的猛虎，怒吼的豺狼，沙场的拼搏，烈马的嘶鸣，侠客的纵歌，豪士的狂饮，等等，这些意象无不表现了李白豪放的风格和磅礴气势。[①] 相反，如果作品中出现的是其他色调的意象，那么，作品就可能呈现为另外一种风格。

例如和高适同时代的王维，其作品风格与高适迥异其趣。且看他的几首诗：

> 人闲桂花落，夜静春山空。月出惊山鸟，时鸣春涧中。
>
> ——《鸟鸣涧》
>
> 木末芙蓉花，山中发红萼。涧户寂无人，纷纷开且落。
>
> ——《辛夷坞》
>
> 空山不见人，但闻人语响。返景入深林，复照青苔上。
>
> ——《鹿柴》

这里的意象是闲人、落花、静夜、空山、夜月、山鸟、春涧、芙蓉花、山中、空山、深林、青苔等，由这些意象组合构成的意境多呈现为闲逸、幽静、淡泊、深远的特点，于是王维的这些作品就表现为冲淡、平和、闲静的风格。

（三）体裁的驾驭与艺术手法的选用

体裁是指文学作品的具体样式，如小说、诗歌、散文等。体裁是千百年来作家们在创作实践中逐渐形成确定的，每种体裁都有相对确定的审

---

① 参见王明居：《唐诗风格美新探》，中国文联出版公司 1987 年版，第 77、128 页。

美规范,都有特定的艺术特性。如悲剧宜于表现崇高悲壮的风格,喜剧长于表现幽默滑稽的风格,正剧适于表现严肃庄重的风格。诗歌长于抒情,小说长于叙事,散文长于说理。就诗歌而言,有格律诗和自由诗——格律诗格律谨严,每首诗不但有特殊规定的字数、行数,而且每行又有特殊规定的声调和韵脚。从形式上看,律诗自有谨严规范的美,但过于严格的诸多规定也容易束缚思想感情的表达,一般说来,难以与热烈奔放的思想感情的表达相适应,因而也就往往为个性自由活泼的诗人所不取。例如律诗定型于唐代,然而李白却极少采用这种形式,因为他天性活泼,才高气逸,感情奔放,想象奇特,诗情勃发时灵感如回飙掣电,纵横驰骋,神出鬼没,表现在结构上则大开大合,大起大落,变化无穷,真正是笔落惊风雨,诗成泣鬼神。所以李白的诗完全是天才的抒发,自由的创造,因而很难用律诗的形式去框定。但是,性格方正严肃的杜甫却喜欢采用律诗,是唐代律诗写得又多又好的一个。他能把盛唐那种雄豪壮伟的气势情绪纳入规范,即严格地收纳凝聚在一定形式、规格、律令中。这里从体裁的驾驭上,我们既窥见了诗人的个性,也把握了作品的风格。

艺术手法的使用与艺术风格也有紧密的联系。让我们再以李白和杜甫作对比:李白的诗富于奇特的想象(如“狂风吹我心,西挂咸阳树”,“太白与我语,为我开天关”),超常的夸张(如“燕山雪花大如席”,“一风三日吹倒山”),高度的虚拟(如“我欲因之梦吴越,一夜飞度镜湖月”),在语言节奏旋律上则奔泻急速,迸发突进(如“黄河之水天上来,奔流到海不复回”,“天姥连天向天横,势拔五岳掩赤城。天台四万八千丈,对此欲倒东南倾”)。从以上手法的运用上可以见出李白豪放飘逸的艺术风格。杜甫的诗长于精细写实(如“车辚辚,马萧萧,行人弓箭各在腰。爷娘妻子走相送,尘埃不见咸阳桥”),鲜明的对比(如“朱门酒肉臭,路有冻死骨”,“信知生男恶,反是生女好。生女犹得嫁比邻,生男埋没随百草”),紧密的结构(如“江浦雷声喧昨夜,春城雨色动微寒”,“窗含西岭千秋雪,门泊东吴万里船”),在语言节奏旋律上则回旋舒缓,跌宕顿挫,凝重深沉(如“风急天高猿啸哀,渚清沙白鸟飞回。无边落木萧萧下,不尽长江滚滚来。万里悲秋常作客,百年多病独登台。艰难苦恨繁霜鬓,潦倒新停浊酒杯”)。从以上诸方面可以看出杜甫沉郁顿挫的艺术风格。

(四)语言的特色

文学是语言的艺术,语言是作家表达思想感情的基本材料和媒介,语言是文学的第一要素。在语言里,蕴藏着艺术的一切奥秘。因此从语言的使用上可以看出作家的创作个性,看出作家、作品的艺术风格。

通过语言看风格,大略说有两方面。一是看使用了哪些语言(字、词),二是看这些语言是如何组织、如何使用的(即文体)。

先说第一方面。

每个作家出于自己的精神个性,都有自己最喜欢使用、最能传达自己精神世界的字或词,因而从这些字、词的频繁使用上,大致就能见出其特定风格。

如,毛泽东作为政治家和诗人,胸襟雄放阔大,他最喜欢用因而也用得最多的一个字是“万”字。冰心老人对此作过专门的研究。她说,“万”字是一个最有力量的汉字,这个字表达了浩大的气势和雄伟的气魄。“万”字在毛泽东诗词中频频出现。如:《沁园春·长沙》:“看万山红遍,层林尽染”,“万类霜天竞自由”,“粪土当年万户侯”;《西江月·井冈山》:“敌军围困万千重,我自岿然不动”;《采桑子·重阳》:“寥廓江天万里霜”;《减字木兰花·广昌路上》:“命令昨颁,十万工农下吉安”;《渔家傲·反第一次大“围剿”》:“万木霜天红烂漫……唤起工农千百万”;《十六字令三首》:“奔腾急,万马战犹酣”;《七律·长征》:“万水千山只等闲”;《念奴娇·昆仑》:“飞起玉龙三百万”;《清平乐·六盘山》:“不到长城非好汉,屈指行程二万”;《沁园春·雪》:“北国风光,千里冰封,万里雪飘”;《七律·人民解放军占领南京》:“百万雄师过大江”;《浣溪沙·和柳亚子先生》:“万方乐奏有于阗”;《水调歌头·游泳》:“万里长江横渡”;《蝶恋花·答李淑一》:“万里长空且为忠魂舞”;《七律二首·送瘟神》:“万户萧疏鬼唱歌”;《七律·和郭沫若同志》:“玉宇澄清万里埃”;《七律·答友人》:“红霞万朵百重衣”;《七律·冬云》:“万花纷谢一时稀”;《满江红·和郭沫若同志》:“一万年太久,只争朝夕”……从这些“万”字的运用上,可以约略窥得毛泽东诗词艺术风格之一斑。① 再如上引王维的几首诗,包含了王维常喜欢用的一些字,如,闲、静、寂、无、空等,从中也可以领会王维冲淡的诗风。

再说第二方面。

作家、作品的风格还鲜明而直接地体现在语言的有机组合——文体上。同样的语言,运用不同的方式组合产生不同的文体,体现出不同的韵味。成熟的作家都有自己独特的文体,语言运用自有独特的风格,以至于敏感的读者只要读上一段文字,立刻就能从文体上直觉地判断出是某一作家的作品。

关于文体的辨识和把握,我们已经在前面专题讨论过,此处不再赘述。

总之,风格在作品中的表现,既是多方面的又是综合的,所以读者要把握具体作品的风格,既要善于从多角度进行观察和分析,又要善于凭直觉全面整体地体验和领悟。

思考练习题

一、什么是艺术风格?

二、艺术风格与作家创作个性的关系是什么?

三、从哪些方面辨识和把握艺术风格?

四、仔细阅读,体会下面两首诗的艺术风格。

回　答

北　岛

卑鄙是卑鄙者的通行证,/高尚是高尚者的墓志铭,/看吧,在那镀金的天空中,/飘满了死者弯曲的倒影。

冰川纪过去了,/为什么到处都是冰凌?/好望角发现了/为什么死海里千帆相竞?

我来到这个世界上,/只带着纸、绳索和身影,/为了在审判之前,/宣

① 冰心:《毛泽东诗词鉴赏一得》,见臧克家主编《毛泽东诗词鉴赏》,河北人民出版社 1991 年版,第 293—298 页。

读那些被判决的声音：

告诉你吧，世界，/我——不——相——信！/纵使你脚下有一千名挑战者，/那就把我算作第一千零一名。

我不相信天是蓝的；/我不相信雷的回声；/我不相信梦是假的；/我不相信死无报应。如果海洋注定要决堤，/就让所有的苦水注入我心中；如果陆地注定要上升，/就让人类重新选择生存的峰顶。

新的转机和闪闪的星斗，/正在缀满没有遮拦的天空，/那是五千年的象形文字，/那是未来人们凝视的眼睛。

1976 年 4 月

寄　杭　城

舒　婷

如果有一个晴和的夜晚，/也是那样的风，吹得脸发烫；/也是那样的月，照得人心欢；/呵，友人，请走出你的书房。

谁说公路枯寂没有风光，/只要你还记得那沙沙的足响；/那草尖上留存的露珠儿，/是否已在空气中消散？

江水一定还那么湛蓝湛蓝，/杭城的倒影在涟漪中摇荡。/那江边默默的小亭哟，/可还记得我们的心愿和向往？

榕树下，大桥旁，/是谁还坐在那个老地方？/他的心是否同渔火一起，/漂泊在茫茫的江天上……

1971 年 5 月

第九章　艺术技巧

艺术技巧,也叫表现手法,是一个内容丰富、庞大驳杂的体系,其中读者最熟悉的有叙述、描写、抒情、议论、比喻、夸张、象征、铺垫、渲染等。因为已经比较熟悉,所以没必要再设文讲解。随着文学的发展,传统艺术手法不断翻新,新的手法不断创造出来,篇幅所限,无法一一讲解。这里选择了几种老概念有新内涵的艺术技巧略加介绍。没讲解到的还要靠读者自己去学习。

第一节　结构

一、什么是文学作品的结构?

文学作品的意蕴贯注在艺术形式之中,通过艺术形式表现出来。要了解作品的意蕴就要剖析艺术形式,剖析艺术形式有助于理解作品的意蕴。

这里,我们打算谈谈作为形式因素之一的结构与意蕴之间的关系,看看结构是如何传达作品的意蕴的(结构的艺术功能)。

结构,也叫布局,是指作品的组织方式和内部构造。结构有表层和深层之分。表层结构指的是对作品中可直接感知的内容进行的组织和安排,如人物的设置,情节的安排,场面的组织,环境的铺陈,对抒情描写等艺术手法的调度,开头结尾起承转合之类。深层结构指的是作品内容的内在时空关系,内在的生命节奏,意象的组合方式,等等。

二、结构的艺术功能

现代科学理论告诉我们每一种事物都有特定的结构,特定的结构具有特定的功能——结构与功能之间具有紧密的内在联系。在艺术领域当然也是如此。

举个极简单的例子。有三张照片(我们姑且把它当作三个镜头):a—微笑的脸,b—恐惧的脸,c—手枪。三个镜头可以有好几种排列组合方式(结构),不同的组合方式具有不同的艺术效果。如:1. “a—c—b”式,“叙述”的是一个人正在微笑,忽然有手枪对着他,他害怕了。这种组合方式符合事物发展的正常顺序,合情合理,很容易理解。但平铺直叙,艺术效果一般。2. “a—b—c”式,即一个人正在微笑,忽然变为恐惧了,反差如此之大,怎么回事呢?“c”一推出,噢,明白了,原来有手枪在对着他。这种组合方式产生了悬念,使观者心理上增加了跌宕和波折,艺术效果比较强烈。3. “b—c—a”或c—b—a”式,微笑在后面,怎么解释呢?可试作如下解释:一个人忽然面对突如其来的手枪,本能性的反应自然是恐惧,但他随即迅速镇定下来。他想,我是一个革命者,我为革命而牺牲,死得其所,重于泰山,是我的光荣,于是他微笑了,他藐视地面对敌人:来吧,照这儿打!——这不也合情合理吗?

再如小说的结构,有明显的表意功能。小说结构是对于事件或动作的有目的有顺序的安排,这种安排稍一变动,作品的意义就会跟着改变。小说结构的这种功能,维戈茨基早在本世纪初就已经看到了。他举例说,a、b、c三个音,或a、b、c三个词,或a、b、c三个事件,如果把它们的次序改为b、c、a或b、a、c,它们就会改变作品的意义和情绪。因此,小说中事件的安排,句子、表象、形象、动作、行为和插话的贯穿,如同音的贯穿为旋律,词的贯穿为诗句一样,结构改变引起意义和情绪的改变。①

让我们以一篇具体作品——史铁生的小说《宿命》——为例,来说明这一点。

《宿命》主要是写一个志得意满的青年忽然被汽车撞断了腰椎,从此改变了命运。他感到了人的命运中,确乎存在着某种令人不可思议的、“神秘”的(即所谓“宿命”的)因素。按照情节发展的自然顺序,应该是这

① 参见《艺术心理学》,上海文艺出版社1985年版,第198页。

样的:

1. 背景(非情节因素):主人公莫非,中学教师,志存高远,许多人给他介绍对象他都没放在心上。他将要出国留学,已办好了护照、签证,买好了机票。

2. 出国前某一天下午,莫非上物理课。一个平时很老实的学生看见一只狗望着学校大门正中的大标语放了个很响但是发闷的屁,因此,老止不住笑,被罚出教室。下课后莫非问他为什么笑,问了20分钟,这时候校长给了莫非一张戏票。

3. 看戏——歌剧《货郎与小姐》。

4. 看完戏去包子店买包子,轮到排在第七位的莫非买了一个,吃了就走。

5. 遇见一个熟人,打招呼耽误一至五秒钟。

6. 自行车轧在一只茄子上摔倒,腰椎被汽车撞断。

7. 医院——从此成为残废。

8. 万般无奈只好写小说。

然而小说并没有按情节的自然发生程序去安排结构,而是对情节进行了大拆解,按另外一种方式重新进行了组合——让我们按作品的自然"节"依次列出:

1. 正是那一秒钟忽然间颠覆了"我"(莫非)的命运,我对这"一秒钟"始终耿耿于怀。开头第一句话是:"现在谈谈我自己的事,谈谈我因为晚了一秒钟或没能再晚一秒钟,也可以说是早了一秒钟却偏偏没能再早一秒钟,以至终身截瘫这件事。"

2. 残废已成事实,除了接受,没有办法。

3. 那一秒钟之前我是个十分幸运的人,有着许多美好的计划和憧憬。

4. 忽然间出事,好事全成废话。

5. 以电动玩具母鸡喻命运的逆转。

6. 回忆撞伤后在医院。

7. 回忆最初面对残酷现实时的痛苦。

8. 警察向我说明出事的原因——谁都没错。如果硬要找出原因的话,只能怨您为什么不早不晚去惹了那只茄子(天知道的原因)。

9. 仔细想想,看来警察的话是唯一可能的原因。

10. 开始往回想:为什么碰到了那只茄子。首先是这之前与一个熟人打了个招呼。

11. 插入一段:残疾后再也没谁向他介绍过哪位姑娘。

12. 再往前想,碰到熟人前是买包子。

13. 议论:由买包子推演出,只买到一个(偶然)导致见了那个熟人(必然):"我们必须相信这是命。"

14. 再往前想是上课、学生笑、歌剧票。

15. 碰到一位同学,解释残疾原因。因无法说清,只好说:"我说我们必须承认这是命。"

16. 多年来一直琢磨,那个学生的笑才是我命运的转折点。但他为什么笑呢?莫测高深,恰似命运的神秘与深奥。

17. 感慨、无奈,只好写小说。

18. 学生们看到我的小说来访问我,那个在课堂上老是笑的学生终于说出了原因:狗屁。

19. 为什么要有这一声闷响(狗屁)?不为什么。只有归之于"上帝"。

通过将情节自然发生程序与作品结构安排顺序两相对照,便可发现《宿命》艺术结构上的特点:第一,倒过来写,即由结局回溯原因,一步步往前找。第二,将情节"间离",加进去了许多感慨、议论等情感性、思考性内容。

现在我们要问,作者为什么要采用这种结构方式呢?这种结构方式有什么功能呢?这要看作者的目的(即创作意图)。作者由于自身的不幸,所以对人生命运等根本性问题进行过执着的深入的思考。他发现人的命运中确实存在着一种客观的人自身不能主宰的"神秘"因素(即"宿命"因素)。这是人的无奈,但却是人生的真相,理智清醒理性坚强的人类必须勇于承认勇于面对这种现实。人类就是要在无奈中迈出坚定的步伐,坦然坚毅地面向人生。史铁生要把他的思考结果传达给读者,以期引起读者的深入思考,在思考中勘破某种人生真相。由此意图出发决定了他的艺术手段的选择,即艺术结构的安排。

如果按情节的自然发生顺序组织结构,即结构与情节同步发展,其结果使读者不过是看到了一个平淡的不幸的故事,它至多能在善良的读者心里唤起一点同情和怜悯,感叹一声"这人真不幸",一般不会引起有意识深入思考,思考其中的人生道理。因为它的发展太自然太平常太司空见惯太顺理成章了,它一环扣一环,太紧太密,没有缝隙,使人想不到这里面还有什么"神秘"。"自然"是一种抗体,最具麻痹性、欺骗性、蒙蔽性,它使人的注意如水过鸭背,不知不觉地就从情节上滑过去了。而这种"艺术效果"当然是作者最不愿看到的,所以他在"结构"中实施了一点"法术"——倒过来和"间离"。"倒过来"写的作用是,变故事自然发生的"现在进行时"为"过去完成时",时态变了,故事被推远了。故事被置于思考的框架中,成为思考的材料、思考的对象。作品一开头就是回忆的口气,就奠定了思考的调子。不过,仅仅利用"倒过来"这一招还不足以保证读者不注目故事。为了减弱"故事"本身的魅力,作者又对故事进行了"间离"——有意颠覆故事的自然进程,在故事链条中不时插入抒情和议论成分,如第1、2、5、11、13、16、19这些自然节就属于"间离"段落。而且,即使在叙述情节的段落中,也带有浓郁的抒情成分和议论因素。总之,作品让你感到叙述人不是在讲一个有趣的故事而是在讲他对人生的思索和理解。作品的结构完美地体现了作者的创作意图,有效地传达了作品的意蕴。

再如陈村的小说《一天》。作品结构上一个明显特点就是张三(主人公)生活中的"一天"与他的"一生"叠印起来:开头第一节写青年张三天未亮起来第一次跟师傅"学生意"(学技术),依次写路上,工厂干活,最后一节写到下班回家时,已经是"光荣退休"了。作品写到的"现在"迅速转化为遥远的过去,"一生"在暗中消逝在"一天"里了。作者采用这种结构方式,不露痕迹地让读者获得一种人生感慨:人生平平淡淡,不知不觉就过完了——一生如一天。试想,如果换用其他结构方式,恐怕就难以将这种意蕴传达得如此成功如此巧妙。

由此可见,艺术结构与艺术家的创作意图之间有着内在的对应和同构关系,艺术结构有传达作品意蕴的功能。这才是艺术结构的深层实质,这才是艺术形式的奥秘之所在。

了解了艺术结构的实质,也就为把握艺术结构找到了透视点,即透过特定结构领悟艺术的特定意蕴,领悟艺术家寄托在结构中的心灵信息。

三、艺术结构的类型

艺术结构可以分为许多类型,如单线型、复线型、网状型、辐射型、连环型、板块型、时空颠倒型、纵横交错型等。而且,不同的艺术样式、不同的体裁,其结构的表现形态及组织方式也各不相同。对此,欣赏时都必须予以注意。

思考练习题

一、什么是文学作品的结构?

二、谈谈结构的艺术功能。

三、史铁生的短篇小说《命若琴弦》艺术结构上有一个明显特点,即开头与结尾用的是同一“画面”,组成了一个“圆圈”:

莽莽苍苍的群山之中走着两个瞎子,一老一少,一前一后,两顶发了黑的草帽起伏蹿动,匆匆忙忙,像是随着一条不安静的河水在漂流。无所谓从哪儿来、到哪儿去,也无所谓谁是谁……

结合全文,谈谈作者为什么要这样安排。

第二节　象征

一、什么是文学的象征?

象征是一种最古老也最现代,至今仍为艺术家所喜欢采用的表现方法。什么是象征?美国诗学教授劳·坡林说,象征是某种东西的含义大于其本身;我国学者余秋雨说象征是有限形式对于无限内容的直观显示;林兴宅在他的论象征的专著中说,象征是用具体的感性形象表征某种抽象的精神意蕴。以上诸说道出了象征的基本特点是以少喻多,以具体代表抽象,以特殊表现普遍,以有限暗示无限,它要解决的是有限与无限的矛盾。也就是说,艺术家所要表达的“意思”很大,很多,很抽象,很概括,很深远,很微妙,没有办法没有可能一下子直接倾注到作品中(直接倾注不成艺术),因而必须抽象化为一个具体的可视可感的形式——形象或意境,以具体的形象或意境来比喻、来代表、来暗示那个抽象的意思。这时候,艺术的形象或意境就具有了象征功能。由此看,象征所体现的其实就是艺术的普遍规律,因而从最广泛的意义上说,所有的艺术品都多少具有象征色彩,具有象征功能。

二、象征的结构

象征具有双层结构:表层和深层。表层是可供感知的感性形式(形象、意境),而它的背后,它的深层是更广阔更深沉更抽象更普遍的意蕴。因此,欣赏文学作品时,欣赏者必须注意辨识其中的象征,参透象征的涵义,这才算真正理解、把握了作品。

三、象征的主要类型

自古至今,中外作家都十分喜欢使用象征这种艺术表现方法,因而象征在作品中的存在不仅相当普遍,而且多种多样,多彩多姿。余秋雨在一本论创作的著作中,对象征进行综合考察,把象征分为两大类:部件性象征和整体性象征;部件性象征又可分为符号象征和氛围象征;整体性象征可分为寓言象征和本体象征。[①] 这一分类简单明快,是对复杂象征现象所进行的宏观把握。以下,我们打算以此分类为线索,结合具体作品谈谈各类象征的不同特点。

(一)符号象征

黑格尔说,象征首先是一种符号,不过不是单纯的符号而是艺术的符号。在单纯的符号里,意义与符号本身的联系是一种完全任意构成的拼凑,而在艺术符号里,意义与符号本身(艺术形象)是密切吻合的。到了20世纪,美国的苏珊·朗格更明确地把符号分为推理符号和艺术符号。

---

① 参见余秋雨著:《艺术创造工程》第三章第三节“象征的天地”,上海文艺出版社1987年版。

她说,艺术符号即表象符号,是一种具有象征意义的形象或曰图画,这种符号是人类情感的表现,是由情感转化成的可感知的形式。这种形式的功能并不在于要把人们的眼光吸引到它本身,而是暗示人们通过外层表象联想到更深远的意蕴,领会到它所蕴涵所代表的东西。

中国古人很早就领悟了形象的象征功能,就懂得借具体可感的形象(艺术符号)传达微妙抽象的思想感情,因而创造出数不清的意味深长的艺术作品。例如绘画和诗文中的松、竹、梅、兰、菊、莲、日、月、星、风、云、雨、雪、山、水、老虎、狮子、雄鹰、麒麟、仙鹤、鸳鸯、雁、龙、凤、鱼等,都有丰富的象征意味,一看到或听到这些形象,立刻就能联想到其中所蕴含的意义和意味。电影电视中也常常运用符号象征这一方式。如阳光明媚象征形势大好,乌云密布象征形势险恶,电闪雷鸣或风狂雨骤象征斗争激烈,波涛拍岸象征心潮澎湃,青山、青松,象征对英雄的哀悼和敬仰,也象征英雄永远活在人民心中,如此等等。戏曲中的脸谱、道具、布景、表演动作程式也都是很典型的符号象征。符号象征在小说中的使用也很普遍。如鲁迅作品中,革命者夏瑜坟上的花圈(《药》),《狂人日记》中"狂人"从书页中看到"吃人"二字;《北方的河》(张承志)中的那些大河;《红罂粟》(张抗抗)中的"红罂粟";《一地鸡毛》(刘震云)中的"一地鸡毛";《绿化树》(张贤亮)中的"绿化树";《啊,青鸟》(陆星儿)中的"青鸟";《立体交叉桥》(刘心武)中的"立体交叉桥";《墙基》(王安忆)中的"墙基";《蝴蝶》(王蒙)中的"庄周梦蝶";《井》(陆文夫)中的"井"等,不胜枚举。

(二)氛围象征

与符号象征一样,氛围象征也是一种部件象征,它与符号象征不同之处在于,它不是通过符号化的具体象征语汇,而是通过有象征意义的意境烘托,片断性地指向诗情和哲理。

例如王维的诗《竹里馆》:"独坐幽篁里,弹琴复长啸。深林人不知,明月来相照。"《辛夷坞》:"木末芙蓉花,山中发红萼。涧户寂无人,纷纷开且落。"《鸟鸣涧》:"人闲桂花落,夜静春山空。月出惊山鸟,时鸣春涧中。"《山中》:"荆溪白石出,天寒红叶稀。山路元无雨,空翠湿人衣。"这里每首诗的意境都是富含象征意义的氛围。沉浸流连于这种氛围中,不用分析和思考,而是放任全身心去感受去体验去品味,心灵立刻被诗中意象、意境所散发出来的精神气氛所笼罩,所感染,所陶醉,不知不觉得到净化和抚慰,悠悠然感悟到一种清空神秘的宇宙精神,一种安适和谐的人生境界,一种宁静深邃的佛家禅味。总之,氛围所象征的意蕴,在无言中被心灵所摄取、所吸收、所涵纳。

抒情散文常常很注重"氛围"的象征意味。如张承志的散文《北庄的雪景》,写他于大雪纷飞之中去河州东乡北庄拜访中国伊斯兰教协会副会长马进城。作者对"北庄"的描写,使人明显感到表层写的是"自然",深层指向是"人生":

> 河州东乡,在冬雪中它呈着一种平地突兀而起、但不辨高低轮廓的淡影,远远静卧着,一片神秘。奔向它时会有错觉,不知那片朦胧高原是在升起着抑或是在悄悄伏下。……它外壳温和,貌不惊人,极尽平庸贫瘠之相,掩藏着腹地惊心动魄的深沟裂隙、悬崖巨谷。
>
> 我竭力透过雪雾,我看见第一条峥嵘万状恐怖危险的大沟时,心里突然一亮。大雪向全盛的高峰升华,努力遮住我的视线。东乡沉默着掩饰,似乎是掩饰痛苦。然而一种从未品味过的、一种几乎可以形容为音乐起源的感触,却随着难言的苍凉雄浑、随着风景愈向纵深便愈残酷,随着伟大的它为我露出裸体——而涌上了我的心间。
>
> 北庄如同海底的一块平地,雪在这里像是砌过抹平一样。在这片记忆中平坦得怪异的地场正中,有一株劈成双岔的柏树。巨冠如两朵蘑菇云,双树干在根部扎入白雪,远远望去有一种坚硬扎实的感觉。树冠顶子模糊在雪雾里,于墨黑中隐约一丝深绿。
>
> 雪海中这一棵树孤直地立着,唯它有着与雪景相对的墨黑色——其它,无论庄子院落,无论山沟峦壑,无论清真寺和稀疏的行人,都溶入了大雪之中,再无从分辨了。

这里写出的是风景,是环境,也是氛围,它处处蒸腾散发出浓浓的精神气息。在这种氛围里人们感受到的是苍凉浑厚,是酷烈雄壮,是傲岸挺拔，是顶天立地，是沉默宁静，是深沉内在的力之美。这种氛围给人的是震撼，使人想到的是人、人生。

小说家如果善于利用“氛围”的象征意味，会使作品产生远远超越于一般环境描写的艺术效果而具有丰富深厚的精神意蕴。如罗曼·罗兰的巨著《约翰·克利斯朵夫》（第一册）中有这样一段描写：

……高脱弗烈特接着又说：“大人物有什么用？哪怕你像从这儿到科布伦茨一样大，你也做不了一支歌。”

克利斯朵夫不服气了：“要是我想做呢！……”

“你越想作越不能作。要作的话，就得跟它们一样。你听啊……”

月亮刚从田野后面上升，又圆又亮。地面上，闪烁的水面上，有层银色的雾在那里浮动。青蛙们正在谈话，草地里的蛤蟆像笛子般唱出悠扬的声音。蟋蟀尖锐的颤音仿佛跟星光的闪动一唱一和。微风拂着榛树的枝条。河后的山冈上，传来夜莺清脆的歌声。

高脱弗烈特沉默了半晌，叹了口气，不知是对自己说还是对克利斯朵夫说：

“还用得着你唱吗？它们唱的不是比你所能做的更好吗？”

这些夜里的声音，克利斯朵夫听过不知多少次，可从来没有这样的感觉。真的！还用得着你唱吗？……他觉得心里充满着柔情与哀伤。他真想拥抱草原、河流、天空，和那些可爱的星。他对高脱弗烈特舅舅爱到了极点，认为他是最好、最美、最聪明的人，从前自己把他完全看错了。

这一段的背景是，克利斯朵夫小时候就显出极有音乐天赋，六岁即能作曲。当了一辈子宫廷乐师而默默无闻的祖父渴望孙子成名，一再鼓励孙子为当大人物而编歌。小克利斯朵夫野心勃勃，忘乎所以，满脑子成名的念头。但平凡朴实的舅舅认为这种无病呻吟很无聊，他带小外甥到大自然中去聆听“天籁”。恬然、宁静的氛围，使小克利斯朵夫深受感动，狂妄浮躁的心绪一下子得到了净化。这是两种精神境界两种精神力量的交锋,小克利斯朵夫默默无言地皈依了"自然",皈依了"上帝",变得谦虚而真诚,领悟了音乐的真谛。

(三)寓言象征

寓言象征是一种整体性象征。在寓言象征里,担负象征任务的不是局部的符号,而是作品的整体结构。营造这样一个结构本身不是艺术创造的目的,主要目的在于让它承担阐释内在意蕴的任务,通过它把读者引向深远的精神空间。

"寓言象征"的主要特征是,以一个怪诞的故事直指哲理内涵,而这个哲理内涵就是作品的主旨。为什么要故意采用一个怪诞的外表呢?因为怪诞的外表能起到一种"间离"(或曰陌生化)作用,让读者知道这里的所谓"故事"只是一个外壳、一种假定、一种手段,真正的目的在"故事"的背后。这样,读者注意力就不会停留于表层而会有意识地追索深层(意蕴)。这就是庄子所谓的得意忘言、得鱼忘筌。

例如巴尔扎克的《驴皮记》,写一个野心勃勃、一心追求光荣和财富,但却穷困潦倒、欲投塞纳河以了生命的青年瓦朗坦,忽然遇到一个神仙式人物老古董商。老商人给他一张灵符——驴皮。这驴皮有一种神奇的作用,即占有了它就意味着占有了一切,通过它可以满足占有者所有的人生欲望。但有一个条件,那就是"你的心愿须用你的生命来抵偿。你的生命就在这里。每当你的欲望实现一次,我就相应地缩小,恰如你在世的日子"(以上为"驴皮"上的神秘文句)。瓦朗坦由于受不了欲火的煎熬,于是毫不犹豫地接受了它。从此他的欲望可以随意实现了,但最后终于为此付出了生命。他以自己的生命证明了驴皮的灵验。这部小说的故事情节是荒诞的,但其意蕴却相当深刻。这是巴尔扎克在饱尝人生辛酸之后得出的一条痛苦结论:人类为谋求生存尚且需要耗费巨大的精力,而如果想要追求某种大的快乐,满足某种强烈欲望,则无疑要付出生命的代价。巴尔扎克悟到了欲望与生命之间的矛盾:你想长寿吗,那么就必须扼杀感情,清心寡欲;你想满足欲望吗,那么就必须以消耗乃至付出生命为代价。巴尔扎克要传达他悟出的人生哲理,需要一个恰当的艺术形式。如果采用人们熟知的日常生活形态,很难集中而典型地传达这一意思:于是他找到了一个现代寓言为外壳,通过它的象征作用完美地达到了自己的创作意图。

寓言象征在西方现代文学中,得到了更为普遍的运用,创作出一大批举世闻名的佳作。如卡夫卡的《变形记》《城堡》《审判》《美国》,加西亚·马尔克斯的《百年孤独》,尤奈斯库的《秃头歌女》《犀牛》《椅子》,贝克特的《等待戈多》,迪伦马特的《物理学》《贵妇还乡》,布莱希特的《四川好人》《伽利略传》,戈尔丁的《蝇王》,卡内蒂的《迷惘》等。有人说,不理解寓言象征,就不会理解50%以上的20世纪佳作,这话看来并不过分。之所以会出现这种局面,是因为现代作家已不再满足于叙述一个有头有尾独立自足的故事,诱使读者产生似真似幻的艺术幻觉,跟着情节哭一阵笑一阵,哭完笑完酣然入梦乡;而是想让读者在情感愉悦的同时能更严肃更深入地理解世界、思考人生,获得一份健全的理智。这样,传统的艺术形式就难以适应这一创作目的,于是,寓言象征就成为艺术家的最佳选择了。

(四)本体象征

本体象征也是一种整体的象征,但它与以怪异故事为外壳的寓言象征不同,它是"以艺术家自己发现、构建的一个平实的世界,来与世界整体对应,从而把艺术世界里的一切,来从整体上隐喻整体世界。由于它执着于、并固守着现象本体,因此被称作'本体象征'"[①]。换句更容易理解的话说就是,寓言象征由于外层表象的怪异荒诞,使人一看便知这是艺术的假定性形式,作者这样写是"别有用心",因此眼光很快就由外层转向思索作者所"别有"的"用心"。而本体象征的形象外壳看起来一点也不怪异荒诞,而好像确有那么回事,它具有某种"纪实"性、似真性。但艺术家的目的又绝对不是想向读者讲一个生活中确实发生过的娓娓动听的故事,而是想通过一个让读者觉得真实可信的故事暗示出一个更深远的哲理,从而让读者知道真理就在身边,就在平实平凡平常平淡的生活中。它

① 余秋雨:《艺术创造工程》,上海文艺出版社1987年版,第233页。

以生活本身的伟大暗示着哲理的伟大,以哲理的深刻反证着生活本身的深刻。

具有本体象征性质的作品,读起来好读,好懂,好接受,因为它有一个平实、自然、独立自足的生活故事。但也正因为如此,它又有某种欺骗性、麻痹性。——"自然"是一种抗体。它往往会使读者觉得这里并没有什么奥妙,因而眼光会漫不经心地滑过去。所以,在欣赏文学作品时读者要保持一份艺术的自觉,想一想平实自然的故事里是否蕴含着更深远的道理。举个例子看看吧。

史铁生的小说《第一人称》,写了这样一个故事:"我"——一个小伙子在郊区分到一套房,在二十一层,"我"请假去看那套房。楼被院墙围住,三面是树林,南边有一条河,一座小桥直入院门。"我"走进院门看见一个姑娘背靠树干坐在树荫里,"我"问她这是不是要找的那座楼,她喃喃说"顺其自然"。"我"爬到三楼,见那姑娘依然坐在那里,"我看不见她的脸但我感觉到了她神容的宁和与陶醉","她正神思悠游不在物界"。她是谁呢?一个可羡慕的女人!"我"爬到五楼,看到她还坐在那里,但又看到墙外一个来来回回走着的男人,看样子心烦意乱焦躁不安。怎么回事呢?啊,明白了:他们两个是一对相爱又不得不痛苦分手的恋人。看来那姑娘不是恬淡与悠然,而是神思恍惚,语调空洞,眼光迷惘。"我"爬到七楼,看见一片树林,树林里隐着一片墓地。那么那姑娘和那男人是怎么回事呢?啊,原来是这样:那女人一身素装看来是来祭奠深爱着的人,他死了,她接受不了。男的和她一块来,劝她忘了过去,今后我们在一起。那女的说你让我一个人呆一会儿,于是到院子里了,那男的焦躁不安。到第九层,"我"又看到树林里有两条交叉的路,一条路端是个公共汽车站牌,那男的在专注地张望。啊,明白了,原来是这样:那男的在焦急地盼望约会的情人,那女的跟来盯梢,但又不便露面,因而躲到院子里。她痛苦不堪,失神地自语"顺其自然"。到二十一层,"我"忽然又看见树林里有一个婴儿。这是谁家的孩子,怎么放在这里?啊,明白了,原来是这样:这是一个私生子,他的父母尚未结婚,所以不得不抛弃他。男的在张望谁会来抱走他的孩子,女的不忍心看这一幕,来到这里躲开了。"顺其自然",

她指的是那孩子的命运。“我”不放心，想说服那对男女把孩子抱回去。当我从二十一层跑下来分别找到他们时，原来他们二人毫无关系，根本不认识，那男的是个画家，他在林中作画，题为“林间墓地”。

故事不神不奇不怪不异，平平实实自自然然，“叙述人”在叙述自己的亲身经历，但依然能引起我们深长的思索。

同一现象，又都是亲眼所见，然而从不同的角度(层次)看来，却可以作出完全不同的理解。不是说，耳听为虚眼见为实吗？看来即使“眼见”也未必“为实”，你看到的可能只是现象。事实的“实”(本质)永远隐藏在“事”(现象)的后面，你不要太相信太执着于自己的“眼睛”。此一也。第二，有趣的是，“我”对同一现象所作的种种不同理解，都顺理成章，自圆其说，因此都使“我”很自信：“啊，明白了，原来是这样。”然而“原来”到底是不是“这样”呢？未必！看来，人很容易相信自己，然而“自己”也是靠不住的。换句话说，人不仅容易受客观世界的“骗”，也很容易受自己的“骗”。第三，要想认识事物的真相，必须不断变换角度，穷尽各个层次，争取看“全”。假如在某一个角度某一个层次上停下来，得到的可能只是一个片面的、虚假的认识。第四，即使尽了最大努力，即最全面的观察(如“我”从地面到21层，又从21层到地面)，也未必能全部洞悉对象的全部秘密，对象总要保留一些不可知的成分。如“我”终于弄明白那一男一女毫无关系，但那个孩子呢？他哪里去了？不是留下许多“也许”吗?! 第五，归根结底，每个人对事物的认识，都不可避免地是从自我出发，又不可避免地受到“自我”的局限。正如小说创作中选择第一人称叙事角一样，叙述人只能叙述他所看到的听到的想到的，他只能叙述他所了解的世界，而在他的视野之外必然留下很大的盲区。所以史铁生把他的这篇小说命名为《第一人称》。

仔细想想，个人、人类对世界对人生的认识不都是如此的吗？个体的人不去说它了，即如人类，从有自我意识、有文明以来，都在积极地苦苦探索自然、探索宇宙、探索社会、探索人生的秘密，至今当然也取得了极为辉煌的成果，但在“上帝”看来，人类对宇宙，包括对自身又认识了多少呢？以物理世界来说，在伽利略时代，人们以为世界就是伽利略所认识的那个样子;在牛顿时代,人们以为世界就是牛顿所认识的那个样子;在爱因斯坦时代,人们又以为世界就是爱因斯坦所认识的那个样子。很明显,他们谁都远远没有穷尽对世界的认识,他们所认识到的可能都只是世界的一点点。那么,世界到底是什么样子呢? 100 年后,1000 年后,10000 年后人们认识到的世界又是怎样的呢? 谁知道呢? ——思之令人叹息。说不定人类作为无限宇宙中一个微小的物类,永远也难以窥得宇宙的全貌。人类所认识到的,也只能是在自身条件下(带着本身固有的局限)所获得的认识,是“第一人称”视角的认识,而不可能是“全知”视角的认识。在自然——宇宙格局里,“全知”的只有“上帝”,只是自然——宇宙本身,而它又是无言的。这就是人类的局限,人类的宿命,人类的悲剧! 人类就是在意识到这一悲剧的情况下仍然不停地苦苦探索的,这,又是人类的伟大。

由史铁生的《第一人称》,我们放开思想,想到了以上一些理解(这些理解也难免“第一人称”——“我”,即本书作者的局限,换个人又可能有其他不同的理解)。这都是从小说自身生发出来的,是“本体象征”的暗示力发出来的。本体象征是一种具有极高审美价值的象征方式,读者在欣赏文艺作品时务必要细心辨识它。

以上我们介绍了四种象征方式,相对来说,它们都具有比较典型的形态,可以比较明确地加以识别。但在大量具体作品中,象征方式是多种多样的、丰富多彩的,并不一定像以上所举例子那么“典型”,这是需要具体作品具体分析具体讨论的。

思考练习题

一、象征的特点是什么?

二、为什么说所有的文艺作品都具有象征的色彩?

三、举例说明符号象征、氛围象征、寓言象征、本体象征的特点。

四、为什么在欣赏文学作品时要时刻保持一份艺术的自觉?

五、阅读文学作品时,注意识别其中不同的象征方式。

第三节　叙事角度

一、叙事角度的意义

叙事角度的选择，对于小说创作来说极为重要。因为小说艺术的基本要求是叙述好一个故事，而这个故事由谁来叙述却大有讲究——它决定作者在作品里应该讲哪些事，不应该讲哪些事，哪些事应该让读者知道，哪些事不应该让读者知道，而必须让读者联想和想象；还决定叙述人在多大程度上参与故事，以及应该用什么样的口气什么样的方式讲述这些故事。所有这一切，不但制约着作者如何写，也制约着读者应该怎样看。

由于以上原因，现代文艺理论特别重视叙事角度的研究，在西方成为创作理论的一个显要问题，成为一门学问——叙述（事）学。我国理论界过去对此不太自觉，现在也已引起高度重视，并且已出版了专著。叙事理论的引进及研究，带来了小说艺术形式的重大变革，以至于造成一种“形势”，要想读懂当代小说，就必须具备“叙事”方面的相应知识。为此，本书对叙事角度的有关知识略作介绍，以期有助于读者阅读能力的提高。

目前，国内外学术界对叙事角度的研究很细致很全面很深入，但也失之于繁琐庞杂，不易掌握。为普通读者计，从阅读欣赏的实践需要出发，本书拟化繁为简，概括介绍几种最基本最主要的叙事角度。

二、全知叙事的特点及类型

全知叙事的基本特点就在于“全知”，叙述人就像上帝一样知道故事的全部来龙去脉，知道所有人物的一切隐秘，包括其复杂微妙的心理变化。就叙述人与人物的关系来看，叙述人既在人物之内又在人物之外，知道他们身上发生的一切而又不与其中任何人认同。叙述人凌驾于任何人物之上，掌握的情况多于任何人物，用公式表示即：

叙述人 > 人物

如《红楼梦》第二十九回的一段：

那宝玉心中又想着:"我不管怎么样都好,只要你随意,我就立刻因你死了,也是情愿的;你知也罢,不知也罢,只由我的心,那才是你和我近,不和我远。"黛玉心里又想着:"你只管你就是了;你好,我自然好。你要把自己丢开,只管周旋我,是你不叫我近你,竟叫我远了。"

看官,你道两个人原是一个心,如此看来,却都是多生了枝叶,将那求近之心,反弄成疏远之意了。此皆他二人素昔所存私心,难以备述。如今只说他们外面的形容。

在这一段里,角色双方互相不了解对方隐曲微妙的心理,因而隔膜误会,然而叙述人知道。叙述人把双方的心理剖析得纤毫毕现,而且直接出面进行评论。这是一段典型的"全知叙事"。

全知叙事又可以分为不同的类型:

1. 主观型

其特点是叙述者用第一人称身份或以编著、介绍者身份,直接登场亮相,对故事加以叙述、交代、报道,而且常常通过发表感想与议论来干预叙述的进程。例如18世纪英国小说家菲尔丁就率先利用这种叙述方式。请看他在《汤姆·琼斯》第一章的一段话:"我们写人性,也将先托出在乡村常见的一些普通的、单纯的人性以飨饿得发慌的读者,然后用宫廷、城市所提供的造作、罪恶等等法国式或意大利式的高级佐料,加以清炒或红烧。我们相信,用这种方法一定能使读者愿意永远阅读下去,正如上述伟人使有些客人永远愿意吃下去一样。"在这里,叙述人直接出场与读者对话交流,交代他叙述的原则,然后展开他们无所不知的叙述。在我国古典小说中,叙述人也常常出面与接受者对话。如上引《红楼梦》中"看官,你道两个人……"一段即是。这里虽不是以第一人称("我""我们")直接出面,但却明白显示了叙述人的存在。

2. 客观型

主要特点是叙述人不直接介入作品,不到处发议论,而是用第三人称讲故事。叙述人隐身于叙述过程之内,使读者不能直接发现他的存在。

正如莫泊桑所说，把生活中发生过的一切都精确地表现给我们，小心翼翼地避免一切复杂的解释和一切关于动机的议论，而限于使人们和事件在我们眼前通过。代表性作品可举莫泊桑的老师福楼拜的名作《包法利夫人》。在这部作品里，叙述人不仅从没有以第一人称出现过，而且十分克制自己的主观态度，完全符合福楼拜自己的“艺术家不该在他的作品里面露面，就像上帝不该在自然界里面露面一样”的艺术信条。当然以上两种类型也并不是决然对立的，有些作品在叙述过程中，也常常交替或混合使用两种叙事方式。

三、有限叙事的特点及类型

即从故事中一个人物的角度讲述故事。由于故事是借用一个特定的人物之口讲述的，所以他只能讲述他所感知所认识所理解的一切，而这一切无不受到其自身主客观条件（如气质、性格、生活经验、时空范围等）的限制。在这种情况下，叙述者知道的和人物一样多，人物不知道的事，叙述人无权叙说。正是这一特点，有限叙事又叫“人物视点式”“内聚焦式”“同视界式”，用公式表示即：

叙述人＝人物

有限叙事可采用第一人称，也可采用第三人称。

第一人称有限叙事，叙述人可以是主要人物，也可以是次要人物。

老舍的《月牙儿》：

> 是的，我又看见月牙儿了，带着点寒气的一钩浅金。多少次了，我看见跟现在这个月牙儿一样的月牙儿；多少次了，它带着种种不同的感情，种种不同的景物，当我坐定了看它，它一次一次的在我记忆中的碧云上斜挂着。它唤醒了我的记忆，像一阵晚风吹破一朵欲睡的花。

这里的“我”（叙述人）即女主人公，一个被迫沦为暗娼的可怜女子。她在回忆中叙述自己凄惨不幸的一生，所叙的一切都是她的亲身经历，真切感人，具有震撼人心的艺术力量。

再如法国作家加谬的《局外人》,叙述人即作品主人公莫尔索,通篇是他的自我反省与内心独白。

第三人称有限叙事的特点是,“叙述人”并不在作品中直接露面,而是始终黏附于某一个人物身上,以他的眼光观察,以他的心灵思考,笔锋所及以不超越此一人物为限。

如陈村的《一天》:

> 张三走进弄堂就把眼睛睁开了,刚才张三只睁开半只眼睛,张三睁着半只眼睛感觉是很舒服的,现在把一只眼睛全部睁开,张三感觉也很舒服。因为弄堂里的空气是很好的。张三从家里出来就觉得弄堂里的空气很好。很好的空气张三很爱吸一吸的。……

作品的整个故事是按照张三的心理感觉叙述出来的,全篇絮絮叨叨平板沉闷的语言风格,全是受“张三”这一视角限制的。

有限叙事的另一种类型是“不定式”,或者叫“移动式”,即叙述人不是某一个固定人物,而是根据需要不断变换、不断转移。如美国作家福克纳的《喧哗与骚动》,小说由四个部分组成,前三部分的叙事角度分别是康普生家庭的三兄弟班吉、昆丁、杰生,第四部分是黑人女佣迪西尔太太。小说每一部分的叙述话语都分别打上了叙述者不同的个性特征。我国作家戴厚英的《人啊,人!》采用的也是不定式有限叙事方式,同一件事从不同人物的视角叙述出来,使读者获得一个全面的立体的感受和认识。

有限叙事的一个特殊类型是“意识流”方式。意识流的叙事方法试图最大限度地记录人物的全部内心活动及其过程,使情节化入人物意识活动,由人物的意识屏幕上映出。意识流叙事角度把读者带入人物的内心世界,洞悉了人物全部的心灵奥秘。

四、纯客观叙事的特点

叙述人只向读者客观地叙述其所见所闻,将人物的言语和行为,将生活场景和事件进程直接展现给读者,不进入人物意识,不作心理分析,不作主观评价。在这种情况下,叙述人的作用很像是摄像机和录音机,他只观察到了对象的外部呈现，而不了解内部奥秘。叙述人了解到的情况少于笔下人物，用公式表示即：

叙述人 < 人物

如苏童的《妻妾成群》中一段：

> 颂莲走到水井边，她对洗毛线的雁儿说："让我洗把脸吧，我三天没洗脸了。"雁儿给她吊上一桶水，看着她把脸埋进水里，颂莲弓着的身体像腰鼓一样被什么击打着，簌簌地抖动。雁儿说："你要肥皂吗?"颂莲没说话，雁儿又说："水太凉是吗?"颂莲还是没说话。雁儿朝井边的其他女佣使了个眼色，捂住嘴笑。……

这一段叙述出的都是直接可见可闻的内容，而不涉及人物心理。颂莲为什么不说话，她内心有什么活动，因为不可见不可闻，也就没法写出来。如果换用全知叙事或者以颂莲为视角的第一人称有限叙事的方式，就可以对颂莲的心理活动津津有味地描绘一番；如果让托尔斯泰或陀思妥耶夫斯基这些心理描写大师来写，大约会一层层分析下去，以致分析出连颂莲自己也未必意识到的心理内涵。如果用意识流方式去写，或许能"流"出颂莲一生生活的碎片来，但现在用纯客观角度叙事，所写只能限于所见所闻，颂莲怎么想，让读者想去。

以上这一段"纯客观叙事"采用的是第三人称，叙述人隐身于"故事""画面"之外。同样是这一段，仍然是纯客观叙事，也可以改用第一人称，例如让陈家的一个小丫头充当叙述人，由她作为旁观者叙述出来，效果也是一样的。但要注意的是，如果恪守纯客观叙事的规范，那么，第一人称的"我"只能是一个严格的旁观者，只能叙述所见所闻之类的外部现象，而不能带上自己的主观色彩、主观感受、主观评价，否则就变成第一人称有限叙事了。

以上我们分别介绍了三种基本的叙述角度、叙事方式，在这之后，需要接着说的另一个意思是，在具体作品尤其是在长篇作品中，作者在注意保持叙事角度一致的前提下，又往往并不仅仅局限于只用一种叙事角度，而往往是根据内容需要,灵活自由地变动叙事角度。如《红楼梦》,以客观全知叙事为主,叙事人隐身于故事背后;但个别地方也用主观全知叙事,叙述人走出来与接受者直接对话(如上引“看官……”);甚至还采用第三人称有限叙事,如“冷子兴演说荣国府”“刘姥姥三进大观园”“林黛玉进贾府”等就是。在现代作品中,叙述角度的转变就更为自觉更为灵活了。总之,叙述角度是艺术手段,内容表达和接受效果是目的,作家应该自由地调度各种艺术手段为艺术目的服务。

五、各种叙事方式的利弊得失

叙述方式作为艺术技巧,是在人们的艺术观念指导下适应创作实践的需要而产生的,在长期的历史发展过程中,每种叙述方式都形成了各自相对稳定的特点。

全知叙事出现得最早,历史最悠久,运用得最普遍,发展得最成熟,至今仍受到作家的青睐和读者的欢迎。全知叙事的长处是,自由灵活,叙述人不受时间空间等任何限制,纵横捭阖,运用自如,使人物和事件得到最广泛最自由的表现,使读者对人物和事件能有一个最全面最具体的了解;而且它还能最大限度地展示社会生活的深度和广度;等等。其不足之处在于,正因为它无所不知就像上帝,但“上帝”在现代人眼里失去了威严,所以现代读者往往对“无所不知”的真实性产生怀疑;其次,因为叙述人“全知”,所以他喜欢把一切详尽地告诉你,逼着你接受,用不着再去思考和提问。这样就限制了读者积极创造的乐趣和神秘的魅力。

有限叙事选定一个特定人物作为叙述人,外在世界的一切通过他的心理屏幕映出,这样明显控制了叙述人的活动范围和权限,从形式上让读者感到他也是一个平等的人而可以接近,可以相信;如果采用第一人称,读者会觉得好像某人正在给他讲自己的故事,好像在倾听第一手材料,因而大大增强了作品的真实感;而且由于受叙述人主客观条件的限制,“他”必然有许多不知道不明确的地方,这些地方作为空白留给读者思考,给读者想象提供了更广阔的空间;再者,有限叙事从不同人的眼光观察世界,也为读者提供了从不同角度把握世界的新的可能。但有限叙事也有弊病,具体表现在,作者不能直接表示自己的观点;没法介绍叙述人自己；读者只能用一个人物的观点去看故事，除叙述者之外读者看不到别的任何人物的想法。还有，故事受叙述人本人所在时空的限制（客观条件），无法展开个人视野之外必要的东西；同时，由于叙述同时要受叙述人身份、性别、经历、职业、文化修养等（主观条件）的限制，有许多东西必然会成为叙述的盲点，这些盲区影响了读者想尽可能全面了解生活的阅读期待。

纯客观叙事摄录现象最快最多，使读者能看到更多的行动和事情的发生和发展，能最大限度地保留现实生活的原生性与客观性。运用这种叙述方式写出的作品由于叙事主体的主体性被最大限度地克制，没有任何解释，充满了空白，迫使读者自己去投入去解释，这样会最大限度地调动读者的主动性。但由此也产生了相应的缺陷：由于叙述人没有感情投入，使文本感情因素过于稀薄，因而显得过于“客观”，过于冷漠，过于冷冰冰。这样就不能与读者形成感情上的沟通，不能激发读者的情感投入。另外，“纯客观”回避了对人的内心世界的关心，这就意味着它放弃了文学这种艺术形式的特长。

总之，三种叙述方式各有所长各有所短，作为作家最好不要厚此薄彼，而要根据需要灵活地变换视角，取长补短，完成最佳的艺术创造。作为读者，了解了一定的叙述理论，可以更好地把握和认识作品的艺术特点，理解其中的妙处。

思考练习题

一、分析全知叙事的类型及特点。

二、分析有限叙事的类型及特点。

三、分析纯客观叙事的类型及特点。

四、比较全知叙事、有限叙事、纯客观叙事三种方式的长处及缺陷。

五、试析下列节选作品片断的叙事角度。

1. 我从此便整天的站在柜台里，专管我的职务。虽然没有什么失职，但总觉得有些单调，有些无聊。掌柜是副凶脸孔，主顾也没有好声气，教人活泼不得；只有孔乙己到店，才可以笑几声，所以至今还记得。

(鲁迅:《孔乙己》)

分析:《孔乙己》所用的是第一人称次要人物叙事角,是通过咸亨酒店一个小伙计的眼光来看孔乙己的,因此只介绍他的所见所闻,以及所感,叙事者介入孔乙己故事不多,但亦非完全未介入,如作品中写孔乙己要教他写字等,所以也非纯客观报导者角度。

2. 他饿了,摸摸袋里还剩一块僵饼,拿出来啃了一口,看见了热水瓶,便去倒一杯开水和着饼吃。回头看刚才坐的皮凳,竟没有瘪,便故意立直身子,扑通坐下来——试了三次,也没有坏,才相信果然是好家伙。便安心坐着啃饼,觉得很舒服。头脑清爽,热度退尽了,分明是刚才出了一身大汗的功劳。他是个看得穿的人,这时就有了兴头,想道:"这等于出晦气钱——譬如买药吃掉!"

(高晓声:《陈焕生上城》)

分析:《陈焕生上城》所用的基本上是第三人称有限全知叙事角,作品紧紧跟踪陈焕生的所见、所闻、所感,像是将一束强光折射到他身上,照见他神经的每一颤动,这对刻画这一典型人物形象是极有作用的。

3. 是的,我又看见月牙儿了,带着点寒气的一钩儿浅金。多少次了,我看见跟现在这个月牙儿一样的月牙儿;多少次了,它带着种种不同的感情,种种不同的景物,当我坐定了看它,它一次一次的在我记忆中的碧云上斜挂着。它唤醒了我的记忆,像一阵晚风吹破一朵欲睡的花。

(老舍:《月牙儿》)

分析:《月牙儿》全篇是第一人称主要人物叙事角,作者让一个旧社会被迫沦为暗娼的女子亲身倾诉她自己的痛苦和不幸,这比用一个旁观者的眼光来写,更加深切,更具有控诉力量,更能引起读者的同情。

4. 像用力掷在墙上而反拨过来的皮球一般,他忽然飞在马路的那边了。在电杆旁,和他对面,正向着马路,其时也站定了两个人:一个是淡黄制服的挂刀的面黄肌瘦的巡警,手里牵着绳头,绳的那头就拴在别一个穿蓝布大衫的背心的男人的臂膊上。这男人戴一顶草帽,帽檐四面下垂,遮住了眼睛的一带。但胖孩子身体矮,仰起脸来看时,却正撞见这人的眼睛了。那眼睛也似乎正在看他的脑壳。他连忙顺下眼,去看白背心,只见背心上一行一行地写着些大大小小的什么字。

（鲁迅:《示众》）

分析:《示众》是第三人称客观叙事角。鲁迅对于旧社会的某些群众的落后、愚昧、麻木是极为痛心的,对于他们无论什么都只是“看”,尤有所感。他在这篇作品中以极为冷峻的客观描写的手法“现场转播”他们是如何看的,作品中并不多加评论,而思想感情从这种笔法中已自然流露出来。

5. 也是一只蝴蝶,却不悠游。上不着天,下不着地。“你的事情现在还排不到日程上。”专家组长对张思远说。一个钻山沟的八路军干部,化成了一个赫赫威权的领导者、执政者,又化成了一个被革命群众扭过来、按过去的活靶子,又化成了一个孤独的囚犯,又化成了一只被遗忘的、寂寞的蝴蝶。我能不能经得住这一切变化呢?

（王蒙:《蝴蝶》）

分析:王蒙的《蝴蝶》以及《夜的眼》《布礼》《春之声》《风筝飘带》等都运用了意识流的技巧。在这一段里,描述的是主人公张思远的意识活动,有联想、回忆、感受、情绪和自问,还有往事的一个情节片断等,人称叙事角是跳跃的、变幻的,一切以人物真实意识活动为转移。

——节选自《文学鉴赏辅导》第 156—159 页,北京十月文艺出版社 1986 年版

第 三 编
文学批评方法与文学欣赏角度

第十章　批评方法与欣赏角度

第一节　文学批评方法同时也是文学欣赏角度

本书开头在界定“文学欣赏”概念时讲过，文学批评也属于文学接受，或者说属于广义的文学欣赏。关于文学批评，国内文学理论教材一般专设一章讨论，而批评方法是其中的重要内容。所谓批评方法（有的教材叫批评模式、范式），如社会—历史批评方法、心理批评方法、女性主义批评方法等等，在我们看来其实就是文学批评的角度——批评家分析、阐释、评价文学作品及文学现象的角度。在这里，方法——模式——角度，名不同而实为一。本教材认为，这些方法所谓的模式，严格考察起来，不如叫作角度更为合适，其实就是评论、阐释文学作品的切入点，或者说是角度。

这些角度，不但适用于评论家，同时也适用于一般大众对文学作品的欣赏。换句话说，所谓批评方法或模式也就是大众欣赏文学的切入点、角度。

不过，虽然这些方法（即角度）同样适用于大众对文学作品的欣赏，但大众的“欣赏”与批评家的“批评”毕竟有所不同。这种不同主要表现于两个方面。一是对象不同，一般大众的欣赏对象主要是文学作品，而批评家的批评对象除了文学作品之外，包括整个文学现象，范围比读者欣赏宽泛得多。二是结果不同：一般大众对作品的欣赏，多数情况下只停留在感性层面上，带有自我感受、自我体验、自娱自乐的性质，是一种非常个人化、私密化的精神活动，一般不能、当然也不必诉诸文字，尤其不必形成科学性、逻辑性很强的理论文字,更不必发表,而批评家的批评却不是这样。

总之,所有的文学批评方法其实都是文学批评的角度,同时也都是文学欣赏的角度,读者完全可以借用批评家分析、阐释、评价文学作品的角度去解读、欣赏、把握作品。

所有文学批评方法均来自于西方文化的输入,目前国内流行的文学理论和西方文论教科书上,介绍的批评方法主要有社会历史、意识形态、道德、心理学(精神分析)、神话原型、文化学、文体学、形式主义、新批评、结构主义、解构主义、读者反应(阐释、接受)、西方马克思主义、女性主义、新历史主义、后殖民主义,等等。每一种批评方法都有复杂的社会历史背景、哲学思想渊源、理论主张,风格特色……这些都是非常专门的学问,是大学文学院专门研究西方文论的教授需要长时间的深入阅读和钻研才能全面掌握的方法,因而距社会大众太过于遥远,一般读者不可能也没有必要花大量精力去钻研这些批评方法。但是,某些基本的、重要的批评方法所指示出的解读、分析文学作品的角度,对一般大众还是普遍适用的。有鉴于此,本书择取其中几种最主要、最基本,也相对比较好懂、能用到大众欣赏实践中去的批评方法(角度)加以介绍。

需要说明的一点是,上述批评方法包括本书介绍的几种主要方法(社会历史、道德、人生、文化、心理、原型、女性主义、生态等),均非放之四海而皆准的万应灵药或万能钥匙,不是对每一具体的作品都适用,而是各有特点,各有自己的适用范围。某种方法只能对某种、某类作品有效,对其他作品就可能隔膜、无效。也就是说,在文学批评、文学欣赏问题上,也需要遵循辩证法的基本要求,即具体问题具体分析,一把钥匙开一把锁。文学作品是世界上最奇异最微妙最富于个性的精神创造,所以对它们的欣赏当然也要随机灵活,善于感悟,而不能往某种模式里硬套。

第二节　社会历史角度

一、理论知识

社会历史角度是社会历史批评方法分析、评价文学作品、文学现象的基本角度和核心概念。社会历史批评是一种从社会历史发展的角度观察、分析、评价文学现象的批评方法，是西方19世纪最主要的批评方法之一，是我国批评界长期使用、因而也最熟悉的批评角度。

(一)历史沿革

社会历史批评是产生较早、影响较大的一种批评方法，几乎伴随文学批评的整个历史进程。据学者考证，严格意义上的社会历史批评源于18世纪维柯对荷马史诗的研究，维柯从古希腊的社会历史、生活、风俗等方面来考察荷马史诗和它的作者，认为荷马史诗是集体的创作。最早自觉运用社会历史批评方法研究文学的是法国的斯达尔夫人和丹纳，斯达尔夫人注重文学与社会制度的关系，丹纳提出文学发展取决于种族、环境、时代三因素的著名观点。俄国文学批评家别林斯基、车尔尼雪夫斯基、杜勃罗留波夫将社会历史方法广泛运用于批评实践，创造了文学批评史上的辉煌业绩。20世纪以降，社会历史批评得到进一步发展，代表人物有前苏联时期的卢那察尔斯基、匈牙利的卢卡奇、法国的戈德曼。

社会历史批评方法近代传入我国，以梁启超为代表的改良主义者十分注重文学的社会作用，鼓吹“小说救国”，甚至把文学的作用提高到关系国家兴亡的程度。“五四”以后，鲁迅、茅盾、瞿秋白等人将社会历史方法运用到文学创作和研究中，推动和指导了中国现代文学活动的发展。建国以来社会历史方法得到了更为广泛的运用，有成绩也有教训，一度被“极左”思潮庸俗化。

(二)基本理论

社会历史批评的基本理论要点主要包括以下几方面。

1. 文学源于社会生活，文学离不开社会历史，文学本质上是社会生活的反映，因而注重文学作品的内容，特别是社会历史内容。

2. 强调文学批评应该把作品与作品产生的时代背景、历史条件以及作家的生活经历联系起来。

3. 侧重研究文学作品与社会生活的关系，重视作家的思想倾向和文学作品的社会作用。

4. 注重对文学作品作出价值评判，评判标准主要是真实性、倾向性和社会效果。

二、欣赏示例

(一)恩格斯从巴尔扎克作品中看出了当时法国社会的全部历史。

巴尔扎克,我认为他是比过去、现在和未来的一切左拉都要伟大得多的现实主义大师,他在《人间喜剧》里给我们提供了一部法国“社会”特别是巴黎“上流社会”的卓越的现实主义历史,他用编年史的方式几乎是逐年地把上升的资产阶级在一八一六年至一八四八年这一时期对贵族社会日甚一日的冲击描写出来,这一贵族社会在一八一五年以后又重整旗鼓,尽力重视恢复旧日法国生活方式的标准。他描写了这个在他看来是模范社会的最后残余怎样在庸俗的、满身铜臭的暴发户的逼攻之下逐渐灭亡,或者被这一暴发户所腐化;他描写了贵妇人(她们对丈夫的不忠只不过是维护自己的一种方式,这和她们在婚姻上听人摆布的方式是完全相适应的)怎样让位给专为金钱或衣着而不忠于丈夫的资产阶级妇女。在这幅中心图画的四周,他汇集了法国社会的全部历史,我从这里,甚至在经济细节方面(如革命以后动产和不动产的重新分配)所学到的东西,也要比从当时所有职业的历史学家、经济学家和统计学家那里学到的全部东西还要多。不错,巴尔扎克在政治上是一个正统派;他的全部同情都在注定要灭亡的那个阶级方面。但是,尽管如此,当他让他所深切同情的那些贵族男女行动的时候,他的嘲笑是空前尖刻的,他的讽刺是空前辛辣的。而他经常毫不掩饰地加以赞赏的人物,却正是他政治上的死对头,圣玛丽修道院的共和党英雄们,这些人在那时(1830～1836年)的确是代表人民群众的。这样,巴尔扎克就不得不违反自己的阶级同情和政治偏见;他看到了他心爱的贵族们灭亡的必然性,从而把他们描写成不配有更好命运的人;他在当时唯一能找到未来的真正的人的地方看到了这样的人,——这一切我认为是现实主义的最伟大的胜利之一,是老巴尔扎克最重大的特点之一。

——节选自《马克思恩格斯选集》第4卷第462－463页,人民出版社,1972。

(二)列宁从《安娜·卡列尼娜》中看到了俄国历史的变动。

列·托尔斯泰的时代,在他的天才艺术作品和他的学说里非常突出地反映出来的时代,是1861年以后到1905年以前这个时代。诚然,托尔斯泰的文学活动,是在这个时期开始以前开始,在这个时期结束以后结束的,但是作为艺术家和思想家的列·尼·托尔斯泰,正是在这个时期完全形成的。这个时期的过渡性质,产生了托尔斯泰的作品和"托尔斯泰主义"的一切特点。

在《安娜·卡列尼娜》里,托尔斯泰借康·列文的嘴,非常清楚地表明了这半世纪俄国历史的变动是什么。

"……关于收成、雇用工人等等的谈话,列文知道,通常都认为是一种很庸俗的事情……现在对于列文,却是一些重要的事情了。'在农奴制下,或者在英国,这也许是不重要的。在这两种场合,条件本身已经是确定了的;可是现在在我们这里,当一切都翻了一个身,一切都刚刚开始安排的时候,这些条件将怎样形成的问题,就是俄国唯一重要的问题了。'列文这样想道。"

"现在在我们这里,一切都翻了一个身,一切都刚刚开始安排",对于1861—1905年这个时期,很难想象得出比这更恰当的说明了。那"翻了一个身"的东西,是每个俄国人都非常了解的,至少也是很熟悉的。这就是农奴制度以及与之相适应的整个"旧秩序"。那"刚刚开始安排"的东西,却是最广大的人民群众完全不熟悉的,陌生的,不了解的。托尔斯泰模模糊糊地觉得这个"刚刚开始安排"的资产阶级制度是一个像英国那样的吓人的怪物。的确是一个吓人的怪物,对于这个"英国"的社会制度的基本特点,这种制度同资本的统治、金钱的作用、交易的出现和发展等等之间的联系,可以说,托尔斯泰是根本不想弄明白的。他像民粹派一样,闭着眼睛,不愿意正视和考虑在俄国"开始安排"的东西正是资产阶级制度。

——节选自《列宁全集》第 17 卷第 32—33 页，人民出版社，1959。

思考练习题

1. 什么是社会历史批评？

2. 社会历史批评理论的特点是什么？

3. 试从社会历史视角解读自己正在看或刚看过的文学作品。

第三节　道德角度

一、理论知识

道德是道德(也有叫伦理道德)批评方法的基本角度和核心概念。道德批评是以一定的道德意识和伦理规范为标准，坚持用伦理道德观点观察文学现象，采用道德尺度来评价作品的批评方法、批评模式。

(一)历史沿革

道德批评无论在中国还是西方，都有悠久的历史。在中国，孔子在《论语·为政》中评价《诗经》:“诗三百，一言以蔽之，曰:思无邪”。“思无邪”就是说其中的思想感情符合当时的道德标准，纯正无瑕。对于音乐，孔子称赞《韶》乐尽善尽美，而认为“郑声淫”，因而他极力推崇韶乐而竭力排斥郑声(“逐郑声”)。这就是最早的道德批评。《毛诗序》对诗歌提出的要求是:“经夫妇，成孝敬，厚人伦，美教化，移风俗”，把伦理道德作为一种重要标准提出来，而且上升到了理论的高度。在中国文艺理论史上“文以载道”一直是主流观念，这里的“道”的内容丰富，但毫无疑问包括伦理道德。

在西方，古希腊的柏拉图最早看到了文学对道德的影响，明确提出文学要“模仿德行”，他提出德行的四个基本方面是:智慧、公正、节制和勇敢。这四种道德至今仍为西方人所奉行。与柏拉图一样，亚里士多德也十分重视文学的道德教化效果。他在著名的《诗学》中提出，悲剧作为一种文艺活动，其创作和演出要有明确的目的，这就是要使观众的情感得到

“陶冶”，使人获得生活的教训，获得美感和道德净化。古罗马诗人兼批评家贺拉斯，提出了著名的“寓教于乐”的口号。他说：“诗人的愿望应该是给人益处和乐趣，他写的东西应该给人以快感，同时对生活有帮助。——寓教于乐，既劝喻读者，又使他喜爱，才能符合众望。”可以说，道德教化效果是《诗艺》所有论述的核心，是贺拉斯艺术思想的出发点和落脚点，是他的基本宗旨。在西方文艺理论史上，此类论述源远流长，影响深远。19 世纪法国文学批评家斯达尔夫人甚至说“文学批评时常是一部伦理学概论”。这种思想直到今天仍在发挥着影响。

（二）基本理论

1. 强调文学的道德教化作用

中国古代从先秦起，一直以道德教化作用为评价文学作品高低优劣的尺度，把道德教化放到至高无上的地位。西方亦然。例如柏拉图，在《理想国》一书里用四分之一篇幅讨论文学，对于当时的文学作品几乎逐章逐句加以审查。结果发现，史诗、悲剧、喜剧都不合他的标准。他认为这些作品亵渎神明、贬低英雄。神和英雄被写成浑身都是毛病，人所具有的邪恶品质在他们身上表现无遗。他们本应成为人类模仿和崇拜的对象，现在却成了坏榜样，只能引人学坏。柏拉图还认为当时的文学作品不是用理智去教育人，而是迎合人的情欲，放纵人的一切欲念，使人失却理性的控制，这样不利于培养人的高尚的道德情操和正义的品格。基于以上原因，他主张把他认为效果不良的诗和诗人从“理想国”中驱逐出去，而欢迎“不仅能引起快感，而且对国家和人生都有效用”的作品进来。用现在的眼光看，柏拉图文学观的偏激和偏见是不言而喻的，原因是他那奴隶主贵族立场以及由此衍生的评价作品的标准。抽掉这些阶级的和历史的局限，从文学社会作用角度审视，他看到文学对国家对社会的巨大作用，并大力倡导文学的积极作用，力图消除文学的消极作用，这一思想无疑是应该肯定的。

2. 注重文学作品道德意蕴的阐释和评价

受教化论文学观的影响，作家创作注重道德倾向，批评家的批评自然也注重作品中的道德内容。中外皆然。

3. 注重考察作家道德与文学作品的关系

孔子说“有道者必有言”(《论语》);王充说“德高而文炽”(《论衡》);写作学中的口头语是“做文必先做人”、“文如其人”。这些论述给人的感觉是有德者必能文,德高者文章一定也会好。事实并非全然如此,“文”和“人”肯定有内在联系,但没有必然联系。但这些理论如此流行,说明了注重道德与创作的关系是中国传统文艺理论的一个重要特点。

4. 道德批评容易产生的偏颇是道德标准的守旧与偏执

例如,《红楼梦》是中国古典小说中最伟大的作品之一,其思想与艺术价值都是无与伦比的,但在封建时代却被思想观念陈腐僵化的道学家们齐声斥之为“淫”。陈其元在《庸闲斋笔记》中说:“淫书以《红楼梦》为最,处处描摹痴男女性情,其字面绝不露一淫字,令人目想神游,而意为之移,所谓大盗不操干戈也”。

再如,莎士比亚和贝多芬是有定评的伟大的戏剧家和音乐家,在世界文学史、音乐史上具有崇高的地位,但列夫·托尔斯泰却不喜欢他们,对他们持激烈的否定态度。为什么呢?这是由托尔斯泰的道德观念决定的,他认为真正的艺术品必须具有正确的道德态度,而所谓正确的道德态度即现代宗教意识,即“全人类的兄弟般的友爱团结”,说到底是关于博爱的道德说教。托氏以此衡量莎士比亚和贝多芬,他认为他们缺少的正是这个,所以他彻底否定了他们。根据这种观念,托氏还否定了但丁、歌德、拉斐尔等大艺术家,而且还毫不留情地否定了他自己。他把自己毕生的创作成果都归入失败的艺术一类,只剩下两篇小故事除外:《天网恢恢》和《高加索的俘虏》。托尔斯泰评人评己都很严格,但他的道德观念却是偏颇的,因而坚持标准越是严格越显出他的眼光狭隘。

二、欣赏示例

王蒙谈文学的道德力量。

文学最动人的力量,文学最震动人类灵魂的力量,文学最能说服人的力量,我觉得是它的道德力量,是它的道德激情。当然,文学也是非常美丽的,这种美好的东西会让我们欣赏,让我们陶醉。文学也能给我们很多的知识，那些知识让我们赞美，让我们丰富。但是更震动人的，是它的道德上的激情，而这种激情呢，首先表现在忏悔救赎上。

这个在国外的一些作品里表现得特别明显。比如说托尔斯泰的名作《复活》里的聂赫留朵夫公爵。这个公爵呢，曾经在他姑妈家与他姑妈的侍女很轻率地发生了关系，使这个女孩怀了孕。最后这个女孩丢了工作，当了妓女，而且还牵扯到一件冤案之中。聂赫留朵夫看到了这个情况之后，非常地痛苦，对自己的灵魂进行了很彻底的忏悔。从此他要办一件事，就是帮助这个女孩子，甚至陪着这个受冤枉的女孩子去流放。他要用自己的行为来救赎自己的灵魂。当然，这个观念与欧洲的基督教文化有密切的关系。基督教文化认为，人类本身都是有罪恶的。《圣经》里边还讲，你们没有权力攻击别人的罪恶，因为你也有罪恶；你没有权力用石头去砸那些淫乱的人，因为你自己也有可以让别人用石头砸的罪恶。这个观点对不对我们可以另外去讨论，但是西方确实有这么一种信念。至于聂赫留朵夫这样的，放弃了自己一切，遭遇了各种苦难，就是为了忏悔自己对别人做下的错事，这一点是非常感人的。

再比如法国作家雨果的《悲惨世界》。这个冉阿让本身有过偷窃的行为，因为他姐姐的孩子太苦了，他为姐姐的孩子偷面包，被判了刑。在监狱里，他惦记着他们的家，又越狱回到家去，因为越狱而被加刑。他出狱以后，住在一个神父家里面。他偷了人家的银器，是白银的器皿，被警察抓住了。他没想到结果那个神父出来作证说，他没有偷我的东西，这是我送给他的一些小纪念品，这完全由我负责，你们不能带他走。于是，冉阿让受到了剧烈的冲击，他忏悔自己的罪恶，从此，他变成了世界上最好的人。他隐姓埋名，到了一个城市，在那个城市他为大家办事，最后被选为市长。这个时候呢，一个密探捉到了一个失业的工人，那个失业的工人长得和冉阿让特别像，所以密探就把那个失业的工人当作逃犯冉阿让，要把他抓走。在这个关键时刻，冉阿让挺身而出，说我才是冉阿让，于是他重新进了监狱。当然,这是非常夸张的、非常强烈的一种描写。这种对忏悔的描写,对救赎灵魂的描写,有时候让人看得非常感动。

中国有没有类似的故事呢?应该说也有。比如说"周处除三害"的故事。说是周处的家乡有三害,一个是猛虎,一个是蛟龙,他把这两害都除了,可老百姓说我们还有一害,就是你,周处。因为周处力气很大,不学习,爱打架,动不动就伤人、害人。他听了以后,受到了很大的刺激,从此改变了自己的生活,纠正了自己人生的方向,变成了一个好人。中国还有所谓"浪子回头金不换"的故事。有一个孩子名字叫天宝,在寒冷之中读书冻僵了,被王员外所救。王员外见他是个读书人,被冻僵在寒风大雪里,就救了他。结果他在王员外家里有不良的表现,被王员外赶出门外。最后天宝改邪归正,有了成就,把他欠王员外的钱还给了王员外,而且自己考中了举人。

但是我们不妨比较一下,周处也好,大宝也好,中国这一类的故事里,主人公改邪归正以后,或者做了官,或者有了钱,是从个人的前途出发。而欧洲的故事中描写的那两个,一个聂赫留朵夫,一个冉阿让,他们的表现更多的是为了自己的良心平安。只有做一个有道德的人,你的良心才能不受谴责,你才能对得起自己的良心。这方面的描写是值得我们深思的。《复活》里对那个姑娘玛丝洛娃的描写常常让我联想到一个中国的故事,我联想到什么呢?你们猜?《玉堂春》,苏三的故事。因为苏三是一个妓女,《复活》里玛丝洛娃也是一个妓女,她们俩——甚至还可以加上窦娥——都是被错怪的,冤枉她们毒死了别人。苏三有这个命运,窦娥有这个命运,《复活》里的玛丝洛娃也有这个命运。但是我们对比一下,《玉堂春》对故事的处理是喜剧化了,尤其是王金龙,和聂赫留朵夫一样——聂赫留朵夫是作为陪审员出现在法庭上,王金龙是作为主审官出现在法庭上。但是很遗憾,《玉堂春》的故事被喜剧化了,而聂赫留朵夫的故事是极大的悲剧。《窦娥冤》也是极大的悲剧,但是《窦娥冤》的故事并没有集中在一个忏悔与救赎的灵魂上,而是主要表现那个时代的权力的不合理、审案者的昏聩。它更多的是一种对社会的控诉,这些是不一样的。

和忏悔分不开的，还有一个很重要的道德观念，就是宽恕。因为你只有允许一个人忏悔，允许一个人救赎他的灵魂，他的一切忏悔所具有的道德力量才能够表现出来。于是就要有宽恕。同样是雨果，他六十岁以后写的一部很有名的长篇小说，叫做《九三年》。1793年，就是法国大革命的时候，叛军首领抢了三个儿童做人质，让革命军把他们放掉。革命军方面坚决不能放他。叛军首领逃跑了，跑的时候呢，他们这边正在着火，火快把那三个小孩子烧死了。他听到了三个孩子的母亲撕肝裂胆的哭声，心里太痛苦了，赶紧跑回来把这三个孩子放了，不然这三个小孩子就要就要被火活活烧死了。但是他跑回来的结果，就是被这边的革命军的司令给抓住了。革命军的司令非常受感动，说你是为了三个孩子才跑回来的，算了，我也把你放了。可是这样一来，他就违反了纪律。按照规定，这个释放敌军首领的司令要被处决。可是所有的人都来为他说情，说他是因为对方救助了三个儿童才把他放走的。这本书啊，写得是跌宕起伏。雨果写怎样把这个司令释放，然后他又说，这些都是幻想，不可能把他释放，只能把他送上断头台。法国大革命的时候有一种断头机，还不是绞刑，那个断头机就像铡刀似的，从上面咔嚓下来，就身首异处。那个负责处决他的官员也是他的恩师，在下令处决他的同时，这个人也自杀了。写得非常之令人震动。尽管里边的描写从历史主义的观点来说，未必是正确的，但是这里透露出来的道德的力量，有它的震撼人心之处。

说到这种忏悔和救赎的时候，我觉得我们必须提到巴金老人在他的晚年所写的《随想录》。巴金老人在"文化大革命"当中受到了许多侮辱和迫害，但是他写的《随想录》呢，并不仅仅是控诉，他也讲到了自己在"文化大革命"当中如何胆怯，如何盲目，如何有私心。他也意识到了自己的那一份道德责任，这是很不容易的。因为我们中国常常有这样的情形：一场运动来了，大家都跟着起哄，都跟着闹；等闹完之后大伙都跟着骂，说这错了那错了，都是别人错了，谁也不说自己有什么错。历史有曲折,我们每一个人对于历史也都有那么一点点责任。巴金正视了这份责任。

至于劝善惩恶,这在中国有很古老的传统。中国自古以来啊,就希望文学作品要有劝善惩恶的作用。中国有一个说法,叫“文言载道”;还有一个说法,文学作品,“不关风化体,纵好也枉然”。就是如果你的作品不能帮助人们起善心,不能改善风气,不能够起教化的作用,那你写得再好也是没有用的。所以,我们中国有大量作品,尤其是那些相对通俗的作品,都承认一条,就是好人好报,恶人恶报,天网恢恢,疏而不漏,不是不报,时候未到,时候一到,一个也跑不了。坏人做了坏事,总是有报应的。中国大量的故事都有这样一个二元对立的模式,就是清官最后要战胜贪官,忠臣最后要战胜奸臣,诚信的人最后要战胜骗子。有无数个这样的故事。包括很多断案的故事,都是告诉你被委屈、被诬蔑、被冤枉毕竟是暂时的,早晚会沉冤得雪。而坏人会受到社会、受到历史的惩罚,这方面的故事也很多。

谈到这个惩恶劝善,刚才我介绍了基督教的某些观点在欧洲的文学作品里的一些表现,我也介绍了一些中国的作品。当然,还有一个观念,值得我们在这里提一下,就是佛教的一种观念——“放下屠刀,立地成佛”。这是佛教里面的一个故事。说是释迦牟尼在舍卫城发现了一个力大无穷的汉子,叫央哥马罗。这个央哥马罗啊,他信奉一种邪教。这种邪教宣扬说,你要杀够一千个人,死后就能升到天上。于是央哥马罗见人就杀,而且把杀过的人的小手指头——听着很可怕啊,对不起啊,但是这是佛教里面的故事,不是我编的——做成一个圆环,扣在头上。但是手指头得凑够一千个。杀到九百九十九人时,他母亲来叫他吃饭。这个时候,他就开始琢磨怎么样去杀他的母亲。啊,这可真是恐怖。这时,释迦牟尼来了。释迦牟尼看他的神情不对,就问他,你在干什么呢?他回答了。释迦牟尼就跟他解释,不能这么干,哪有靠杀人成正果的呢!靠杀人变成一个好人,或者变成一个神仙,这怎么可能呢!说你只有放下屠刀,从此好好地学习佛法,才能达到修炼的最高境界。就是这么一个故事。这个故事也叫做极而言之，就是说得比较极端，实际上这里边也包含着悖论。一个人别说是杀九百九十九个了，就是杀一个，起码也该判刑了吧，甚至该判死刑了吧。怎么可能在你杀完九百九十九个以后还成了佛呢？那些被杀的人肯定是不服气的，被害人的家属肯定也是不服气的。但是我们要从惩恶劝善这个层面上来解读这个故事。

这些道德化的小说里头，还有一点值得我们深思：道德首先是用来要求自己的，而不是只用来抨击别人、抨击社会的武器。要做一个有道德的人，应该先从自己做起，这是很多文学作品给我们的启示。

——选自《王蒙文学十讲》第36—41页，上海文艺出版社，2009。

思考练习题

1. 什么是道德批评？

2. 道德批评的特点是什么？

3. 从伦理道德角度解读当下一部以家庭生活为题材的小说或电影、电视剧。

第四节　文化角度

一、理论知识

文化角度是文化批评（又叫文化学批评，“文化研究”批评）的基本角度和核心概念。文化批评是一种从文化的角度考察文学现象、综合研究文学的文化性质的批评方法。它是在文化人类学的启发和推动下建立和发展起来的。文化批评不是把文学仅仅作为一定社会生活的反映或时代的产物，也不是将文学视为作家个人意识或无意识的产物，而是当作人类经验的一部分。文化批评关注的是文学的文化意义。与其他文学批评方法相比，文化批评具有更为广阔的视野，在时间和空间上有着充分的自由。它研究的是文学与人类文化的关系，旨在揭示文学现象所蕴含的深厚的文化内涵。①

(一)历史沿革

从文化角度评论文学作品及文学现象古已有之。但作为现代意义上的一种批评方法或模式,在西方,源起于20世纪50年代英国的文化研究。文化研究是当时英国学者从传统的英国文学学科中逐渐发展而成的一门学科。代表人物是威廉姆斯和霍加特。1964年,霍加特在伯明翰创办了“文化研究中心”并首任主任,此后该中心进行了一系列迥异于传统文学批评的研究,开了文化研究的先河。

文化批评或文化研究,在我国兴起于20世纪90年代。此时,由于当代西方文化研究的理论与实践陆续被介绍到中国,并被运用于当代中国文学与文化研究,因而成为90年代以来社会—文化批评的主要话语资源之一。它一方面催生了中国大陆的文化研究热潮,同时也对于传统的文学观念与文学研究方法产生了极大冲击,并引发了文化研究(批评)与文学研究(批评)之关系的重大论争。可以说,20世纪90年代以来中国人文学术(包括文学研究)之所以呈现出许多不同于80年代的新特点,文化研究视野的引入是重要原因之一。

(二)基本理论

1. 文化批评与传统文学批评的区别

传统文学批评的特点是,批评对象是“文学”,其批评标准,一是考察文学的精神内涵;二是考察文学的审美方式。而文化批评的对象则是蕴含于文学作品文本中的文化意识。它只涉及精神内涵,不涉及审美方式,它与心灵有关但与想象力、审美形式无关。换句话说,在进行文化批评的时候,必须悬置审美形式、想象力等要素,而直接面对文学作品的精神取向、思想观念、文化意识、人性原则等要素。总之,传统文学批评的重心是审美判断(美),它的出发点是艺术感觉;而文化批评的重心是伦理判断(善),其出发点不是艺术感觉,而是维系人类社会的共同的价值规范。②

2. 文化批评的具体运用

---

① 参见王先霈主编:《文学批评原理》,华中师范大学出版社2000年版,第118页。

② 参见刘再复:《文学八题》,中信出版社2011年版,第179—180页。

由于文化的内涵宽泛广博，涉及面极广，因而文化批评在具体操作、具体运用时呈现出多姿多彩、丰富多样的特色。批评对象不同，批评的切入点也不同。择其要者，最主要的有以下几个方面：一是探寻文学现象中特定民族的文化心理；二是揭示文学现象中的地域文化特征；三是发掘文学作品中的神话与仪式；四是注重展开文学的文化比较，剖析文学作品中的文化冲突与变迁。①

3. 文化批评的优势和局限

文化批评是一种新的正在发展、正在建构中的文学批评角度，有其自身的优势和局限。文化批评的优势是，注重对文学现象的整体的、比较的研究，开阔了人们的学术视野，拓宽了文学的研究领域，使人们能在人类文化的纵横交错的参照系中把握文学丰富的文化内涵。它的局限是，较多地强调了文学作品的文化价值和文献意义，而忽略或不够重视文学作品本身的审美追求，因而未能很好地分辨艺术上的良莠。所以，文化批评应该与其他批评方法结合起来，才能全面阐释文学作品。

二、欣赏示例

李书磊对张承志笔下“男子汉”的文化分析。

提示：上世纪八十年代，张承志以《黑骏马》《北方的河》享誉文坛。其中《北方的河》塑造了一个典型的“男子汉”形象——“他”（小说主人公无名，叙述人称之为“他”——一个想考地理学研究生的大学生）。怎样从文化角度解读这一形象，请看李书磊的《〈北方的河〉精神分析》：

> 在“他”身上张承志寄托了自己对男性的理想。这种男性理想不仅是性学的，它还带着明显的社会学内容。在中国人的精神传统中，一直有所谓“大丈夫”的观念。《北方的河》中对男性的理想可以说是对这种“大丈夫”观念的直接继承。在这种观念中，性角色与社会角色扭结在一起，男性与社会统治权联系在一起，这在《北方的河》中表现为一种男性为社会和民族奋斗的责任感与献身精神。这

---

① 参见王先霈主编：《文学批评原理》，华中师范大学出版社2000年版，第122—126页。

种男性的社会角色极大地影响了其性角色。男性既然统治社会也就同时统治女性,男性承担的沉重的社会责任使其有一种居高临下看女性的优越感。在《北方的河中,“他”的人格实现是在与“她”(同样是一个没有姓名的人物。好像是张承志有意用这两个有性别的人称代词来代表中国社会的男性与女性的)的精神碰撞甚至是对“她”的精神征服中完成的。正是面对“她”的柔与善“他”才得以信心十足地展示那种有点儿病态的刚与强。所以“他”对“她”在内心深处有一种俯视甚至有一种蔑视。

“‘放心。用得着的时候,我会帮你忙。’他结束了谈话。跟女的少那么饶舌,他训了自己一句。”

“当他看到旁边那对充满同情的黑眼睛时,他又感到羞耻。你太嫩,看来你是毫无出息。……你,你怎么能把这样的秘密随便告诉一个女人?他的心情恶劣透了。”

“我不懂,难道你懂么。他被深深地激怒。谁叫你那么愿意和姑娘往一块凑?瞧她狂的。你懂,你大概只懂怎么把头发烫的更招人看两眼。”

这就是张承志所理想的沉默的、深沉的、落落寡欢又时时愤愤不平的“男子汉”。在现代社会中一个男性会把与女性的正常情感交流当作一种羞耻,这才是一件真正值得羞耻的事情。但张承志却是赞许这种情绪的。我现在才理解了《北方的河》一开始就引起广泛赞许的文化原因。那是因为中国社会是一个男权社会。男性群体由于不自觉的精神遗传当然会对这种形象感到共鸣;可悲的是许多女性也极口称赞。女性对这种“男子汉”的崇拜是一种病态的情绪,是对自己附属地位的一种认可。这是男权社会意识对女性不断教化的结果,久而久之甚至渗透进了女性对男性的性审美眼光。这种男性理想和与之相连的性别观念是根深蒂固的,可以说是中国文化中一种最深层的沉积。大部分在政治、社会思想上都相当激进、极为反传统的男性在性别观念上则都是传统的和保守的。对北京大学学生择偶心理的调查表明,男性人部分倾向于选择从属型的所谓“贤妻良母”。北大这样一个新思潮活跃的地方人们的性别观念都处于这种水平,这可以为《北方的河》的创作心态和社会反响提供一种印证性的参照。正是以这种性角色、性心理为核心,张承志描绘了一个完整的“男子汉”形象:具有坚定、自信、倔犟、朴实等等优良品质。说仅仅是“品质”并没有冤枉这部小说,因为构成这部小说的主要成分就是抒发性的内心独白和线条型的品质图解,并没有一个丰满的人物形象,这大概和抒情小说的特质有关吧。

让我们接着来分析这种男子汉理想惑人外表下所包含的阴暗内核。“他”对女性的保护欲和不时表现出来的敌视都夹杂着一种支配与统治的权力冲动。这不是一种文明的、人和人平等的意识。如果美的男子汉人格的确立、男人为社会进步所进行的奋斗非得与对女性的歧视(常常是不自觉的)与支配为代价,那这个代价也太大了,而且这种现象本身也自相矛盾,在任何对人歧视与俯视的状况下都不可能真正地实现美和进步。对女性的歧视也是一种社会歧视;现代人身上保存的这种旧时代的遗留物极大地损害了人的现代性,在中国社会中它导致了文化变革与改造的不彻底性,为整个社会中人与人的不平等现象提供了一个心理基础,为不平等、不公正关系的泛滥打开了缺口。《北方的河》是在制造一种女性对男性的崇拜,这和它所推许的男性对图腾的崇拜出于同一种精神渊源。在描写河时,小说赞美了一种男性的寻父意识;在描写两性交往时,小说又倾向于一种女性的“寻父意识”——寻找男子汉。这里有一种必然的精神联络。我们中国人总是要崇拜超越我们自己、统治自己、压迫自己有时也保护自己的人或物,总是要在一种非自我甚至反自我的东西上寻找灵魂的慰藉与支撑,这实际上是一种弱者心理和奴性心理。这种心理上的原始性和愚昧性给我们带来了极大的现实损害,使我们无法建设一种美丽的新生活。压迫者必然被压迫。正是男性对女性的蔑视与压迫适应着并且纵容着一种超人的权力对男性在内的整个社会的蔑视与压迫。所以胡适曾开玩笑地说只有有“怕老婆”传统的民族才有希望逃避法西斯化的厄运。当然这里的“怕老婆”是与妻子平等相处的意思。)

重读《北方的河使我联想到,我们这几代人对旧精神的因袭都太重了,这种因袭都变成了不自觉的审美趣味左右着我们对生活和文学的评价;在这种强大的不自觉面前,人性的、文明的、平等的、自由的生活观念都显得那样外在、那样苍白,会时时被忘却和被丢失。所以这部小说从反面提醒我们对自己保持警惕。对不对)我们来说,反省应该成为一种经常性的思考方式。

——节选自李书磊:《文学的文化含义》第135—138页,上海远东出版社,1998。

思考练习题

1. 什么是文化批评?
2. 文化批评与传统文学批评的区别是什么?
3. 文化批评主要从哪几个方面评论作品?
4. 文化批评的优势和局限是什么?
5. 试从文化角度解读一篇文学作品。

第五节　心理角度

一、理论知识

心理是心理学批评方法的基本角度与核心概念。心理学批评有的叫心理分析批评,精神分析批评,是由弗洛伊德于20世纪初开创,随后盛行于欧美的一种批评理论流派。该批评流派是汲取心理学的研究成果,从心理角度研究文学活动和文学现象的一种批评方法或模式。其评论分析的对象主要有:创作活动中的作家心理,文学作品中的人物心理,文本结构等艺术形式中所蕴含的心理,以及读者的欣赏心理等。

(一)历史沿革

从历史上看,从心理角度分析、考察文学现象由来已久。我国古代六朝时期陆机的《文赋》和刘勰的《文心雕龙》中对作家创作心理(“文心”)

的分析就是明证。其他如钟嵘的《诗品》、严羽的《沧浪诗话》、叶燮的《原诗》,以及“虚静说”、“发愤著书说”、“不平则鸣说”、“性灵说”、“童心说”等都蕴含着丰富的心理学思想。在西方,古希腊的柏拉图把作家创作时的心理状态描述为“灵魂在迷狂状态中对于天国或上界事物难得的回忆和观照”。用现代心理学的眼光看,所谓“对于天国或上界的回忆”,其实就是作家个人的经验、记忆、意识和潜意识的显现;所谓“灵魂迷狂”其实就是一种高峰体验状态。亚里斯多德在《诗学》中提出悲剧的“怜悯”、“恐惧”、“宣泄”、“净化”等概念,都是从观众心理角度对悲剧作用的描述。他们分别开创了从心理角度研究创作和欣赏的先河。

现代意义上的心理学是从 1875 年冯特在德国莱比锡大学建立人类历史上第一个心理学实验室开始的。其后,随着心理学研究的不断深入,人们逐渐开始从心理角度研究文学艺术,尤其是 20 世纪弗洛伊德精神分析理论的诞生并成功地运用于文学艺术批评之中,开创了精神分析批评流派,产生了世界性影响。从此,心理批评逐渐发展壮大,成为一种受到人们高度重视的文学批评方法。

(二)基本理论

1. 弗洛伊德的基本理论

心理学批评方法中影响最大,成就最高的是精神分析学的文学批评,代表人物有奥地利的弗洛伊德、瑞士的荣格、法国的拉康、美国的霍兰德等。这里主要介绍弗洛伊德的基本理论。

其一,意识结构理论。

弗洛伊德把人的心理结构分为三个层面:(显)意识、前意识、潜意识(无意识,下意识)。意识是可以觉察并能够认知的部分,或者说是自觉的清醒的自己可以把握的部分,平时叫理性、理智;潜意识处于心理结构深层,是人们不能认知或没有认知到的部分;而前意识是介于二者之间的边缘部分,它虽然暂时是无意识的,但是比较容易转化为意识。

弗洛伊德心理结构理论或者说意识理论最引人注意的地方是,他认为人的潜意识的核心内容是“性”:性本能、性冲动、性欲望。性的本能被文明所压抑,久而久之成为潜意识。弗洛伊德认为人的心理结构好比一座冰山:(显)意识只是露出水面的一小部分,而潜意识则是藏在水下面的大部分。

潜意识是弗氏精神分析理论的核心概念,它虽然不是弗氏第一个提出,但却是弗氏第一个赋予其新的涵义,使它成为心理学中最醒目的概念。

其二,人格结构理论。

弗洛伊德的“人格结构”理论是他早期意识结构理论的变化和修正。人格结构理论把人格的构成分为三个层次:本我、自我、超我。“本我”是最原始的、无意识心理结构,由遗传的本能和性欲构成,它无视理性和社会规范,追求不受任何约束的本能欲望的满足,遵循的是“快乐原则”;“自我”的任务是在本我和现实环境中起调节作用,将那些不能被社会接纳的东西压抑到无意识中去,代表着理性和常识;“超我”是理想化的“自我”,代表理性、道德和良知。

人格结构中三个层次相互作用相互制约,其中本我的原始本能冲动是最有活力的力量,它要求先天需要即本能的满足,这样势必与社会规范、社会道德相冲突。而超我的作用就是限制、约束甚至压抑本能的冲动。自我则出面协调这两种相互对抗的力量,使我们的行为符合规范,即成为正常的人。我们平常说活得累,就因为处于两种力量的夹缝中,时时需要协调两种力量的挤兑。人格结构中三种力量的相互作用,构成了人的心理活动最本质的内容。

其三,梦的理论。

梦的理论是弗洛伊德精神分析学说的另一个重要内容。弗氏关于梦的理论主要体现在他的名著《释梦》中。其主要观点是:人的许多愿望,尤其是性的欲望,由于与社会伦理道德规范相冲突而不得不被压抑到无意识之中。压抑并不等于消除,它时时在寻找释放的途径。于是在睡梦中当道德理性放松监督时,欲望便以各种伪装的形象偷偷潜入无意识层面,因而成梦。换句话说,在现实生活中得不到满足的欲望,采取迂回的方式表现于睡梦中——俗称“日有所思,夜有所想”。因此,弗氏认为,梦的本质就是一种(被压抑的)愿望的(伪装起来的)满足。

由于梦所表现的是被压抑的本能欲望，所以它必须采取伪装的形式，因此梦的内容分为“显现内容”与“潜在思想”两部分。显现内容是我们所记得的梦中形象或事件，潜在思想是隐藏在那些形象或事件之下的欲望。

2. 弗洛伊德与文学批评

弗洛伊德把精神分析学说创造性的运用于艺术、哲学、宗教问题的讨论，其中他最擅长最乐意做的，是运用他的心理学理论分析文学作品，取得了令人耳目一新的研究成果。

其一，作家与白日梦。

弗洛伊德认为文学艺术与梦有许多相同之处，例如，梦表现的是人的被压抑的欲望，而文艺的实质其实也是被压抑的本能冲动的升华，具有梦境的象征意义；其次，梦的显现内容与潜在思想之间的关系犹如文学作品的形式与意义之间的关系，它们都是通过伪装或象征手段来表现其意义。他在《创作家与白日梦》一文中提出，白日梦就是人的幻想，幻想与艺术创作活动有其一致性。首先，作家的无意识领域也和一般人一样充满了种种受到压抑的欲望。其次，这些欲望构成了强大的内驱力，促使他把它转移到艺术中去，在创作活动中通过人物活动和艺术情景得到宣泄，或者说得到象征性的满足，从而得到心理上的升华（快感）。

文学创作是欲望的表现，作家通过艺术创作使本能欲望经过伪装得到满足和升华，这就是弗洛伊德对作家创作动机的揭示，是弗氏的创作动力学。

其二，俄底浦斯情结。

俄底浦斯情结又称恋母情结，是弗氏在分析古希腊剧作家索福克勒斯的《俄底浦斯王》时提出的一个重要概念，用来命名男孩儿对母亲的乱伦欲望和对父亲妒嫉、仇恨的心理。弗氏用俄底浦斯情结分析了三部文学名著：索福克勒斯的《俄底浦斯王》、莎士比亚的《哈姆雷特》和陀思妥也夫斯基的《卡拉马佐夫兄弟》，指出这三部作品的共同主题是：俄底浦斯情结，即这三部作品都表现了弑父，而弑父的动机都为了争夺女人。例如，他认为莎士比亚笔下的哈姆雷特之所以迟迟不能杀死曾经杀死他父亲娶了他母亲的叔叔克劳狄斯,就因为他自己内心深处也有这种愿望,在内心深处他比他叔叔好不了多少,所以他心里驱使他复仇的敌意被自我遣责和良心的顾虑所代替。弗氏认为俄底浦斯情结具有普遍性和深刻性,他用它来说明创造性作家的心理冲动的最深层。

其三,分享说。

弗洛伊德认为作家把自己的无意识欲望(主要是性因素)投射到文学作品中,而读者也把他的无意识欲望投射到他所欣赏的作品中,于是,文学作品中表现的无意识活动,在读者身上引起了类似的活动,读者从中得到了满足和享受。在这里,性成了沟通作家与读者的桥梁,两心默契,心心相印,此之谓分享说。

3. 心理分析批评的实践

其一,探讨作家的创作心理。

精神分析特别关注作家的创作动机,把目光投射到作家的无意识心理。因此十分注重对作家各种生平资料的搜集和分析,通过分析,理解和把握作家的各种癖好,内心的冲突和痛苦,尤其是性欲上的压抑。精神分析还特别注重作家童年生活的材料,认为儿童时期的记忆对创作具有无法估量的作用。

其二,分析人物的心理结构。

文学作品中的人物心理是现实生活中人物心灵的投射和表现,是艺术世界的生命跃动,是一种动态构成的有机系统。分析人物形象的心理,包括对人物心理矛盾、心理流程和性格系统的分析。

其三,意象、结构等艺术因素的心理分析。

文学作品中的心理分析离不开作品的诸要素,例如抒情文学之意象、情景、意境,叙事文学之人物、情节、环境,以及作品的形式要素结构、语言、表现手法等等。总之,艺术品的各种要素里均包含可以分析的心理内涵。

4. 弗洛伊德精神分析的局限

弗洛伊德的精神分析学说对于理解人的心理及理解文学艺术活动具有深刻的意义,尤其是他揭示了人的深层心理结构,展示了人类精神活动的复杂性，对人类认识自我有着卓越的贡献。但是，他发现了一个真理却把它无限夸大，紧盯人的本能因素，排斥了人的心理与社会之间的复杂而又深刻的关系。同时，弗洛伊德说他对艺术形式不感兴趣，因而他对文学作品的分析从来不考虑作品的色调、感情、风格以及其他艺术因素，从来不考虑作品的审美价值，这显然是偏执而片面的。还有，精神分析批评中没有道德评价、历史评价和社会评价，这又是精神理论的一个无法弥补的死角。

二、欣赏示例

（一）运用精神分析探讨作家创作心理

1. 作家是心理学批评的主要对象

以往的心理学批评也关注作家，但往往只考虑他们的常态心理建构，而未注意或无视作家的无意识心理。精神分析首次将目光折射到作家的无意识领域，对影响作家创作的无意识心理作了细微的阐发。

精神分析在作家研究中十分注重对作家的各种资料的搜集和分析，其中包括有关的传记资料如自传、私人信件、讲稿及其他文稿，特别是作家童年生活的记载。通过分析和整理这些资料，精神分析批评能够理解和把握作家的各种癖性，他内心的冲突和痛苦，尤其是他性欲上的压抑。有位精神分析批评家专门研究了爱伦·坡的创作和他生活的关系，认为他创作中的心理和他童年所受到的精神创伤有直接影响。他亲眼看到他母亲与另一个男人发生关系，以及他母亲被肺病折磨得渐渐死去的情景，促使他产生一种性虐待狂的欲望，借作品摆脱他昔日的恐怖。精神分析批评认为，作家内心深处的冲突尤其是童年生活中性爱冲动的幻想和挫折构成了作家从事文学创作的根本原因和动力。

在了解作家生活经历特别是童年生活的基础上，精神分析要求反观作家的作品，以揭示这些文本中暗藏的意义或深层的内容。精神分析批评认为作品是作家受到压抑而创作的产物，它记录了作家的隐秘和痛苦。用D·H·劳伦斯的话来说，作家在作品中掩藏了他的病态，批评家于是成了分析家，以作品为症状，通过分析这种症状，发现作家的无意识趋向和受到的压抑。例如卡夫卡的“孤独三部曲”《美国》《审判》《城堡》都是存在主义作品,里面的主人公都是对社会权威既有怨恨又无意反抗、逆来顺受的弱者,“像一条狗似的”。从精神分析的角度看,这些人物的表现都印上了作者和他父亲关系的影子。作者把他父亲视为权威,不管这个权威怎样不合理,他都忍气吞声,宁可“死得像一条狗似的”,也不反抗。卡夫卡自己也说,他所有的作品都与他父亲有关系。这一分析揭示了卡夫卡创作中的特殊心态。

英国女作家奥斯丁的作品曾以她在“三寸象牙”上的精细的刻画和微妙的反讽而著称。不过,从精神分析的角度,我们又看到了这位女作家的无意识层面。她的小说大部分是写女孩子找丈夫的故事,这正是这位老处女的幻想。并且,小说(除《傲慢与偏见》外)中的女孩子大多找的是年纪大得足以当她们父亲的有钱的丈夫。奥斯丁小说的这一模式正是她恋父情结的宣泄。

无独有偶。我国作家张洁作品中也存在着“恋父情结”的阴影。她的小说形成了一种“老夫少妇”的婚姻或爱情模式,一个年轻、纤弱、典雅的女子和一个年长、宽厚、深沉的男子的互相吸引和爱恋为故事的基本线索。在《爱,是不能忘记的》《沉重的翅膀》《七巧板》等小说中我们都可以发现这种情结。这与张洁幼年失去父爱有着某种深层的联系,她常常在内心编织着关于父亲的美好梦幻。不过,这种流露在大多数情况下是缺乏意识特征的。总而言之,在精神分析批评家看来,任何深刻地描写了人们之间的爱与恨的艺术作品都可能包含某些恋母(父)幻想。

当然,对作家创作中的无意识探讨应该是多场面的,生的本能、死的本能、攻击本能和自卑情结等在作品中也有不同程度的呈现。弗洛伊德本人后期也认识到这一问题,并作了补充阐释。

对作家的无意识领域的研究是理解作家创作的一个重要方面,甚至可以说是一个很重要的方面。如果我们在对海明威、普鲁斯特、乔伊斯等人的研究中忽视他们复杂的人格和心理结构,就无法真正认识这些作家。即使像巴尔扎克、托尔斯泰、曹雪芹这样的现实主义大师,如果我们不注意他们的无意识心理,不研究他们的气质、欲望和本能,也很难对他们作出全面真实的评价。[1]

2. 猪八戒形象成功的奥秘

在《西游记》唐僧师徒四人中，从道德上看，唐僧最高而猪八戒最低——猪八戒好像浑身都是毛病，有这样那样的人性弱点；从艺术上看结论恰恰相反，猪八戒最高而唐僧最低——唐僧形象苍白，是个理念化、概念化人物，缺乏艺术生命。为什么竟是这样的颠倒和反常呢？

这就需要从作家的创作心理上找原因。我们可以这样想，猪八戒也罢，唐僧也罢，都是作家艺术想象的产物，那么作家为什么无法写好唐僧而把猪八戒写的那么"活"呢？原因无它，就因为作者吴承恩在写唐僧的时候从内心里想象不出活的唐僧来，于是只好借助于佛教的理念塑造他，使他成为一个超凡入圣远离世俗人性的人，简单说成了一个理念的符号，所以与读者无法沟通，读者对他敬而远之。而写猪八戒时，吴承恩不用搜肠刮肚挖空心思去虚构，只用把自己平时压抑着的潜意识心理放到猪八戒身上就可以了。换句话说，在潜意识层面，吴承恩与猪八戒相通，说得更直白点，猪八戒就是吴承恩，吴承恩就是猪八戒——只是吴承恩自己并不知道罢了。

这样说其实并不是唐突乃至亵渎了吴承恩，而实乃是作家创作的一个奥秘。英国著名作家毛姆曾分析过作家与人物在深层心理上相沟通的情形。他借笔下人物说："作家对那些吸引着他的怪异的性格本能地感到兴趣，尽管他的道德观不以为然，对此却无能为力。……他喜欢观察这种多少使他感到惊异的邪恶的人性，自认这种观察是为了满足艺术的需求；但是他的真挚却迫使他承认：他对于某些行为的反感远不如对这些行为产生原因的好奇心那样强烈。一个恶棍的性格如果刻划得完美而又合乎逻辑，对于创作者是具有一种魅惑的力量的，尽管从法律和秩序的角度看，他决不该对恶棍有任何欣赏的态度。我猜想莎士比亚在创作埃古（《奥赛罗》中的小人——引者注）时可能比他借助月光和幻想构思苔丝德梦娜怀着更大的兴味。说不定作家在创作恶棍时实际上是在满足他内

① 参见王先霈主编：《文学批评原理》，华中师范大学出版社，2000年版，第110—112页。

心深处的一种天性,因为在文明社会中,风俗礼仪迫使这种天性隐匿到潜意识的最隐秘的底层下;给予他虚构的人物以血肉之躯,也就是使他那一部分无法表露的自我有了生命。他得到的满足是一种自由解放的快感。"[①]毛姆的剖析显然有些"冷酷",也可能有点武断,但我们不得不佩服他的观察力,不得不承认其中的真理性。

毛姆所剖析出来的作家心灵深处的潜意识,前面我们已经说过,是人性的秘密,是人所共有的潜意识。这也就是说,作者在创作时挖掘的是自己的深层,但就其性质而言,却等于是对人性的剖析。只有从这一角度出发,才能更公平地理解作者与笔下反面形象的关系,才能更准确地理解某些反面形象不朽的艺术魅力。

顺便提一下,猪八戒身上那么多毛病,为什么受到古今中外广大读者的普遍喜爱呢?原因无它,就因为读者与他在人性方面是相通的。有句话可能不好听,但这是实情——在人性层面上,其实每个人都是猪八戒,猪八戒就是每个人。这就是猪八戒形象之所以成功和之所以受到普遍追捧的内在原因。

3. 穷秀才中状元与穷秀才的白日梦

中国古典戏曲中穷秀才中状元的现象非常普遍,或者说概率极高,只要戏里出现一个穷秀才,差不多最后都能中状元。而事实上,旧封建时代穷秀才中状元的事不是没有,但概率极小。为什么生活和艺术反差如此巨大呢?原因很简单,中了状元的人不写戏(旧时代写戏被视为贱业),写戏的人本身就是穷秀才。穷秀才一生的白日梦就是中状元,梦想的最高境界是"金榜题名时,洞房花烛夜"——不但中状元成就功成,而且还要娶一个皇帝的女儿,这叫爱情事业双丰收。这样的美事哪儿找去?艺术中!既然生活中实现不了,那就在艺术中圆这个梦——这就是穷秀才大都能中状元的内在秘密。

---

① 毛姆:《月亮和六便士》,外国文学出版社 1981 年版,第 187 页。

(二)艺术处理中的心理内涵

1. 余光中对朱自清喜欢用女性意象的心理分析

朱自清先生文里的意象,除了好用明喻而趋于浅显外,还有一个特点,便是好用女性意象。前引《荷塘月色》的一二两句(1. 叶子出水很高,像亭亭的舞女的裙。2. 层层的叶子中间,零星地点缀着些白花……正如一粒粒的明珠,又如碧空里的星星,又如刚出浴的美人。)里,便有两个这样的例子。这样的女性意象实在不高明,往往还有反作用,会引起庸俗的联想。“舞女的裙”一类的意象对今日的读者的想像,恐怕只有负效果了吧。“美人出浴”的意象尤其糟,简直令人联想到月份牌、广告画之类的俗艳场面;至于说白莲又像明珠,又像星,又像出浴的美人,则不但一物三喻,形象太杂,焦点不准,而且三种形象都太俗滥,得来似太轻易。用喻草率,又不能发挥主题的含意,这样的譬喻只是一种装饰而已。朱氏另一篇小品《春》的末段有这么一句:“春天像小姑娘,花枝招展的,笑着,走着。”这句话的文字不但肤浅,浮泛,里面的明喻也不贴切。一般说来,小姑娘是朴素天真的,不宜状为“花枝招展”。《温州的踪迹》第二篇《绿》里,有更多的女性意象。像《荷塘月色》一样,这篇小品美文也用了许多譬喻,十四个明喻里,至少有下面这些女性意象:

> 她松松地皱缬着,像少妇拖着的裙幅;她轻轻地摆弄着,像跳动的初恋的处女的心;她滑滑地明亮着,像涂了“明油”一般,有鸡蛋清那样软,那样嫩,令人想着所会触过的最嫩的皮肤……那醉人的绿呀!我若能裁你以为带,我将赠给那轻盈的舞女;她必能临风飘举了。我若能挹你以为眼,我将赠给那善歌的盲妹;她必明眸善睐了。我舍不得你;我怎舍得你呢?我用手拍着你,抚摩着你,如同一个十二三岁的小姑娘。我又掬你入口,便是吻着她了。

类似的譬喻在《浆声灯影里的秦淮河》中也有不少:

> 那晚月儿已瘦削了两三分。她晚妆才罢,盈盈地上了柳梢

头……岸上原有三株两株的垂杨树,那柔细的枝条浴着月光,就像一支支美人的臂膊,交互的缠着,挽着;又像是月儿披着的发。而月儿也偶然从它们的交叉处偷偷窥看我们,大有小姑娘怕羞的样子……电灯的光射到水上,蜿蜒曲折,闪闪不息,正如跳舞着的仙女的臂膊。

小姑娘,处女,舞女,歌妹,少妇,美人,仙女……朱自清一写到风景,这些浅俗轻率的女性形象必然出现笔底,来装饰他的想像世界;而这些“意恋”(我不好意思说“意淫”,朱氏也没有那么大胆)的对象,不是出浴,便是起舞,总是那几个公式化的动作,令人厌倦。朱氏的田园意象大半是女性的,软性的,他的譬喻大半是明喻,一五一十,明来明去,交待得过份负责:“甲如此,乙如彼,丙仿佛什么什么似的,而丁呢,又好像这般这般一样。”这种程度的技巧,节奏能慢不能快,描写则静态多于动态。朱自清的写景文,常是一幅工笔画。

这种肤浅而天真的“女性拟人格”笔法,在二十年代中国作家之间曾经流行一时……朱自清的散文,有一个矛盾而有趣的现象:一方面好用女性的意象,另一方面又摆不脱自己拘谨而清苦的身份。……例如在“浆”文里,作者刚刚谢绝了歌舫,论完了道德,在归航途中,不知不觉又陷入了女性意象里去了:“右岸的河房里,都大开了窗户,里面亮着晃晃的电灯,电灯的光射到水上,蜿蜒曲折,闪闪不息,正如跳舞着的仙女的臂膀。我们的船已在她的臂膊里了。”在“荷”文里,作者把妻留在家里,一人出户赏月,但心中浮现的形象却尽是亭亭的舞女,出浴的美人。在“绿”文里,作者面对瀑布,也满心是少妇和处女的影子,而露骨的表现是“我用手拍着你,抚摩着你,如同一个十二三岁的小姑娘。我又掬你入口,便着吻着她了。我送你一个名字,我从此叫你‘女儿绿’,好么?”用异性的联想来影射风景,有时失却控制,甚至流于“意淫”,但在二十年代的新文学里,似乎是颇为时髦的笔法。这种笔法,在中国古典和西方文学里是罕见的。也许在朱自清当时算是一大“解放”,一小“突破”,今日读来,却嫌它庸俗而肤浅,令人有点难为情。朱自清散文的滑稽与矛盾就在这里:满纸取喻不是舞女便是歌妹，一旦面临实际的歌妓，却又手足无措；足见众多女性的意象，不是机械化的美感反应，便是压抑了的欲望之浮现。

——节选自余光中：《论朱自清的散文》，见《名作欣赏》1992年第2期。

思考练习题

1. 什么是心理学批评？

2. 弗洛伊德的意识结构理论、人格结构理论、梦的理论的内容是什么？

3. 弗洛伊德运用心理学理论分析文学作品，取得了哪些著名成果？

4. 心理学批评主要从哪几个方面分析作品？

5. 心理学批评的优势和局限是什么？

6. 从心理学角度分析《聊斋志异》中为什么频繁出现狐狸精变美女的情节。

第六节　原型角度

一、理论知识

原型是原型批评（也有叫神话原型批评）的基本角度和核心概念。原型批评是20世纪五六十年代流行于西方的一个十分重要的批评流派。其主要创始人是加拿大的弗莱。原型批评的理论基础主要是荣格的集体无意识理论和弗雷泽的人类学理论。在批评实践中，原型批评试图发现文学作品中反复出现的各种意象、叙事结构和人物类型，找出它们背后的基本形式，试图挖掘其中具有普遍意义的深层意蕴。批评家们强调作品中的神话类型，认为这些神话同具体作品比起来是更基本的原型，并把一系列原型广泛应用于对作品的分析、阐释和评价。

（一）历史沿革

原型批评诞生于20世纪初，兴盛于50年代，60年代达到高潮，对文学研究产生了很大的影响。然而自70年代以后,原型批评的理论与方法随着结构主义批评的兴起而逐渐失去其影响。近年来国内外文学批评界有人试图从其他角度对原型批评进行重新解读、阐释和重构,研究它与文化研究及其他当代批评理论的关系,尤其是其整体性文化批评倾向及其对当前颇为盛行的文化批评的启蒙影响等问题。

(二)基本理论

1. 原型批评的理论渊源

一般认为主要有英国学者詹姆斯·弗雷泽的文化人类学理论,瑞士心理学家荣格的集体无意识和原型理论,加拿大学者弗莱的批评理论。

上述几种理论都相当复杂,全面介绍既不可能也没必要。面向广大普通读者,这里主要介绍荣格的原型理论。原因一,荣格是“原型”概念的最早提出者和详细阐述者,而且正是他把原型理论成功用于文学批评并启发了广大文艺理论和美学研究者。二,荣格的原型理论至今在具体的文学批评实践中仍然发挥着现实作用,仍然是批评家经常乐于采用的批评角度,换句话说,原型批评至今仍有生命活力。三,相对比较好懂,容易为广大读者接受。

2. 集体无意识学说

集体无意识是荣格心理学的核心概念。荣格曾追随弗洛伊德多年,也是精神分析学的创始人之一,后来由于不同意弗洛伊德把潜意识仅仅解释为性本能、性意识,荣格脱离弗洛伊德,独立出来另立学派。针对弗洛伊德的个人无意识理论,荣格将心理分析扩大到超个体、超历史的人类群体,提出了集体无意识概念。

所谓集体无意识,是指一种种族原始时期产生而遗留下来的普遍精神。荣格解释说:“或多或少属于表层的无意识无疑含有个人特性,我把它称之为‘个人无意识’,但这种个人无意识有赖于更深层的一层,它并非来源于个人经验,并非从后天中获得,而是先天地存在的。我把这更深的一层定名为‘集体无意识’。选择‘集体’一词是因为这部分无意识不是个别的,而是普遍的。它与个性心理相反,具备了所有地方和所有个人皆有的大体相似的内容和行为方式。换言之,由于它在所有人身上都是相同的，因此它组成了一种超个性的心理基础，并且普遍地存在于我们每一个人身上。”①

关于个人无意识与集体无意识的关系，荣格有个形象的比喻：前者就像地面上的房子，而后者就像房子下面的地基；房子明显地展示于人们的面前，而地基却比房子更厚实、更宽广、更内在。

在荣格看来，在文学创作过程中，每个作家都具有两重性，一方面，他是一个私生活的个人，他可以有一定的性情、意志和个人目的；另一方面，他又不完全受个人意识的控制，而常常受到一种沉淀在作家无意识深处的集体心理经验的影响，他成为一个更高意义的人——一个集体的人，一个负荷并造就人类无意识精神生活的人。换句话说，作家艺术家是以个人身份表现集体和人类的无意识。因此，对文学艺术作品的分析不在于探寻诗人的个人无意识，而在于探寻作品中的集体无意识。他本人就曾用这一理论多次精彩地分析过许多文学作品。

3. 原型理论

集体无意识作为人类自原始社会以来世世代代的普遍性心理经验是看不见、摸不着的，无从把握，于是荣格又把集体无意识的内容称为“原型”。根据荣格的解释，原型是“自从远古时代就已存在的普遍意象”，原型作为一种“种族的记忆”被保留下来，使每一个作为个体的人先天就获得一系列的意象和模式。荣格说：“原始意象或者原型是一种形象（无论这形象是魔鬼、是一个人还是一个过程），它在历史过程中是不断发生并且显现于创造性幻想得到自由表现的任何地方。因此，它本质上是一种神话形象。”②由此看来，在荣格这里，集体无意识表现为原型，原型表现为意象，三者是内容与形式的关系，三位一体。

为了阐述集体无意识的内涵，荣格列举了诸多原型，这些原型都以“意象”的形式表现出来，如英雄原型、儿童原型、上帝原型、魔鬼原型、智叟原型、大地母亲原型，以及许多自然物如树林原型、太阳原型、月亮原型、动物原型，等等。

---

① 荣格：《心理学与文学》，三联书店 1987 年版，第 52 页。

② 荣格：《心理学与文学》，三联书店 1987 年版，第 120 页。

4. 荣格原型理论的贡献与局限

荣格的集体无意识概念的提出,使人类对自身的深层心理的认识从个体走向群体,从单一的性意识走向广阔领域,从而使人类的深层心理获得了空间和时间上的两度开拓,这是荣格的高明处。但是,从荣格的整个理论体系和他所举的例子来看,他似乎太看重集体无意识的原始发生,太看重生理遗传作用了。他的两眼死死盯在"原始"性上,而把"原始"到现今的历史发展给忽略了,因而留下了一大段空白。

历史唯物主义认为,任何社会观念、思想意识都是历史地形成的,它是人类历史发展的层层积淀,是人类社会发展的结晶。当然我们也看到,荣格也并不否认集体无意识中历史积淀的因素。但他只看到了"原始"(假定"原始"有一个大体时间界限的话)以前的历史,看到了生物向人的进化史,看到了史前史,而不是文明史,不是阶级社会以后的人类史,所以他的历史观念是不彻底的。因而,当我们借鉴荣格的集体无意识和原型理论以研究人的深层心理,从而用来评论文学作品的时候,就不得不将它的原始凝固性涣化开来延展到整个历史进程。

换句话说,我们不仅要看到原始的集体无意识,还要看到社会历史因素积淀的集体无意识,这后一种无意识也叫文化无意识,它一般体现在社会心理、民族心理、民族性格、风俗习惯中。

下面我们所举的例子中就包括了这样两种集体无意识,而批评家们从作品中发现更多的,是文化无意识。

二、欣赏示例

(一)中西悲剧差异中蕴含的文化无意识。

> 我国传统的悲剧与西方悲剧有很大的不同。从结构方式上说,西方悲剧往往在悲剧主人公遭到不幸时以大悲结局;而中国悲剧讲究团圆之趣,在悲剧主人公遭到不幸之后,往往给予一线光明,或以团圆结局。如《窦娥冤》的"伸冤昭雪",《赵氏孤儿》的"孤儿报仇",《汉宫秋》的"团圆梦境",《清忠谱》的"锄奸慰灵",《长生殿》的"蟾宫相见",《祝英台》的"双蝶飞舞"等等,团圆结局几乎已经成了我国

传统悲剧的普遍模式。

为什么会有如此区别呢？王国维在《〈红楼梦〉评论》中进行了分析。他说这是由于“吾国人之精神，世间的也、乐天的也。故代表其精神之戏曲小说，无往而不著此乐天之色彩，始于悲者终于欢，始于离者终于合，始于困者终于亨。”[①]现代戏剧理论研究者认为，王国维用民族乐观主义精神去解释中国悲剧是非常深刻的。因为乐观主义精神正是中华民族的民族性格，正是有了这种性格，中华民族才能在任何艰难困苦的局面下顽强奋斗，没有丝毫悲观失望的情绪，而是充满了必胜的信念：当“四极废，九州裂”之时，有女娲来“炼石补天”；当“洪水渊薮，自三百仞以上”之时，有大禹来“息土填洪”；天旱“禾焦”，后羿能把毒日射下；女娃溺于东海，死后化为灵鸟，每天衔石不止，誓把大海填平……。我们祖先在上古时代形成的乐观主义精神在后世不断地发扬光大，使我们的民族处于极度困难之时看到光明看到希望。另外，我们的民族性格中还有心地善良、爱憎分明的一面。这样的民族精神和民族性格，对我国古典悲剧的创作和观众的欣赏心理均有直接的影响。好人遭到了不幸，观众总是为他（她）抱不平，总希望他（她）有个好的结局。即使好人悲惨地死了，观众还是于心不忍，总希望死后能有所报偿，企求得到一些精神上的安慰。作者为了满足这种要求，所以常常以“团圆”结局。由此我们看到，希望看到“大团圆”的心理是有民族性格为依据，亦即以文化无意识为背景的。

——选自胡山林：《文艺欣赏心理学》（修订本）第178—179页，河南大学出版社，1999。

（二）新时期文学中为什么会出现“英雄才女”和“才子淑女”模式？

粉碎“四人帮”后的几年里，出现了一批引人注目的“改革文学”

① 阿英编：《晚清文学丛钞小说戏曲研究卷》，中华书局1960年版，第112页。

作品。在这些作品中，人们发现这样一种模式：陷入困境的改革家（英雄），往往会得到才情卓具的痴情女性的辅佐（她们常常是女工程师、女记者、女医生之类的才女）。在《乔厂长上任记》里是乔光朴和童贞；在《花园街五号》里是刘钊与吕莎莎；在《跋涉者》中是杨昭远和丁雪君；在《故土》中是白天明与袁静雅……人们仔细一想，这不就是传统文学中的"英雄才女"的格局吗？张贤亮的一组作品（《土牢情话》《灵与肉》《绿与树》）与以上作品稍有不同，这里叙述的是悲欢离合的爱情故事，当男主角遭难时遇到的是"乔安萍——李秀芝——马缨花"这样一组心善貌美的女性，她们虽无甚才情但却温柔贤良。读者为此感叹唏嘘，默祝主人公的命运。人们仔细再一想，这不是传统小说戏曲的"才子淑女"的格局吗？这种格局多是一个落难的"才子"（古代叫书生，现代叫知识分子），被一个委身事之的慧眼淑女（古典式女性）所救。就是这种老而又老的格局，作家愿意用，读者喜欢看，看来无论是作家还是读者，都不知不觉被深层心理中的集体无意识所支配，他们都陶陶自乐地在集体无意识的圈中打转转。

——选自胡山林：《文艺欣赏心理学》（修订本）第179—180页，河南大学出版社，1999。

（三）新时期作家笔下理想的女性形象冥冥中为什么如此一致？

有位精细的评论家（宋永毅：《当代小说中的性心理学》，《文学评论》1985-05）对20世纪80年代作家笔下作为审美理想载体的女性形象（余丽娜、陆文婷、冯晴岚、凌雪、袁静雅、童贞、金竹、胡玉音……）作了一番考察，发现她们的外貌体态乃至神情气质都有着一脉承传的相似：她们大多"生来苗条纤细，看上去弱不禁风"（陆文婷），而且"多病"（如冯晴岚、余丽娜、袁静雅等）。她们又全都那么温善娴静："具有一种特别的恬静美"（冯静岚）；"素来是从容的、沉静的"，"坐在对面的椅子上，安静得像一滴水"（陆文婷）；"不喊不叫，脸上甚至还挂着甜蜜蜜的笑容，说话温柔好听”（童贞）；“娴淑是她的本色”（袁静雅）；“温柔得简直像没有脾气的人”（余丽娜）……在肖像上，她们又大都有“秀气的眉，端正的鼻子，加上乌黑的头发”（冯晴岚），还有一双深沉的、闪露情愫的眼睛。“长着一双目光非常沉稳和善的眼睛，一个端正、秀美、光泽和神气的鼻子”（凌雪）；“一弯柳叶眉，……那双会说话的丹凤眼神，时而深沉，似乎在思索什么？时而不安，似乎又在担心着什么？”（金竹）；“她的眼神是温润的、绵软的，里面透出来的愁苦多于欢乐”（童贞）；“漆黑的美发”，“温柔的含着笑意的眼睛”（陆文婷）……

当这些描写分散地存在于各个作品中，我们或者发现不了什么，可是当把它们集中起来综合考虑时，就会发现点什么。从这一个个读者所喜欢的古典东方女性的体态、神韵、气质里，我们似乎又看到了乌发明眸、娴静温柔且纤弱多病的崔莺莺、杜丽娘和林黛玉、薛宝钗。生活中的女性外貌及性格绝不会一模一样，但几十个作家笔下的理想女性竟如此地不约而同，在冥冥之中起作用的难道不是历史积淀的传统审美心理吗?!

——选自胡山林：《文艺欣赏心理学》（修订本）第180—181页，河南大学出版社，1999。

（四）月亮原型的象征意义。

月亮是古今中外文学艺术作品中最常见的意象（原型）之一，作家、艺术家好像对月亮情有独钟，人见人爱；读者也一样，看见月亮就心动。为什么呢？深入挖掘就可以发现其中潜藏着的集体无意识。每当看到“月亮”出现，人们心中就会涌起诸多微妙复杂的情思意绪。这种种情思意绪可能会因时代、社会、个人经验的不同而有所区别，但其基本意味、基本情调、基本趋向是一致的。粗略分析起来，“月亮”原型大体上涵蕴了如下一些基本意味。

其一，“月亮”象征了宇宙的永恒和神秘。“江天一色无纤尘，皎皎空中孤月轮”,此情此境能不令人遐想么?空中明月把人的思绪引向苍穹引向宇宙引向神秘。“江畔何人初见月?江月何年初照人?”……无数的疑问没有人能够回答,它们是永恒之谜。人们所知道的只是:“如月之恒,如日之升”,“天高地迥,觉宇宙之无穷”。

其二,“月亮”的升沉圆缺,周而复始,循环不已,暗合了人类代代相传、绵延不绝、生生不息的生命意识,正所谓“人生代代无穷已,江月年年只相似”。

其三,与生生不息的生命意识相反,月亮的永恒与人生有限的强烈对比,又引发人们生命短暂、人生无常的惆怅和感叹(“今人不见古时月,今月曾照古时人”)。

其四,月亮的阴晴圆缺时时在转移变化,象征着人生的悲欢离合,命运的升沉荣辱,让人联想到人生无法圆满,人生总有缺陷。正所谓:“人有悲欢离合,月有阴晴圆缺,此事古难全”。

其五,月亮的其它诸多特性无不与人的内心深处的诸多情感模式相对应:十五的圆月与人们追求团圆、圆满的人生理想相契合;月光的皎洁与人们对纯洁无瑕的崇拜相契合;高居天穹与人们向往超脱尘也、远离凡俗的愿望相契合;“海上生明月,天涯共此时”,牵动游子思乡;朦胧柔和,给人以恬静、安适、熨贴的心理抚慰……

总之,“月亮”的象征意义好像一块蛋白石,它的光能在慢慢转动的不同角度下放射不同色彩。

(五)人们为什么喜欢诸葛亮?

人们喜欢诸葛亮,与两种集体无意识相关。

首先,老百姓喜爱他,是因为他有超人的智慧,他能呼风唤雨,神机妙算,出奇制胜,他是一个智者的典型,用荣格的话说就是“智者”原型。艰苦的生存条件、蒙昧的智力水平,注定了原始人极切地渴盼智者,真诚地崇拜智者,把他们视为精神依托,愿意归附和依靠他们。这种心理代代遗传,使当今的文明人仍保留着对智者的敬仰和崇拜,普遍老百姓喜欢诸葛亮就受这种集体无意识心理所支配。

其次,对于旧时代的知识分子来说,对诸葛亮形象的喜爱,除了以上心理因素之外,还有民族心理即文化无意识在起作用。中华民族传统文化结构的核心是儒道互补,体现在读书人(现代叫知识分子)的人生理想上便是“达则兼济天下,穷则独善其身”(白居易语)。所谓“兼济”,即积极入世,最好能辅佐帝王,建奇功,立伟业,成就功名;所谓“独善”,则是儒家的“孔颜乐处”,加上道家的仙风道骨和隐逸情趣。而诸葛亮就正好是这样一个二者兼得的完美形象。出山前隐居卧龙,“躬耕于南阳”,吟诗弹琴,好不潇洒!出山后辅佐刘备,建立蜀汉政权,以相父身份监国,达到了一个读书人所能达到的人生理想的顶峰。所以对诸葛亮的倾慕,寄托着知识分子的人生理想。

——选自胡山林:《文艺欣赏心理学》(修订本)第185—186页,河南大学出版社,1999。

思考练习题

1. 什么是原型批评?
2. 原型批评的理论渊源有哪些?
3. 什么是集体无意识?
4. 集体无意识与原型与意象的关系是什么?
5. 荣格的集体无意识理论的贡献与局限是什么?
6. 从原型意象角度解读中国古典诗词中伤春悲秋、思乡怀远之作。

第七节 女性主义角度

一、理论知识

女性主义角度是女性主义文学批评的基本角度。女性主义批评(Feminist) Literary) Criticism),是指20世纪后期兴起于美国和欧洲、以女性性别意识为焦点阐释文学与文化现象的批评理论。女性主义批评用到文学领域,就是女性主义文学批评方法。女性主义文学批评的出现使传统的文化和文学批评观念受到前所未有的冲击,动摇了西方几千来所赖以生存的社会基础和思想观念。有人认为女性主义批评对文学规则的影响,比之任何一个批评流派更为深刻,已经成为受人瞩目的批评方法之一。

女性主义(feminism)亦称女权主义。“女权主义”一词是由日文转译成中文的称谓,西方人称为女性主义,日文称为女权主义,为不产生歧义和误解,现在一般回归原义,称女性主义。

(一)历史沿革

女性主义批评与西方妇女解放运动分不开,是女权主义运动产生、发展和扩大并逐渐深入到文化、文学领域的结果。

西方女权主义运动的发展经历了三个阶段。最初是带有深厚政治色彩的“女权”阶段,即19世纪中叶至20世纪五六十年代,以争取在政治、经济职业等方面同男人平等为主要目的。第二阶段是1968年以后出现的新一代以强调性别差异和女性独特性为特点的运动。20世纪80年代出现了第三代女权主义(后女权主义),即将“女权”、“女性”加以整合折衷的重“女人”的女权主义,不再提倡男女的对立或女性一元论,而是注重多元论,提倡男女文化话语互补。

一般认为,女性主义批评理论的诞生是兴起于20世纪60年代的第二次女权主义运动高潮的产物。不过,在此之前,已有早期女性主义批评人物为此奠基。如英国著名女作家伍尔夫和法国著名的存在主义女作家波伏娃。她们两位被观为女性主义批评的理论先驱。

1919年,伍尔夫发表了女性主义批评的奠基之作——《一间自己的屋子》,指责男性将女性作为次等公民,并控制政治、经济、社会和文学的结构。她强调妇女作家应有“一间自己的屋子”,主张妇女应争取独立的经济力量和社会地位。1949年,波伏娃发表《第二性》,该书被誉为西方女权主义的理论经典。在书中,波伏娃认为法国和西方社会都是由男性控制的家族式的社会,女性在社会中是第二性,是“他者”。该书还提出,一个女人之为女人,与其说是天生的,不如说是形成的。这一著名论点无论在观念上还是在方法上都对后来全世界女权运动发生了重要影响。在书中,波伏娃还首次比较系统地清算了男性作家的文学作品所虚构的“女人的神话”,批评了他们对女性形象的歪曲,从而从思想观念和批评实践上,为女权主义批评提供了实例。这些女权主义先驱者的思想和观念为当代女性主义批评以多方面的启迪。

20 世纪 60 年代女权运动高涨,逐渐深入到女性再就业、教育和政治、文化各个领域的权利的争取,并上升到对女性本质和文化的探讨。在妇女争取政治、经济、文化等方面的权益,寻求自身彻底解放的思想背景下,女性主义文学批评应运而生。它以社会性别为基本出发点,致力于揭示妇女在历史、文化、社会中处于从属地位及其产生的根源,它提倡用独特的女性视角重新审视父权制社会的一切现象及一切价值判断,不愿承认和服从父权社会强加给它的既定的价值体系。女性主义文学批评家向传统的男性中心的文学史和美学观念提出挑战,她们发现了文学创作和批评中根深蒂固的男性中心主义的存在,如男性文学作品中的性别歧视,男性中心话语对女性作家的控制等,力图达到重评妇女形象,寻找女性文学史发掘女性语言、重建文学研究新理论的目标。

1986 年,波伏娃的《第二性》翻译介绍到中国,成为西方女权主义理论进入中国的标志性事件。从此,女性主义的理论资源、精神品格、目标诉求上的革命性和反抗性,已经悄然进入当代中国的批评理论话语体系之中。女性主义批评模式已经形成,并被进一步应用到实践之中,产生了一批颇有影响的著作。如,《浮出历史地表》(孟悦、戴锦华)、《娜拉言说》(刘思谦)、《走出男权传统的藩篱——文学中的男权意识的批判》(刘慧英)等。现在,女性主义文学批评发展迅速,取得了令人瞩目的成果,不但为批评界,同时也为广大读者所认可。

(二)女性主义文学批评主要流派

女性主义文学批评主要有三个流派。三大流派在方法和侧重点上存在明显差异。英国女性主义批评侧重于政治批评,致力于社会变革,基本是马克思主义的,它强调压迫。法国女性主义批评基本上是精神分析学的,它强调压抑。法国学派注重精神分析理论,尤其关注女性写作的语言和文本问题,注重对语言的象征系统进行质疑,并提出“女性写作”可以在语言和句法上破坏叙述传统,对固有语言的破坏中显示出强大的解构性。美国女性主义批评基本上是文本分析式的,主要分析小说作品中的妇女形象和妇女想象力的特征问题,探索妇女作品中蕴含的女性意识和审美体验。三派特点各异,但都是以妇女为中心的文学批评。

(三)女性主义的基本理论

1. 女性主义文学批评的理论渊源

一是20世纪各种文学批评流派的思想和方法。女性主义文学批评与20世纪各批评流派有着千丝万缕的联系,它综合吸取了社会学批评、西方马克思主义批评、精神分析批评、接受美学、解构主义等批评方法的有用因素,并融众到基于女性体验研究的批评模式之中。这使女性主义批评具有多元性和综合性的特点。)

二是女性主义文学批评的先驱的理论创造,如前述伍尔夫和波伏娃的批评理论和实践。

2. 女性主义批评的特色

一是鲜明的性别立场。性别向来是女性主义批评观察和分析问题的基本视角,这也成为女性主义文学批评的全部出发点。通过对父权制社会的全面考察,女性主义者以大量事实证明在当今社会中,男性和女性无论心理气质还是社会角色或社会地位上的差异,都不是先天的,而是后天文化作用的结果。可以说,女性主义文学批评具有强烈的女性主体意识和女性思想情感因素。这种女性视角正是女性主义批评与其他文学批评的根本区别。在这种女性视角审视下,传统的批评尺度受到质疑,作家和文学作品将被重新评价。

二是其鲜明的政治性。女性主义批评试图通过性别的视角提高妇女的觉悟,因此常常采用社会历史分析的方式来对待文学文本,把文学文本作为或隐或显的历史投影,她们致力于从文学文本中揭示出性别压迫的历史真相,以期引起妇女的警觉、提高妇女觉悟,从而颠覆、对抗旧有的文化和性政治秩序,使作者和作品从父权制意识的观念中解放出来。

三是致力于建立女性阅读的合理性。女性主义批评认为不存在非价值的批评,所有的阅读和批评都来自社会政治文化和个人因素的限制。

传统所谓的普遍性价值实际上是单一的男性批评标准，所以她们致力于建立女性阅读的合理性。由于这一倡导，读者第一次被要求作为女人去阅读文学作品，而在从前读者总是不知不觉地作为男性去阅读文学作品。这种视角的改变将引导读者在文学作品中发现过去所忽略和压抑的东西，乃至对作品产生全新的认识，更重要的是，它最终将通过改变读者的意识和她们与被阅读文本的关系来改变这个世界。

3. 女性主义批评的主要范围

一是以女性视角对文学作品进行全新的解读，对男性文学歪曲妇女形象进行猛烈批判。传统文学史中的女性形象主要是由男性创造的，因而渗透着父权文化的顽固影响。女性角色的地位、本质完全由男性作家操纵、解说，女性形象常常受到歪曲和丑化，因此，女性主义批评的一个艰巨任务和重要方面就是从性别入手重新阅读和评论文本，批判传统文学尤其是男性作家的作品中对女性的刻画，并将这种文本阅读作为提高读者和评论者女性意识、增强她们识别文本谎言能力的主要手段。

二是努力发掘不同于男性的女性文学传统，重评文学史。由于女人长期被排除在男性中心权力之外，所以尽管女性作家在文学史上作为个人没有被男性研究者忽视，但是女性文学作为整体在文学史上是缺席的。寻觅和建立女性文学传统，为湮没在茫茫历史尘埃中的妇女作家提供应有的历史地位，是女性主义批评的主要任务之一。

三是探讨文学中的女性意识，研究女性特有的写作、表达方式，关注女性作家，尤其是表现女性意识、女性世界的作品。尽管女性主义批评面对的是整个文学世界，但女性的共同经验使女性主义批评格外关注同性的作品，尤其是表现女性意识、女性世界的作品。如，简·奥斯丁、勃朗特姐妹、乔治·艾略特等经典作家曾是西方女性主义批评关注的目标。我国“五四”时期的女作家庐隐、丁玲，当代女作家张洁、张辛欣、王安忆、铁凝、林白、陈染等也是中国女性批评的主要对象。

二、欣赏示例

从性别批评视角重新梳理中国文学作品中女性形象。

对已有定论的女性形象的重新梳理是性别批评实践于中国的重要领域,也是性别批评在中国“本土化”的初级阶段。

中国文学在开始江河之行的那一天起,妇女题材的文学或涉及到女性形象的文学作品就占了极其重要的位置,这一点在《诗经》中已经看得很清楚。把两千年来中国文学作品中女性形象重新审视梳理一遍,绝不是件轻松简单的工作。从某种意义上说,这项工作才刚刚开始,因为只有少数最触目的女性形象得到了较为深刻的批评解说,她们是:以潘金莲为代表的《水浒》女性形象;《西游记》女妖形象;《三国演义》中的女性形象;《红楼梦》中的女性形象;三仙姑(赵树理《小二黑结婚》);莎菲(丁玲《莎菲女士的日记》);此外,刘兰芝、崔莺莺、杜丽娘、《聊斋》中的女鬼形象;张爱玲小说中的女性形象也受到了不同程度的关注和再评价。

《水浒》中的女性形象思维以前一向少人注意,但在性别批评的眼光关注下,其“理所当然”的判定受到了理所当然的怀疑。首先,人们注意到了男女人物塑造上的“双重标准”。《水浒》中的男性人物基本上是用现实主义手法,按照人物内在的性格逻辑塑造完成的,而《水浒》中的女性人物不仅处在陪衬的位置上,而且人物塑造手段明显地脸谱化、漫画化。《水浒》中的女性人物可以分为四类:贞女、荡妇、女英雄和“三姑六婆”式的老年女性。林冲娘子是苍白的道德观念的图解,“母夜叉”孙二娘,“母大虫”顾大嫂则成为变形走样的漫画人物。这与作家对男性英雄人物精雕细刻的创作态度反差很大,这一点比较一下著名的“武十回”和“林十回”是显而易见的。即使是比较有个性的潘金莲形象,也是按照夫权文化对“荡妇”的基本判定来描写的,在作家看来男人的“人”与女人的“人”是不等值的,男人来到这个世界是要干一番轰轰烈烈的事业;女人来到这个世界则是要老老实实地嫁给一个命中注定的男人。作家将潘金莲半卖半嫁地推给武大郎,并不是存心为的放荡找根据。相反在作家看来,男人的价值绝不在他们的相貌、身材上,潘金莲不应该对此有任何的怨恨。违背了这个“天理”的女人,则人人可得而诛之。宋江杀阎婆惜，武松杀嫂，石秀、杨雄杀潘巧云，都是正义之举，大快人心之举，因为她们破坏了男人世界的秩序。

有意思的是，《水浒》一向被视为是一部反抗现存秩序的作品，所以需要一部《荡寇志》来诋毁其影响。不过按照性别批评的立场看来，《水浒》对现存秩序“反抗”也好，“修补”也好，都是男人世界内部的问题。绿林好汉与朝廷官府在对待女性的态度上是基本一致的。

《西游记》中的女妖更多地从民俗心理角度反映了人们对女性的刻板印象。从形式上看《西游记》中的妖怪都是有意给西天取经的唐僧师徒设置障碍，与佛祖菩萨联手考验唐僧师徒的意志。但作品中的男妖与女妖的形象设计却是大相径庭。从肖像上来说，男妖们千奇百怪，总是来说是奇丑无比，透着一股令人恐惧的邪恶气息；女妖则绝大多数都是年轻貌美，性感十足。吴承恩虽然也给许多女妖以非人的“本相”，但从作品的实际情况来看，美貌妖艳反倒成了这些女妖的本相；玉面狐狸、白骨夫人、玉兔精、蝎子精、蜘蛛精、老鼠精、铁扇公主，莫不如此。从本性上来看男妖们跟唐僧过不去，全都是看中了“唐僧肉”，吃了可以长生不老，而大多数女妖一见俊俏的唐朝和尚就全忘了唐僧肉的巨大诱惑，春心荡漾起来，一心追着唐僧性交。这印证了女性主义批评对传统女性形象的基本判定，即不论“贞”也好，“淫”也好，都不离“性”的轴心，一言以蔽之，传统的父系文化把女性角色性对象化。

中国的性别批评学者注意到曹雪芹是中国古典作家中性别平等意识最强的人之一。《红楼梦》的人物形象若依性别分类，则女性形象在各个方面都占绝对优势地位。不仅出身尊贵的金陵十二钗头脑敏捷、谈吐不凡；就是那些未入正册的丫头们，其胆识才干也胜过了她们身边的那些“须眉浊物”。贾宝玉的才识修养在贾府锦衣玉食的男人中间已经算是佼佼者了。但是，在联诗作对的游戏中却总不是黛玉、宝钗的对手。其他如贾赦、贾珍、贾琏、贾蓉、薛蟠之流，更是些人格低下，不学无术的声色犬马之徒。这些多出身高贵的污浊男人和那些清白女性的强烈对比,不能不透露作者对男女两性角色的反传统看法。在第二回中,曹雪芹借甄公子之口对女性作了不寻常的评价:“这‘女儿’两个字是极尊贵清净的,比那些瑞兽珍禽、奇花异草更觉稀罕尊贵呢!你们这种浊口臭舌,万万不可唐突了这两个字,要紧,要紧!但凡要说时节,必用净水香茶嗽了口方可;设若失错,便要凿牙穿眼的。”话虽有些疯,可作者毫无嘲讽之意,并通过矫正传统文化中的性别偏见,有意赞美女性。金陵十二钗在琴棋书画上高出男子一筹,在治家理财上也显示了独到的胆识和才能。如果说前者属于贵族女子应当的修养,而后者则历来属于男子专有的本事。王熙凤的治家铁腕使得人人蓬头垢面不敢擅动;贾探春在贾府面临困境时,兴利除弊,开源节流。曹雪芹感叹其“生不逢时”。贾政是《红楼梦》中正统男性的代表。他的妹夫林如海、官宦贾雨村和冷了兴都称他才干出众“大有祖父遗风”。可是在他身上我们实在找不出什么可以称道的地方。贾府的衰败固然与封建制度的没落大背景有关,但这些不肖儿孙的荒唐行为无疑加速了这个腐败过程,并且把许多无辜女子牵连进去。贾宝玉是贾府中的人格健全的惟一男性。只有他平等真诚地对待身边的女性,不论她们出身如何,而曹雪芹在塑造这个形象时恰恰抛弃了封建文化对男性角色的要求。他鄙视贵族男性的事业追求功名利禄。没有做作的大丈夫气概。情真心软,举止心态更接近传统文化中的女性角色,贾母称他为“女儿错投胎”。他自己不以为耻,反以为荣,自觉地以女性人格自居,和谐地生活在胭脂群中,十来岁便说出了“女儿是水做的骨肉,男子是泥做的骨肉我见了女儿便清爽,见了男子便觉浊臭逼人”这样的奇语,这种有意模糊人物文化性别的男性形象在古典文学作品中实属少见,而这一点在传统“红学“中没有给予足够的重视。

现代文学,特别是左翼作家笔下的作品一向被认为与传统观念实现了较为彻底的决裂,他们作品中的女性人物与婚姻家庭问题的表现尺度是积极进步的,或者说是统一于“妇女解放”与“男女平等”的总旗帜之下的。然而这种印象在新的性别批评方法逼视下,还是被审出了许多破绽。

赵树理的小说《小二黑结婚》，一直被认为是倡导了新时代农村新女性、新风俗、新道德的代表性作品。然而作品在极力肯定小芹追求恋爱自由的同时，却对“三仙姑”的打扮、行为、心理给予了尖刻的嘲弄。

孙犁一系列以抗战为背景的中短篇小说是其成名作，其中有一段游击队员别妻上战场的情景被认为是感人肺腑的精彩段落；特别是丈夫嘱咐妻子的那句大有深意的话：“别让鬼子抓了活的”，感动了许多读者。这种让妻子在异族的凌辱面前选择死路的“大丈夫”理论自然值得反思。后来一些以抗战为背景的文学作品，也在揭露日军对中国妇女兽行的同时，对中国男人报复式的对日本女人的性攻击持赞许甚至欣赏的态度。民族悲剧中纠葛着性别悲剧，而这些在传统的文学批评中被熟视无睹。

当代女作家的创作是中国新兴性别批评关注的焦点。性别批评除了肯定鼓励女作家探索性别问题之外，也对女作家的几种倾向性价值取向进行了针锋相对的批评争鸣。

性别批评是一种在东西方方兴未艾的文学思潮。被认为是后现代批评中最具革命性和解构能力的批评方法之一。它的出现对矫治传统主流批评盲区，对打通文学和文学批评中的性别角色壁垒，对开拓文学批评视野，都有积极作用。而这些工作在中国才刚刚起步。目前性别批评在东西方都正在由一种批评思潮向一种批评方法演进，正如早期的比较文学眼下已经发展成为文学批评与研究中的一种比较方法一样，这将给性别批评带来更大的发展空间。因为不论何时何地，我们的创作主体、欣赏主体和批评主体都是由特定性别的“人”构成的，因而，文学和批评中的性别色彩也就将无限期地存在下去。这是性别批评永无止境的存在前提。

——节选自周力，丁月玲，张容：《女性与文学艺术》第276—282页，辽宁画报出版社，2000。

思考练习题

1. 什么是女性主义文学批评?
2. 简述女性主义文学批评与女权运动的关系。
3. 女性主义文学批评的理论渊源有哪些?
4. 女性主义文学批评的主要特色是什么?
5. 女性主义文学批评的主要范围是什么?
6. 从性别角度分析鲁迅小说《伤逝》。

第四编
文学与人生

文学是人学，是关乎灵魂的学问。在所有学科中，没有哪一门学科比文学离人生更近。人生哺育文学，文学反哺人生，文学应该从纯学术的殿堂解放出来，走向大众，走进人生，走进每个人的灵魂深处。

第十一章　从人生视角解读文学

第一节　“人生”应当成为解读文学的独立视角之一

对于文学作品，读者熟悉的解读视角是阶级的、政治的、社会的。大家或许还记得中小学语文课上老师总结课文主题的基本公式：本文通过什么反映（或表现、说明、揭露……）了什么。前一个“什么”是题材，后一个“什么”是主题。反映了什么呢？反映了封建阶级压迫，资本主义剥削，劳动人民反抗，对统治阶级的不满，如此等等。同学们对这一套心领神会，在脑子里根深蒂固，从不怀疑，以至于感到只要总结不出这几条就等于没读懂作品。记得2004年高考语文试卷中有一首唐诗：“洛阳城里见秋风，欲作家书意万重。复恐匆匆说不尽，行人临发又开封。”（张籍）这明明是一首思念亲人思念家乡的诗，但有考生竟然说是“反映了作者对当时封建统治阶级的不满”云云，直让人哭笑不得。这说明多少年来我们把阶级、政治、社会视角当作解读文学作品的唯一视角，已经成为集体无意识，根深蒂固。这就叫一叶障目，不识泰山。

事实上，解读文学作品的视角很多，如本书第二编介绍的各种视角。除此之外，我们特别向读者推荐一种容易理解、容易掌握也肯定能与大家发生共鸣的独特视角——人生。人生应该成为解读文学作品的独立视角之一。

第二节　人生视角与社会政治视角的联系与区别

把“人生”作为解读文学的独立视角之一,似乎是不值一提的常识性问题,其实不然。因为在我们的传统观念中,人生问题与社会问题是合二为一、混为一体的,人生问题即社会问题,社会问题即人生问题,于是,“社会”遮蔽了“人生”,“人生”淹没于“社会”的汪洋大海中。

事实上,人生问题与社会问题相互交叉又相互区别。就其交叉来说,任何人都在特定的社会中生存,其人生也在社会生活中展开和完成,离开了社会,人失去生存环境,也就无所谓人生;而社会由众多人组成,社会生活也就是众多人的活动,离开一个个具体的人和人生,也就无所谓社会生活。就其区别来说,“社会”具有特定的时空性,一定时间一定地域内人的生存活动构成特定社会的生活内容,时空变迁,社会生活内容也随之发生变化。此所谓“此一时也彼一时也”。而“人生”则不受特定时空的限制,具有永恒不变的性质。如人生意义、人生价值、人生困惑、人生困境、人生命运、生老病死等;再如感情与理智的矛盾,灵与肉的冲突,出世与入世的两难,人的欲望无限而实现欲望的能力却有限,人与人之间渴望沟通却永远不能彻底沟通,人永远在追求理想却永远达不到理想,人都不想死却又不得不死,诸如此类,都是人生的基本问题。它不以时代、民族、职业、贫富等的不同而不同。换句话说,只要是人都不得不共同面对的问题即人生问题。人生问题具有永恒性、共同性、普遍性、超越性,人生问题与生俱来与生俱去,只要人存在,人生问题就与之共在。“人生”与“社会”的关系,打个比方说,人类的生存是一张网,这张网的经线是“人生”,纬线是“社会”;经线永远贯穿始终,而纬线却不断变换色彩,这就有了每个时代每个社会每个人各不相同的生命内容。

文学以人的生存活动为表现对象,文艺学以文学作品、文学现象为研究对象。文学作品生动具体地表现出人的生存之网的复杂,而我们的文学研究却往往只看到了其中的“纬线”而忽视了贯穿其中的经线,这不能不说是一个极大的疏忽,一个极大的遗憾。

造成这一疏忽,既有理论上的原因,也有历史的原因。从理论上说,中国现当代文艺理论的资源主要有:西方现实主义文艺理论,俄国以车、别、杜为代表的革命民主主义文艺理论,马克思主义文艺理论。以上几家理论共同点是强调文艺与社会生活的关系,认为文艺是对社会生活的反映和批判。从社会历史原因看,中国近现代社会现实要求文艺对社会生活承担责任,要求文艺促进社会生活的变革,这些都是合理的,应当予以肯定。今后文艺还应当继续承担这一使命。但是,仅仅要求文艺反映"社会",文艺学研究仅仅局限于社会政治视角,已经远远不够。社会政治视角已经暴露出极大的片面性和局限性,现在我们应该拓展视野,把"人生"作为基本视角引入到文学的研究和文学作品的解读之中。

如猪八戒,社会政治阶级视角视他为小生产者和小私有者的典型,而人生视角则可以视他为人性弱点的典型。猪八戒好色,自私,贪吃,惫懒,贪小便宜,爱弄小巧,搬弄是非,但也能吃苦耐劳,憨厚拙朴等,这些都是普通人常见的性格特点,其缺点因其普遍性而可以视为人性的弱点。从人生视角看猪八戒,既可以从创作角度解释这一形象为什么塑造得成功,也可以从接受角度解释为什么猪八戒虽然有那么多缺点,却又大受古今中外男女老少读者、观众喜爱的原因。孙悟空大闹天宫,社会视角视他为敢于向统治阶级和一切黑暗势力反抗和斗争的叛逆英雄;但从人生视角看,则可以视他为渴望自由、敢于"犯规"的典型,人们通过他体验到一种大胆破坏一切规范的乐趣,体验到在想象中宣泄压抑的快感。孙悟空、鲁智深、小燕子(《还珠格格》)等形形色色以反叛和无法无天为内容的作品之所以受欢迎,大抵都与人们宣泄压抑的要求有关。再如《白蛇传》,从社会视角看到的是歌颂爱情的忠贞,批判破坏爱情的封建恶势力;从人生视角则可以从白娘子形象的塑造上(美女蛇,有可爱与可怕的双重性),看到一般男性深层心理中对女性既爱又怕的矛盾心态……总之,同一作品同一形象,换一个角度看问题,可能会有新的发现,新的理解。

因此,"人生"应当成为解读文学作品的独立视角之一。这一视角将极大地开阔文学研究的视野,更逼近文学艺术的本质,从文学艺术中发掘更深层的精神内涵;同时也更有利于人类对自身生命的认识,从而极大地丰富我们的人生智慧,使我们活得更清醒更自觉、更幸福更快乐,更有价值和意义。

第三节　人生视角解读文学的可能性与必要性

从人生视角解读文学,目的是要借助文学透视人生。那么,文学有这种价值吗?

让我们先来看看文学的性质。关于这个问题,古今中外的文学家、思想家有无数精彩议论,这里没必要向读者旁征博引各家观点,而只想综合各家思想向各位介绍一个文学理论方面的共识。这就是,文学作品作为一种精神产品,作为一种为人而存在的创造物,它与其他精神产品(如社会科学理论等)的最大不同,在于它是人类对自身生命体验的产物,是人类对自身生活体验的直接对象化,是以感性形式呈现于人面前的人生经验。大家可以想象,在文学产生初期,人们绝对不是为艺术而艺术,而是“有感而发”,是自身的生存体验需要抒发,需要转移,于是创造了诗歌、音乐、舞蹈、美术等;后来思维愈来愈发达,于是有小说、剧本等容量很大的叙事文体出现。小说等一般是以讲故事的方式完成自己的艺术建构,而故事不是别的,正是生活的载体,是人生的展开形式。因此,文学、戏剧等以更加广阔、宏富、深邃的蕴涵,将人生的全面与全面的人生袒露在世人面前,成为吸引欣赏兴趣的热点。

既然文学作品是作家艺术家人生经验的对象化,是作家、艺术家人生体验的符号形式,那么,读者对文学的欣赏与接受,其实质也就是借助于文学对人生的透视,对人生的体验。

那么应该怎样借助文学透视人生?

欣赏者借助文学作品对人生的透视是多角度、多方面的,分析起来主要有以下几方面。

首先,是对作品中所描绘的人的生存状态的透视。

生存状态,说白了就是人们是怎样活着的。对于别人是怎样活着的问题,人们并不是“事不关己,高高挂起”,而是表现出极大的热心和兴趣。因为人们可以从对别人生活的广泛了解中,从与别人生活的比较中,了解自身生活是否合理,是否有价值有意义,从别人如何处理人生问题的经验教训中悟出应该怎样生活,怎样做人,怎样安排和处理自己生活中发生的事情。

自身之外的别人的生活,在两个维度上展开:一是沿时间的维度向过去伸展,即过去的人的生存状态;二是沿空间的维度横向展开,即同时代其他领域、其他阶层、其他地域的人的生存状态。对于这些,个体都因自身的局限而无法详尽深入地了解,这不能不说是一个遗憾。但文学作品可以在某种意义上消除这一遗憾。因为古今中外的文学作品就是古今中外人的人生的艺术反映,所以借助于文学作品,我们可以在想象中设身处地地进入各种角色,过各种各样的生活。每个人只有一生,而且只有一身,所能经历的人生实在有限,但在文学欣赏中我们得到了解放,等于是经历了无数次人生,体验过多种多样的生活。在想象中,我们了解了彼时彼地人的人生、彼时彼地人们的生存方式、生活状态。如通过《水浒传》《红楼梦》等作品,就可以在想象中对封建社会的生活有所体验;通过阅读巴尔扎克、狄更斯等人的作品,就可以在想象中对上升时期的资本主义的生活有所体验;通过阅读反映当前社会生活的优秀作品,就可以在想象中对当前多方面的社会生活有所体验。列宁曾把列夫·托尔斯泰的作品称作“俄国革命的一面子镜子”,我们不妨也把古今中外一切优秀作品称为“镜子”,从镜子里照照过去,比比现在,就可以加深我们对生活的理解和认识,增强对于生活的信心和勇气。

其次,是对作品中所表现的心灵状态的透视。

丹麦著名文学评论家勃兰兑斯曾说过:“文学史,就其最深刻的意义来说,是一种心理学,研究人的灵魂,是灵魂的历史。一个国家的文学作品,不管是小说、戏剧还是历史作品,都是许多人物的描绘,表现了种种感情和思想。感情越高尚,思想越是崇高、清晰、广阔,人物越是杰出而富有代表性,这个书的历史价值就越大,它也就越清楚地向我们揭示出某一特定国家在某一特定时期人们内心的真实情况。”[1]勃兰兑斯的见解很精辟、很深刻。的确,文学表现的中心是人,而人是有思想、有感情、有灵魂的,要表现人当然要表现人的思想、感情、灵魂。由此看来,一部文学史,实实在在就是一部心理学,是一部打开了的人的心灵的发展史。

既然如此,那么对文学作品的欣赏,当然同时也就是对各种各样“心灵状态”的透视和体验。

对“心灵状态”的透视和体验,有两种指向:一是作品中人物的心灵状态,二是作家的心灵状态。对前一种“心灵”的透视和体验要通过叙事性作品来完成,对后一种“心灵”的透视和体验,情况要复杂一些。作家的心灵状态在叙事性作品中的表现是间接的,而在抒情性作品中一般则是直接的。抒情性作品,无论是直抒胸臆,还是借景(境)抒情、托物言志,思想感情的表达相对比较直接(不等于直露)、明确(不等于简单)。欣赏者对作家心灵的透视和体验,在叙事性作品中是间接进行的(如阅读《祝福》间接体会到鲁迅对祥林嫂的同情,对封建礼教的愤怒控诉),在抒情性作品中则大体上是直接的(如阅读《离骚》可以直接体验到屈原忧国忧民之心)。

再次,对人生透视的最高层次是哲理层面的悟解。

文学是文学家人生体验的对象化,而文学家对人生的体验是分层次的,因而艺术的底蕴也是分层次的。最高层次是什么呢?是人生哲理,是对于人生真谛的探索和开掘。人生哲理深涵于人生现象的最深层,或者说矗立在人生现象的最高处,俯瞰着、统摄着、支配着每个具体个人的人生。它无形无踪,却始终跟定每一个人;它不声不响,却悄悄安排着每个人的命运。它无处不在,悄然化身于一切人的人生过程之中。人生哲理的这种涵盖性、普遍性、深刻性、抽象性使其具备了强大的精神魅力,吸引着古往今来的人类苦苦地探索它、追寻它。可以说,探求它是人类与生俱来的形而上冲动。正因为如此,人生哲理成了艺术家和欣赏者注目的共同焦点,成了双方进行对话的最佳话题。每当欣赏者在作品中发现人生

① 勃兰兑斯:《十九世纪文学主流》(第一分册),人民文学出版社 1980 年版,第 2 页。

哲理时，精神上都会产生一种大彻大悟的感觉，心中涌出抑制不住的兴奋。

人生哲理的品味其实就是对人生真相的窥破。窥破了人生真相当然是愉快的，但往往同时也是痛苦的。这种痛苦不是一般意义上的痛苦，而是清醒的痛苦，哲学的痛苦，智慧的痛苦。它不是单纯的痛，而是痛中有快；也不是单纯的苦，而是苦中有甜。这种复合的味道才更接近于人生的真实，更有深度。这种痛苦并不引人消极和颓废，而是增加几分直面人生的勇气，增加几分承受人生的内在力量，多几分应付人生、驾驭人生的智慧。

借助文学透视人生的上述三层次，既是独立的又是相对的。对于某些作品的体验可以相对明显地归于某一层，但对于相当多的作品却无法划得太绝对。事实上，许多作品给予人的体验具有交融性、穿透性。如读《红楼梦》，既有对于生存状态的体验，又有对于心灵状态、人生哲理的体验。总之，就某一具体作品的欣赏来说，给人的人生体验可能是单方面的，局限于某一境界、某一层次的；但就整个文学欣赏来说，给予人的人生体验却是丰富的、全面的。正如美国小说理论家梅特尔·阿米斯所说："美总是这样一种东西：它本身的乐趣就在于它包括了整个生命、爱情和死亡。这里包括了一切：开始和终结、有限和无限、约束和自由、企求和认识、本能和洞察、神秘和显示、凯旋和失败、希望和失望、欢乐和悲哀。我们在艺术品中发现了自己，发现了我们的整个世界。艺术包括了我们在任何地方所寻求的东西。因此，艺术的力量征服了我们。我们无法摆脱它，无法置之不理，无法忘怀，因为它就是生命的花朵，就是全部生命，从复杂到简单的所有生命尽在其中。"①这段话，概括了艺术对于人生的价值和意义，简直可以说是一首对于艺术的赞歌。

思考练习题

一、为什么"人生"应当成为解读文学的独立视角之一？

二、"人生"与"社会"有哪些联系与区别？

---

① 《小说美学》，北京燕山出版社 1987 年版，第 35 页。

三、为什么说读者对文学的欣赏与接受,实质就是借助于文学对人生的透视和体验?

四、忽视人生视角的主要原因是什么?

第十二章　人生视角解读文学举例

第一节　希腊先民的人生觉解
——希腊神话的人生解读

古希腊神话是原始氏族社会的精神产物,是古希腊人集体创造的文学瑰宝,是希腊乃至世界文学、文化的源泉之一。从社会历史视角看,希腊神话反映了“人类社会的童年”时期希腊人的世界观和希腊原始氏族社会的生活状况。[①] 从神话和生产力的关系看,它是生产力发展的低级阶段的反映;从神话和时代特征的关系看,它是氏族公社社会基本特征的表现;从神话和希腊宗教的关系看,它也是希腊宗教崇拜的起源。[②] 这些观点,是专家学者长期潜心研究的结晶,笔者充分肯定而没有疑议。笔者所想补充的一点是,换个角度,即从人生视角看,不妨说希腊神话是希腊先民对人生的觉解。

人生视角与社会历史视角的区别是,社会、历史问题具有特定的时空性,而人生问题(如生老病死、人性、人生意义等)则具有永恒性、超越性和普遍性。换句话说,社会、历史问题随时变化,变动不居;而人生问题却与生俱来与生俱去,永远不变。从人生视角看,希腊神话中思考的人生问

---

① 朱维之等主编:《外国文学史(欧美卷)》,南开大学出版社 2004 年版,第 8 页。

② 郑克鲁主编:《外国文学史》(上),高等教育出版社 1999 年版,第 11—12 页。

题至今仍然存在，希腊先民的思考成果至今对我们仍有启发意义。

全面考察希腊神话对人生的觉解是不可能的，那应该是一本或多本书的事。本文挂一漏万，挑选几个中国读者最熟悉的人物故事，试着解读其中的人生意蕴。

一、宙斯：绝对权力绝对导致腐败

对希腊神话哪怕只有一点点了解的人，都知道有个宙斯。宙斯是主宰宇宙的天王，众神之主，奥林波斯山（神的居住地）上的统治者，具有至高无上的地位，法力无边的霹雳手段。他既是神界统治者，也是人间统治者，他不允许任何人、神向他的权威挑战，他一心要维护的是自己的绝对统治。

作为人神两界的最高领袖，按理说应该为他治下的大众做好事，谋福利，这才能证明自己统治的合法性，才能让治下衷心服膺。可是，纵览希腊神话，有谁见过宙斯做过什么好事，有过什么政绩么？好像没有，甚至连一个为大众谋福利的念头都没有过。那么他整天干什么呢？神话告诉我们，他整天只干一件事，即怎样寻花问柳追女人，怎样把人神两界的美女弄到手。

希腊神话中宙斯追女人的故事不胜枚举，限于篇幅，本文从略。总之，宙斯虽然不是一个合格的政治领袖，却是一个追女人的好手。他“往往违背女方的意愿勾引诱奸她们。与宙斯通奸的那些凡间情人经常会为自己的行为付出沉重的代价，她们会遭受赫拉的严惩。神祇赫拉是宙斯的妻子，她喜好猜忌，嫉妒成性。宙斯和非凡的女神们交合，生下了很多孩子，和凡间女子所生的孩子更是不计其数；希腊神话里那些伟大的英雄很多都是宙斯在凡间的私生子。”[①]不仅如此，“为了满足自己的性欲，宙斯不光把目光投到女人身上，英俊帅气的男孩儿也是他追逐的目标。”[②]

如此频繁地不顾女性（乃至男性）的意志对女性的骚扰、侮辱，直至

① ［美］菲力普．弗莱曼：《噢，诸神：希腊罗马神话人物现代解读》，北京时代华文书局2015年版，第19页。

② ［美］菲力普．弗莱曼：《噢，诸神：希腊罗马神话人物现代解读》，北京时代华文书局2015年版，第31页。

强奸、强暴,现代读者一定感到惊奇,地位那么高的神,他怎么能、怎么敢、怎么好意思如此大胆地做如此不堪的事?原因很简单,他是超神,是神之主,地位至高无上,权力至大无边,没人监督,没有敢管,所以他敢于横行霸道,肆无忌惮。这种情境,这种心理,正应了19世纪英国著名学者阿克顿的名言:“凡是权力集中在少数几个人手中的地方,那么掌控这些集中权力的人往往具有强盗心理和特性。历史已经证明这一论断。权力导致腐败,绝对权力导致绝对的腐败。”①(李泽厚先生等认为后一句的准确译文应该是“绝对权力绝对导致腐败”)宙斯的腐败不表现在金钱上,因为他从不缺钱,而表现在对女人的贪婪占有上。

也许有人会为宙斯辩护,说那时代的道德标准和现在不一样。是!我们当然知道不一样。但即使按当时的道德标准,宙斯的行为也是不合道德的。别的不说,

就从宙斯每每做了不堪之事不敢直面妻子赫拉,赫拉可以对他理直气壮地声讨和控诉,就证明他做的事在神那里也是不道德的。换句话说,即使那时,女人,对宙斯来说也是“稀缺资源”。

凡是稀缺的,正是人们所渴求的,于是贪婪地占有女人就成了宙斯的最大愿望。但道德规范不允许怎么办?对宙斯来说,没有什么“怎么办”,他想怎么办就怎么办。因为他有权力,而且没有约束,没人敢管。是权力给他底气,让他发疯。由此可见,没有约束的权力是多么害人,多么可怕;也由此证明,把权力关进笼子是多么重要。

笔者常想,“神”本身就意味着神圣,令人尊敬甚至敬畏,宙斯是神界老大,希腊先民为什么不赋予他神圣的道德让他的形象庄严高大,从而引起人们的敬仰乃至敬畏呢?后来明白,这种想法的背景是中国传统观念,而创造希腊神话的人们,脑子里并没有这些条条框框。他们只是按照本心,怎么想就怎么说,毫无顾忌。一代代创造宙斯的先民们也许想,如果我是宙斯,我也会那样。手中握有巨大权力而又没有约束,谁不想任性乱来呢!因此,从创作心理看,宙斯的所作所为其实是反映了创作者的理

① 转引自辛向阳:《从人类政治激进规律看中国的国家治理》,《理论探讨》2015年第2期第27页。

想，形象地道出了创作者内心深处的隐秘愿望，用弗洛伊德的话说即个人潜意识。换句话说，从人性角度看，宙斯就是创作者，创作者就是宙斯。而神话的创作者无名无姓，其实就是一代又一代的普通人，由此看，让我们再引申一步，从深层心理看，人人都是宙斯，宙斯就是每个人。

话说到这一步，一个深邃而严肃的问题出来了。宙斯形象，从精神实质上看，体现了、代表了人性的弱点，宙斯是古希腊人塑造的人性弱点的典型，为人们剖析人性提供了一个理想标本。这是古希腊先民对人类文明史的一个贡献。

二、普罗米修斯：好人不得好报的荒诞处境

在中国读者心目中，普罗米修斯是希腊神话中仅次于宙斯，或者说是和宙斯齐名的神。在所有神中，他对人类最好，贡献最大。他对人类的贡献主要表现于以下几方面：首先，他创造了人类。其次，他教会了人如何生存，人类生存所需要的所有技能，都是他传授的。再次，他为保护人类，不惜一次次地冒犯宙斯。而最为人熟知的是，他公然违抗宙斯意志，盗火给人类，为此得罪宙斯也在所不惜。

一次又一次公然冒犯宙斯，惹得宙斯一次又一次地盛怒，于是，他吩咐火神用铁链把普罗米修斯绑在高加索山上，下临可怕的深渊，让他永远不能入睡，疲惫的双膝不能弯曲，在他胸脯上钉金刚石钉子。他忍受着饥饿、风吹和日晒。事情至此宙斯还不解恨，他又派兀鹰每天把他的胸膛撕开，啄食他的肝脏。他的肝脏每天夜里重新再长出来，第二天再被啄食，如此周而复始，直到将来有人自愿为他献身为止。①

普罗米修斯创造了人类，教会人类如何生存，为了人类，他甘愿接受残酷的惩罚，他这样做对自己有什么好处呢？能得到利益的回报吗？没有，什么也没有！他不求任何回报，他为人类完全是自愿的，没有任何功利目的。对于人类来说，普罗米修斯是彻底的无私、无我，彻底的献身、利他。自开天辟地，这样无私利他之人，普罗米修斯可以说是第一个。他是人类的大恩人，一个伟大崇高的人。正如马克思所说，普罗米修斯是人类

① ［德］古斯塔夫·施瓦布：《希腊神话故事》，花城出版社2014年版，第1—4页。

哲学日历上最崇高的圣者和殉道者。

然而,对人类来说这么一个伟大崇高的人,在神那里却受到如此残酷无情的惩罚,这让人无论如何无法接受。按人类常情常理,好人应该得到好报,然而普氏的命运与此正相反,好人不得好报。这叫什么?叫“悲剧”!正如鲁迅所说:“悲剧将人生的有价值的东西毁灭给人看。”①

普罗米修斯做好事为什么反而受惩罚?原因很简单,以宙斯为代表的特权阶层认为自己利益受损了,因而果断而残忍地出手了。给普罗米修斯招来大祸的,主要是盗火给人类。他所做的,并不是损神而利人,而只是想把人类生活的必需品带给人类。但以宙斯为代表的神界想的是,享用火是神的特权,人类是低等物种,不应该拥有与神相等的享受。而你,竟然把火传给人类了,这就相当于把人和神拉平了,所以宙斯不能容忍。由此可见,特权阶层的特权意识是多么顽固,心胸是多么狭隘,维护自己利益的手段是多么残忍。

纵观历史,特权阶层和非特权阶层的对立是永远存在的,因而可以料定,两个阶层的斗争将是永远的,而且是不可调和、不可避免的。由此看,普罗米修斯的遭遇应该也是必然的而不是偶然的。换句话说,为非特权阶层的弱势群体请命的好人得不到特权阶层的好报,这种荒诞处境的存在也将是必然的,永远的。

当然,话也有不能说绝。希腊神话中宙斯时代毕竟人类早期的事,随着历史的发展,社会的进化,人类文明程度的提高,类似普罗米修斯所遭遇的荒诞处境肯定会有所软化、弱化,直至消失。但小范围的荒诞恐怕还是免不了的。

古希腊早期先民借助普罗米修斯形象,发现了人类生活中荒诞处境的存在,实在是个了不起的发现。

三、美狄亚:情爱是一种极端的情感

希腊神话传说中有一个震撼人心的爱情故事,即美狄亚与伊阿宋的故事。

---

① 《鲁迅全集》第一卷,人民文学出版社2005年版,第203页。

美狄亚本是科尔喀斯国王的女儿，还是月亮神庙的女祭司，精通法术，本领高强，而且富有智慧，敢作敢为，在遇上伊阿宋之前过着无忧无虑、幸福安宁的公主生活。伊阿宋是伊俄尔科斯的合法王位继承人，但是他的叔叔阴谋篡夺了他父亲的王位，并把他们父子赶出国门。伊阿宋长大成人后要求他叔叔归还王位，他叔叔答应只要他能取来金羊毛就把王位还给他。

金羊毛是传说中的稀世珍宝，象征财富、幸福和尊贵，象征着理想和对幸福的追求。为得到王位，伊阿宋异常激动和兴奋，他立刻奔赴希腊各地邀请各路高手相助，历经千难万险来到视金羊毛为国宝的科尔喀斯国。国王埃厄特斯是太阳神的儿子，性格残暴，心胸狭隘。当伊阿宋要求取走金羊毛时，他提出两个任何人都无法做成的事作为条件，伊阿宋当然也不例外。但巧的是国王的女儿美狄亚被伊阿宋的美貌和英雄气质所吸引，已经疯狂地爱上了他，答应帮助他。但帮助的条件是要伊阿宋对天发誓成功后要娶她为妻，带她一起去希腊，而且终生对她忠诚不渝，永不变心。伊阿宋庄严宣誓答应了美狄亚。

在美狄亚的帮助下伊阿宋完成了两件事，顺利取得了金羊毛。就在他们准备离开之时，美狄亚的父亲带着她的哥哥追杀过来，不许美狄亚跟伊阿宋出走。无奈之下美狄亚杀死了哥哥，并将尸体砍成碎块扔进海里，趁父亲忙于拣哥哥尸块之时匆促逃离家乡来到希腊。回国后伊阿宋的叔叔出尔反尔不兑现承诺，美狄亚又使用毒计害死了他。美、伊二人报仇的手段过于残忍，引起国人痛恨，被驱逐到科林斯。在科林斯两人幸福地生活了十年并养育了两个可爱的儿子。

然而好景不长，伊阿宋贪图权势，为了科林斯的王位，要遗弃美狄亚和孩子，准备与科林斯国王女儿结婚，还要求美狄亚带孩子迅速离开这个国家，以免妨碍他的美好前程。美狄亚百般规劝无果，终于痛下决心报复他。先是设计害死了即将和伊阿宋结婚的公主，国王来抢救时跟着死亡。之后，为了惩罚狠心的伊阿宋，她咬牙亲手杀死了两个儿子。在杀儿子时，她告诫自己：“我的心啊，不要软。为什么在做这可怕却又十分必需的事情时要犹豫呢？忘掉他们是你的孩子，忘掉你是生养他们的母亲，只要在这一瞬间忘记他们,以后你可以为他们痛哭一辈子!”当伊阿宋急忙赶回家中向美狄亚报仇时,他听到里面传来孩子们的惨叫声。他在屋里找美狄亚没有找到。当他绝望地离开自己家时听到空中传来阵阵声响。他抬头一看,看到美狄亚坐在用魔法召来的龙车上升上天空,离开了她用一切手段复仇的人间。伊阿宋无法惩罚她,绝望中拔剑自刎,死在自己家的门槛上。①

至此,希腊神话中一宗美好的爱情故事以震撼人心的悲剧终结。故事给读者最深刻的印象是,情爱,作为情感,远远不是一般的情感,而是一种特别热烈、激烈,甚至可以说是非常极端的情感。情爱具有核爆级的威力,既可以成就刻骨铭心的爱情,亦可以制造惊心动魄的悲剧。

美狄亚与伊阿宋素昧平生,凭什么爱上了他?这是因为爱神派儿子将爱情之箭射中了美狄亚的心,她随即疯狂地爱上了美貌出众的英雄伊阿宋。她和他在神庙幽会,情爱使她身体颤抖,忘却了一切,愿意为他献上一切。就这样,情爱瞬间战胜亲情,战胜理性。在情爱的支配下,美狄亚欺骗父亲,杀死哥哥,背叛祖国,心甘情愿背井离乡到了伊阿宋的家乡。还是为了情爱,她残忍地杀死不兑现诺言的丈夫的敌人,以至于惹恼国人也在所不惜。作为一个女人,她为丈夫的付出可以说够多、够大,无以复加了。

由此我们知道情爱的力量究竟有多大——大到不可思议、不可想象,大到超出常情常理让人害怕。但是,也正因为爱得深爱得烈,所以当丈夫背叛自己的时候她的恨也就同样深同样烈。掷出的力量有多大,反弹的力量也就有多大,二者相辅相成。

美狄亚和伊阿宋的故事,在读者心里激起的感情相当复杂。凭心而论,美狄亚为情爱付出了那么多,那么决绝和义无反顾,是她给了伊阿宋一切,面对这样一个女人,伊何宋应当永不变心地忠于她,永远不能负于她。可是,情爱既是热烈的,同时又是最容易冷却最容易变化的。伊阿宋为了权欲竟然无情地背叛了她,所以她的报复,她的复仇是完全可以理解

① [德]古斯塔夫·施瓦布:《希腊神话故事》,花城出版社 2014 年版,第 95—120 页。

的。伊阿宋罪有应得,死有余辜。但是,美狄亚的复仇手段又实实在在太残忍了,伤及无辜了。不但杀死了无辜的新娘和新娘的父亲,甚至连自己亲生儿子都成了他复仇的手段和牺牲品,实在太说不过去了。于是读者对美狄亚由同情反过来变成怨她乃至恨她,她走得太远了,过了分了,读者感到,这女人太狠了!

但是,情爱是一种极端的情感,不可以以一般的"情"和"理"衡量之。如原子核一样的力量一旦爆裂起来,哪还顾得上理智,哪里还有理性啊!

美狄亚的故事告诉人们,浓情烈爱如烈火,既可给人以温暖,亦可夺人以生命。世世代代陷于情爱的男男女女们万万不可轻易玩火,不可不慎之又慎!

四、帕里斯:原欲大于精神

希腊神话传说中,读者最为熟悉的,还有一个金苹果的故事。

宙斯决定嘉奖他的凡间孙子珀琉斯,遂把美丽的海之女神忒提斯许配给他为妻。婚礼隆重而豪华,奥林匹斯山上众神都亲自出席了盛会。缪斯女神们翩翩起舞,其乐融融。因为害怕喜庆的气氛遭到破坏,所以专门制造纷争的女神厄里斯没有得到宙斯的邀请,这让她十分恼怒。为了报复,厄里斯不请自来,偷偷溜进婚宴,故意把一个金苹果扔到舞池的正中央,上面赫然写着"献给最美丽的女人"。

宙斯妻子赫拉、智慧女神帕拉斯和美神、爱神阿佛洛狄特三个最有身份地位的女神,都认为自己最有资格获得金苹果,因而互不相让,争执得不可开交。无奈,宙斯不得不用雷声震住了她们,然后宣布,这件事情要本着公平原则解决,要找一位对美女有所研究的人来判决,而这个人就是特洛伊年轻漂亮,颇似今天所谓"小鲜肉"的王子帕里斯。

帕里斯作为王子,出生时被预言会让其国家灭亡,因而被抛到荒山野岭任其自生自灭,后被牧羊人抚养成人,经国王认亲恢复王子身份。一天夜里,赫尔墨斯突然带着三位女神来到他的面前,传达宙斯的命令,让他从三位女神中选出一位最漂亮美丽的。帕里斯欣喜若狂,但三位同样漂亮美丽,帕里斯挑花了眼,犹豫不决。女神们看出了他的为难,分别向他展开攻势。

赫拉许诺的是权势和地位,帕拉斯许诺的是智慧和名声,阿佛洛狄特许诺的是最美丽的女人。三种礼物(贿赂)都是人和神最渴望得到的东西,都具有超级诱人的魅力,然而最终,帕里斯把从赫拉手里得到的金苹果递给了美神阿佛洛狄特。[①]

帕里斯的选择说明了什么呢?说明在他心里,美女高于大于权势地位和智慧名声。美女属于原欲追求的对象,权势地位和智慧名声属于精神追求的对象,换句话说,在帕里斯这里,原欲大于精神,高于精神,压倒了精神。

这没什么不可理解的。站在帕里斯角度考虑问题,毋宁说这是自然而然,顺理成章的。帕里斯正值青春年少,荷尔蒙的分泌正旺盛,况且,他一直跟着牧羊人长大,对权势名声之类尚无感觉,所以支配他做出选择的,主要是原欲和本能。赫拉和帕拉斯迷恋于自己所拥有的东西,不会换位思考,只拿自己喜欢的东西去诱惑他,所以失败了。而美神深谙美少年的心理,投其所好,直接许以美女,所以如愿以偿了。

帕里斯的选择,既符合人性、人情,又符合现代心理学家马斯洛的人的需求理论。马斯洛将人类需求像阶梯一样从低到高按层次分为五种,分别是:生理、安全、社交、尊重和自我实现。美女对应的是生理需求,权势地位和智慧名声对应的是高层次的尊重需求和自我实现需求。生理需求基于原欲即本能,力量顽固而强大,相比起来,尊重需求和自我实现需求的力量要弱小得多。当然,需求层次在不同人身上的表现不一样,不可一概而论。如在文明修养高的人那里,精神需求的力量往往大于原欲的力量,他们的需求可能会倒过来。但是,具体到帕里斯这里,一个牧羊人带大的孩子,尚谈不上文明修养,谈不上更高的精神追求,所以,他可能正是马斯洛理论的一个好案例,好标本。

自然性和社会性,原欲和理性,肉体和精神,都是人的精神生活的基本元素,它们作为两极,共同构成人的精神生活张力场。在这一张力场中,哪个力量更强大,谁战胜谁,不可一概而论,要具体情况具体分析。不

① [德]古斯塔夫·施瓦布:《希腊神话故事》,花城出版社2014年版,第247—248页。

过,就一般情势而言,往往是前者的力量更强大一些。美少年帕里斯如此,现代社会中许多身处高位的贪官,不也如此吗?!他们明明知道什么应该什么不应该,但“眼里看得破,肚里忍不过”,他们还是让精神败给了原欲,自觉不自觉地做了原欲的俘虏。

五、潘多拉盒子:探询存在的奥秘

潘多拉不仅是中国读者,而且是全世界读者所熟知的人物。那么她及她手中盒子又有什么寓意呢?

传说提坦神的儿子普罗米修斯不仅创造了人类,还从天上盗火种送给他们,这让宙斯极为愤怒,为了抵消火给人类带来的巨大好处,宙斯决定让灾难降临人间,让人类经受各种痛苦和折磨。

宙斯命令火神依女神为模特儿制作了世界上第一个女人,然后命令众神参与后期制作:爱神教给她媚惑男人的手段,智慧女神雅典娜把她打扮得娇美如新娘,赫尔墨斯传授说谎的本领,宙斯在她身上灌注了恶毒的祸水。这位众神合作的女人,名曰潘多拉,意即“拥有一切天赋的女人”,是诸神为损害人类送的礼物。

接下来,宙斯命令把潘多拉带给普罗米修斯的弟弟埃庇米修斯(意为“后觉者”)成为他的妻子。普罗米修斯深知宙斯不怀好意,曾预先警告弟弟绝不能接受宙斯送的任何东西。可是弟弟缺心眼,一看见近在眼前的美眉,春心荡漾,立刻忘记了哥哥的警告,愉快地接受了潘多拉。

宙斯给潘多拉一个密封的盒子,里面装满了灾祸,如战争、洪水、疾病、地震、瘟疫等,嘱咐她送给娶她的男人。洞房花烛之夜,潘多拉被好奇心驱使,打开了那只盒子。顷刻之间,盒子里的灾害像股黑烟似的飞了出来,迅速地扩散到地上。盒子底还深藏着唯一美好的东西:希望,但潘多拉依照宙斯的告诫,趁它还没有飞出来的时候赶紧关上了盖子,因此,希望永远关在盒内了。从此,各种各样的灾难充满了大地、天空和海洋。疾病日日夜夜在人类中蔓延、肆虐而又无声无息,因为宙斯不让它们发出声响。各种热病在大地上猖獗,死神步履如飞地在人间狂奔。[1]

① [德]古斯塔夫·施瓦布:《希腊神话故事》,花城出版社2014年版,第3—4页。

关于潘多拉故事的意蕴,古往今来人们从不同角度进行了不同解读,各有各的道理。但从故事的基本情节看,笔者认为应该是希腊先民对灾祸和苦难原因的解释,深一层说,是对存在奥秘的探询。

人类生活中存在着各种各样的灾祸和苦难,让人痛苦不堪,烦不胜烦。人们想,这些灾祸和苦难是从何而来的呢?人类不是普罗米修斯创造的吗?他创造的人类,一切都很美好,没有灾祸和苦难呀!后来为什么有了呢?那肯定是宙斯因为忌恨人类,同时也为了报复普罗米修斯,所以才制造了种种灾祸、苦难强加给人类——你让我看不顺眼,我就让你不好过。由此看,潘多拉只是宙斯手中的工具,而宙斯才是人类灾难的总根源。

这样解释人类灾祸的根源,符合马克思对希腊神话性质的判断:任何神话都是用想象和借助想象以征服自然力,把自然力加以形象化;神话是"通过人民的幻想用一种不自觉的方式加工过的自然和社会形式本身"。①

探询灾祸的根源,原因是对生存现状不满,所以才追索为什么如此的原因。这种思考,从哲学上看,即对于存在奥秘的探询。这就是人类,哪怕是早期的先民,也已经不仅仅满足于生存,而是生存之外还要对生存进行形而上的哲学思考。但受人类发展阶段以及知识的限制,先民们无力对此进行深入的思考,只好借助神话做一个简单的解释。

几千年过去,存在的奥秘依然是人类思考的问题。那么人类现在思考的结果如何?结论是什么?结论是,奥秘毕竟是奥秘,奥秘依然是奥秘,宇宙的、大自然的、人生的,简言之,存在的奥秘是不可破解的。因为,宇宙、自然、人生、存在是整体——至大无边、囊括无遗的整体,而人类只是整体中的一部分,以部分认识整体,是困难的,或者说是不可能的。对于整体来说,人类的所有思考成果只是破解整体奥秘的一部分,而对于整体的奥秘依然处于无知状态。整体对于部分,永远是神秘的。面对整体,人们的反应永远是惊奇:不但惊奇于世界为什么是这样,而且惊奇于世界

① 《马克思恩格斯选集》第2卷,人民出版社1972年版,第113页。

竟然是这样。

你无法知道为什么是这样，只能接受它竟然是这样，人们对存在的奥秘保持兴趣，保持敬畏，这其实是人类认识的进步。在探询存在奥秘的队伍中，中国当代作家史铁生应该算是成绩突出的一位，他对于存在的奥秘曾有过深入的思考。

在著名散文《我与地坛》中，他写到一个漂亮但却弱智的小姑娘，受尽流氓无赖的欺负。漂亮而聪明，符合人们的期待，但漂亮却弱智，人们却为此纠结。那么上帝为什么不能把漂亮和聪明都给了小姑娘呢？让漂亮的姑娘弱智，上帝居心何在？——由此，引出了史铁生对存在奥秘的思考："谁又能把这世界想个明白呢？世上的很多事是不堪说的。你可以抱怨上帝何以要降诸多苦难给这人间，你也可以为消灭种种苦难而奋斗，并为此享有崇高与骄傲，但只要你再多想一步你就会坠入深深的迷茫了：假如世界上没有了苦难，世界还能够存在么？要是没有愚钝，机智还有什么光荣呢？要是没了丑陋，漂亮又怎么维系自己的幸运？要是没有了恶劣和卑下，善良与高尚又将如何界定自己又如何成为美德呢？"人们渴望消灭所有痛苦和不幸，让所有人一样健康、漂亮、聪慧、高尚，结果会怎样呢？怕是人间的剧目就全要收场了，一个失去差别的世界将是一潭死水，是一块没有感觉没有肥力的沙漠。①

史铁生关于苦难、关于存在奥秘的思考，中心是什么？是——"看来差别永远是要有的。看来就只好接受苦难——人类的全部剧目需要它，存在的本身需要它。"史铁生的意思是，苦难之类是存在本身的构成部分，剔除了这一部分就不是存在，于是没有办法，人类只好接受苦难。

这是一个多么令人悲哀伤心的结论，但再想想，这又是一个多么理智多么透辟的一个结论。看破了存在的奥秘，理解了苦难存在的必然性，就释放了、消解了遭受苦难的怨气（"理解了也就宽恕了"），就增加了承担苦难应对苦难的勇气。既然苦难是宇宙、世界、人生、存在必不可少的组成部分，谁也无法消除，那就别和宇宙规律（存在）闹别扭了，那就坦然平

① 《史铁生作品集》第三卷，中国社会科学出版社1995年版，第176页。

静地接受吧！接受之后再想办法与它做抗争，再超越它。从这个角度看人生，史铁生说，人生的实质就是与困境相周旋。这就是人生智慧。正如罗曼·罗兰所说，看破了人生而后爱它，这才是明智之举。

几千年前的先民没有想通的道理，现代人想通了；那时的先民们没有做到的，现代人应该能够做到了。让我们在对苦难的接受和承担中，一路高歌，坚韧勇敢地前行吧！

第二节 一个自我中心主义者的人生之旅
——司汤达:《红与黑》

《红与黑》是司汤达的代表作，是公认为开创了十九世纪法国现实主义小说先河的经典名著。然而1830年发表时公众对它的反应却相当冷漠，初版只印750册，后来依据合同又勉强加印了几百册，之后就如泥牛入海，销声匿迹。遭此冷遇，司汤达并不沮丧，他对自己作品的价值充满自信。他乐观地说:“我所想到的是另一场抽彩，在那里最大的彩注是:做一个1935年为人阅读的作家”。事实印证了司汤达的预测，而且比他的预测还要乐观。作品发表近二百年来，世界各国著名作家、批评家很少有不提到它的，他们发表评论高度肯定它的价值，肯定了它在世界文学史上的不朽地位。作为经典名著，至今仍是最受文学爱好者欢迎的文学读物之一，而且可以肯定，其不朽价值将随历史流传下去。

那么，是什么原因让《红与黑》具有永恒价值，被一代又一代读者所喜欢呢?

所有的研究者都首先注意到了作品的认识价值，都一致肯定作品深刻地反映了法国大革命以后的社会大动荡，写出了王政复辟时期错综复杂的政治和社会面貌。这从小说副标题“1830年纪事”即可确认这一点。人们称司汤达开创了现实主义先河，也凭的这一点。这一价值当然是毫无疑问，毋庸置疑的。然而，作品描绘的社会历史早就时过境迁，不复存在了，人们为什么还喜欢它呢？这里必然有超越社会历史的价值在。笔者以为，这个超越社会历史的价值即其中的人生意蕴——作品提出的人生问题,至今仍在;作品反映的人生欲望与人生困惑仍与今人相通。

一、从精神实质看,于连就是司汤达

《红与黑》的故事围绕主人公于连展开。于连是法国小城维里埃尔一家小锯木厂主的儿子,凭着聪明才智,被市长聘为家庭教师。期间与市长德·雷纳尔的夫人产生恋情,事情败露后由神父介绍进了省城神学院。神学院里派系斗争复杂龌龊,聪明过人的于连遭受打击和排挤,后经神学院院长举荐,到巴黎给保王党中坚人物德·拉莫尔侯爵当私人秘书,很快得到赏识和重用。与此同时,于连与侯爵女儿玛蒂尔德恋爱并私下结为夫妻。侯爵极为愤怒,调查于连历史。在教会的策划下,市长夫人被逼写了一封告密信揭发他,使他飞黄腾达的梦想瞬间化为泡影。于连在极度愤怒狂躁中开枪击伤市长夫人,而后拒绝众人的营救,拒绝忏悔,终被判处死刑。

作品的故事并非司汤达凭空原创,其素材是两件当时现实生活中的真人真事。一件是,1828 年 10 月《司法公报》上公布的格勒诺布尔家庭教师安托万·贝尔德枪杀这家主妇的事;一件是他在《罗马漫步》中谈到的巴黎木匠拉法格企图杀死用金钱勾引他妻子的资产者。这两件案情引发司汤达的注意,触发了他的灵感,于是将两件事合而为一,经艺术加工而成小说。

只有骨架没有血肉,只有轮廓没有细节,只有外形而无内在心理的司法案件为什么能引发司汤达的关注,并由此创造出不朽的经典名著呢?这是因为,他从案件中发现上层阶级的人已经失去了伟大感情和行动能力,而在下层阶级里却保留了这一切。这与他多年的感觉和思考有内在契合之处,与他的思想性格、理想愿望有契合之处,于是他借体附魂,把自己的人生观和价值观融入其中。换句话说,司汤达是借他人之口说自己的话,借他人的人生舞台,扮演自己的心灵戏剧。

据史料记载,司汤达十七岁参军,三次随拿破仑远征欧洲,亲身参加过多次战役。他始终忠实地追随拿破仑,在军中备受重用,对拿破仑的战功钦佩至之,奉拿破仑为人生榜样。在拿破仑的激励下,司汤达有强烈地飞黄腾达的欲望。他明确宣称自己是自我中心主义者,在他的心目中,“利己”是人的本性,谋求个人幸福是人生的最高目的和人类一切行为的唯一动机。为荣誉、地位、财富和爱情而奋斗,是人生在世无可争议的“伟大事业”。在他的《自我中心主义者的回忆》中有这样一段话:“社会好比一根竹竿,分成若干节。一个人的伟大事业就是爬上比他自己的阶级更高的阶级去,而那个阶级则想尽一切办法阻止他爬上去。”①

然而,随着拿破仑的失败,心高气傲的司汤达失去了上升的渠道。对此,他没有像其他人那样灰心丧气,而是寄希望于下层青年。他知道下层青年中蕴藏着巨大的改变现状的能量,他期待着新的革命的发生。他打算写一部表现下层青年的书,借此表达自己的思想。两桩真实案件的出现激发了司汤达的灵感,于是有《红与黑》的出现。在这部书中,司汤达把自己的思想、性格,以及人生观与价值观熔铸于主人公身上——内心充满激情,渴望改变现状;敏感、多疑,有时过分自尊;讨厌虚荣、浮夸,崇尚热情、刚毅、充沛的精力和顽强的意志;渴望建功立业,出人头地,跻身社会最高层。司汤达把这一切思想品格和理想愿望都赋予于连身上,让于连成为他的替身。所以,从精神实质上看,司汤达就是于连,于连就是司汤达。

二、野心的正当与可怕

说到于连,人们首先想到的第一个关键词就是野心。这首先是因为作者在提到于连时经常用“野心”一词来描述他。于连出身微贱,但聪明过人,少年时就有出人头地的决心,作过无数有关英雄伟人的美梦。他渴望像拿事破仑那样凭借战功,年三十而成为显赫的将军。然而生不逢时,封建王朝的复辟堵死了平民上升之路,平民上升的唯一途径就是献身上帝,当手握重权的主教。于是于连把人生目标又设定为当主教。这就是于连的所谓野心。

将军或主教并非贵族的专利,中国古代尚且有“王侯将相宁有种乎”的观念,更何况于连时代的法国已经经过“自由、平等”思想的启蒙。所

① 转引自艾珉:《法国文学的理性批判精神》,北京大学出版社1991年版,第90—91页。

以平民想当将军或主教,毫无疑问具有正当性与合理性。如果把这种愿望叫做野心的话,那么这种意义上的野心不含贬义。

具体到于连来说,他"属于法国大革命以后成长起来的一代知识青年,在王政复辟时期,是被排斥在政权之外的中小资产阶级'才智之士'的代表,这类人受过资产阶级革命的熏陶,为拿破仑的丰功伟绩所鼓舞,早在心目中粉碎了封建等级的权威,而将个人才智视为分配社会权力的唯一合理依据。他们大都雄心勃勃,精力旺盛,在智力与毅力上大大优越于在惰怠虚荣的环境中长大的贵族青年,只是由于出身微贱,便处在受人轻视的仆役地位。对自身地位的不满,激起这个阶层对社会的憎恨;对荣誉和财富的渴望,又引诱他们投入上流社会的角斗场"。[①] 这就是说,平民想当将军或主教是他们的权利,在当时的社会背景下,客观效果上是反抗贵族特权,破除社会不公,推动社会进步的动力,是合乎时代潮流的力量。由此看,于连的野心具有正当性与进步性。

但是,于连的野心,就其主观动机来说,没有为社会、为大众服务的意识,而全是为个人一己之私。他想当将军是要出人头地,成为众人仰望的明星,从而摆脱卑贱的社会地位,让虚荣心得到满足;他想当主教是因为主教既有权又有钱(他看到一个四十岁左右的神甫就可以轻易击败一个德高望重的老法官,就有三倍于拿破仑手下著名将军的收入)。时代变迁,既然不能再"红"(当将军),那就转而投黑(穿上主教的道袍),于是不顾一切走上为实现野心而拼搏之路。

本书前面讲过的卢梭,也是一介平民,甚至比平民还不如,是个无家可归的流浪儿。他也在艰苦奋斗,他的奋斗固然首先是为了改变自身命运,但他同时也有为社会、为大众利益服务的明确意识。他说:"至于我,这个各种灾难的牺牲品,注定要留在社会上,以便有一天能给任何热爱公众幸福,热爱正义……的人做个榜样。"[②]从这个角度看,于连的动机、境界远远没有卢梭的高尚。

由于缺乏公共意识,纯为一己之私,所以于连的野心让人感到可怕。

---

① 艾珉:《法国文学的理性批判精神》,北京大学出版社 1991 年版,第 85 页。

② 卢梭:〈忏悔录〉第一部,人民文学出版社 1985 年版,第 276—277 页。

他明明白白地说:“在我们称为生活的这片自私自利的沙漠里,人人都为自己”。[①] 这就是于连的人生观!这其实是法国版的“人不为己,天诛地灭”,典型的自我中心和利己主义。

在作品中,我们看到诸多对于于连利己主义的描写。在市长家,他为了显示自己的勇气,显示对贵妇人的征服,完全不顾善良的雷纳尔夫人处境的危险与精神的恐惧,直接通知她某天凌晨两点他要到她卧房去。离开神学院到巴黎前,他想会见雷纳尔夫人,再次不顾她的处境,无视她面临的巨大风险,众人环伺之下在她卧房一天一夜。总之,于连在采取行动的时候,首先考虑的是自己而完全不顾及对他人可能造成的伤害,彻底的自我中心主义。

于连因出身卑微,一生仇恨贵族,仇恨特权,但是一旦有机会,他便会充分利用特权为自己谋利。于连在侯爵府当秘书,得到主人赏识,主人为他谋得一枚十字勋章,于连的虚荣心得到很大满足。他感到自己在主人面前有了面子,有了点资本,于是说话比以前多了,胆子比以前大了。他原来所在城市维里埃尔贫民收容所长的职位出现空缺,这是一个可以敛钱贪污的肥缺,于连立马想到为自己当木匠的父亲谋取这一职位。侯爵为笼络于连的心,愉快地表示同意。趁侯爵高兴,于连乘胜追击,请求将该市彩票经销处主持人的位子赏给德·肖兰先生,侯爵又满足了他的要求。可是很快于连就发现,此位置应该给提前提出申请而并且德高望重的格罗先生,他知道自己把事情做错了。他对自己的莽撞感到惊讶,但他立刻对自己说,“这算不了什么,如果我要发迹,还得干出许许多多不公正的事才行,而且还得善于用富有感情的漂亮话来掩饰它们。”[②]

请看,这还没有掌权呢!仅仅是利用主子赏识自己这点面子,就开始为亲朋好友谋利,知道错了也不改正,而且公然承认自己有权后还会干更多坏事,干完再用漂亮话掩饰它。如此地无耻不是和恶魔一样吗!他本来极力反对特权,因为特权导致社会不公,但自己稍有机会便利用特权。他自己否定自己,走向了自己的反面。

---

① 郝运译:《红与黑》,上海译文出版社 1990 年版,第 307 页。

② 郝运译:《红与黑》,上海译文出版社 1990 年版,第 263—264 页。

在侯爵客厅，有一次于连和人谈到大革命时期杀人的事情，他毫不隐讳地说："要达到目的，就得不择手段；如果我不是一个微不足道的人，而是有几分权力的话，我会为了救四个人的生命而绞死三个人。"说这话时，"他那双眼睛显露出坚定的信念和对世人毫无价值的见解的藐视"。[①] 好家伙，于连的心残忍得让人毛骨悚然。

中国老百姓说，谁变蝎子谁蛰人；《红楼梦》中说孙绍祖，子系中山狼，得志便猖狂；鲁迅说，一阔脸就变。于连就是这种人。这种人极端自私，野心越大，对社会的危害越大。于连如果掌权，肯定是无恶不作的贪官，危害社会的恶官。所以，社会需高度警惕于连这种极端利己主义的野心家。这种意义上的"野心"就是不折不扣的恶念了。

三、于连"成功"的秘诀

于连出身卑微，但却接连赢得两个贵族女性的芳心，其中的玛蒂尔德是巴黎最显赫贵族家的千金小姐，是巴黎社交界的明星。那么，是什么因素让于连获得"成功"，换句话说，于连"成功"的秘诀是什么呢？原因多多，其中一个重要因素，借用作品中反复出现的一个概念，即"性格力量"。

如，在侯爵府，懂拉丁文的院士向于连介绍说，这个家庭里的人决不是具有性格力量的人，玛蒂尔德小姐一个人所有的性格力量，抵得上他们所有人，她牵着他们的鼻子走。[②] 于连也为自己所具有的"性格力量"而得意。在玛蒂尔德小姐向他表示偏爱之后，于连心里美不自胜："我的天主，她多么美丽啊！她那双蓝色的大眼睛望着我的时候，使我感到多么喜爱啊！今年春天和去年春天多么不同啊！那时候，我在那三百名恶毒而肮脏的伪君子中间（指在神学院——引者注），过着不幸的生活，全靠着性格力量才勉强支持下去。"[③]

那么于连的"性格力量"包括哪些因素呢？透过作品描写可知，大体包括以下几个方面。

① 郝运译：《红与黑》，上海译文出版社 1990 年版，第 279 页。
② 郝运译：《红与黑》，上海译文出版社 1990 年版，第 285 页。
③ 郝运译：《红与黑》，上海译文出版社 1990 年版，第 290 页。

知识。在普遍缺乏知识的愚昧人面前,有点知识就是莫大的优势。于连凭出色的记忆力,能把拉丁文《圣经》背得滚瓜烂熟,仅凭这一点,就让市长及夫人,让整个小城对他佩服得五体投地。

才能。于连当家庭教师,能把市长家的孩子们教好;当侯爵府秘书,能把帐目和公文处理得井井有条,这就是才能。有能力就有尊严,有成就就有地位。凭着这点才能,于连征服了聘用他的人,让所有了解他才能的人对他刮目相看。

思想。在侯爵府社交圈里,玛蒂尔德小姐是中心,众多贵族青年围着她转,卑躬屈膝地向她献媚以求她的一顾,但她对他们就偏偏地不屑于一顾,因为他们浅薄无知,缺乏见解,没有思想。他们所缺的,正是于连所有的,所以获得了她的敬重和青睐,以至于让高傲的她忍不住当面由衷地赞赏于连:"您是一个智者,您像一个哲学家那样,像卢梭那样,看待所有这些舞会,所有这些晚会;这些疯狂的事儿使您感到惊奇而又不能诱惑您。"①

高傲。由于出身卑微,于连知道要想在贵族圈里混下去,并且获得他们的尊重直至征服他们,奴颜卑膝肯定不行,必须反其道而行之,即保持自己的高傲。高傲是于连的护身符,是他征服高傲的法宝。他贫穷缺钱,但当他不得不离开小城去神学院学习时,却拒绝了雷纳尔夫人诚心诚意赠给他的钱。他越这样,夫人越高看他。在侯爵府,人人都以和夫人在一起吃饭为荣,他却极为厌烦,请求自己到小摊上吃便饭。他这种表示让心地高傲的玛蒂尔德小姐对他另眼相看。极端高傲的小姐一开始并不在意他,但当她发现他与众不同,主动想和他见面、和他说话的时候,他却故意躲着不见她。内心深处他爱她爱得要命,但却故意装作不在乎她。终于,他以他的高傲征服了她的高傲("他藐视别人,也就是因为这个缘故我不藐视他")。

勇敢。于连把征服贵族视为自己的职责,而要完成这一职责,可怜的小人物必须勇敢。勇敢是被逼出来的。他常常以雄鹰自比,以拿破仑为

① 郝运译:《红与黑》,上海译文出版社 1990 年版,第 269 页。

人生榜样。于是，尽管他实际上胆怯得浑身颤栗，也要强迫自己晚上十点钟一定要把雷纳尔夫人的手抓在手里，而且决不能让她抽回去。在侯爵府，玛蒂尔德为了考验于连的胆量，命令他在明亮的月光下用梯子爬到她的房间去。于连害怕得要死，犹豫不决，但最终他按她的要求做到了。当晚她就委身于他，不过过后就后悔了。她哭着对于连说："我恨我委身于第一个来到的人"，于连觉得受了羞辱，竟摘下墙上的古剑要杀死她。于连这一切看似鲁莽的行为最终征服了玛蒂尔德。她请求于连做她的"主人"，自己将永远做他的奴隶，表示要永远服从他。

野心。由于于连是卑微的小人物，一般人们不会想到他会有什么野心。但一旦发现他具有才华同时又怀着巨大的野心时，他的形象在女人的心里就立马高大，以至于膨胀到没边没沿了。雷纳尔夫人是最早发现于连才华和野心的人。她本来是他的主人，但他的野心让她"一转眼又像钦佩主人那样钦佩他。他的才华甚至高到使她害怕的地步。她相信她在这个年轻的神父身上一天比一天更清楚地看到了未来的伟人。她看到他成了教皇，她看到他成了像黎塞留那样的宰相。"①当然，雷纳尔夫人这样看他，我们可以以她文化低、见识浅做解释。但身在巴黎，阅人无数，见多识广的玛蒂尔德，在一步步了解于连之后，也感觉于连将来会是一个大人物。她在写给她父亲的信中这样介绍于连："不管从怎样低的起点开始，我相信他将来会飞黄腾达。跟他在一起我并不害怕默默无闻。如果发生革命，我能肯定他将扮演主要角色。"②什么角色呢？她认为他可能是下一个丹东，或下一个罗兰。丹东和罗兰都是法国大革命时期主要领导人，资产阶级政权成立后，丹东曾任司法部长，罗兰曾任内政部长。玛蒂尔德把于连视为出类拔萃的人物，于是对他崇拜得五体投地。

四、野心退席，领悟到幸福的真谛

于连单枪匹马，冲锋陷阵，终于在上流社会获得一席之地——玛蒂尔德和他私订终身，侯爵为维护自身脸面，为于连谋得骑兵中尉职位。于连

---

① 郝运译：《红与黑》，上海译文出版社1990年版，第92页。

② 郝运译：《红与黑》，上海译文出版社1990年版，第416页。

得意忘形,才刚刚当了两天中尉,就幻想着最迟在三十岁上统率一支军队。然而,乐极生悲,登高跌重,正当他在狂妄的野心勃发中陶醉的时候,拉莫尔侯爵私下调查他得到的一封信,揭露了于连的历史,彻底摧毁了他的美梦。于连盛怒之下,枪击被胁迫写信的雷纳尔夫人,被捕入狱,成了等待死刑判决的罪犯。

于连的人生断崖式跌落,一下子堕入谷底。堕入谷底,野心破灭,于连开始逐渐清醒,从野心里产生的那些希望一个接一个地让"我将死去"这句话从心里拔除。拔除了野心之后,"他看清了他的心灵深处,等到真实情况像牢房里的一根柱子一样清清楚楚地出现在他眼前,他想到了悔恨。"①

悔恨什么呢?首先悔恨不该对雷纳尔夫人下毒手。他现在才真真确确地感受到,他一生中爱过的两个女人中,只有雷纳尔夫人才是他的真爱,才是他的情人,而玛蒂尔德只是他的妻子——表面上的妻子,他和她之间只是相互征服相互战斗的畸形关系。虽然玛蒂尔德为救于连愿倾其所有,使尽了浑身解数,但他却把玛蒂尔德的行为视为发疯,他也自称为疯子。总之,他从玛蒂尔德处感受到的只是"征服"的快乐,是虚荣心的满足,而非正常男女之间柔情似水亲密无间的情爱。相比之下,他感到雷纳尔夫人给予他的是慈母般纯净的爱,他对她怀有的是"尊敬和儿子般的无限热爱",他感到他和她在一起的日子才是真正幸福的日子。他怀着无限深情对前来探监的夫人说:"从前,当我们在维尔吉的树林散步的时候,我本来可以是非常幸福的,但是狂热的野心把我的心灵拖入想象的国土。我非但没有把离着我的嘴唇如此近的这条可爱的胳膊紧紧搂在心口上,反而让未来把我从你身边夺走;我进行数不清的战斗,我为了建造一个庞大的未来必须进行这些战斗……不,如果您不到这个监狱里来看我,我到死也不会知道什么是幸福。"②

领悟到了什么是真正的幸福,所以他坚决拒绝雷纳尔夫人为挽救他的生命打算做的所有努力,他无比珍惜临死前和夫人在一起的日子。他

① 郝运译:《红与黑》,上海译文出版社1990年版,第435—436页。

② 郝运译:《红与黑》,上海译文出版社1990年版,第482页。

无限深情地祈求她:“让我们在这短促的生命还剩下的很少几天里过得幸福吧。”

于连虽然也爱玛蒂尔德,但骨子里对她不信任,所以他不惜冒犯她也要提出,他死后,求她将孩子送给雷纳尔夫人抚养,夫人让他放心,夫人是值得他临终托孤的人。

与上述悔恨相联系,于连也悔恨这么多年误入迷途,始终不懂生活,不懂人生价值所在,不懂什么才是真正的幸福。

在监狱,夜深人静,“等到只剩下他一个人的时候,不用担心有人来打扰他,他可以完全沉湎在回忆里,回忆他过去在维里埃尔或者维尔吉度过的那些快乐的日子,感到一种罕有的幸福。在那段飞快地逝去的时间里发生的事,哪怕再小,对他说来,都具有一种不可抵抗的新鲜感和魅力。他从来没有想到过他在巴黎获得的胜利,他对它感到厌倦。”①

他不是对巴黎的生活痴迷留恋吗,怎么突然“厌倦”了? 原因是新的处境,即将要死亡的命运,迫使一颗狂躁不安的心灵突然安静下来,迫使他“用新眼光看待所有的事物”。所以,“他不再有野心。他难得想到德·拉莫尔小姐。悔恨占据了他整个心灵,德·雷纳尔夫人的影子常常出现在他眼前,特别是在夜深寂静的时刻。”他对自己说,原来以为那封信永远毁掉了他未来的幸福,“谁知从写那封信的日期算起,还不到半个月,我已经不再想到当时我念念不忘的事……两三千法郎的年金收入,平平静静地生活在一个像维尔吉那样的山区里……当时我是幸福的……只不过我并不知道我有多么幸福!”②

一个野心勃勃在上流社会杀伐征战,习惯于以征服为成功标志的人,终于悟到那样生活的空虚和无价值,终于返朴归真,崇尚平凡、朴实、宁静、有爱的人生。如此巨大的反差,是可能的吗? 当然是可能的,因为它符合人的认识规律,符合生活的辩证法。

人啊,当身处平凡朴实、和谐宁静的生活时,他可能感觉平淡平庸,无聊乏味,所以向往世俗的喧嚣,虚荣的辉煌。但是,当他在丛林中打打杀

---

① 郝运译:《红与黑》,上海译文出版社 1990 年版,第 450 页。

② 郝运译:《红与黑》,上海译文出版社 1990 年版,第 438 页。

杀感到疲惫不堪,或者被失败挫折折磨得要死不活的时候,反过来又会羡慕平静平淡之美。平静平凡平淡之美,不是身处其中的人所发现的,而是身处惊涛骇浪,被激烈动荡折磨得遍体鳞伤的人看出来的。由此看来,这里又是一个人生的“围城”——城外的人想冲进去,城里的人想冲出来。这就是生活,就是生活的规律。这种现象,老百姓叫“灯下黑”,文雅的说法叫“生活在别处”。遗憾的是,于连到死才明白,有点晚了。

五、于连死了,但心魂还在游荡

作家史铁生曾提出过一个绝妙而深刻的命题——我永远不死。这里的“我”不是某一个具体的、肉体的人,而是泛指所有人。因为,世世代代的生命都是“我”,都是以“我”而在、而问、而思,从而建立起意义的。肉身终要毁坏,而心魂一直都在人间飘荡。比如我——史铁生,之所以为史铁生,并不因为肉身(他的肉身时时在变,哪个才是他呢),而是因为我曾有过的行为,以及这些行为背后我曾有过的思想、情感、心绪。这才是我,这才是我这个史铁生而不是别的史铁生。就是说,史铁生的特点不在于他所栖居过的某一肉身,而在于他曾经有过的心路历程,据此,史铁生才是史铁生,我才是我。

史铁生怕别人想不通,打了一个绝妙的比喻:一棵树上落着一群鸟,把树砍了,鸟儿也就没了吗?不,树上的鸟儿没了,但它们在别处。同样,此一肉身,栖居过一些思想、情感和心绪,这肉身火化了,那思想、情感和心绪也没了吗?不,他们在别处。在哪儿呢?在世世代代千千万万相接相续的人身上,你那些思想、情感和心绪将会在别人心上重现,你完全可视这些人的生命为你的再生。

以史铁生的上述思想为根据,我们可以说,于连死了,但在他身上曾有过的思想、欲望、情感、心绪并没有死,而是在一代又一代的人身上相接相续。从这个意义上说,于连永远不会死。

我们这样说,绝对不是纯思辨的玄虚的推理,而是有现实的根据。因为,无论哪个时代,社会上的人总是分为不同层次的。身处下层的人,尤其是有知识、有能力的年轻人,总是不希望社会阶层固化,总是想通过自己的努力上升到高端阶层去。这种情形,剥掉具体的社会历史内容,就其愿望而言，就和于连相通。笔者多年在高校工作，曾认识一位来自农村的学生，他说自己读文学作品不多，但对《红与黑》却反复读过五六遍，直到对其中的情节、细节滚瓜烂熟。问其原因，回曰不甘于身处底层的处境。他欣赏于连，他想像于连那样奋斗，从而改变自己的命运。人同此心，心同此理。这个学生的愿望具有一定代表性。

行文至此，忽然想到鲁迅先生一句话，大意是说，没有阔过的想改革，已经阔过的想复辟，正在阔着的要维持现状。伟哉，鲁迅！一句精炼之极的大白话，道尽了古今中外社会变动的深层秘密，道尽了纷纭复杂现象下面的心理动机，也间接地解释了于连的行为。

身处下层的人想通过努力交流、上升到上层，从而改变自己的命运，这一愿望是合理的，正当的。一个健康的社会，应该始终保持社会阶层互相交流变动的渠道畅通。从这个角度说，有于连那样的愿望，完全是可以理解的。但是，同时需要提醒的是，于连式极端自我中心主义的野心也是要不得的。后来者要引以为戒，认真汲取于连的教训，避免重蹈他的覆辙。当人们为占领高端而拼命时，往往会忘乎所以，不顾一切，最容易误入岐途，等到发现时悔之晚矣。所以，提前听一听于连野心破灭后的反思，是十分必要的。

第三节　一个“巴漂”的幻灭之路
——巴尔扎克：《幻灭》

“巴漂”一词，是模仿“北漂”自造的。因为，《幻灭》主人公吕西安也像今天在北京漂泊的年轻人一样漂泊在巴黎，也正因为如此，他的人生经验和教训或许更值得今天的年轻人思考和借鉴。

一、巴尔扎克视《幻灭》为自己作品中居首位的著作

巴尔扎克的小说，我国读者最熟悉的是《高老头》和《欧也妮·葛朗台》。这两部作品确实是巴尔扎克的代表作，但是，巴尔扎克的艺术宝库博大精深，其中珍品不可胜数，其他值得一看再看的经典之作还多着呢！例如《幻灭》，就是作者十分看好并给以高度评价的一部作品。作者在给

他的女友(后来成为他的妻子)韩斯卡夫人的信中,曾把《幻灭》称为“一部光彩夺目的作品”,“我的作品中居首位的著作”,认为这部小说“充分表现了我们的时代”。在《幻灭》第三部初版序言中,巴尔扎克明确宣称这是“风俗研究”中“迄今最为重要的一部著作”。[①]

《幻灭》[②]的中心内容,是两个有才能、有抱负的青年(吕西安、大卫)历经磨难,最终理想破灭的故事。

作品从第一部的构思到三部全部完成,前后历时八年,这在巴尔扎克创作史上是罕见的。之所以耗时八年,除了各种具体的琐碎原因外,主要是由于作家在这部作品中更多地熔铸了自己的人生体验。最初写这部书时需要多大规模作者自己也不知道。写完第一部(《两个诗人》)他感到需要有第二部,写完第二部(《外省大人物在巴黎》)才预告还有第三部(《发明家的苦难》)。他有越来越多的生活体验想往外传达,有越来越多的人生思考要告诉读者。熟悉巴尔扎克的研究者发现,《幻灭》这部小说几乎集中了作者本人最主要的生活经历和人生体验。或者说作品中几个主要人物的遭遇,作者大部分都经历过,人物的激情、幻想和苦难,作者几乎全部体验过。例如他在大卫·赛夏的故事里,融入了自己办印刷所、铸字厂、研究造纸技术和受债务迫害的惨痛经验;在吕西安的遭遇里,叙述了自己在文坛、出版界亲身感受到的污浊和混乱;他把自己从生活和创作中总结出的各种信念和主张赋予大尼埃·大丹士;同时他还把自己从惨烈的社会拼杀中发现的“冷酷的真理”借助罗斯多和伏脱冷之口表达出来。因此,在体现作家本人的思想和直接的生活感受方面,《幻灭》比其他小说具有更大的代表性。

二、吕西安的性格

全面分析《幻灭》的思想内容不是本书的主旨,这里主要想讨论一下主人公吕西安的人生之路及其可能带给我们的启示。

吕西安出身寒微,父亲是药房老板,母亲虽是大革命断头台上侥幸逃

---

① 转引自艾珉:《法国文学的理性精神》,北京大学出版社 1991 年版,第 136 页。

② 傅雷译,人民文学出版社 1978 年版。

生的贵族后裔，却与特权和财富无缘。故事开始时，吕父已死，家庭沦落为小城贫民。为了生存，母亲受雇伺侯病人，妹妹为人洗衣，全家靠母女俩微薄的工资和一点房租勉强度日。一家人尽量节俭，把不多的钱几乎全花在吕西安身上。吕西安呢，风华正茂，热爱科学，酷爱诗歌，擅长写作，而且长相俊美，人见人爱。至于他的性格，叙述人的介绍是：轻浮，莽撞，勇敢，好幻想，爱冒险，地位低下但自命不凡。[①] 他羡慕奢侈浮华的贵族生活，一心一意要到贵族世界闯一闯。就在这个时候，他的美貌和才华引起了贵妇人巴日东太太的青睐，吕心花怒放，二人一拍即合，产生了所谓的爱情。但是阶级的壁垒无形中在他们之间树起一道高墙。巴日东太太提拔他，鼓励他，给他以贵族式的"教育"：天才没有父母没有兄弟姐妹，为了建立伟大事业不能不自私，不能不牺牲一切包括家庭，天才只向自己负责，可以不择手段，蔑视法律，为达目的不惜拿一切冒险。"这些议论正好迎合吕西安隐藏的邪念，进一步败坏了他的心术。在强烈的欲望鼓动之下，他认为不择手段是理所当然的"。[②] 在贵妇人的诱惑和鼓动下，吕西安更加心痒难耐，恨不能一步登天。"他完全体会到，交上好运对个人的抱负有怎样的帮助"，他幻想拉住贵妇人的衣襟挤进上流社会去。

但同时，他又喜欢他家朴实安静的生活和高尚的情感：天才横溢的朋友和妹夫大卫那么慷慨的帮助他，必要时连为他献出生命都在所不惜；母亲受了屈辱仍旧那么高贵，对儿子满心慈爱；乐天知命的妹妹纯洁可爱，对哥哥充满手足之情。家人对他的百般呵护让他感到无比幸福。"反复无常的性格很快的使他想起过去的纯洁、用功、平凡的生活，看到今后无忧无虑，更美满的生活。贵族社会的喧闹逐渐消失。"[③]有时大卫故意试探他，要他在淳朴的家庭乐趣和上流社会的乐趣之间选择一下，他表示愿为家庭的幸福牺牲浮华的享受。大卫十分高兴，带全家下乡游玩，在草地上野餐，在树林中散步。每当这时候，吕西安就忘了在贵族府上的享用和上流社会的筵席，复归为淳朴。但是一看到贵族的豪华，忍不住又心旌摇

① 傅雷译，人民文学出版社 1978 年版，第 22 页。
② 傅雷译，人民文学出版社 1978 年版，第 53 页。
③ 傅雷译，人民文学出版社 1978 年版，第 104 页。

荡,想入非非。“吕西安就是这样的性格,从恶到善,从善到恶,转变得一样容易。”①

后来,由于与巴日东太太的“恋爱”在贵族社会闹得沸反盈天,以至于巴日东先生不得不与人决斗。巴日东太太在小城呆不下去了,打算到巴黎投靠亲友。吕西安一贫如洗,完全没有跟往巴黎的条件,但由于无论如何抵抗不了“成功”的诱惑,终于携全家所有积蓄,跟着巴日东太太到了巴黎。

三、吕西安在巴黎漂泊的心路历程

在巴黎,吕西安无依无靠,两眼一抹黑,只好紧紧追随巴日东太太。在这里他看到了更加豪华的生活和身份更高的贵妇人。“吕西安逞着反复无常的性子,马上想投靠这个有权有势的后台,觉得最好是占有她,那么功名富贵,样样到手了!”②但是,那是一个讲门第,讲身份,讲金钱,讲实利的社会,而吕一无所有,当然被人瞧不起;虽经百般努力,对贵族低三下四,受尽屈辱,极力奉迎,但还是很快被贵族社会所抛弃。他满怀一腔仇恨,像一条野狗一样四处徘徊,最后只得流落到巴黎的下层社会

吕西安住进了穷苦青年聚居的拉丁区。在这里,青年们不怕穷苦,朝气蓬勃,充满自信而自得其乐。刚到这里的吕西安行动拘谨,很有规律,“他对高雅的生活有过惨痛的经验,把活命之本送掉之后,拼命用起功来”。③ 白天他在图书馆刻苦钻研历史,晚上回到又冷又潮湿的房间专心修改自己的作品。他过着一般外省穷小子的生活,纯洁、无邪,只管想着前途,一本正经,对简单的伙食感到满足,视娱乐和消遣为邪念。一旦偷懒,立刻想到家人,家人像护身神一样守护着他的纯洁,他的日子过得艰苦而充实。这期间,他曾怀着希望找书商想卖掉自己的书稿,书商把价钱压得不能再低,吕西安失败而归。

在拉丁区,他遇到了立身处事完全相反的两种人。一种是以大尼埃·大丹士为代表的“小团体”,一种是在报界混得如鱼得水的埃蒂安纳·

① 傅雷译,人民文学出版社 1978 年版,第 56 页。

② 傅雷译,人民文学出版社 1978 年版,第 162 页。

③ 傅雷译,人民文学出版社 1978 年版,第 177—178 页。

罗斯多。两种人完全不同的人生观和价值观给了吕西安以完全不同的影响。

吕西安生活如此艰难，成功之路如此遥远，他有点受不了，想投身热闹且容易成功的新闻界。但他的这一想法遭到“小团体”朋友们的批评。

所谓“小团体”，是一群生活艰苦、情操高尚、志趣相投的青年学子自发形成的友谊团体。这里有自然科学家，有青年医生，有政论家，艺术家，全是好学、严肃、有前途的人。这里的人互相理解、互相尊重、互相帮助、互相鼓励，为了真理可以激烈辩论但从不争吵，几乎每个人都秉性温和，宽容大度，从不知忌妒为何物。这里物质方面的极端穷苦和精神方面的巨大财富成为奇怪的对比，污浊的生存环境和他们之间纯洁的友谊形成巨大的反差。吕西安对这批朋友无比佩服，为自己能够被这样一个团体接纳而心情激动，感到无比幸福。正如叙述人的评价：在“那寒冷的阁楼上就有最理想的友谊。——在荒凉的巴黎，吕西安终于在四府街上遇到了一片水草”。①

对于吕西安想投身报界的想法，小团体的朋友们直言不讳表示反对。他们认为报界是一个地狱，干的全是不正当的、骗人的、欺诈的勾当，你闯进去就休想清清白白的走出来。朋友们知道吕西安的弱点，担心他抵御不了恶劣风气的诱惑。为了说服他，朋友们苦口婆心劝他耐住寂寞做学问，告诉他天才就是耐性，要有超人的意志，一个人要伟大就不能不付代价，成功就必须准备接受各式各样的考验。朋友们善意而严肃地警告他：“为了感情犯的错误，不假思索的冲动，做朋友的可以原谅；可是有心拿灵魂，才气，思想做交易，我们绝对不能容忍。”②

就在吕西安犹豫不决之时碰上了报馆记者罗斯多。罗同吕一样也是外省漂流到巴黎谋生的穷青年，而且和吕一样渴慕光荣、权势，受着金钱的吸引。罗本来也想靠文学写作撞开一条门路，但却遭到惨败。因此对于吕想通过文学写作扬名文坛的想法，罗认为幼稚可笑。如今出版商看的是作者的名声，书的销路，无名小卒根本不被理睬；而文学界内部互相

① 傅雷译，人民文学出版社 1978 年版，第 202 页。

② 傅雷译，人民文学出版社 1978 年版，第 210 页。

倾轧,对待新人比出版商更蛮横更冷酷,对于新的竞争者恨不得一脚踩死你。罗痛心地告诉吕:我本是好人!心地纯洁,当初到巴黎的时候热爱艺术追求光荣,抱着许多幻想,后来发现完全不切实际,为生活所迫这才投身报界,报界虽然黑暗但却容易成功。他劝吕到报界闯一闯。

罗斯多这番真诚的坦白,尖刻的剖析,像大风雪般打在吕西安心上,冷不可当。那些淋漓尽致,骇人听闻的新闻界内幕让他深为震撼。但受着贫穷的煎熬和野心煽动的吕西安已经顾不了那么多,此刻,哪怕前面是地狱,他也非跳下去不可。他向罗斯多表示:"我一定要奋斗,不管在哪个阵地上。""我非打胜仗不可!"至于小团体朋友们的劝告,已完全当成了耳旁风。

随后,罗带吕去拜访出版界大亨道利阿,在那里他进一步了解了这里的内幕。成百上千的作家消耗生命,为之坐到深更半夜,绞尽脑汁建造起来的精神大厦,在出版商眼里不过是一桩赚钱或赔钱的生意。书店老板只管你的书好销不好销,而不管其它。而且越是好书越不好销,做真正的艺术家就必须准备长期受冷落。况且即使好书出版之后还必须有人捧,这就让评论家、报纸操纵了作家和书的命运,作家要向评论家、向报纸屈膝点头。"一个优秀的诗人拍一个记者马屁,亵渎艺术,正如娼妓在丑恶的木廊底下卖淫,侮辱女性"。吕西安认识到了这一切现象的实质:"整个的谜只要一个字就可道破,就是钱!"[①]吕感到自己孤独无依,要想成名必须尽快挤进这个社会,必须学会利用这个社会既定的游戏规则,这才下决心投身新闻界。

就这样,吕下海了,毅然决然义无反顾地下海了,在罗斯多的引荐下,他与报馆签订了合同,其实也就是签下了卖身契。在报馆,他看到这里其实是一个不折不扣的灵魂交易所,报纸利用人的隐私大敲竹杠,报馆老板不花一文钱买下一份周报三分之一的股份,还净赚一万法郎,报馆老板既无学识又无才能,文化程度只够写"护首油"的广告,居然利用别人代写的文章当上一份副刊的主编。这里没有真实的新闻,没有责任和良心,是

① 傅雷译,人民文学出版社 1978 年版,第 251 页。

"贩卖思想的妓院"。一桩桩见不得人的勾当让吕开了眼界,解放了思想。他的灵魂开始麻木起来。他开始在报界翻手为云,覆手为雨,信口雌黄。一部好书今天说好明天说坏,全凭老板的需要,而老板的需要即他的利益。以吕西安的才华,只要卖掉灵魂,没有什么做不到的,所以很快在新闻界大出风头,把一个美丽动人的女演员养为情妇,开始过起奢侈浮华的生活。他不忘旧日仇恨,利用报纸攻击曾冷酷抛弃他的情人和情敌,让上流社会对他恨之入骨。

为了收服风头正健的吕西安,贵族社会以在皇上面前为他争取贵族头衔为诱饵,拉拢他离开自由党而投靠保王党。跻身贵族是吕西安朝思暮想的美梦,贵族看准了这一点,投其所好,一下子击中了他的要害,于是他举手投降,转投于贵族门下。从此吕卷众了党派之间的恶斗,成为政治斗争的一名打手。等到吕失去进步党支持之时,贵族社会突然变脸,再次把他遗弃,让他里外不是人,成为谁也瞧不起的一条狗。失去了依附的社会组织、社会势力,经济上也断了所有来源,奢侈的生活无法支撑,情妇于艰难困苦中死去,吕西安重又变得一贫如洗。在巴黎呆不下去,只得灰溜溜返回家乡。

在家乡,妹夫一家靠大卫的小印刷厂过着安分守己的日子,他们罄其所有供吕西安出去闯荡,但他不但没能使他们幸福,反而把全家拖入无边的苦海。吕在巴黎一文不名时,为还债曾冒用大卫之名,签了三千法郎的期票,为此大卫负债被追逼,被起诉,没有办法只好躲藏起来。这时候,受过吕攻击的旧日情敌夏德莱当上了州长,并娶了巴日东太太。吕西安幻想通过他们帮助大卫未能成功。大卫遭到企图夺取他的造纸技术专利的印刷厂厂主戈安得兄弟的告发而被捕。吕西安眼看着自己给家人带来了深重灾难而无力救助,痛苦万分,企图以自杀了结这走投无路的人生。恰在这时,他遇上了化装成西班牙教士的伏脱冷。

伏脱冷,一个老于世故,深谙社会人生秘密的混世魔王,一眼看破吕西安涉世未深的幼稚与天真。他劝吕不要急于轻生,要振作精神继续活下去。为了活得更好,不要盲目瞎撞,一定要对社会做透彻的研究,掌握处世的秘诀。于是他为吕讲了一通属于他的历史课和道德课。他为吕讲的处世道理,归纳起来主要有如下内容:为了成功必须不择手段,要得到一切就得不顾一切。在社会的战场上所有人都不讲道德,你要讲道德就是幼稚,就必然失败。你要把人当作工具来使用,凡是地位高的你要充分利用,把他们当上帝一样膜拜,等他们对你的奴颜婢膝付足了代价,再离开他。对付人要像犹太人一样的狠心,一样的卑鄙。为了自己的利益,可以忘恩负义,不讲情面。为达目的,一定要把全部意志、全部行动,一齐放上去,即要有百折不挠的毅力,这样社会就会听凭你的支配。当你定下一个辉煌灿烂的目标,你一定要藏起你的手段和步骤,学会严守秘密,即躲在暗中干坏事。他批评吕西安过去的行动完全像小孩儿,教导他应当做大人,做猎人,暗暗的埋伏在巴黎的交际场中等机会,别爱惜你的人格和尊严。

这一套说教冷酷自私,骇人听闻,然而无一不切中社会的要害,无一不符合社会生活的实际。这正是一切社会恶人成功的秘诀。刚刚从社会污泥中滚爬出来的吕西安听起来感到恐怖又感到新鲜,感到魅力无穷而又无法接受,他称这一套为极不道德的强盗理论。伏脱冷承认是强盗理论,但不是自己发明的,而是一切暴发户的理论,一切王侯将相等所谓成功者的理论,是他们不说在口中却始终在行动中奉行的理论。伏脱冷的一席话挑动了吕西安的心弦,“都是最要不得,最会同恶念起共鸣的心弦”,“已经把他倾向堕落的心深深打动了”。他结合自己的人生经历,深感伏氏的话有道理,以前自己的失败全是因为幼稚、不成熟,换句话说即还不够卑鄙,不够毒辣,不够心狠。于是,“吕西安受着玩世不恭的议论的迷惑,尤其觉得自己被一条铁腕从毁灭的路上拉回来,对人生有了留恋的意思。”[①]“吕西安重新看到了巴黎,当初因手段笨拙而放下的缰绳又拿在手里了,他想报复了!促成他自杀的最有力的原因,巴黎生活和外省生活的比较,他完全忘了”。[②]

就这样,接受了伏脱冷教诲的吕西安,彻底洗去了少年时的幻想,消除了以前的幼稚和单纯,埋葬了最后一点羞恶之心,重又点起了征服社会

① 傅雷译,人民文学出版社1978年版,第605页。
② 傅雷译,人民文学出版社1978年版,第613页。

的野心。他奉伏脱冷为“上帝派给他的保护神”，在伏氏人生哲学的指导下，重回巴黎旧战场。

吕西安重回巴黎后在新的人生战场上的搏杀，巴尔扎克在另一部名著《烟花女荣辱记》中有详细交待，此处不赘。

四、吕西安留下的人生启示

回望吕西安的人生经历，我们思绪翻腾，感慨万千。吕由一个充满理想、追寻梦幻的热血青年最后沦落为不顾一切搏取名利的野心家，其中原因相当复杂：主观的，客观的；个人的，社会的；时代的，社会的；必然的，偶然的。导致他走向堕落的某些原因（如贵族阶级的排挤与偏见，资产阶级上升时期社会体制、法规、道德的无序与混乱等）或许有其特殊性（特定的时空性），但排除这些特殊性因素，认真反思一下他走向“幻灭”的人生轨迹，发现有许多值得令人认真思考的人生启示。

我国青年大多都熟知作家柳青的一段名言：人生的路是漫长的，但最关键的却只有几步。以此反观吕西安，他的人生路上也有关键的几步，让我们看看他是怎样走过来的。

第一步：未踏入社会之前。

未踏入社会之前的吕西安，和大卫一样热情好学、对人生充满幻想。由于吕爱好文学，才华出众，所以他的理想之梦可能更强烈更浪漫，尤其是在受到贵妇人赏识之后。但这时的他同时也珍惜朴实、温馨、宁静的家庭生活。摆在他面前的有两条路，一条辉煌耀眼，充满诱惑充满艰险；一条安稳踏实，平平淡淡默默无闻。哪条路对青年人，尤其是对吕西安这样的青年人诱惑更大，不言而喻。吕选择了第一条，是对，是错，难以评说！也许我们可以说这是一个错误，但这是一个可以理解可以原谅的错误。请看一看生活吧，面对诱惑和艰险，有哪一个青年不想搏一下呢！

怀着美梦踏入社会的吕西安还没踩上贵族的门槛就被抛弃了，让他受尽屈辱，不得不回归社会最底层从头做起。

第二步：在社会底层。

这时候，吕西安的路应该怎么走呢？他又来到一个人生的十字路口上。摆在目前的又是两条路，即小团体的路和罗斯多的路。

小团体的代表人物大丹士告诉他,一个人要伟大就要坚守灵魂的高贵,在顽强努力中耐心等待,准备迎接各式各样的考验。罗斯多告诉吕个人苦斗的艰难和绝望,告诉他新闻界里的种种偷巧和实惠。这是完全不同的两条道路和两种不同的方法:一条是漫长的,清白的,可靠的;一条是危险的,布满暗礁,臭沟,会玷污他的良心的。“吕西安这时完全看不出大丹士的高尚的友谊和罗斯多的轻易的亲热有什么不同。他的轻浮的头脑认为新闻事业是一件对他挺适合的武器,自己很会运用,恨不得马上拿在手里。”于是,“他的天性使他挑了最近的,表面上最舒服的路,采用了效果迅速,立见分晓的手段”,①从此走入新闻界。

一边是高贵的精神,一边是现实的利益;一边是清白的灵魂,一边是火热的情欲;二者不可兼得,怎么办?这又是一次严肃的选择,严肃的考验。选择决定人生道路,决定前途命运。我们知道吕西安选择了后者,那么其他人呢?和他做同样选择的人难道只是极少数吗!

第三步:失败后。

放弃清白的灵魂坚守而选择眼前的实际享受,可能成功也可能不成功。那么失败了怎么办?(当然成功之后也有怎么办的问题,这里存而不论)这里又是一个十字路口。

在这一十字路口上,或者总结教训,从自己人生态度上反思一下,从过分注重功利、注重情欲满足的涡流里抽身出来,到宽阔的精神天地里呼吸一下自由空气,调整人生的航向,走一条全新的路;当然也有人心有不甘,对自己的失败耿耿于怀,认为自己的失败是因为恶得还不够,坏得不彻底,为了报复,转而以恶对恶以黑吃黑,更彻底地出卖良心——“我是流氓我怕谁”。用中国术语说即必须更彻底地实践“厚黑学”。

在这一次人生选择中,吕西安选择了后者。他奉伏脱冷为精神导师,开始了新一轮的人生征战,曾一度跻身上流社会,最后阴谋败露被捕,在狱中自杀身亡,以彻底失败而告终。

吕西安失败了,败得很惨很彻底。我们可以说他败于不切实际的幻

① 傅雷译,人民文学出版社1978年版,第233页。

想,败于不可遏止的虚荣心,败于意志的薄弱,道德的沉沦,也可以说他败于社会的复杂与黑暗,败于人心的险恶与卑劣,更可以说他败于二者的交互作用。对于他的惨败,我们既感到活该又对他充满同情。他是害人者又是受害者,他痛恨社会的水浑,但由于他的存在而使社会之水更浑。

巴尔扎克写《幻灭》,主观意图是清醒的、明确的,即,一是为时代画像,用自己的一支笔"刺向报界那极为滑稽可笑的风气"①;同时也想为当时及以后在巴黎奋斗(或者说挣扎)的青年人提个醒。

十九世纪初的巴黎,在资产阶级革命后发展迅猛,它的财富与权力,繁华与热闹对外省青年具有挡不住的吸引力,他们都想到巴黎碰碰运气,到社会漩涡中去淘一桶金。据书中人物大丹士的估计,每年从外省漂流到巴黎谋生的青年大约有一千到一千二百人,形成一个特殊的群体,借用现在的话说即所谓的"巴漂族"。巴尔扎克本人其实也是"巴漂族"的一员,他深知世情的复杂与险恶,生存的艰难与不易。他既恨社会人心之污浊,也惋惜某些青年人之容易堕落。他有太多太多的话要说。通过吕西安的人生道路,巴尔扎克让读者看到了"巴黎与外省之间的种种联系,巴黎那种致命的吸引力,从一个全新的角度向作者揭示出十九世纪青年的面貌";通过吕西安的"幻灭",作者想击破那个时代青年人"那些最致命的幻想,即家庭对那些稍有才气却无坚强意志为之导向、也没有掌握防止走入歧途的正确原则的子女所抱的幻想"。② 在《幻灭》第二部(《外省大人物在巴黎》)初版序言里,巴尔扎克更明确地说,塑造吕西安这一人物的目的,是想让人们从中可以学到这样一个道理:"要得到高贵而纯洁的名声,坚忍不拔和正直可能比才气更为必不可少。"③

吕西安走了,他所生存于其中的时代和社会也一去不返了。但"一去不返"的只是表层,而主宰那个时代和社会的人性和人的欲望还在,那个时代和社会的某些"人间喜剧"还在重演;具体到个人,吕西安的灵魂还在,他那躁动不安或者说充满活力充满欲望的个性还在,还在一代代的后

① 《巴尔扎克全集》第24卷,人民文学出版社1991年版,第428页。
② 《巴尔扎克全集》第24卷,人民文学出版社1991年版,第426页。
③ 《巴尔扎克全集》第24卷,人民文学出版社1991年版,第433页。

来人身上活着。那么,后来人能从吕西安身上反思点什么,从而注意点什么吗!

第四节　名利场上是非多

——萨克雷:《名利场》

《名利场》是英国十九世纪批判现实主义小说家萨克雷的成名作和代表作。俄罗斯著名文学批评家车尔尼雪夫斯基称赞他观察细致,对人生和人类的心灵了解深刻,富有幽默,刻画人物非常精确,叙述故事非常动人。他认为当代欧洲作家里萨克雷是第一流的大天才。①

"名利场"的含义是什么呢？在"开幕以前的几句话"中叙述人(隐含作者)说,领班的坐在戏台上幔子前面,对着底下闹哄哄的市场,瞧了半天,心里不觉悲惨起来。市场上的人,有的在吃喝,有的在调情,有的得了新宠就丢了旧爱;有笑的、哭的、抽烟的、打架的、跳舞的、拉提琴的、哄骗人的,到处都有强梁汉子,还有对女人飞眼儿的花花公子……这就是我们的名利场。

在这里作者说得明白,市场即名利场,而市场上的众生百态即社会现实,换句话说,名利场指的就是社会现实本身。据资料介绍,作者从班扬的《天路历程》里发现"名利市场"这一说法时,快活得跳下床来,在屋里走了三个圈子,嘴里念着"名利场,名利场……"②因而借用来作了自己的小说名。

"戏台"意为拉开距离看人生,借助小说看人生。在这里,萨克雷看到的名利场上的戏剧(在巴尔扎克那里叫"人间喜剧")极为丰富而精彩。笔者无力全面转述,只说几点读后感吧!

一、虚荣心是名利场中人的通病

读完小说(以及西方其他作家同类题材的小说),给人一个强烈印象

① 参见《名利场》,杨绛"译本序",人民文学出版社1957年版,第703页。

② 参见《名利场》,杨绛"译本序",人民文学出版社1957年版,第708页。

就是,这里面的人怎么那么虚荣,那么爱面子、讲排场、装样子。在名利场上,人们的一举一动,一颦一笑,全要顾及面子,全是为了面子。鲁迅曾说面子是中国人的精神纲领,其实这句话用到萨克雷笔下名利场中人身上,也是再合适不过的。

为了面子,名利场上的人花样多端,挖空心思,可以说无所不用其极。

1. 欺世盗名,装点门面。

生意人奥斯本发了财,但出身寒门不足炫耀,这成了他的心病。好多年前,老先生从贵族缙绅录里面看到奥斯本公爵的纹章和他家的座右铭——“用战争争取和平”——就一起盗用了,假装和公爵是本家。从此,他们家的所有东西都打上了盗用的纹章,包括信的火漆上打的戳子,也刻着假冒的纹章。

奥斯本的行为让笔者立马想起鼎鼎大名的法国文豪巴尔扎克。巴尔扎克的父亲出生于贫苦农民家庭,靠着机遇和个人努力,当过王家议会文书和军粮给养总管。他本姓巴尔萨(Balssa),这样的姓在农村太多太普通了,没有任何值得炫耀之处,于是,他自作主张将姓改为“巴尔扎克”。到了作家巴尔扎克,还嫌出身不够高贵,于是别出心裁,偷偷在自己的姓名中加了一个“德”(de)字。众所周知,法国人姓氏中的“德”,往往是贵族出身的标记,它后面的姓大多来自古代国王或皇帝封赏的采邑。然而大作家奥诺列·德·巴尔扎克姓名中的这个“德”字纯属杜撰,子虚乌有。由此可以看出,即使巴尔扎克这样的成功人士,也渴慕虚荣,也难以免俗(巴尔扎克是在三十一岁,靠着《舒昂党人》和《婚姻生理学》一举成名后才加上“德”的)。

巴尔扎克父子两代擅改姓氏,伪造家谱的行为,是要冒风险的。这件事,巴尔扎克生前就已成为朋友圈的笑柄,巴尔扎克本人对此讳莫如深。这样的风险巴尔扎克难道不知道吗?当然知道。但明知道有风险还要假冒,说明了什么?说明当时的社会氛围中家庭出身是何等的重要。这种风俗和氛围,是奥斯本老头和巴尔扎克父子伪造家谱的社会背景。

2. 门第至上,身份第一。

名利场中人,特讲究身世,视门第为至高无上的荣耀,出身好就是享用不尽的无形资产,就是一块金字招牌。正如叙述人所说,在名利场上,一个头衔,一辆四匹马拉的马车,比一身的幸福还重要呢!①

作品中反复出现一个细节,有点身份地位的人家里都放一部《缙绅录》,里面记录着社会上名流世家的家谱。这部书是达官贵人以及发了小财的暴发户们社交生活的指南。男人们从中确定需要巴结趋附的贵人,女人们从中寻找嫁姑娘的对象。凡是门第高的,哪怕你是窝囊废,人家也高看你一眼,反之,哪怕你聪明能干有本事,人家也不把你往眼里放。

作品开头部分,写利蓓加离开学校在爱米丽亚家暂栖身。利蓓加聪明伶俐,但出身寒微——父亲是画匠,母亲是舞女,且双双亡故,现在是无依无靠的孤儿。为了自己有个依靠,她看上了爱米丽亚的哥哥乔斯,而乔斯也颇为喜欢她。但是,爱米的未婚夫乔治却因为她的出身低而看不起她。他说,乔斯家的门第已经够低了,再加上她,还成什么话?我愿意我的亲戚是个有身份的小姐,而不愿是她,她应该明白自己的地位。就因为此,他横加阻拦,破坏了这桩姻缘。当然,利蓓加自有她让人讨厌的毛病,但乔治看不起她的理由不是因为她的性格缺点,而是因为她的出身。

还说这个乔治,他因为门第破坏了利蓓加的姻缘,而他自己的婚姻,同样因为门第而受到父亲的干涉。他父亲奥斯本和爱米丽亚的父亲是老朋友,老朋友关系好的时候把两个孩子的姻缘定下了。爱米丽亚清纯美丽,温柔和顺,人见人夸,痴迷地爱着乔治,乔治也真诚地爱着她。但是,忽然间,爱米父亲的生意失败了,成为穷人了,奥斯本老头就不认这门亲了。他逼儿子高攀一门贵族亲事,坚决与破了产的证券经纪人的女儿断绝关系,除非她把十万磅嫁妆拿过来。他劝儿子多多结交上等人,只要儿子跟贵族子弟来往,他就肯给他钱花,否则一个子儿也不给。老头儿对贵族崇拜得五体投地。他把一本《缙绅录》翻得倒背如流,把其中的名字经常挂在嘴上,在女儿面前也忍不住提着勋爵的大名卖弄一下。每逢遇见有身份的人物,老头儿便卑躬屈膝,勋爵长勋爵短地叫得津津有味。结果,就因为儿子没按他的安排娶贵族小姐,他硬着心肠剥夺了儿子的财产

① 参见《名利场》,杨绛“译本序”,人民文学出版社 1957 年版,第 80 页。

继承权，儿子死后害得媳妇、孙子穷困潦倒没饭吃。

类似的例子在书中俯拾即是，不胜枚举。

3. 死要面子，不顾里子。

死要面子不顾里子，最典型的莫过于第一女主角利蓓加和他的丈夫了。利蓓加出身寒微，但聪明伶俐，能说会道，长得又漂亮，结果迷住了主人家的小儿子罗登，二人秘密结婚，因此得罪了本来要把财富传给他的姑妈，被剥夺了继承权。小两口没有经济来源，又没有本事挣钱，那就安心过穷苦人的日子呗！但罗登放不下贵族架子，依然强逞着过豪华奢侈的生活——"名利场上的人一定都见过好些浑身是债而过得很舒服的人。他们无忧无虑，吃穿都不肯马虎。罗登和他妻子在布拉依顿的旅馆里住着最好的房间，旅馆主人上第一道菜的时候，哈腰曲背的仿佛在伺候最了不起的主顾。罗登一面吃喝，一面挑剔酒菜，做出旁若无人的气概，竟好像他是国内第一流的贵人。威武的相貌，讲究的衣服和靴子，恰到好处的暴躁的态度，和对于这种生活经常的练习，往往和银行里大笔存款的用处一样大。"①

漂亮风光的面子是有了，可是面子下面、后面的里子却烂透了。为了支撑有面子的生活，罗登拉身边的朋友、熟人斗牌、打弹子赌钱，从中赢仨核桃俩枣补贴生活。这些小打小闹远不足以维持日常开销，怎么办？"罗登靠赊账过日子，倒很舒服。他的本钱就是他欠下的一大笔债。好些在时髦场里混日子的人，靠这浑身背债，比手里有现钱的人过得丰足一百倍。"②值得一说的是，像罗登这样要面子不顾里子的人不是他一个，而是一大群："在伦敦街上走走的人，谁不能够随时指出五六个这样的人来？你得搬着脚走路，他们可是神气活现的骑着马。上流社会里的人个个趋奉他们，做买卖的哈着腰直送他们坐进马车才罢。他们从来不肯委屈自己，只有天知道他们靠什么活着。"③

英法战争后，胜利了的英国人占领了法国，罗登夫妇两手空空地在巴

① 参见《名利场》，杨绛"译本序"，人民文学出版社 1957 年版，第 221 页。
② 参见《名利场》，杨绛"译本序"，人民文学出版社 1957 年版，第 171 页。
③ 参见《名利场》，杨绛"译本序"，人民文学出版社 1957 年版，第 171 页。

黎过起了快乐又舒服的日子。利蓓加在上流社会出入,又时髦又出风头,连好些光复后的王亲国戚都和她来往。许多在巴黎的英国时髦人也去奉承她,在灿烂豪华的新宫廷里,她也算得上有身份的贵客。

可是,风光的生活是需要用钱支撑的,而他们怎么办呢?作品专设一章"全无收入的人怎么才能过好日子"介绍他们的办法。主要是,罗登靠小聪明和狡猾的手段,在赌博中赢些不光彩的小钱;欺骗供他们食宿的旅馆老板,欺骗衣装铺子和首饰店老板,欺骗给他们养花的花匠和给他们养孩子的奶妈,所有这些为他们服务的人,他们欠下一屁股帐一走了之。回到伦敦,又有一大群债主围着他们讨债。利蓓加满口花言巧语,施尽浑身解数与之周旋,逼得债主们不得不同意她的建议,结果,"她用了一千五百镑现款把债务完全偿清,实际上只还了全数的十头之一",说白了,这等于她用流氓手段硬是赖掉了所欠的债。

要面子,爱风光,是利蓓加的天性,她无法汲取教训改掉这一弱点。在后来的生活中,罗登的哥哥毕脱爵士带他们夫妇进王宫参拜过王上。进宫时利蓓加浑身珠光宝气,富丽堂皇,极其豪华,她深感得意,乐得直想祝福路上的行人。如此风光地挣足了面子,可是她忘了,她那些风光的行头要么是从别人那里顺手牵羊得来的,要么是与她关系暧昧的大伯子和侯爵私下赠送的。叙述人此时忍不住嘲讽她——"有的时候她当真以为自己是个高贵的太太,忘了家里的钱柜空空如也,大门外等着要债的,自己非得甜嘴蜜舌的哄着做买卖的才过得下去,简直是个没有立足之地的可怜虫。"①

4. 炫富摆阔,俗不可耐。

炫富摆阔,是贵族及有钱人家的通病,《名利场》里这样的人数不胜数。如奥斯本老头逼儿子乔治娶(但儿子却不想要)的富家女施瓦滋小姐,一厢情愿地迷上了乔治,她挖空心思想迷住乔治的心。但一无姿色,二无才艺,唯一办法是炫富。于是,"她费了好些钱买新衣服、手镯、帽子和硕大无朋的鸟毛。她用全副精神把自己打扮整齐了去讨好那制服她的

---

① 参见《名利场》,杨绛"译本序",人民文学出版社 1957 年版,第 481 页。

人儿”,“老实的施瓦滋小姐穿了她心爱的蜜黄软缎衣服,戴了璁玉镯子,还有数不清的戒指、花朵、鸟毛,滴里搭拉的小东西挂了一身”。她本想以满身披挂赢得白马王子的心,结果,俗不可耐的炫富摆阔,反而让人生厌。

乔治对摆阔的施瓦滋小姐生厌,而他自己骨子里也和她一样难。他和爱米丽亚偷偷结婚后外出旅行。因为没有得到父亲的认可,手里没有多少钱。但他习惯了阔绰的生活,所以租住在体面旅馆的豪华房间里,桌子上的碗盏器皿光彩夺目,旁边五六个茶房等着伺候。他摆出公子王孙的神气,用最奢侈的食材招待客人。他一面喝酒一面挑剔,又不时吆喝着茶房,简直像国王一般。朋友劝他别太浪费,他答道:“我出门上路,一向非要上等人的享受不可。”

看到类似场面,心生厌恶而又忍俊不禁。这些贵族和富人们啊,灵魂里空空如也,满脑子吃喝玩乐,眼里只有金钱和财富,除了炫富摆阔、物质享受,完全不知道世界上还有比粗鄙的物欲更高雅的精神享受。

二、金钱是名利场中人际关系的总枢纽

名利场中的人际关系,说复杂很复杂,说简单也简单。拨开虚情假意亲切热闹的表象,发现导致其亲疏远近恩怨情仇的总枢纽无非两个字:金钱,或曰利益。

《名利场》用大量篇幅写了克劳莱一家的故事。克家上一辈有同父异母三兄妹。老大是克劳莱小姐,终生未嫁,手里有七万磅的家私,而且存了五厘的年息。因为她无后,所以两个弟弟都盼着得她的遗产。于是,家庭女教师利蓓加看到:“两个弟弟可真爱她——我还不如说真爱她的钱。这好人儿看上去很容易中风,怪不得弟弟们着急。他们抢着替她搁靠垫、递咖啡的样儿才叫有意思!她很幽默,说道:‘我到乡下来的时候,就让那成天巴结我的布立葛丝小姐留在城里。反正到了这儿有两个弟弟来拍我的马屁。他们俩真是一对儿!’”①

为了在遗产争夺中多分一杯羹,老哥弟俩一年到头你恨我我怨你,永远是吵吵闹闹没有个完。但自从克劳莱小姐下乡之后,两家从来不吵架。

① 参见《名利场》,杨绛“译本序”,人民文学出版社 1957 年版,第 96 页。

两家人你来我往,亲热异常。两兄弟谈天说地,客气得不得了,即使喝醉了酒都不敢拌嘴。为什么?因为“克劳莱小姐不准他们闹;她说如果他们两个得罪了她,她就把财产都传给夏洛浦郡的本家。”这样一来把两兄弟给镇住了。利蓓加幽默地说:“啊!金钱真是能够消愁息怒的和事佬!”①

不管老小姐对两兄弟态度怎样,两家人却一致低声下气地巴结她,笼络她。小一辈的时常写信问候她,或是时不时地送些礼物表达心意。弟媳妇送去几只珍珠鸡,几棵极肥大的菜花,又不时的附一个漂亮的钱包呀,针垫呀之类,说是她亲爱的女儿们做了孝敬姑妈的,只求亲爱的姑妈在心上留个缝给她们。大弟经常亲自或派人送来桃子、葡萄和鹿肉给她,说是聊表寸心。

为在争夺遗产中占上风,两兄弟家明争暗斗,互挖墙脚,互相提防。弟媳妇收买老大家的女仆做卧底,时时刺探老大家的消息,唯恐他家占了便宜。老小姐不喜欢大弟而喜欢他的小儿子罗登,声言要把大部分遗产传给他。弟媳嫉妒得要命,暗中撮合罗登和没有地位没有财产的穷教师利蓓加秘密结了婚。老小姐一怒之下取消了罗登的继承权。为了进一步占上风,弟媳妇以照顾生活为名,亲自到老小姐家里当管家。她的强势把老小姐压迫得喘不过气,结果事与愿违,老小姐把大部分财产传给了老大家的大儿子,把弟弟一家气得要死不活。

老大家的大儿子毕脱爵士,如今有钱又有地,所以一向看不起他的弟弟罗登开始对他另眼相看。罗登“自己是一个子儿也没有的,对于一家之主恭而敬之,不再因为他是个脓包而看不起他。他哥哥谈起怎么种树,怎么排水,他在旁边洗耳恭听;对于牛羊马匹怎样豢养,他也参加了意见……总之,当年犟头倔脑的骑兵现在变得低心小胆,成了个很不错的弟弟了”。② 看来,金钱不但能当和事佬,而且能改变家庭成员的地位——把平等变为尊卑。

金钱影响、操纵乃至决定人际关系的事实,在作品中到处都是。你有钱,你我是朋友;你破产了,立马就是路人。你有钱,哪怕貌丑人笨,也是

① 参见《名利场》,杨绛“译本序”,人民文学出版社 1957 年版,第 98 页。

② 参见《名利场》,杨绛“译本序”,人民文学出版社 1957 年版,第 424 页。

娶亲的对象；你贫穷了，哪怕你貌若天仙，人品极好，也拒绝结缘，直至赖婚。你有钱时，仆人围着你团团转，甘心为你效劳；你没钱了，立马对你变脸，甚至带着你的财产离你而去。总之，名利场中，钱是祖宗，钱是神主。有钱你就是大爷，没钱你就是孙子。势利！势利！整个社会，整个人群，几乎无处不势利。

三、荒诞是名利场上的常态

这里的荒诞是指善恶颠倒，美丑易位，好人不得好报，恶人得意猖狂。这种状况，莎士比亚在一首十四行诗中作过淋漓尽致的描述："不平事，何堪耐！索不如悄然去泉台；/休说是天才，偏生作乞丐；/人道是草包，偏把金银戴；/说什么信与义，眼见无人睬；/道什么荣与辱，全是瞎安排；/童贞可怜遭虐待，/正义无端受阉埋；/跛腿权势，反弄残了擂台汉；/墨客骚人，官府门前口难开；/蠢驴儿自命博士驭群才；/真真话错唤作愚鲁痴呆；/善恶易位啊，恰如小人反受大人拜。/似这等不平何堪耐，不如一死化纤埃，/待去也，呀！怎好让心上人独守空阶？"

这首诗前十三行都在悲愤激昂地控诉社会的不公，以至于激愤得想一死拉倒。莎士比亚控诉的"不平事"亦即"荒诞事"，但后者的外延大于前者。透过莎士比亚的诗可知，人生荒诞，世事荒诞，由来已久，非常普遍。以至于到了现代，西方文学中出现一个专门表现人生荒诞的流派，叫"荒诞派"。其实早在荒诞派出现之前，荒诞现象早已是作家关注的对象。例如，在《名利场》中，荒诞就是名利场上的常态。

作品中的荒诞现象多多，限于篇幅，仅举一例以证之吧！

例如毕脱爵士，国会议员，"有爵位，有名气，有势力，尊荣显贵，算得上国家的栋梁。他是地方上的官长，出入坐了金色的马车。大官儿、大政治家还要对他献殷勤。在名利场上，他比天才和圣人的地位还高呢"。[①]地位和名声如此高贵，按常情常理常识，应该是德才兼备、德高望重之人吧！可事实上，他是一个不折不扣的小人。

我们看叙述人怎样揭露他："好个名利场！我们且看这个人，他别字

---

① 参见《名利场》，杨绛"译本序"，人民文学出版社1957年版，第84页。

连篇,不肯读书,行为举止又没有调教,只有村野人那股子刁滑。他一辈子的志向就是包揽诉讼,小小的干些骗人的勾当。他的趣味、感情、好尚,没有一样不是卑鄙龌龊”。①

毕脱是远近闻名的大地主,家大业大,财富殷实,典型的阔老一个。然而,“英国所有的从男爵里面,所有的贵族和平民里面,再也找不出比他更狡猾、卑鄙、自私、糊涂、下流的老头儿了。”“他一毛不拔,向来不肯做善事。”他的手,在随便什么人的口袋里都想捞一把,只有他自己的口袋是不能碰的。他今天跟佃户嘻嘻哈哈一块儿喝酒,明天就能出卖他。他为人苛薄,在他手下的佃户,差不多没有一个不是一贫如洗。种地的时候,他吝啬得舍不得下种子,结果从来没有好收成。开矿、买股票等投机的生意他一件都不错过,光想空手套白狼。他的煤矿没有正常设备,被水淹没了。他卖给政府的牛肉是坏的,政府便把合同掷还给他。他采办花岗石,不肯多出钱请规规矩矩的工头,结果有四个工头卷了一大笔钱溜到美国去了。如此等等,不一而足。然而就是这样一个不折不扣的小人,却得意洋洋地坐在国会议员、地方大官的高位上。

像毕脱这种小人得志的现象,在当时社会上非常普遍。对此,叙述人(隐含作者)发议论说:“一辆自备马车和三千磅一年的收入不见得就是人生的最高的酬报,也不是上帝判断世人好歹的标准。咱们只看呆子也会得意,混蛋也能发财,江湖骗子成功的机会并不比失败的机会少……”。②

毕脱这样的人不是一个,而是一批,一类,而且繁衍不息,不绝如缕。任何时代、任何社会、任何地方,都可以看见这种人的孝子贤孙。

四、虚名浮利,追之何益

洋洋洒洒六十多万字(中文)的长篇小说,大结局时叙述人(隐含作者)以这样一段感慨作结:“唉,浮名浮利,一切虚空!我们这些人里面谁是真正快活的?谁是称心如意的?就算当时遂了心愿,过后还不是照样

① 参见《名利场》,杨绛“译本序”,人民文学出版社1957年版,第84页。
② 参见《名利场》,杨绛“译本序”,人民文学出版社1957年版,第387—388页。

不满意?”①

这段颇有深度的人生感慨,既是对书中人物命运的总结,也是说给读者听的人生教益。它指出浮名浮利的虚无,或者说无意义,因而不值得舍命去追求,人生总有缺憾,没有什么人的生活是十全十美万事如意的。

这样的人生教益是从书中所有人的人生,尤其是从第一女主角利蓓加的人生轨迹中提炼出来的。利蓓加出身贫寒,但性格倔强,聪明能干,为人做事有手段,有心计,有主意。面对花花世界的诱惑,她不安于自己的地位,千方百计想改变自己的处境,一心要攀高枝,爬到上流社会去。于是调动聪明才智,无论走到哪里都善于察言观色,花言巧语,巴结逢迎,为自己谋利。终于,阴错阳差,风云际会,利蓓加竟然不可思议地跻身于上流社会,不但出入于贵族宴会与舞厅,而且出入于法国和英国王宫,一时间成为贵族社交场上的明珠,风光无限,尽享了上流社会的荣耀。

然而,利蓓加一无家世根基,二无经济基础,她的荣耀全靠不光彩的手段得来。就好比沙滩上的高楼大厦,风浪一来,随时就会坍塌。果不其然,她与侯爵勾勾搭搭情意缠绵之时被丈夫撞见,旋即传遍名利场,从此名誉丢尽,为众人唾弃,再次跌入底层,直至被迫出走异国他乡,过起乞丐似的流浪生活。

无限凄惨落魄之际,利蓓加遇到了闺蜜爱米丽亚的哥哥乔斯,真真假假的一串故事打动了乔斯和爱米丽亚的心,在他们的帮助下重新回到正常人的生活轨道上来。乔斯死后,利蓓加获赠他的部分遗产和儿子所给了生活费,从此生活有了保障。回顾平生跌宕起伏的人生迹遇,利蓓加感慨万千,改心向善。从此她热心宗教和慈善事业,经常上教堂。在所有大善士的名单上,总少不了她的名字。对于需要帮助的穷苦人,她是一个靠得住的、慷慨的施主。在为穷人开的义卖会上,她总有份,每回守着摊子帮忙。

利蓓加变了,而且是真诚地变了(从作者的笔调看,没有任何讽刺的意思)。对于这一变化,知道她底细的人可能觉得突然和不可思议——如

① 参见《名利场》,杨绛“译本序”,人民文学出版社 1957 年版,第 702 页。

爱米丽亚一家在义卖会上看见她后,慌慌张张的跑了。看到他们的反应,利蓓加"低下眼睛稳重地笑了一笑"①。这是意味深长的一笑,内涵丰富的一笑。从这一笑,我们可以看出她内心的成熟和淡定,不然何来"稳重地笑"!这说明她已不在乎别人对她的看法,而只在乎自己的内心;说明她已经幡然悔悟,意识到昨日之追求皆属虚空,她已经与过去诀别,开始新的生活了。

利蓓加从底层起步,一步一步登上社会金字塔的顶峰,又跌入地狱似的深渊,最后又回归普通人的正常生活轨道。转了一个圈,又回到了起点上。早知今日,何不当初?但不一样,转了一个圈看似回到了原点上,其实是螺旋式上升了一个层次。转了一个圈终于悟到原来追求的东西之虚妄和无意义,悟到为他人行善的生活才是真正值得追求、值得过的生活。只有在这里,才能找到生命的意义,才能找到灵魂的归宿。

利蓓加的改变也许有点突然,也许有作家让她为自己代言的意思。但细想起来,也是有生活基础的。首先,利蓓加不是笨人,而是聪明伶俐有头脑有思想的人。她的思想和主意常常让她身边的人佩服不已。别的不说,屡经不利局面而从不沮丧,总能乐观坚强地面对生活,就说明她是有主见的人。这样一个人,回首过山车似的人生经历,发现一向苦心追求的东西原来是虚名浮利,像海市蜃楼一样容易云散,像泡沫一样容易破灭,因而不值得追求。这样的人生感悟,对于利蓓加来说,不是没有可能,而是完全可能的。其次,符合心理逻辑。虚名浮利,像流光溢彩一样迷人,天然地契合人性的弱点,对每个人都是巨大的诱惑。面对如此"美好"的东西,无论谁都想得到。得不到时心痒难耐,痛苦忧愁,乃至"羡慕嫉妒恨"。然而一旦到手,聪明人发现原来不过如此,富贵荣耀背后隐藏着无限悲凉,无限心酸。这样他们就会反思,原来的拼命追求,原来物质、精神乃至灵魂上的付出是否值得。于是生出"浮名浮利,一切虚空"的人生感慨。如此看来,虚名浮利原本就是一座"围城",城外的人想冲进去,城里的人想冲出来。

---

① 参见《名利场》,杨绛"译本序",人民文学出版社 1957 年版,第 702 页。

除利蓓加外，萨克雷还写了奥斯本、赛特笠、克劳莱等几个家族几代人命运的起伏变迁，让我们看到他们虽然一代又一代的追求虚名浮利，但没有哪一家、哪个人的人生是顺心得意，没有缺憾的。这样描写似乎是在印证他对人生的悟解："时间像苍老的、冷静的讽刺家，他那忧郁的微笑仿佛在说：'人类啊，看看你们追求的东西多么无聊，你们追求那些东西的人也多么无聊'"。[①]

作品中的利蓓加幡然悔悟了，然而，利蓓加的精神子孙还在，他们能听懂萨克雷先生的教诲，从而汲取灵魂先祖的人生教训吗？

五、时移世易，名利场上风俗依旧

读《名利场》，字面上看到的是，英国，十九世纪，大贵族，富商大贾，小贵族地主，中小商人，衣服是那时的衣服，场景是那时的场景，事件是那时的事件。但是，透过这些表象，我们感到，在所有人物的胸腔里跳动的，是活在当下的今人的心。换句话说，故事的表层是彼时彼地，故事的内层是此时此地。时过境迁，一切外在的东西消失了，然而，一切内在的东西，如人性、人心、人情世故仍然没变，一切灵魂的戏剧仍在重演。

读《名利场》，一个强烈感受是，忽然活到十九世纪英国去了，或者也可以说，十九世纪的英国人活到当下我们中国来了。读者看到，虽然四轮马车变为宝马、奔驰、路虎了，可是坐在车上的人追求虚荣的心还在，金钱为中心的人际关系还在，荒诞的生活现象还在，人与人之间的勾心斗角、尔虞我诈还在，浅薄势利还在，社会上的吃喝嫖赌、坑蒙拐骗还在，利蓓加还在，斯丹恩还在，一句话，时移世易，名利场上风俗依旧。

这就是文学经典、世界名著的魅力啦！魅力在于，写出了人类生活的"公因式"，写出了人性、人心中那些永远不变的东西，写出了古今中外人与人之间相同、相通的东西。因而，经典名著永远都不过时，经典名著超越时代、超越社会、超越阶级、超越民族、超越贫富贵贱，活在不同时代不同社会不同人的生活中、心灵中。

经典名著之所以为经典名著，除了写出了生活的真实，写出了人类共

---

① 参见《名利场》，杨绛"译本序"，人民文学出版社 1957 年版，第 716 页。

同共通的东西之外,还因为在人生观、价值观方面给人以教益和指导。如《名利场》,作者在真实地描绘社会上的肮脏龌龊,人心中的卑鄙阴暗的同时,就是在揭露和批判它们。作者揭露丑是为了否定丑,是在化丑为美。这里的转换机制是“—(—1) = 1”。作者在否定丑时不忘宣传仁爱,正如他自己所说,玩笑虽好,真实更好,仁爱尤其好。[①] 萨克雷把暴露社会丑恶的小说家称为“讽刺的道德家”,说他们的责任不仅在于娱乐读者,还要教诲读者;小说家应该把真实、公正和仁爱牢记在心,作为自己职业的目标。这是批判现实主义作品中的精神正能量。正是这些宝贵的“正能量”一代代往下传,内化为人类文明的基因,推进着人类文明的进步。

《名利场》反映的生活已成为过去时,但《名利场》的精神价值永在!

第十三章　借助文学透视人生

第一节　生命为什么是宝贵的?

深谙人类思维活动规律的大哲学家黑格尔提出过一个著名的哲学命题——熟知非真知。他说,一般说来熟知的东西所以不是真正知道了的东西,正因为它是熟知的。黑格尔所说的这种现象实在太普遍了,例如“生命是宝贵的”就是这样一个命题。只要粗通文墨,差不多每个人都会说“人生是宝贵的”这句话。但是生命为什么是宝贵的,却未必有多少人仔细想过。当我们静下心来深入思考的时候,我们感觉到这句话中包含着诸多深刻的人生道理。

① 参见《名利场》,杨绛“译本序”,人民文学出版社 1957 年版,第 706 页。

一、生命的偶然性

一个人获有生命,得以来到这个世界上,从自然生育过程看,自有其必然性,这是不言而喻的。但如果换个视角,即可发现个体生命的产生,是一种绝对偶然的现象。

一个人(为论述方便我们假定为张三)的生命来自父母的结合,而父母在哪一年哪一月哪一天结合是很偶然的事,换一个时刻结合则可能是另一个生命而不是这一个生命。进一步,即使注定在某一日结合,是不是生张三,也不一定。因为,男性精子多至上亿,而女性的卵子则只有一个,哪一个精子捷足先登与卵子结合谁也说不了。换一个精子与卵子结合将会是另一个孩子而不是现在的张三。

往前说,父母结婚这件事本身也是一件很偶然的事。假定张三的父母是大学同班同学,他们走到一起就是无数偶然因素的组合。假定张三的母亲(或父亲)在考大学时遇到某一科的某个选择题不会做,老师告诉他们必须胡乱地选一个,如果选 A,她蒙对了,结果就上了学,如果选 BCD 的任何一个,就可能因 1 分之差而上不了大学;或者在填报志愿时犹豫之中,随随便便地填报了别的学校或别的专业;或评卷老师一念之间在某个主观题(例如作文)上多了或少了一分;或者被录取后电脑随机地将其父母没有编在一个班;或虽在一个班但因为各种偶然原因(如一次舞会,一次郊游,一次聚餐等等),其父亲或母亲与别的同学好了……总之,无数谁也说不清的因素鬼使神差地让张三父母恋爱了,结婚了,生了张三了。假如这中间任何一个小小的链条一旦中断,就没有张三父母的结合也就没有了张三的生命。

再往上说,其父母的生命是由其爷爷奶奶姥爷姥姥四个人极偶然结合的结晶,其爷爷奶奶姥爷姥姥的生命是怎样来的呢?这样往上看去,是一张密密麻麻的按“2”的 X 次方张开的人际关系网。按 25 年一代计算,从张三往上推到第十代,张三的出生与 512 人有关,推至 20 代呢?与 524288 人有关。21 代呢?那就是一百多万人啦!也就是说,250 年前有 512 人,525 年前有一百多万人在冥冥之中偶然地结合,才有了今天的张三。这 525 年间,一百多万人中间随便哪一代的哪一对男女因为偶然因素没有成为夫妻,那么,导致张三出生的人际链条就中断了,也就没有张三了。而能够导致这一链条中断的因素是无限地多。换句话说,张三的出生实在是非常非常惊险,以致于惊险到简直可以说近乎不可能。从概率论上由525年前往下看,张三出生的概率是无限小,几乎等于零。然而这个近乎等于零的事情竟然成了事实,零变成了壹。这一事实的实现,交给任何一个最精明最有权势最有组织能力的人都不可能完成,能完成这一任务的只有"上帝"即造化本身。造化是多么的智慧而神秘啊!

写到这里,笔者陷入了深深的沉思,一种肃穆而神圣的心理体验油然而生。我们平时说到造化、造物主、神、上帝……,总感到空洞抽象,不可思议,把握不住。如今,造化、造物主、神、上帝……借张三的出生现身了,显形了,我们窥到它的真面目了,我们在与它直接对话了。我们看到它是怎样工作,怎样在一切事物、现象背后操作的了。我们惊叹于它的奇妙,确切明白了什么叫神秘,真正理解了佛教的"因缘"。这是一种极为难得的精神享受,一种不可言喻的高峰体验。

由无数人无数年无数偶然因素的神秘组合才出生的张三,本身就是上帝的一个杰作,大自然的一个奇迹。张三是天地间的唯一,由此看,谁还敢说个体生命的存在不是极为宝贵的呢?!

二、生命的有限性

人生存的大背景是宇宙,是大化,是自然本身。宇宙的存在,从时间维度看无始无终,从空间维度看无边无际,总之都是无限的。而宇宙间任何一个个体生命的存在都是有限的。这个有限也包括两维:从时间角度看每个人只有一生,大不了一百年左右;从空间角度看每个人只有一身,是男身就不是女身,是这种形象就不再是另一种形象,在河南就不能在北京,是工人就不能是农民。个体生命存在的有限性与存在本身的无限性在客观上形成一种尖锐的对立,于是让有思想有灵魂的人类生发出无穷无尽的无奈感叹!

人类对个体生命的有限性感受最深因而也感叹最多的是生命的短暂。文学史上为此留下了许多不朽名句:"人生天地间,若白驹之过隙,忽然而已。"(庄子);"人生寄一世,奄忽若飙尘","人生不满百,常怀千岁忧。”(《古诗十九首》)“人生百年,犹如一瞬”。(王勃)“前不见古人,后不见来者。念天地之悠悠,独怆然而涕下。”(陈子昂)“君不见高堂明镜悲白发,朝如青丝暮成雪。”(李白)“江边一柳垂垂发,朝夕催人至白头。”(杜甫)“寄蜉蝣于天地,渺沧海之一粟;哀吾身之须臾,羡长江之无穷。”(苏轼)……每当人们吟诵这些诗句,无限悲感油然而生。它能打动每个人,因为它道出了每个人对个体生命存在有限性的共同遗憾。

三、生命的不可逆转性

从终极角度看,时间本身是永恒的,寂然不动的,一瞬与一万年没有什么区别,因而也无所谓流逝不流逝。但我们每个人所生活的世界是有限的世界,在这个世界里,因为有春夏秋冬的演变和白天黑夜的交替作参照,所以,在我们的主观感觉中时间是匀速的直线前进,而且是不可逆转的。一天从早晨、中午到晚上,一生从幼年、童年、青年、中年到老年,一个阶段一个阶段地推进直至死亡。一个人临死前觉得一生没活够,还想再活一遍或者想再返回已走过的某一段哪怕是某一天,那是决不可能的了。空间中人们去过的地方可以再去,时间中已经过去的却无论如何也返不回。

以上道理可以具象化为一个有意思的画面:假定一个人能活一百岁,相应地在桌子上摆放一百本日历。这个人每活一天,日历撕去一页,一天天地活,一天天地撕。每撕去一页,从“生”这头看,意味着这个人的生命增长了一天;从“死”这头看,意味着离死近一天。这一过程绝对地直线前进不可逆转。每一天每一小时每一分钟每一秒钟,对于每个人来说,绝对的只有一次,过去就永远过去了,无可追回了。想一想真的让人惊心动魄,感叹不已。这,既是造化之“冷酷”,也是造化之公平——时间面前人人平等,谁也回不到过去。即使是亿万富翁倾其所有家产也买不回刚刚过去的一分钟。想到此又让人感到欣慰和平静。既然造化如此之公平,你还有什么可感叹!

总之,个体生命在时间中的存在是不可逆转的(因而当然也就是无比宝贵的),你就安心乘坐在时间之宇宙飞船上愉快地航行吧,它保证直线将你安全地由此一世界送达彼一世界。不用操心耗资买飞船的船票,何等地惬意和享受啊!

四、生命的不可重复性

个体生命存在的不可重复性的基本意思,其一,从静态角度看,指的是世界上没有两个完全相同的人,每个人都是独特的,即独一无二、不可代替的。这里的独特既包括人的生理结构也包括心理——精神结构。人的生理构成,例如面孔,大不过10平方厘米左右的面积,上面统一安排着眉毛、眼睛、鼻子、嘴巴这些器官,而且安排的位置也一模一样,但世界上几十亿人的面孔竟然没有两张是完全相同的。即使是孪生子,其面孔也有差别,否则其父母就不可能一眼看出谁是大虎谁是二虎,哪个是大芬哪个是小芬。还有,任何一个人的声音、指纹、字迹等等都不会与别人完全一样。心理——精神世界呢?同样地千差万别。有道是"人心不同,犹如其面","一娘生九子,连娘十个性。"

其二,从动态角度看,每个人的人生历程、人生际遇都是由无限多的因缘组合而成的,而这无限多的因缘因人、因时、因地而异而且会转瞬即变即逝的,因而只可能出现一次,绝对不可能重复再现。这就是说,每个人的人生历程、人生际遇都是独特的,独一无二、不可重复的。不信你深入人群看一看,看哪两个人的人生历程、人生际遇是完全相同的?生活中人们的生存境遇、生活经历可能相对接近,但不会完全相同。完全相同的人和人生是永远没有的。古希腊哲人说,人不能两次踏过同一条河。笔者年青时不大理解,现在理解了。河还是那条河,但你第二次踏过的时候,河水已不是上次的河水了。让我们举个生活中最简单不过的例子:今天上午10点钟你在大街上某处遇上的这批人不完全是(或完全不是)昨天同一时间同一地点遇上的那批人;昨天晚上与你在影院共同看电影的观众不完全是前天晚上在此与你同看电影的观众。每个人的际遇既不重复别人也不重复自己。

总之,你就是你,你是天地间的唯一,因而从哲学上看,你的人生是独一无二的,因而也就是宝贵的。

五、生命的匆匆流动性

个体生命存在的匆匆流动性与不可逆转性和不可重复性相联系,但又不一样。不可逆转性强调的是人生行进的方向性，不可重复性强调的是组成人和人生的机缘的复杂性，而匆匆流动性强调的是人生的运动性，即指出人生不是静止的固定的存在，而是时时刻刻在流动在变化的存在。

笔者曾静思什么是“现在”。当“现在”指的是年、月、日的时候，“现在”是一个相对稳定、可以把握的存在；但当它指的是时、分，尤其是秒的时候，“现在”就变得模糊而不可把握起来。因为当你说“现在”是某时某分某秒的时候，这一秒钟已经过去了。也就是说，“现在”不是一个固定的“点”，而是一个永远在匆匆流动着的存在，用哲学语言表述即它既在某一点上又不在某一点上。

孔夫子对生命的流逝非常敏感，他曾面对滚滚而去的河水感慨地说，人生啊，就像这河水在永不停息地流逝啊！现代人对人生的匆匆感更敏感到日常生活的每一情景里。如朱自清在其散文名篇《匆匆》里说：“洗手的时候，日子从水盆里过去；吃饭的时候，日子从饭碗里过去；默默时，便从凝然的双眼前过去。我觉察他去的匆匆了，伸出手遮挽时，他又从遮挽着的手边过去，天黑时，我躺在床上，他便伶伶俐俐地从我身上跨过，从我脚边飞去了。等我睁开眼和太阳再见，这算又溜走了一日。我掩着面叹息。但是新来的日子的影儿又开始在叹息里闪过了。”

匆匆流动，永不停息，挽留不住。这，就是时间的本性，也是人的生命存在的本性。

六、“人生宝贵”命题对人生的启示

从对“人生是宝贵的”这一被人说得俗滥的熟语静静沉思中，我们悟出了上述如许道理，从而对人生有了更加真切的理性认识。也许可以说，只有在悟出了这些人生真相之后，我们才算真正理解了“人生是宝贵的”这句话。那么，理解了这句话对我们的人生实践有什么意义呢？

首先，由生命的一次性和不可逆转性，我们真切感受到了人生选择的严肃性。关于这一点，英国诗人罗·弗劳斯特在他的诗《没有走的路》中，说得很透彻。

没有走的路

路到渐黄的树林分两股,
我呀,一个人,只能走一股;
伫立林中,我多时踯躅,
极目远望前面这条路,
曲折通到一片灌木。

我却走另一股,同样美丽,
选定这一股也许有理由:
因为这条路草深人稀;
当然要就其他外貌说,
两条路倒也相差无几。

那一早,落叶下面的两条路
都很清新,还没人行走,
啊,我想把第一股暂时留着,
谁知我这股和旁路相连,
我不会转回再走那一股。

我将带着内心沉痛,
向几代后来行人倾诉:
我遇到两条道路在林中,
却选择来往稀少的一股,
结果导致了遭遇不同。

这首诗向我们讲述了一个简单的“故事”:一个人在树林里遇到两条可供选择的路,他既想走这条又想走那条。这当然是不可能的,于是只好选择其中的一条,结果导致了遭遇不同。

这首诗运用象征的手法在谈人生,林中歧路的选择其实是人生中各种选择的象征。人生路上时时都可能遇上歧路，大至职业、爱情，小至星期六晚上看电视还是看电影，今天中午吃馒头或是吃大米。每次面临歧路都必须做出或痛苦或愉快的抉择。《没有走的路》首先揭示的就是这一点，人生多歧路，歧路必选择，人生是严峻的。诗的另一层意思是，人生经验的可能性是受到极大限制的。一个人只能选择一个学校一个专业，将来从事一种职业，住在一个地方。……诗中讲话人试图选择两条路，却命定只能走一条。而选择了这一条就意味着丧失了那一条（或数条），因此，选择意味着占有同时又意味着失去；占有意味着满足又意味着失落和遗憾。诗的第三层意思是，人生的每一选择对未来都有决定性的影响，都可能导致与另一种选择完全不同的遭遇。我们每前进一步，生活就确定一步。人生选择当然是自由的，但这种自由本身又是限制，自由中包含着限制，这是人生的一种悖论。这里隐隐透露了人的自由意志与宿命论的矛盾。总之，无论哪一层意思，都说明了人生选择的严肃性。人的一生时时刻刻都面临选择，而每一次选择都决定着自己的人生方向，最后，一次次的选择完成了自己的人生。因此，选择必须慎之又慎，否则，“一步走错，十步难回”，“一失足成千古恨”。

其次，由生命的偶然性和不可重复性，我们知道了每个人都是独特的，别人不可替代的，因而明白了做人当然不可妄自尊大，但也不必妄自菲薄，把自己看得太渺小太不值一谈。“天生我材必有用”，我是天底下的唯一，我有别人不能取代的独特之处，只要善于发现自己，开掘自己，培养自己，完善自己，就一定可以成就一个独特的自我，为社会为人类做出自己应有的贡献。同时，由人生际遇的不可重复性我们还明白了别人的人生经验是只可参考而不可照搬的。你的人生由你的复杂机缘所构成，因而你必须根据具体的现实情况做出符合自身特点的决断。总之，你必须自我做主，自我负责，而不必亦步亦趋模仿别人。

再次，由生命的有限性与匆匆流动性，唤起了我们的生命紧迫感，激发我们赶快行动，赶快做事，且不可拖拖拉拉，白白浪费时间。平时，生活中的多数人往往意识不到生命的紧迫感，总认为日子长着呢，因而从不着急，办事总是一拖再拖，终于一事无成。倒是古代某些敏感的人意识到了这一层,因而提出“急事宜缓办,忙中有错;缓事宜急办,敏则有功”。古人的经验值得今人借鉴。我们每个人的生命都相当有限,因此,必须充分利用它,用不停地做事来充实它,用“做事”来作为生命流走的标记。否则,你走完了生命,了无痕迹,一片虚无,等于白白浪费了生命,岂不可惜!

总之,由于生命只有一次,只有一个人生,人生才显得如此美好,如此宝贵。我们应当好好地珍惜生命、善待生命,让自己的人生更充实更完善。

第二节　人生意义是自己创造的

人生有无意义,其实是在追问人为什么而活着,追问人活着的理由。这实在是人类自我意识觉醒以来,精神生活中最为重大最为迫切的形而上问题。由于它的本源性、根本性,称它为人生第一问题也不为过。它一无例外地摆在每个人面前,迫使每个人思考它解决它,包括不识字或识字很少的文盲半文盲。因为当他们遇到烦恼感到活得很累之时,也会冷不丁冒出一句沉痛的感慨:活着有啥意思呢?这一问,问的就是人生的意义。总之,从芸芸众生普通百姓,到哲学家思想家包括文学家艺术家都曾经、都正在执着地思考人生意义的问题。那么,文学家们都有过哪些思考呢?粗略梳理起来,大致有以下几种观点。

一、从终极视角看,人生是无意义的

下面我列举几个有代表性的论据:

1. 我首先向大家介绍一本英国作家毛姆的名著《人生的枷锁》。这是一部带有明显自传色彩的小说,作者把自己青少年时期的生活经历、尤其是对生活对人生的感受和思考,经过艺术的加工改造,放在小说主人公身上,使人物成为作家的影子和代言人。

小说主人公菲利普青少年时期聪慧,敏感,对身边一切事都善于思考,渴望掌握自己的命运。他在本国上中学,未毕业到德国留学,回国后当见习会计,后来辞职到巴黎学画。在巴黎两年,发现自己艺术才能有

限，又弃画学医，后来当了一名医生。就这样，菲利普青少年时代辗转于欧陆和英伦之间，频繁变换人生方向，经历了各种各样的环境，体验了各种各样的人生。这期间，他刻苦读书，潜心研究前人讨论人生的哲学著作，生活中又经历了苦恋与失恋的痛苦折磨以及亲朋好友的悲欢离合，饱尝了人生的酸甜苦辣。无论在哪里，他一如既往苦苦思索人生意义但始终一无所获。后来，他在朋友的启发下终于借助于一幅波斯地毯明白了人生的意义。是什么呢？那就是："生活没有意义，人活着也没有目的。出世还是不出世，活着还是死去，均无关紧要。生命微不足道，而死亡也无足轻重。"也就是说人生没有意义，一切都无所谓。

煌煌一部六十多万字（中文译本）的巨著，作者通过人物的经历探索人生，探索来探索去得到的结论竟然是，生活没有意义，人生没有目的。小说太长了，毛姆害怕读者读不完，记不住，后来干脆又写了一篇散文，题目就是《人生的意义》。正如标题所示，这篇文章是专门讨论人生意义的，结论仍然是：人生没有道理，人生没有意义。得出这一结论，毛姆用的就是终极视角。

2. 我国最具人生深度的名著《红楼梦》中的"好了歌"和"好了歌注"，也持这一观点。世人都晓神仙好，唯有功名忘不了。古今将相今何在，荒冢一片草没了。/世人都晓神仙好，唯有金银忘不了。终朝只恨聚无多，及到多时眼闭了。/世人都晓神仙好，唯有娇妻忘不了。君生日日说恩爱，君死她随人去了。/世人都晓神仙好，唯有子孙忘不了。痴心父母古来多，孝顺儿孙谁见了。"好了歌"认为人生追求的四大目标或者说被视为人生意义的四大目标都是虚幻的，没有一个是靠得住的，总而言之，人生是无意义的。

3. 我国古人曾说"大事未明，如丧考妣；大事已明，如丧考妣。"这里的"大事"指的是什么，没有明说，但我认为所指肯定包括"人生意义"之类，——对于一个有点自我意识的人来说，还有比"为什么而活"更大的事么！"大事未明"时，心中惶惶，如丧考妣；"大事已明"，即明白人生终无意义，这时心情悲凉，同样如丧考妣。

4. 现代著名智者钱钟书曾说："目光放远，万事皆悲"。这里的"万事”,笔者以为,不用说包括对人生意义的理解,而且是“万事”中的首要大事。“目光放远”,远到何处?还有比“终极”更远的么?钱钟书话中暗含的意思即,从终极角度看,人生没有意义。

5. 新时期以来我国广大青年喜欢的哲学学者周国平,最擅长以文学的笔法谈人生,他的语录体著作《人与永恒》中有一则关于“人生意义”的专论:

> 人生的内容:a + b + c + d + ……
>
> 人生的结局:0
>
> 人生的意义:(a + b + c + d + ……) ×0 = 0
>
> 尽管如此,人仍然想无限制地延长那个加法运算,不厌其长。这就是生命的魔力。
>
> 《周国平文集》第一卷第 78 页,陕西人民出版社,1996。

上述观点,视角是共同的,即终极。他们把人放到宇宙(自然、造化、上帝、神等,叫什么都可以)大背景下加以审视,认为人和其他动物一样,无非一个生命而已,实在微不足道。况且,人总是要死的,人一死,生前的百般辉煌万般荣耀都化为虚无,还谈什么意义!当然你可以说你的辉煌业绩将传之万代泽被后世,这当然不错!但终有一天太阳是要死寂的,地球是要毁灭的,在那一天远远没有到来之前,整个人类就从地球上消失了,到那时候,连人类和地球是否存在过都成了问题,个人乃至于整个人类的无论什么业绩还有什么意义呢?所以,从终极视角看,人生是无意义的。

二、从社会视角看,人生是有意义的

从终极角度看人生是无意义的,这一结论逻辑谨严,论证彻底,确有说服力。但我们并不只是生活于宇宙中,而是还生活于具体、现实的社会生活中,生活在错综复杂的人际环境中;而且,人是动物,但并不仅仅是动物,而是有思想有意识有灵魂的高级动物;所以要考察人生的意义,就不能仅仅采用单一的终极视角,而必须同时采用社会视角。

社会视角也可以说是现实视角，世俗视角，日常视角。把眼光从遥远的宇宙、终极收回来投向现实的人的生存世界，发现人生是有意义的，而且时时、处处、事事都是有意义的。这个意义就是，心怀一个目标（或曰理想、梦想、希望、愿望……）并为之而努力奋斗，通过努力生存得更好些。"目标"代表着人的欲望，是人活着的内在动力。实现目标，满足欲望，这就是人生的价值和意义。

"目标"、"欲望"，何其抽象！但落实到每个人的时候就有了非常具体的内涵，因而也就有了不同的"人生意义"。

荷马史诗中的英雄们，纵横驰骋，捐躯沙场，为的是个人荣誉、国家荣誉，为的是美人。

《红与黑》的主人公于连认为，人生来就应该为个人的荣誉、地位、财富、女人等一切现世幸福而奋斗。

作者司汤达，直言不讳称自己是一个自我中心论者，在他心目中，"利已"是人的本性，谋求个人幸福是人生的最高目的和人类一切行为的唯一动机，为荣誉、地位、财富和爱情而奋斗，是人生无可争议的伟大事业。

巴尔扎克笔下的"英雄"一个个欲火中烧，贪得无厌，为了金钱、地位、虚荣，为了最大程度的物质享受不顾一切，金钱成了他们活着的唯一意义，成了他们一切行为的最大动力。

我国几代人所熟知的《钢铁是怎样炼成的》主人公保尔对人生意义的理解是："生命属于人们只有一次。人的一生应当这样度过：当他回首往事时，他不因虚度年华而悔恨，也不因碌碌无为而羞耻。这样，在临死的时候，他就能够说：'我已把自己的整个生命和全部精力都献给了世界上最壮丽的事业——为全人类的解放而斗争'"。

20世纪最伟大的科学家爱因斯坦对人生意义的回答是："在力所能及的范围内尽量满足所有人的欲望和需要，建立人与人之间和谐美好的关系。"爱因斯坦既注意到了物质层面也注意到了精神层面。

文学家高尔基说："我认为生活的意义在于创造，而创造是独立自在而且无穷无尽的。"

诸如此类，还可以无休止地罗列下去，但在常识面前，这些显得很没有必要。随便翻开哪部文学作品看看其中的人物,或者稍稍反思一下个人或身边随便哪个人的生活,就会明白人们都在为某种目标而活着。他们视这些目标为他们生命的意义。总之,在社会、现实、世俗的层面上,人们所追求的目标是多种多样的:或为国家、为民族、为集体、为大众,或为理想、为事业、为责任、为义务,或为爱情、为家庭、为父母、为儿女,或为名、为利、为金钱、为地位……对这些目标,这里不作道德判断,留给读者去评价。从本文的题旨出发,我们要说的是,不同的目标体现了不同的人生观和价值观,体现了不同的人生意义。不管哪种意义,都是一种意义。总之,从社会、现实、世俗层面看,人生是有意义的。

三、人生意义的悖论

这里出现矛盾了:从终极视角看,人生是无意义的;从社会视角看,人生是有意义的。两种观点各有道理,谁也说服不了谁,那么到底是怎样回事呢?人生到底有意义还是无意义呢?应该说,这里没有“到底”没有“底”,这里没有唯一正确的结论,秘密在于人生意义问题中暗含一个悖论:即人生是有意义的无意义,无意义的有意义。

什么是悖论?简单说,悖论是一种特殊的逻辑矛盾,其中包含两个相互矛盾的命题。如臧克家的诗《有的人》:有的人死了,但他还活着;有的人活着,但已经死了。即死了的活人,活着的死人,就是悖论。再如,目前高招按分录取学生,肯定有不合理的地方;但不按分录取,又按什么?好像按什么都不好操作,都会产生新的不合理。这就是说,目前的按分录取是合理的不合理,不合理的合理。这又是悖论。还有人们常说的“痛快”也是一个悖论:既痛又快,痛中有快,快在痛中——“痛并快乐着”。诸如此类。

事实上,对人生世事乃至万事万物有过精细观察和思考的人,每每在最深层处发现悖论。悖论不是文字游戏,而是存在的真相。悖论体现了存在的复杂和矛盾,体现了存在的奥秘和深度。

人生意义问题上的悖论也是这样。正是悖论,才让人感到人生的困惑和迷惘。如果答案只是有或没有,只是此或者彼,结论如此简单,那还有什么困惑和迷惘?否则的话推一个公认的智者,让他为我们作一个明确的判断,“有”还是“没有”;如果“有”,它是什么,如果“没有”,又是为什么,这样岂不省心！何苦让古今中外的智者和非智者一无例外的永远迷惑呢？问题是不可能,悖论就是悖论,悖论不是谁故意加进去的,而是人生的真相,存在的真相,与生俱来与生俱去的。谁也无法像做减法一样把它消解掉,你只要活着就必须与之打交道。

然而有人却不习惯于接受悖论,对悖论之“悖”难以理解,光想把问题简单化,找一个单纯唯一的结论,这是一种过于天真和浮浅的思维习惯。

悖论也被称为逻辑怪圈,让人像鬼打墙一样走不出,怎么办？后来人聪明了,不再死心眼的一个劲追问“有”“没有”,不再在死胡同中打转转,而是打破怪圈,于是对人生意义问题有了新的理解,这就是:人生意义不在于目的,而在于过程。

四、人生是一个过程,意义就在过程中

关于“人生是一个过程,意义就在过程中”这一命题,即过程哲学,西方近现代哲学曾有诸多深刻的论证,这里我有意避开烦琐的引用和深奥的论证,我想以一篇通俗易懂的小说为例加以解释。这就是史铁生的短篇小说——《命若琴弦》。

史铁生,北京作家,十九岁到延安插队,二十一岁瘫痪。巨大的灾难和痛苦让他痛不欲生,如此艰难如此不幸活着还有什么意义？于是他开始苦苦思考人生的意义。《命若琴弦》就是他思考的最初成果。作品写一老一少两个瞎子,以说书为生,日子过得很艰苦很紧张但也很愉快。为什么呢？因为老瞎子心理存着一个美好的希望(或者说目标):他师父传给他一张可以治好眼睛的“药方”,告诉他只要虔诚地弹断一千根弦,用这一千根弦做药引子就可以治好眼睛,就可以看见美好的大千世界。老瞎子紧张而愉快地为此奋斗了一生。及至弹断一千根弦到城里去取药时,才知道所谓“药方”原来只不过是一张白纸。老瞎子的精神一下子崩溃了,“老瞎子在药铺前的台阶上坐了一会儿,他以为是一会儿,其实已经几天几夜,骨头一样的眼珠在询问苍天,脸色也变成骨头一样的苍白。有人以他是疯了,安慰他,劝他。老瞎子苦笑:七十岁了再疯还有什么意思？

他只是不想动弹,吸引他活下去、走下去、唱下去的东西骤然间消失干净。就像一根不能拉紧的琴弦,再难弹出赏心悦耳的曲子。老瞎子的心弦断了。”一辈子为之奋斗的目标忽然化为乌有,以后还怎么活下去?他非常痛苦,身体很快衰弱下去,直到死期将至,忽然想起留在山村的徒弟。自己死了不要紧,但我的徒弟怎么办?于是挣扎着往回走。他一路走,便怀恋起过去的日子,才知道以往那些奔奔忙忙兴致勃勃的翻山、赶路、弹琴,乃至心焦、忧虑都是多么欢乐!那时有个东西把心弦扯紧,虽然那东西原是虚设。”老瞎子想起他师父临终时的情景。他师父把那张自己没用上的药方封进他的琴槽,告诉他人的命就像这琴弦,拉紧了才能弹好,弹好了就够了。想到这里,他才悟到师父传药方的用意。看来,人活在世上必须要有一个目标,在生命和目标之间拉上一根琴弦,才能弹奏出动听的人生乐章。但目的本来就是虚设,你不必在意目的的实现。老瞎子知道怎么对自己的徒弟说了。他回到小山村,像举行人生交接仪式一样,非常庄重地把“药方”封到了徒弟的琴槽里。告诉他“永远扯紧欢跳的琴弦,不必去看那张无字的白纸——”从此,又一个紧张兴奋的人生历程开始了。

这是一篇很动人的作品,其中蕴含着深沉的人生哲理。人生必须有一个目标,这是人活着的精神动力。这是作品告诉我们的第一层意思。作品更为深刻的一层意思是,即使这个目标是虚设的,最后终于没有实现,但你只要为此而奋斗了,你的人生也是有意义的。从根本上说,人生是一个过程,一个由生到死的过程,人生的意义并不在于目标的实现当中,而在于为实现目标去追求去奋斗的过程之中,即“永远扯紧欢跳的琴弦,不必去看那张无字的白纸”。

人生是一个过程,人生的意义不在于目的而在于过程,这是一个相当深刻的命题。不过,这一命题通过老瞎子的命运表现出来,多少显得有些悲凉和无奈,让人心里感到沉重和压抑。后来,随着思考的步步深入,史铁生的情绪基调由低沉到昂扬,由悲凉到热烈,由无奈到从容,因而对上述命题的论证也更充满激情更有说服力。

他以球赛为例进行论证。一场足球赛 90 分钟常常只进一两个球或以零比零结束,有意义吗?有,意义就在过程中。在这 90 分钟“过程”

中，球员展现了、球迷欣赏了精彩的球技，以及生命的矫健、坚强、智慧和优美，否则无论进多少球都没有意思。如果 90 分钟光是罚点球肯定进球多，但这有意思吗？没有了过程就没有了趣味，没有了快乐。在真正的球迷看来，过程比目的要紧。所以没有及时看上实况转播而只能看录像的球迷不让别人告诉结果，因为他们要在前途未卜的过程中享受激情、享受惊险、享受渴望、享受悲欢，他们着迷的是过程。更高明的球迷甚至不怕知道结果，无论结果如何，丝毫不影响他们的兴致，只要那过程充满艰难的激情，不管辉煌的还是悲壮的，他们依然会如醉如痴地沉入在美的享受之中。

生活也和球赛一样，上帝给人们设置障碍和困境，让你去奋斗、去拼搏、去超越，在这一过程中你充满了趣味和快乐。这就是说，奋斗过程中的渴望、激情、悲欢本身就是趣味和快乐，就是最大的精神享受，就是美。这就是生活的目的、生活的意义。

置换为现代哲学语言表述即，人生意义就是反抗虚无，挑战绝望，用顽强不屈的人生实践去创造一个欢乐充实的人生过程。

五、人生意义是自己创造的

如果你觉得史铁生关于“人生意义在于过程”这一命题过于哲学化，过于形而上，过于玄虚，不是很好理解，那么我再向你介绍一个朴素平实而又深刻的观点，这就是胡适关于人生意义的思想。

若干年前，有青年写信向胡适请教“人生有何意义”，胡适认为这是一个本不成问题的问题。他说：“人生的意义全是各人自己寻出来、造出来的：高尚、卑劣、清贵、污浊、有用、无用，……全靠自己的作为。生命本身不过是一件生物学的事实，有什么意义可说？一个人与一只猫，一只狗，有什么分别？人生的意义不在于何以有生，而在于自己怎样生活。你若情愿把这六尺之躯葬送在白昼作梦之上，那就是你这一生的意义。你若发愤振作起来，决心去寻求生命的意义，去创造自己生命的意义，那么，你活一日便有一日的意义，作一事便添一事的意义，生命无穷，生命的意义也无穷了。”“总之，生命本没有意义，你要能给他什么意义，他就有什么意义。与其终日冥想人生有何意义,不如试用此生做点有意义的事。”①

生命本无意义,意义全是自己创造的,你创造什么意义它便有什么意义。这话说得简单朴素而又深刻。胡适把创造人生意义的责任交给了每个人自己。你想让自己的人生具有什么意义呢?你自己看着办吧!

第三节　人性弱点举例

标题的意思是,人性弱点很多,这里不打算也不可能全面列数,而只想抽样性质地讨论其中的几个,名之曰“举例”。

说到人性弱点,最大最顽固的莫过于好色和贪财。无论现实生活还是艺术作品中,这两种弱点都有充分的表现。因为容易理解,不说也罢。

1. 容易受诱惑。

“容易受诱惑”作为人性弱点似乎是不用论证、不证自明的命题。我们熟知的几个成语就恰切说明了这一点:不由自主,身不由己,情不自禁。作为对人性观察、理解甚为深入细致的作家艺术家,当然也早就发现了这一点。这里我向大家介绍一篇专门以此为主题的作品,这就是美国作家马克·吐温的短篇小说《败坏了赫德莱堡的人》。

小说讲述了一个精心编织的故事。

赫德莱堡是美国某地一个小市镇,其最大特点是享受有美好的声誉:最诚实、最清高。它一直把这个名声保持了三代已久,从没有被玷污过,并且很以此自豪,把这种荣誉看得比一切都宝贵。它迫切希望这种光荣万世不朽,它对摇篮里的婴儿就开始教以诚实的原则,在青年人成长时期完全不让他们与一切诱惑相接触,为的是让他们的诚实变得坚定而巩固,成为深入骨髓的品质。赫德莱堡的好名声让邻近市镇的人忌妒。

然而曾几何时,赫镇终于很不幸地得罪了一个很不好惹的外乡人。这一“惹”让这人看破了赫镇的真相,他决心设计报复他们,经过苦思冥

① 胡适:《人生大策略》,湖南文艺出版社 1989 年版,第 1 页。

想他终于制订出一个揭露赫镇真相的妙计。

几个月后的一天晚上，他扛着一个口袋出现在银行老出纳员爱德华·理查兹家的门口，老头儿不在家，妻子玛丽接待了他。他说，我是外国人，马上要回本国去，以后就永远不再来了；有件事想拜托你们代办，这件事是什么呢？他卖关子没说，他说这件事就写在口袋的纸条子上。说完转身消逝在夜幕中。老太太被好奇心所勾引，把那条子拿过来看。条子上写道：这是一袋金币，计重一百六十多磅（折合四万美元），我是用它来报答恩人的。几年前，我是一个输得精光的赌徒，在我倾家荡产一文莫名之际村里一位高尚人救了我，他给了我二十块钱，还给我说了一句非常非常重要的话，正是这句话改变了我的命运，因为它让我灵魂得救从此重新做人。如今我发了大财，要来回报恩人，但我不知他是谁，请求你们帮助我寻访。办法是，我把恩人那句话密封在口袋里，谁如果说自己是救过我的人，就请说出那句话加以对证，然后把这袋金币交给他。如果公开寻访就请把这张纸条拿到报上去发表，自本日起三十日内，请申请人于星期五晚上八点到镇公所公开认领。

十一点钟，外出打工精疲力竭的老头儿回来了，听老太太讲了口袋的来历，两人激动、兴奋，认为这是赫镇莫大的荣耀，为了为赫镇添光彩，他决定用公开的办法寻访，于是立刻把纸条拿到了报馆。报馆主笔兼东家柯克斯也兴奋异常，立刻吩咐交邮差送走。

从报馆回来的理查兹老头儿与妻子讨论是谁把二十块钱给了外乡人，他们一致认为肯定是固德逊，这正是他的作风，镇上不会再有第二个人。可是固德逊已经死了，而且没有后人，那么这袋钱该给谁呢？这对老夫妻陷入了沉思——说白了他们想，既然镇上唯一高尚的可能说那句话的人死了，而且报恩的人已经回到外国永远也不回来了，那么这笔钱我们自己占有了不好吗？老两口面对无人认领的钱袋心动了，后悔了，后悔不该把这事张扬出去，所以老头去报馆想追回那纸条。于此同时，同样的一幕也在报馆主笔柯克斯家里上演着。

柯克斯夫妇和理查兹夫妇一样，面对无人认领的金钱心动了，后悔了，他赶忙出去想把那张纸条追回来。两人街头相遇了，然而一切都晚了,纸条已经提前寄走了。两人拖着苦恼得要命的人的脚步,无精打采地走回家去。女人们愤恨地埋怨男人做事莽撞欠思考,眼睁睁丧失了一个千载难逢的发财机会。可是,一切都来不及了,后悔也晚了。女人们"伤心地痛哭起来"。

既然纸条已追不回,那就开始想已死去的固德逊给外乡人说的那句值钱的话吧!于是老两口和报馆主笔两口当天晚上就上床开始搜肠刮肚地猜测那句话是什么。这句话价值四万元现金啊!

以上是小说的第一节。作者详细描写了两对夫妇尤其是理查兹夫妇面对诱惑时的心态,让我们窥视了发生在他们灵魂深处的秘密。接下来,作者的笔离开了两对夫妇的"点"而指向了"面"——全村人的反应。

外乡人重金回报恩人的消息在报上发表之后,"不可败坏的赫德莱堡"这个名称立刻传遍全美国,千百万人都在谈论着这件事。赫镇人更是惊异、快乐、扬扬得意、互相握手,彼此道贺。大家沉浸在无比自豪和欢欣的情绪之中。

一个星期过去,大家开始平静。然后发生了一种变化,人人脸上开始现出了苦恼不堪的神气,人人都变得那么郁郁不乐、若有所思、心不在焉。为什么?还用说吗?全村人都在苦苦思索、猜测死去的固德逊可能对外乡人说的那句话。三个星期里村里没有了往日的热闹,街头空虚寂寞,人们也不串门儿,一个个坐在家里唉声叹气,愁眉苦脸,都想猜出那句话。

忽然一个晚上,全村十九家有头脸的人收到了信封不同字迹不同然而里面内容却相同的信。信中通过编织的故事向他们透露了那句话("你决不是一个坏人:快去改过自新吧"),这真是天大的喜讯!十九户人家全在自己家里秘密地狂喜,他们谁也没有想过自己是不是应得这笔钱的人,反正固德逊已死,这笔钱不要白不要。第二天大家见面,全都喜气洋洋。这十几家人已经开始计划怎么花这笔钱:买地、买马、买股票、盖房子、建别墅、旅游……

小说第三节把焦点集中在镇公所。按外乡人要求的办法,凡申请认领那笔钱的人都必须把自己说的那句话写出来密封交与柏杰士牧师,然后由牧师当众启封钱袋,以核对是否相符。柏杰士牧师一下子收到十九封同样的信。公开认领那天晚上，镇公所灯火辉煌，人挤得水泄不通，讲台上坐满各路贵宾和新闻记者。一袋黄金放在桌子上，人们贪婪地望着它。

认领开始了。牧师将信一一念出，这些人一个个都咬死只有自己是该得这笔钱的人，而别人都是冒牌。于是互相指责互相攻击互相咒骂，会场上闹得沸反盈天，乱成一窝蜂。赫镇有脸面的人在全世界面前丢尽了脸。一个不可败坏的市镇，终于被败坏了——还了它的真面目。马克·吐温的幽默和辛辣在世界文学史上是出了名的，《败坏了赫德莱堡的人》让我们有机会再次领略了他的风格。原作实在太精彩了，拙笔难以再现其神韵，我建议读者有机会一定读一读原文。

那么，马克·吐温通过这篇小说想要告诉我们什么呢？这并不难理解。通常我们都是说它揭露了资产阶段道德的虚伪性，这当然不错。从政治（阶级）和社会角度看，结论正应该是这样。但能不能再从其他角度（例如人生、人性角度）看一看呢？答案应该是肯定的。从人生角度看，它剖析了一个普遍性的人性弱点：容易受诱惑。或者说在诱惑面前，往往经不住考验。对于这一弱点，我们很难将它像帽子一样简单地往“资产阶级”头上一扣，然后轻松地躲到一边看笑话。事情并不这么单纯。小说中的理查兹夫妇干了一辈子，到老来仍家境贫寒，以至于深更半夜还不得不在外打工，他是资产阶级吗？他一辈子为人正派，做事谨慎，自律甚严，正如老头儿自己所说，诚实已成为他们的第二天性。但即如这样的人，面对诱惑的时候仍然免不了要动心，可见“容易受诱惑”是他们内心隐蔽更深的天性。对此，老头儿的妻子玛丽老太太在痛苦的自省中有过一段坦率的自我剖析：

“啊，我知道，我知道——我们一辈子老在受诚实的教养、教养、教养，教个没有完——从摇篮里就教起，要诚实呀，不要受一切诱惑呀，其实这全是虚伪的诚实，一旦受到诱惑，就经不起考验，过去我对自己的诚实从来没有丝毫怀疑过，可是现在……现在，只受到这第一次真正的大诱惑就放弃了诚实，我相信这个镇上的诚实都是像我的一样,糟透了;也像你一样糟。这是个卑鄙的市镇,是个冷酷和吝啬的市镇,它除了这个远近闻名和自命不凡的诚实而外,根本就没有丝毫美德可言。

从玛丽的自白可以看出,“容易受诱惑”是人的天性,是人性的基本弱点。人并不一定是自己所认为的那样的人,未经诱惑考验的道德优越感是脆弱的、靠不住的。所以,面临诱惑,如何应对,并非只是“资产阶级”的事情,而应该说是所有人一生中时刻都可能遇到的严峻话题。提醒自己加强道德自律,战胜各种各样的诱惑,应该是每个人毕生的修身任务。

马克·吐温的小说揭露了人们面对不义之财时的“容易受诱惑”,而事实上,容易受诱惑还表现在其他诸多事情诸多领域里,如权、色、名等等的诱惑,总之,只要是人们想要的,喜欢的,都可能构成诱惑。

生活中,许多贪官并不是一开始就是品质恶劣的贪婪之徒,但是因为他们手握重权,又缺乏监督和约束,他可以随意支配手中的社会资源,这就自然形成巨大的寻租空间,这是一个巨大的诱惑。许多人经不住这种诱惑,于是变成贪官。社会上那些居心不良的为了攫取巨大利益,看准了官员“容易受诱惑”的人性弱点得以成功。厦门远华走私大案的首犯赖昌星有一句名言:对于干部,就怕他对啥都没兴趣。他的意思是,干部的兴趣所之,就是他的软肋。你喜欢钱,他就送钱;你喜欢女人,他就送女人;你喜欢权,他想办法帮你升官。赖昌星“成功”的秘诀就是充分利用人性的弱点,对他所需要的干部发动进攻,几乎是攻无不克,战无不胜,直至拿下公安部副部长李纪周。赖昌星是无师自通的心理学家,其贿赂干部的手段是何等低下、粗鄙、无耻,但他却“成功”了,实在是荒诞可笑,直令人无语。

2. 以自我为中心。

以自我为中心,眼里只有自己没有他人,遇事只顾自己不顾他人,俗称自私,这是又一种相当普遍而又为人所不自觉的人性弱点。这一弱点不仅表现在芸芸众生、普通百姓身上,也有表现在赫赫有名、光焰四射的大人物身上。

这里我向大家介绍一本书：英国学者保罗·约翰逊(1928—)写的，书名叫《知识分子》。这是一本相当奇特的书，它奇特就奇特在毫不留情地揭发了一批西方著名思想家和文学家人格中的缺陷。书中剖析的多数都是中国读者十分熟悉的名人，如卢梭、雪莱、托尔斯泰、罗素、萨特、海明威等。这些人在人们的眼里从来都是光芒四射，无比辉煌的，以至于一听到他们的大名就自然而然地敬而仰之，从来没有想过他们还有什么"阴暗面"。《知识分子》一书颠覆或者说是消解了人们一向的成见。作者用充满怀疑的眼光审视这些大人物的生平史料，特别是他们现实的私人生活，结果发现了这些人个性中的弱点和所犯过的错误，发现了他们生活中种种可恶、可耻、可笑、可悲的一面，他把这些人们一向忽视或淡忘的事实组合在一起毫不客气地抖落出来，让读者颇为惊讶和感叹。

约翰逊所揭发的大人物的人格缺陷有许多方面，其中比较普遍的一点是：以自我为中心，或者说是自我中心主义。

一一罗列每个人的"表现"是不必要的。这里向各位转述书中揭发的第一个人——卢梭的一些事迹作为例证吧！

卢梭是人类历史上里程碑式人物，他和其他启蒙主义者一道为法国大革命奠定了思想基础，这些众所周知，此处不提。只说一说他个人生活中的几个方面。

首先，说说他是怎样对待自己的恩人华伦夫人的。稍微熟悉卢梭生平的人都知道，青少年时期的卢梭颇为不幸，父母早亡，没有家庭关爱，没有机会受到良好教育，没有固定职业，经常衣食无着，四处流浪。后来他非常幸运地得到了贵族妇女华伦夫人的收养，在他那里度过了 14 个年头。在这期间华伦夫人给他提供了良好的生活条件和受教育机会，给了他母爱兼性爱，华伦夫人把一切包括自己的身体都无保留地给予了他。可以说没有华伦夫人就不会有后来的卢梭，华伦夫人是他的大恩人。"那么他又是如何对待华伦夫人——他事实上的养母呢？答案是：卑鄙！在卢梭贫困潦倒时，华伦夫人收养保护了他。到后来卢梭得势、而她却变得落魄时，他却什么事也没有为她做。按照他自己的说法，40 年代在继承了家庭的遗产后,卢梭寄给华伦夫人'一点钱',可是他拒绝拿出更多的钱来,因为他觉得这些钱只会被围绕在她身边的'无赖们'拿走,这是一个借口。后来,华伦夫人又向他求助,卢梭却置之不理。华伦夫人的最后两年时光是在病榻上度过的。1761 年,她可能死于营养不良。"

其次,我们说说卢梭是怎样对待跟随自已一生的女友的。卢梭一生(1712 - 1778)没有正式结婚,33 岁时同 23 岁的女仆勒瓦塞开始同居,直至逝世。他是怎样对待她的呢?他说自己"从未对她感到一点点爱意……我用她满足肉体的需要,这纯粹是一种性关系,这种需要同她本人毫无关系"。他还写道:"我曾经对她说过,我不会和她分手,也永远不会娶她。"在一定程度上,卢梭看不起勒瓦塞,认为她是一个粗俗的、没有文化的女佣人;他也看不起自己,因为自己居然与这样一个女人为伴。他从不带她外出。宴请宾客时卢梭不允许她入座,当她送进食物时他便"拿她取乐"。卢梭甚至把勒瓦塞犯的一些语法错误汇编起来供贵妇人取乐。他那么傲慢地使唤勒瓦塞,甚至使他的一些有身份的朋友感到震惊。他没有尊重过她,却又从不让她从自己身边离开,说白了是因为卢梭需要她——他需要女友无微不至的伺侯为他服务,还需要女友的身体满足自己的性欲。

第三,我们再来看一看卢梭是怎样对待自己亲生孩子的。卢梭与勒瓦塞一生共有五个孩子,他全部把他们送进了收养弃婴的孤儿院,此后就再不过问。五个孩子都没有名字,卢梭也从未记住过他们的出生日期,对他们的命运没有表现过任何兴趣。卢梭为什么对自己的孩子如此冷酷无情呢?他辩解说有孩子是一件很麻烦的事,他负担不起。"当房间里充满了家庭的烦恼和孩子的吵闹时,我的心灵如何能得到我的工作所必需的宁静呢?"

从以上几方面我们看到了什么呢?看到了一点,那就是卢梭的冷酷和自私,看出他的以自我为中心的处世原则。

让我们再来看看约翰逊笔下的雪莱。这里同样不说他的思想与文学成就,不说他的光辉和伟大,而只说他的生活与为人。

雪莱 1792 年出生于贵族家庭,是五个子女中唯一的男孩,未来爵位的继承人,从小受着父母的溺爱和妹妹的崇拜。上大学时因思想激进被学校开除,同时与家庭闹翻。他骂自己的家人是一群冷酷、自私,除了吃喝睡一无事事的动物。“他给家中各人的信读来让人惊奇,在他想榨出钱来的时候,他狡猾地连哄带骗,其他时候就凶狠、粗暴并加以威胁。”他骂父亲卑鄙、下流、粗暴、无耻;诬蔑母亲与妹妹的未婚夫通奸,说母亲同意妹妹的婚事是为了掩盖自己的丑行。事情的起因是对于妹妹的婚事,母亲赞同而他不赞同。

1811 年,19 岁的雪莱同他妹妹的同学、16 岁的哈丽艾特私奔结婚。雪莱喜欢过危险、刺激、动荡不安的生活,几年间他们不停地搬家,先后移居十多个地方,所到之处都有警察的监视和债主的讨帐,而且始终总有两个或者更多的年轻女人相追随。哈丽艾特为雪莱生下一个女儿又怀了另一个孩子。“但是她没有能使雪莱永远迷恋的能力,其他任何女人也都是这样。雪莱的爱情深沉、诚挚、热烈甚至是持久的——但他的爱情总是变换对象。1814 年 6 月,他突然向哈丽艾特宣布了一个消息:他同葛德文的女儿玛丽相爱了,已同她一道去了欧洲大陆(克莱尔紧随在后面)。她得到这一消息大吃一惊,作出的反应出乎雪莱的意料,也使他不快,他是那种崇高的利己主义者,有一种强烈的道德化倾向,他认为对于他的决定,别人不但有义务服从,而且要欢呼,别人没有这样做时,他立即就表示气愤。”关于抛弃哈丽艾特的理由,1814 年 7 月他在给她的信中说得很清楚:“你从来没有以能使我完全满足的激情来填补我的心灵,这并不是我的耻辱。”这话的意思等于说,你不能永远满足我,这是你的耻辱。——这是什么逻辑!当然,雪莱也对她表示“宽宏大量”,希望哈丽艾特不计恩怨仍然做他的朋友,还邀她参加他与新女友和其他相好女人共同组成的圈子中,说自己这么做是对她的关爱。但哈丽艾特不愿接受这种屈辱,为了自己的权利,她决定诉诸法律,雪莱知道后勃然大怒。他威胁说:“如果你真的已经堕落到这种程度,你这样做就毁了你自己的目标。甚至现在,我还会想起我们过去的友情,我还希望你没有完全丧失宽宏大量的美德,这会使我对你做出的让步比法律能提供给你的要多得多。如果收到这封信,你还坚持要诉诸法律,显然,我今后就只能把你看做敌人了,把你看做是……最卑鄙、最阴险的叛徒。”从这段威胁可以看出雪莱的意思是,只许我背叛你,不许你背叛我,否则你吃不了兜着走。另外,他明知妻子怀孕却从来不问及她的情况,还不断地写信向妻子要钱、要衣服、要其他东西。他的自我感觉太良好了,在他看来,他自己自始至终无可指责,而哈丽艾特则不可原谅。

雪莱的第二任妻子玛丽,母亲是著名的女权运动先驱,父亲是著名激进思想家,16 岁那年与有妇之夫雪莱私奔出逃,惹恼了父亲。此后他们几度流亡国外,度过了 8 年颠沛流离的生活。其间,数不尽的生活惨状都被她体验了:她的异父姐姐范妮自杀;雪莱之妻哈丽艾特被遗弃后饱经磨难跳水身亡;她后来与雪莱的正式婚姻不被英国社会所接受;法院否决了他们收养前妻所生子女的权利;债主们常追逼要债,必须东躲西藏;她父亲拒绝承认他们,却又经常向他们要钱;她年纪轻轻五次怀孕,一次流产,其他四个孩子三个夭折;更让他伤心的是,雪莱风流成性,崇尚性自由,他总是以为对于性行为的通常准则,自己永远有一种豁免权,所以无论走到哪里都与身边年轻女性有乱七八糟的性关系,这让两任妻子痛苦万分。为了“公平”,雪莱允许妻子也有同样的自由,但他没有想到,她们不像他那样,她们拒绝这种自由。

雪莱也不关心子女。1818 年 8 月,玛丽和初生婴儿住在一个地方,雪莱在另一个地方,他坚持要玛丽和孩子立即到他那里去,完全不考虑路上的酷热,不顾玛丽母女的身体状况,结果她们赶到后孩子就病了。三个星期后,雪莱又完全是为了自己方便,再次专横地命令玛丽带着孩子同他一道去威尼斯。孩子虚弱而且发烧,一路上嘴和眼睛不断抽搐,到达威尼斯一个小时后就死了。这一沉重打击使玛丽陷入一种绝望状态,两人关系出现恶化。

其他方面不必再说,仅从雪莱与自己最亲近的人的关系我们即可看到,雪莱心中所想的只有他自己,他是一个十分典型的自我中心主义者。

由雪莱我们联想到我国新时期著名诗人顾城。这位先生的诗名当然比不过雪莱,但他的自私、冷酷乃至残忍却绝对比雪莱有过之而无不及。

顾城被人们称为“追求童话的诗人”,他的纯真和浪漫令一代青年为之着迷。然而他做的事却让人恶心。顾做人的最大特点是自私和矫情。对于顾这一特点，山西作家李锐在《精神撒娇者的病例分析》[①]一文中进行过深入剖析，并将其命名为“典型的自恋型精神撒娇者，更准确一点说，在自恋前边还应该加上自私或是极端自私”。

事实正是这样：顾城当初为了追求谢烨，曾经弄了一只木头箱子睡在谢家门前，直到感动了谢家父母。他成功了。妻子从此跟着他浪迹天涯，他要出国就出国，他要“隐居”就“隐居”。结了婚自然会有孩子，可顾城并不想当父亲，谢烨说“儿子出世后，一度我们夫妻关系很紧张，最可笑的是顾城也像个孩子需要人照顾，他认为儿子抢走了我对他的爱。我们之间为这个孩子产生了不少磨擦。后来他企图自绝。在他和孩子之间，我必须作出选择，只好把孩子寄养在别人家，他心情也慢慢好转。”顾城可以不要儿子，但是不能不要情人。在他有了情人英儿之后，解决的方式是由妻子谢烨出面办理一切麻烦的出国手续，把情人接到隐居的威赫克岛上来，然后再叫妻子“让贤”，由着两位痴男恋女在岛上翻云覆雨。但是妻子只许让贤不许离开。情人只许“尽情”不许“扶正”。“他渴望爱慕他的两个女子也相互爱慕。”可惜，英儿不打算就这样把自己的一生献给诗人。一年半以后，“她是跟一个教气功的洋老头一起失踪的。”于是，感情和自尊大大受挫的诗人，决定把这一切写成一本可以传世的书，书名就叫《英儿》。这本书的写作方式仍是由顾城口述，谢烨打字。所有的情爱和性交场面一一诗意化地重现、重温于“自传式纪实小说”之内。顾城自己说“主要是想反映一些又能解释又无法解释的事情。”顾城只顾自己肆无忌惮地感情宣泄甚至是卖弄隐私，完全没想到可能会给谢烨带来的感情伤害。当有人在电话里问及谢烨，她为什么能在这种事情里付出如此的牺牲和献身的时候，谢烨回答说：“我相信不管顾城与哪个女人好，他都离不开我。他的生活能力很低，依赖我简直到了令人无法相信的地步。”最后，顾城理想王国里的第二个女人也终于要出走了。谢烨终于有了自己另外的恋人。他们已经开始商量离婚的种种事宜。自尊和情感都输光了的顾

① 见《谁的人类》，时代文艺出版社 2000 年版。

城惶惶不可终日。终于于1993年10月在隐居的小岛上,极为残忍地用斧头砍死了献身于他十年的谢烨,然后在门前的树上上吊自杀。为二十世纪文学史留下一出极为下作的悲剧。

以上三人,时代不同,国籍不同,还有其他诸多不同,但有一点是共同的,那就是处世为人方面的自恋、自私、自我中心。他们与人相处时从来没有考虑过别人的感情和需要,从来没有想到过理解别人、尊重别人,把别人当作人来看,而是始终固执地陷溺于自我中心之中。正如约翰逊分析雪莱时所说:"雪莱在性关系和财务问题上的不端,他同父亲、母亲、妻子、孩子、朋友、同伴和商人的关系,在所有这些问题中,共同的分母是什么?他除了自己的观点,没有能力看到别人的观点,确实是这样,简言之,想象力的缺乏。"

当然,卢梭等人的自我中心或许是特别极端特别偏执的。事情或许是这样。但就总的倾向上看,以自我为中心,满心满脑只有自己而没有别人,把自己的利益凌驾于别人利益之上,可能是一种比较普遍的人性的弱点或人格缺陷,只不过程度上有所差异而已。由此我们可以说,走出自我中心或力避自我中心,应该是每个人都时时需要加以自省的问题。

3. 想沉沦怕沉沦。

这一题目是从郁达夫短篇小说《沉沦》演化来的。

《沉沦》是郁达夫的成名作与代表作。作品主人公"他"是一个留学日本的学生,他性格忧郁,感情细腻,多愁善感,敏感多疑。他想与周围世界沟通,但作为弱国子民,在异国他邦却受尽歧视。这使他精神上异常痛苦,无奈他只有沉湎于内心生活之中,尤其是性苦闷中。他渴望异性的爱情而不得,于是靠变态的自慰性性行为来发泄自己的性苦闷。"他本来是一个非常爱高尚爱洁净的人,然而一到了这一邪念发生的时候,他的智力也无用了,他的良心也麻痹了。他犯了罪之后,每深自痛悔,切齿的说,下次总不再犯了,然而到了第二天的那个时候,种种幻想,又活泼泼的到他眼前来。……他苦闷一场,恶斗一场,终究不得不做她们的俘虏。"他对自己的行为感到可耻,认为是在犯罪,时时自我谴责,自我忏悔,每每发誓改过自新,"然而一到了紧迫的时候,他的誓言又忘了。"

每礼拜四五，或每月的二十六七的时候，他索性尽意的贪起欢来。他的心里想，自下礼拜一或下月初一起，我总不犯罪了。有时候正合到礼拜六或月底的晚上，去剃头洗澡，以为这就是改过自新的记号，然而到了时候他又忍不住继续犯罪了。他向往各种诱惑，经受不住各种诱惑，被诱惑之时、之后又惶恐不安。

他从厕所窥视房东女儿洗浴，被人觉察赶快逃跑，一边自家打自家嘴巴，一边又兴奋异常："他觉得全身的血液，都在往上奔注的样子，心里怕得非常，羞得非常，也喜欢得非常。"

他无意中在田间苇草丛中听到了欢会男女的亲昵，他胆颤心惊想走开，可是又舍不得走开。他一边骂自己"你去死罢，你去死罢，你怎么会下流到这样的地步!"一边又尖一双耳朵全神贯注地在那里听，唯恐遗漏了一言半语。

有一次，他无意间来到了有妓女的庄院，妓女们招呼他进去，他面色立时变了。"要想进去又不能进去，要想出来又不得出来；可怜他那同兔儿们的小胆，同猿猴似的淫心，竟把他陷到一个大大的难境里去了。"就这样，他想沉沦又怕沉沦，在灵与肉的激烈冲突中煎熬，最后终于决定投海自杀。

关于《沉沦》的意蕴，过去主要着眼于社会政治层面，把它定位于"反封建的个性主义"和"反帝的爱国主义"上。这当然也不能说错，作品也确有这些因素，但很显然并没有抓住作品的核心内容，也没有触及到更深的层面，如人生、人性、文化等层面。20 世纪 90 年代，研究现代文学的年轻学者解志熙先生从人生、人性和文化的层面解读作品，发现了其中更深刻更具普遍意义的意蕴。他指出：

> 《沉沦》恰到好处地表现了一个既承袭着传统文化伦理价值观念，又渴慕现代文明、现代生活方式以至于现代声色刺激的中国知识分子的矛盾心态——他在所谓声色刺激而其实乃是合乎人性的性反应面前，既想"沉沦"又不甘于"沉沦"且怕"沉沦"，但又经不住诱惑而"沉沦"，而在"沉沦"之后又因道德上的负罪感而难以接受自己业

已“沉沦”的现实,最后只得以自杀来结束“沉沦”。对这种“沉沦”心态的揭示,其实是郁达夫创作的基本主题。毫无疑问,这是一个颇具文化心理内涵和时代特色的主题,换言之,想“沉沦”而又怕“沉沦”,不得不“沉沦”而又不甘心“沉沦”,其实是我们这个文明古国的子民们在走向现代化的途中,面对种种现代欲求(岂仅是现代性爱)的诱惑所具有的普遍心态。

想“沉沦”而又怕“沉沦”,不得不“沉沦”而又不甘心“沉沦”,是我们这个文明古国的子民们在面临现代欲求的诱惑时所具有的普遍心态。我认为,这一概括很深刻。它从具体作品出发又超越了具体作品,从具有特殊性的性爱出发又超越了性爱,把想“沉沦”又怕“沉沦”这种心态一下子上升到现代人在走向现代化的途中面临各种诱惑时的普通心态。

顺着这一思路再想下去就可以发现,其实想沉沦又怕沉沦的心态也并不只是走向现代化途中的“我们这个文明古国的子民们”面临诱惑时的普遍心态,而应该说它是人类自从有了“文明”之后所有人面临诱惑时的共有心态,它超阶级超民族超时代。说到底,想沉沦又怕沉沦其实是人性的一种弱点。简单说就是,人,想好好不了,想坏又不敢坏。

想沉沦怕沉沦,只是一个句式。按照这一句式造句,以下句子照样成立:想犯规怕犯规,想犯罪怕犯罪,想犯错怕犯错,想变坏怕变坏。人性的困境在这里体现得再明显不过:都想做天使,又往往经受不住魔鬼的诱惑,常常在天使与魔鬼之间徘徊与游移。

这一弱点来源于人的基本悖论——兽性与神性的矛盾,自然性、本能性与社会性、精神性的矛盾。来自自然性、本能性的欲求促使人倾向于沉沦,而来自后天的社会教养即文化无意识又让它害怕沉沦,两种心理力量在内心深处激烈地搏斗,形成一个张力场,人就徘徊游移于这一张力场中,也就处于想沉沦又怕沉沦的矛盾状态中。这一矛盾状态不仅经常出现于那些精神品位比较低、道德意志比较薄弱者身上,而且,也往往出现于那些精神品位比较高、道德意志比较坚定的人身上。这一点,已经为大量的生活现实所证实,也为文艺作品中大量人物形象所证实。

4. 侥幸心理。

侥幸心理，人性弱点，古今皆然。

冯梦龙编《醒世恒言》二十六卷载《薛录事鱼服证仙》中，记薛录事大病高烧昏昏沉沉中梦见自己变成了一条鲤鱼，自由自在地尽情享受水中的清凉。时间长了肚子饿了，正在这时，他看到本县渔民赵干摇着渔船来钓鱼。赵干钓钩上钩着香喷喷一块大油面，薛录事心里明白那是钓鱼用的诱饵，切不可上当。于是保持高度警惕，自觉游到一边去。但无奈那诱饵“香得酷烈”，他怎么也忍不住想吃的欲望，于是又向诱饵游去。他想：“我是个人身，好不多重，这些些钓钩怎么便钓得我起？便被他钓了去，我是县里三衙，他是渔户赵干，岂不认得？自然送我归县。却不是落得吃了他的？”想到这儿，他上前去吞那鱼饵，还不曾吞下肚去，被赵干一杆钓了上去，任凭他再三声嘶力竭地声明自己是县里官员，赵干也听不见，他悔之晚矣。

知道是诱饵又忍不住去吞，这叫“眼里识得破，肚里忍不过”，即我们上文所说的“容易受诱惑”；而他的“我是人身，他钓不起”以及“即使钓到了我，我是县里官员，他是县里小民，也会放了我”的心理，就是侥幸之心了。两种弱点交织，让薛录事敢冒生命危险。

薛录事的这种侥幸心理，也是典型的人性弱点，古人如此，今人依然。笔者手边有一本中国纪检监察报社编的《忏悔录》[①]，其中收有七十九位贪官被判刑入狱后的“忏悔书”，其中相当一批人都讲到自己受侥幸之心的蛊惑而犯罪。

例如上海市国有资产监督管理委员会原副主任吴鸿玫忏悔录的标题就是《私欲＋贪婪＋侥幸＝万丈深渊》。她说，社保案发生后她丈夫鼓动她去纪委坦白，但她却“总认为这件事处理得比较稳妥，应该不会出事。在这种侥幸心理的驱使下，我始终下不了决心，几次开会途经市纪委大门却没有勇气走进去”。再如广西壮族自治区防城港市政协原副主席刘德新说：“开始收受别人礼金时自己的思想是有压力的，有时总觉得领导在

① 中国方正出版社 2011 年版。

监视自己,好像这个秘密被发现了。为了稳定自己的思绪,自己也不停去寻找理由,反正是别人主动送的。我既没有用权索取,也没有开口向他要,他不会主动跟别人讲的,只有他知我知,抱着侥幸心理;同时又想,现在社会上哪里不一样?比我收得多的人有的是,撑死胆大的,饿死胆小的,没事。所以,胆子越来越大。”湖南省机械工业局原局长、党组书记林国悌说得更直接:“侥幸心理,是我疯狂敛财、不计后果的‘催化剂’。过去,我也曾拒绝过别人的贿赂,第一次收受别人贿赂时,思想上也有收与不收的矛盾冲突。但随着受贿次数的增多,侥幸心理就成为主导思想,结果是胆子越来越大,受贿索贿,肆无忌惮。”

当然,贪官之贪,原因多多,但就当事人来说,侥幸之心无疑是一个很普遍很害人的一种主观原因。由于侥幸之心深深植根于人性深处,所以任何人都不得不防,尤其是面临诱惑的时候。

5. 人都有软弱的时候。

“人都有软弱的时候”,置换为大白话就是——人都有破罐子破摔的时候,都有自我放弃自我放逐的时候。想起这一点是从米兰·昆德拉的著名小说《不能承受的生命之轻》受到的启发。

作品在写到女主人公特蕾莎时,曾一再提到过她的一种人生体验——发晕(有译为“晕眩”)。按照昆德拉的创作理念,“发晕”是关于特蕾莎形象的一个关键词。

那么,发晕是一种什么感受?它是怎样产生的呢?

特蕾莎出身社会底层,母亲生下她并非因为爱情而是由于和某个男人做爱时的不小心。母亲厌恶丈夫,毅然抛下他和女儿走了,另找了一个品质同样恶劣的男人。丈夫死后,特蕾莎无人照料,才又回到母亲身边。特蕾莎就在这样的家庭环境中长大。特蕾莎在中学是班里最有天分的学生,她一直想“出人头地”,但母亲却让她辍学当童工,在一家小酒馆里端盘子。为了母亲的爱,她随时准备奉献一切。她操持家务,照顾弟妹,日子就在洗洗涮涮中度过。在这个家里,不存在什么羞耻心。母亲穿着内衣在房间里走来走去,有时候连胸罩也不穿,夏天时甚至一丝不挂。特蕾莎洗澡时继父总往浴室里闯,特蕾莎把浴室门锁上,引来母亲大骂。在母亲眼里，女儿想保卫自己的尊严比丈夫的无耻更不能接受。母亲赤身裸体在房间走，女儿害怕对面楼上人看见赶紧拉上窗帘，结果母亲竟然在公众场合嘲笑她。母亲寡廉鲜耻，在公众场合大声擤鼻涕，大声放响屁，讲自己如何做爱，宣读女儿的日记。“她坚持要女儿和她都活在一个没有羞耻的世界里。在这个世界里，青春和美貌了无意义，世界只不过是一个巨大的肉体集中营，一具具肉体彼此相像，而灵魂是根本看不见的。”

鄙陋粗俗的生存环境让特蕾莎痛苦不堪，她决心有一天要逃脱这个可怕的世界，从中救出悲伤惶恐的灵魂。她从镇上图书馆借来许多书，这些书尤其是小说成了她反抗环境的唯一武器。后来，托马斯出现了。托马斯是大城市里的医生，他和特蕾莎相爱了，这等于是上帝赐给她一个机会，她及时抓住了。从此她走进了他的生活，脱离了乡村小镇和鄙陋粗俗的生存环境，来到了城市，改变了自己的命运。

但托马斯对她用情不专，和身边许多女人不断地发生性关系，让她无比心烦。她感到自己在他心里没地位，他似乎压根没把她放心上，她对此非常伤心。她愤怒，她抗争，但无济于事。她每时每刻都担惊受怕，没有安全感，为此连做恶梦，毫无办法。对她来说，他是强大的，她是弱小的，她能怎么样呢？久而久之，特蕾莎感到无可奈何，无力抗争了。“发晕”的感觉就此产生。

> 她忍不住想回到母亲的身边去。她越是感到虚弱，这渴望就越强烈。托马斯的不忠突然间让她明白了自己的虚弱无助。正是这份无助的感觉，让她感到发晕，产生了一种强烈的往下坠落的愿望。她想放弃命运和灵魂，和那些没有灵魂的人结为一体。

总之虚弱无助之感让她发晕，发晕之感让她想放弃抗争。在国外期间，不断而来的陌生女人的电话让特蕾莎精神一度崩溃，她一气之下不辞而别，一个人突然出走，回了布拉格。在火车上，她脑子里不断涌出跟母亲在一家小酒店打工时某厨师对她的骚扰，当时她无比厌恶，但此时她想让他来吧，他说想和我睡觉我就和他睡。她想坠落，她想沉沦，她想破罐破摔,她想毁灭自己。她恨不得一下子抹去和托马斯在一起的七个年头,放弃眼下的一切,重回底层去。对她这种心态,叙述人评述说:“这就是发晕,一种让人头晕眼花的感觉,一种无法遏止的坠落的欲望。”“我可以说发晕是沉醉于自身的软弱之中。意识到自己的软弱,却并不去抗争,反而自暴自弃。”

所幸的是,特蕾莎并没有像她“发晕”时希望的那样坠落下去,相反,无论多么痛苦,她都顽强的坚持下来了,她执着地坚持终于感动了托马斯,他终于彻底断绝了和所有别的女人的来往,按特蕾莎的意愿来到了乡下,过起宁静的田园生活。

可怜的特蕾莎终于得救了。她的得救靠的是她想过健康美好生活的强烈愿望,靠的是困难时顽强坚持下去的意志,她终于没有沉沦,没有坠落,没有自我放弃。但她一度曾有过的强烈的“发晕”的精神状态,也让我们深表理解和同情。因为,美好愿望和不如意现实之间,往往有着遥远的距离,有着数不完的困境(有道是“不如意事常八九”)。面对困境,人往往会有软弱的时候,往往会感到孤独无助,感到人生有所追求真的太难,实在难以支撑,不如撒手放弃。这当然就是昆德拉所谓“发晕”的感觉。由于人生困境的普遍性和坚持追求的艰难性,可以肯定,发晕的感觉一定不是为特蕾莎所独有,而毋宁说它是一种具有普遍意义的人生感受。现代人挂在嘴上的一句口头禅——活着真累(或“真想放弃”)——就是绝好的证明!

想坚持又无力,想放弃又不忍,这就是想发晕的状态!进入这种状态的人一定要记住,发晕可以理解,但发晕之后,千万不要真的坠落,一定要像特蕾莎那样顽强坚持到底。坚持就有希望,不放弃追求就会得救——如无他救,也能自救!正如基督教所说,凡自救者恒被救之!

第四节　人生的围城

说起围城,自然想起钱钟书先生的名著《围城》,围城是这部小说的书名,核心意象,也是中心主旨:人生犹如“围城”——城外的人想冲进去,城里的人想逃出来,结婚也罢,职业也罢,人生万事,概莫能外。钱钟书的眼光老辣而独到,他对人生的这一判断,悲观中透着深邃,实在是悟道之言。既然是人生万事,那就是说人生中围城无处不在,无时不在。围城让人苦恼让人不安,因而如何应对这些围城就成为人的精神生活的一件大事。应对的前提是认识,一旦勘破了这些围城,就可以让我们对人生、对生活有更深层的理解,从而能更清醒更自觉的把握人生,让心灵得以平静和安宁。

本文顺着钱钟书先生的思路,挖掘并讨论几个与我们心灵生活紧密相关的人生围城。人生中此类围城多不胜数,限于篇幅,聊举几例以证之。

一、"物欲"的围城

物欲,作为人生最基础的欲望,其基本性格是增殖和贪婪,永不满足。不满足就使人痛苦,不满足就要追求满足,因而不满足作为人生活动之动力,永远在追求,永远在痛苦。然而,即使一旦满足了,又怎样呢？巴尔扎克的《改邪归正的梅莫特》讨论了这一问题。

《改邪归正的梅莫特》是巴尔扎克艺术殿堂里一部不大著名的中篇小说,但却是体现他人生观的一篇重要小说。作者把它归在"哲理研究"部分,说明这是一篇讨论人生哲理的作品。

作品的故事情节大致如下:

军人出身的银行出纳员卡斯塔涅,多年来谨小慎微,忠于职守,深得老板的信任,让他同时兼管账房后边密室内的文书工作。卡氏家有妻子,却又养了一位年轻美貌的情妇。他极其宠爱这个女人,为了让她过上奢侈浮华的生活,在物质方面他一切全按巴黎最高档最时髦的标准供她享受。他花尽了所有积蓄,后又大量借债,最后不得不铤而走险利用职务犯罪:模仿行长笔迹签下几张信用证,准备带情妇出逃国外,隐姓埋名过逍遥日子。他深知这是一桩严重的犯罪行为,为此内心感到惶恐不安。

正当他为自己的犯罪提心吊胆之时,巴尔扎克安排的魔幻人物——约翰·梅莫特——神秘地出现在他面前。梅莫特原为英国作家麦图林的小说《漫游者梅莫特》中的艺术形象,曾把灵魂出卖给魔鬼从而自己变为魔鬼。巴尔扎克小说中的梅莫特出卖灵魂后得到了他所期望得到的一切,但很快又厌倦了这一切。他想恢复自己原来的身份,为此必须收买一个人的灵魂,让他变为魔鬼来接替自己的位置。他以无所不知之眼看上了卡斯塔涅,他看到困境中的卡氏为了物欲情欲的贪婪,正准备犯罪,换句话说正准备出卖灵魂。这是一个极好的时机。梅找到卡,首先向他炫耀自己神奇的魔力,试图让卡服从他:“谁有本事反抗我?你不知道我是万能的,尘世的一切都得服从我?——世界是为我服务的。我有能耐永远享乐并赐给幸福。我的目光能刺过墙壁,发现财宝,大把地捞取。”总而言之他无所不能。为了让卡氏屈服,接下来梅又进一步威胁他:“你是属于我的,你刚犯下一桩罪行。我一向在寻找伙伴,现在终于找到了。”为了紧紧抓住卡不让他跑掉,梅施展魔法让他看到情妇对他的无耻背叛,看到银行老板和警察策划抓捕他,看到他怎样被判20年监禁并被钉上镣铐。等卡氏万分惊恐时梅又向他许诺,只要愿意出卖灵魂,就可以换取像上帝一样的权力,就可以抹掉一切犯罪的痕迹,黄金就可以滚滚流进他的腰包,不过前提条件是同意和梅氏交换位置。

面对严重的威胁和巨大的诱惑,卡同意接受梅的条件应该是情理之中的事。于是,二人互相易位,梅“改邪归正”还原为人,卡出卖灵魂变为魔鬼。

变成魔鬼后的卡斯塔涅立刻面目全非:脸色铁青,像梅莫特那样又凶狠又冷酷,眼中射出阴森森的目光,憨厚的姿态变得专横而高傲。他对情妇说,我把灵魂卖给他,我感到我已不是原来的自己,他要走了我的本质,把他的给了我。从此,卡变得无所不知,无所不能。

既然买到了可以随心所欲享福的权力,就要充公利用它。他拿这一权力首先用来满足口腹之欲。他举办一次相当于罗马帝国全盛时代的闹宴,宴会漫无节制,穷奢极侈,所有人都拼命大吃大喝,席面几乎就是在他足下颤抖的地球。他好比一个浪荡公子欢度最后一个节日,对什么都不加珍惜。“魔鬼交给他人类快感之库的钥匙,他大把地汲取,很快就摸了底。他一旦领会到这个巨大的权力,就立即实施,检验,滥用。”

他利用手中权力尽可能的享受着他可能想到的各种享受,然而尽情享受的结果却没有给他带来预期的快感。——“他的味觉曾经变得异常敏感,在饱食过度时突然麻木。他对珍馐和美女已完全腻烦,觉得毫无乐趣可言,既不想吃,也不想再爱了。”“过去认为等于一切的东西,如今等于没有。无边的欲望的诗篇往往被占有所扼杀,获得的事物难得同梦想符合。”也就是说,一切来得太容易,一切变得没意思;过去他无限渴求的财富和权力,如今对他已毫无意义。他掌握了随时获得幸福的最高权力,却为此权力而深感忧郁。总之),他对获得的一切厌倦了,他和他的前辈魔鬼梅莫特一样,产生了乐极生悲的感觉。他“突然发现人性的空虚,因为随着无限的魔力而来的便是虚无”。

怎样摆脱这种“有”的过剩,或者说是“虚无”的困扰呢?途径是重新回归于“无”,重新向往“无”追求“无”。现实、现世中的一切已丧失了吸引力,于是“他憧憬某种无边的东西,地球已不能满足。他明显而绝望地感到有个光明的区域,他整日想展翅飞越过去。他内心焦躁,那些无法吃喝的东西强烈地吸引着他,使他又饥又渴。”

到了这一步,卡斯塔涅才理解了梅莫特为什么面孔干枯嘴唇血红,因为他有渴求——渴求自己所没有的的东西。因为已经被逐出了天堂所以他特别向往天堂,于是迫不及待地与自己交换身份,让自己做了他的替身。梅莫特的做法让卡斯塔涅深受启发。既然他是因为收买了自己的灵魂而走向天国的,那么何不像他那样也找一个替身呢?于是他来到证券交易所,那里聚满了欲火中烧两眼冒火随时准备出卖灵魂的人。在这里,像梅收买自己那样很快作成一笔交易,让别人当了魔鬼而自己也“改邪归正”了。

不用说,小说的故事情节是魔幻的,荒诞的,然而所蕴含的道理却源于生活,是真实的,深刻的。

一向以现实主义写实手法著称于世的艺术大师为什么忽然玩起了荒诞和魔幻呢?因为,在这篇小说中,巴尔扎克想传达的是对人生的哲理思考,过于写实的故事无法承载他的思想;同时,过于写实的手法也容易对读者产生误导,以为这不过是一个生活中的真实故事因而放弃深层次的哲学思考。荒诞的情节具有“间离”作用,让人一看便知这不是一个“真实故事”而是作者“别有用心”,于是跟作者一起进入思考。

那么,巴尔扎克想要表达的哲理是什么呢?

身处资本主义迅猛发展、生存竞争日趋激烈、物欲横流、道德沦丧的时代和社会,巴尔扎克看到了太多太多出卖灵魂而“成功”的暴发户,这些人在物质享受方面穷侈极欲,然而这就是幸福,他们真的幸福吗?巴尔扎克认为未必!幸福其实决不像金钱“英雄”们所理解的那么简单。为此,他写下了《改邪归正的梅莫特》,提出了他对幸福的理解,其实也就是他的劝世之言。

作品中的梅莫特和卡斯塔涅有着共同的心灵发展轨迹:为满足贪欲而沉沦犯罪(出卖灵魂变为魔鬼)——得到期望得到的一切——厌倦已得到的一切——渴望通过忏悔重新恢复为人(改邪归正)。

得到了渴望得到的一切而后又厌弃它,想方设法摆脱它,这是真实的吗?这是不是有点矫情呢?这是日常生活中一般人都会有的疑问。因为普通人的人生欲望没有得到过全部满足,也不可能得到全部满足,总是处于“渴望”状态中,所以对“厌倦”感到不可理解。这是人生世情的常态。如果故事仅仅停留于这一层面上,那么就只好承认追求欲望满足是合理的,看不出其中的荒诞,所以巴尔扎克打破生活常态,引进一个魔鬼,让故事在“心理实验”中进行,让启示在“心理实验”中完成。

在“心理实验”中,厌倦得到的一切,厌倦随心所欲的生活,不但是可能的,而且是必然的,因为它以深刻的哲学规律为根据,符合生活和心灵的辩证法。

生活和心灵的辩证法告诉我们,幸福不是一种纯粹客观的状态,没有可以量化的外在标准,主要表现为一种主观的心理体验。没钱的人感到有钱买东西就是一种幸福,但亿万富翁因什么都可以得到所以连购物欲都没有;乞丐感到有东西吃就是一种幸福,皇帝想吃什么有什么但却什么也吃不下。总之,正如小说中所描写的,享尽快乐等于没有快乐;占有一切则一切都失去意义。幸福表现为一种满足感,而满足感是以缺憾为前提的,没有了缺憾的衬照,就无所谓满足,也无所谓幸福。这就是“乐极生悲”的内在机制。这里的心理路线图是:不满足寻求满足,太满足导致麻木,转而又寻求不满足。人类永远走在“不满足——满足——不满足”这一循环往复的路途上。看来,物欲的满足其实也是一个“围城”:城外的人想冲进去,城里的人想冲出来。

透过物欲满足的“围城”,我们领悟到物欲满足和精神生活的悖反关系:物欲不能满足时急于出卖灵魂,出卖灵魂换来了物欲的满足,同时也换来了精神的痛苦,因而又急于赎回灵魂。看来,贪婪的物欲与高贵的灵魂生活不可共存,前者是后者的大敌,要想保持高贵的灵魂,必须抑制贪婪的物欲。

通过物欲满足的“围城”,作者还让我们对于“幸福”有了更深一层的理解:幸福绝不仅仅是物欲的满足,更主要的是精神的享受;单纯的物质占有往往导致精神上的痛苦。在魔鬼眼里,所谓幸福仅仅是情欲的放纵,物质的占有,所以每当欲火中烧之时往往不顾一切地出卖灵魂,视灵魂为利害交易的筹码。卡氏如此,他的后继者亦如此。然而,灵魂是这样一种东西:当你拥有它时觉得它可有可无,当你失去它时觉得它无比宝贵。例如变成魔鬼后的卡氏,知道女人唾手可得、会顺从他任何最任性的要求时,“他就极端渴望一种真正的爱,希望她们比实际上更钟情一些”;作为魔鬼已经谈不上信仰与祈祷,然而此时他渴望的正是“信仰和祈祷这两种起安慰作用的动人的爱”;他因为失去了天堂,因而愈加向往天堂。他的前辈梅莫特也一样。改邪归正后的梅氏,“在天恩的感召下,他悔悟的泪水流之不尽,只有死亡才能加以制止。圣灵附在他身上,他灼热的肺腑之言无悔于先知之王。”临死时他的脸上“由于信仰而显得崇高。灵魂仿佛从每个毛孔渗出,光彩照人,用无限仁慈的感情暖人心房”,正是精神的渴求让他们恢复为人。

梅、卡二人的经历显示人性是复杂的:不只是有向恶的一面,而是还有向善的一面,既有追求物欲的一面,也有追求精神的一面;能够感受到物欲是围城并有冲出的愿望,就说明了这一点。人和动物的区别在于精神的需求,因而向往灵魂的归宿,寻找心灵的寄托。

二、“占有”的围城

人生而有欲而且渴望得到满足,当一无所有时千方百计想占有,而且想占有一切,恨不得占有全世界。可是当他/她占有了一切时又怎样呢?巴尔扎克的另一部小说《驴皮记》讨论了这一问题。

小说主人公拉法埃尔·瓦朗坦是一个聪明好学、虚荣心极强、渴望拥有一切而又一无所有的青年。他借住于巴黎一间肮脏而简陋的小阁楼里,过着极为穷困潦倒而又紧张勤奋的隐居生活。他决心通过潜心研究与写作获得文名,从而挤进上流社会,得到他所希望得到的一切。然而这谈何容易!正当他困窘异常、一筹莫展之时,具有丰富混世经验的拉斯蒂涅挖苦嘲笑了他的生活方式,鼓励他参加社交活动,掌握社会诀窍为自己谋取利益,启发他挥金如土及时行乐,怂恿他像江湖骗子那样去冒险。瓦朗坦经不住这番诱惑,随后就开始了他在上流社会追求虚荣、追求奢华、追求纵欲的混世生活。他混迹于挥金如土的豪门贵族之中,用维持最低生活水平的钱去赌博,去追求冷酷自私的贵妇人,出入于舞厅妓馆。但因为他缺少混世的起码条件——金钱,所以他一败涂地,最后竟至于走投无路打算投塞纳河结束生命。

正当他要投河之时,一个类似于中国神仙式的人物——百岁老人古董商来了。老人看出他欲火中烧却一无所有,提出给他一张驴皮(驴皮是一个"灵符",相当于中国的"宝葫芦"),说这张驴皮可以满足他的一切欲望,但是有一个条件。这条件即印在驴皮上的神秘文句:

你如果占有我,你就占有一切。但你的生命将属
于我。这是神的意旨。希望吧,你的愿望将
得到满足。但你的心愿须用你的生命来
抵偿。你的生命就在这里。每当你
的欲望实现一次,我就相应地
缩小,恰如你在世的日子。
你要我吗?要就拿去。
神会允许你。但
愿如此!

这里的条件很简单:要想占有一切,必须以生命作抵偿。这是一个非常残酷的条件,它尖锐地凸显了“占有”(得)与“失去”(失)之间的深刻矛盾。然而对于一心想纵欲享乐的瓦朗坦来说,这一切全顾不得了。他想在青春时刻享尽一切荣华富贵:“我需要在最后的一次拥抱中把天上人间的一切快乐都享受一番,然后死去”。用现在流行的时髦话说即“过把瘾就死”。他勇敢地接受了驴皮,他同命运签订了契约。

从此,瓦朗坦开始一步步地占有他所需要的一切:先是一笔从天而降的横财——600 万法朗的遗产,奢侈浮华的豪宅,完美无缺的爱情——人所能想到的享受在他这里应有尽有。为了对瓦朗坦的纵欲生活有些许的感性了解,让我们一瞥他的豪华盛宴吧！先看餐厅布置:“所有的房间铺陈的无非是丝绸和黄金,华丽的烛台上燃着无数的蜡烛,使得金色柱头的最细微的地方,铜器上精致的雕镂和木器的富丽堂皇的颜色更加光彩夺目。优美的竹制花架上摆着名贵的盆花,散发着阵阵馨香。这里的一切,甚至帷幔之类,都有一种毫不夸张的典雅气氛”;再看筵席陈列:“桌布像新降的白雪那么洁白,桌上整齐对称地排列着餐具,每份餐具旁边堆着金黄色的小面包。水晶杯不断反射出彩虹般的星光,银烛高照,烛光交相辉映,盛在银盘里,用圆盖罩住的各色佳肴,既刺激食欲,又引起人们的好奇心。——波尔多的白葡萄酒,勃艮第的红葡萄酒,大倾注,完全是王宫的气派。”总之,人间所能有的他都有,他在人间过上了天堂才有的生活。

然而,当他尽情享受这一切好东西时,眼看着驴皮一点点地在缩小,也就是自己的生命一点点的在逝去,瓦朗坦感到了恐惧。于是瓦朗坦开始节制自己的欲望,后来干脆回避一切欲望,对于过去曾渴求的东西连想都不去想,以至于连“您愿意么?你要么?你想要么?”这类词句都不让用,连行善的愿望也不敢有。他离开了物欲横流的城市,来到了山野田园,试图过一种像植物界一样恬静的生活。严格的禁欲生活加上精神的折磨使他憔悴干枯,面色苍白,虚弱无力,几近于一具活尸。这种生活其实已不叫“生活”,而等同于死亡。这是违背人的天性的,这同样让瓦朗坦痛苦万分。最后,他终于无法控制对于心上人的爱情,在爱欲的喷发中死于情人的怀抱里。瓦朗坦以自己的生命证实了“驴皮”的灵验,也就是以自己的命运证明了"占有"其实也是一个围城:一无所有时千方百计想占有,而占有(这个)的同时就意味着失去(那个),占有就是失去,甚至是失去更宝贵的。为了不失去因而不敢再占有,乃至于千方百计逃避占有,放弃占有,这就是"占有"的围城。

三、"婚姻"的围城

婚姻的围城是钱钟书小说"围城"隐喻中众多围城中的中心围城。"围城"的象征源自书中人物对话中引用的西方古语:"结婚仿佛金漆的鸟笼,笼子外面的鸟想住进去,笼内的鸟想飞出来;所以结而离,离而结,没有了局。"又说像"被围困的城堡 fortresse) assiégée,城外的人想冲进去,城里的人想逃出来。"在钱钟书小说《围城》中,婚姻的围城主要体现在主人公方鸿渐和孙柔佳的婚姻生活中。

方与孙相识于赴三间大学任职的途中。漫长而艰难的旅途生活,一天到晚的随时接触,让他们互相对对方都有好感。在三间大学,两人生活得都不愉快。首先是方鸿渐受聘教授而被降格为副教授;再就是所教非所学,工作不顺利;还有上司、同事的龌龊卑鄙的嘴脸,人与人之间无穷无尽的倾轧排挤,勾心斗角,都让方鸿渐无比烦躁、烦恼,十分郁闷。孙柔佳的生存处境同样不佳。她刚刚毕业没有任何教学经验,偏偏被分配教一个程度较差班的英语,学生怨声载道,结伙给她难堪;同事们没有人同情关心,而是在一边看笑话;与同宿舍的女同事又龃龉不和,所以她生活得也极不愉快。一片冷漠的艰难处境中,方和孙的相互接触,让彼此感到温暖。加上原来双方互有好感,于是迅速由恋爱而至定婚,旋即又步入婚姻的殿堂。走到这一步,是生存的需求,感情的需求,总之是共同的需求。婚姻让双方感到了生活的稳定和温暖,有了共同休憩的港湾。

最初的婚姻生活是甜蜜的,然而不久就开始出现小摩擦。结婚之前,双方是同事,熟人,恋人,有一定的距离,互相对对方都看不太清楚;双方为了博得对方的好感,彼此都很客气、礼貌和忍让,都把自己的缺点、弱点小心翼翼的掩盖着。结婚之后两人零距离了,彼此也不必要那么客气和礼让了,自身固有的缺点、弱点也就暴露出来。双方的面目与原来都不太一样了,于是对对方就感到有点失望,感到自己看错人了。这就是方鸿渐所说的:“现在想想结婚以前把恋爱看的那样郑重,真是幼稚。老实说,不管你跟谁结婚,结婚以后,你总发现你娶的不是原来的人,换了另外一个。”

其次,婚姻生活看似是两个人的事,其实关涉到双方家庭(家族),亲戚,乃至于更广大的社会面。小家庭要融入大家庭、家族、亲戚,融入社会,总是有盘根错节纵横交错的关系要处理,于是少不了会产生无穷无尽错综复杂的矛盾与纠葛。例如,方家嫌孙家赔嫁少,嫌媳妇不漂亮,不懂事,没有恪尽媳妇之道。孙家嫌方家封建,迂腐,对自己女儿太简慢。柔佳在方家受婆婆挑剔,受妯娌挤兑,鸡毛蒜皮,琐琐碎碎,没完没了,极其无聊。方鸿渐在孙家的待遇也好不了多少。孙家嫌女婿懦弱无能,瞧不起他,连仆人都不尊重他。就这样,小家庭所处的环境中到处是“一地鸡毛”,让双方都觉得压抑、憋闷,感到无法忍耐,都想逃离而不得。

再次,家庭生活,柴米油盐,衣食住行,是需要经济为基础的。而方鸿渐的小家庭暂时还没有这个能力,还需要双方家庭的资助。为了生活下去,他们都必须出去找工作。求职不顺利,工作不顺利,人际关系不顺利,让方鸿渐身心疲惫。加上日常生活中为小事不断的口角、怄气,两人心里都烦不胜烦。

还有,结婚的双方,每一方对对方既具有了某种权利,同时又意味着责任和义务,意味着负担和不自由,所以英国哲学家罗素说,人一结婚就等于把命运给抵押出去了。不自由也让人感到心烦。

在种种难以言状的苦恼和厌烦中,方鸿渐要离开上海到重庆找朋友帮忙就业,孙柔佳想让他独立,不要总是依赖别人,她希望他留在上海。他们双方都还在为小家庭着想,都还有和睦相处的愿望。但是,一次充满意气的激烈冲突中,双方都动了手,使有本来就有裂隙的夫妻关系更加恶化,柔佳一气之出走去了姑母家,方鸿渐茫然不知所措,麻木的睡去:“没有梦,没有感觉,人生最原始的睡,同时也是死的样品。”

总之,婚姻生活带来了温暖和幸福,同时也带来了意想不到的苦恼和麻烦。温暖幸福吸引人趋向它,苦恼和麻烦驱使人逃离它。这就是所谓的婚姻的“围城”。

方、孙二人的婚姻之所以成为“围城”,当然有其特殊的、个别的、个性的原因,但是,这种特殊里包含着普遍,个别中寄寓着一般,个性中蕴含着共性。每个人的婚姻从具体而微的角度看可能各不一样,因而各有其特殊性,偶然性,然而从形而上的角度看,撇开千类万殊的差异,抽象起来看就有其必然性、普遍性。

文艺作品中,现实生活中的万千例子就不用举了,这里提及一个极为特殊的名人的案例吧!那就是世界著名的科学家杨振宁的再婚。2004年,杨以82岁的高龄与28岁的翁帆结婚,成为轰动一时的佳话。几年过后杨接受记者的专访,畅谈他对再婚生活的体会,其中有这样一段耐人寻味的话。他说:“结婚成功的最重要的原则,就是得要能够接受你后来发现的关系跟你当初想象的不完全一样。你得要能接受,而且得要能彻底的接受。这个观念是我累积了几十年的人生经验和教训得来的,所以,我变聪明了。”①杨振宁的话是方鸿渐体会的现代版,这里面不是反映了一种哲学上的普遍和必然吗?!这种围城的必然性,差不多已成为普遍大众的常识了,人们理解了,接受了,人人变得颇有智慧了。

婚姻是一座围城,那么进入这一围城就一定走向悲剧吗?那不一定。这要看进入这座围城的人的人生经验和人生智慧,看他们会不会调整和适应,调适好了,就会避免悲剧的发生。为此人们作了多方面的努力和尝试,结果是既充分享受了婚姻生活的幸福,又避免了或恰当处理了婚姻生活所带来的苦恼和麻烦。

调适的努力是多方面的。从思想上看,双方要明白爱情和婚姻的联系与区别。婚姻当然要以爱情为基础,但用周国平的话说,爱情是精神生活,遵循的是理想原则,婚姻是社会生活,遵循的是现实原则。因此,恋爱中的人总是把自己最好的一面呈现给对方,这完全可以理解;而结婚后进入现实生活,要天天生活在一起,无形中双方的缺点就会暴露出来,这也完全正常。这未必就是对方有意欺骗了你,而只是过去的境况下没有暴露的机会。当对方暴露了以前没有暴露的缺点和弱点时你怎么办?只要

① 《羊城晚报》2008年10月27日。

不是原则性的致命的缺点，那就理解和接受它。

要知道世界上没有十全十美的人，他（她）不是，你也不是，大家都不是。古人云，人非圣贤，孰能无过？还说，人无完人，金无足赤。还说，水至清则无鱼，人至察则无徒。这些话都充满了人生智慧。这些智慧的获得肯定是古人从不完满的人生中总结出来的。他们的人生也不圆满，他们看到这是事物的客观规律，世界本身就是这个样子，人也一样。于是他们对于自己遇到的不完美理解了，接受了。既然如此，你又何必失望！你有什么理由失望！如果你紧盯着对方的缺点不放，不能容忍，那只能证明你的简单、幼稚和偏狭，还不够理性和成熟。成熟理性的心态应该是，学会与有缺点、弱点、错误的人相处。

当然，这样说并不意味着无所作为、一味地接受和容忍，而是说在容忍中批评和改造乃至于斗争，在批评改造斗争中容忍。在容忍和批评斗争之间寻求一个平衡点，把握好一个度。这是一种积极的动态的平衡，而不是一味迁就的消极忍耐的平衡。这样的婚姻生活就充满活力。

西哲蒙田曾引某人的话说："美好的婚姻是由视而不见的妻子和充耳不闻的丈夫组成的。"这话当然是一种戏谑和调侃，是黑色幽默，但是，如若抖落其中的玩笑成分，余下的合理成分是，对于对方的缺点弱点不要过分较真，过于苛刻。看来善于较真的西方人也有了东方人的智慧，或更准确地说是，在婚姻观的某一点上东西方人达成了共识，人类有了共通的智慧。

对于对方的缺点如此，对于家庭中的矛盾与冲突也应作如是观。夫妻之间的矛盾冲突，往往是琐琐碎碎的生活小事，而一旦发生冲突如果不加节制，往往又会酿成大的矛盾冲突。就方鸿渐和孙柔佳互相动手打人的最大一次冲突来说，完全是非理性的意气惹的祸。就在他们激烈冲突未暴发的几个钟头之前，"那时候鸿渐在回家的的路上走，蓄心要待柔佳好，劝她别再为昨天的事弄得夫妇不欢；那时候，柔佳在家里等鸿渐回来吃晚饭，希望他会跟姑母和好，到她厂里做事"。但是，一语不合，或者口气不对，或脸色不好看，就激出了意气，一怒之下就使局面不可收拾。夫妇之间的许多悲剧往往并不是由大事而是由小事引起的，岂不悲哉！所以理性和宽容是夫妇生活中必不可少的。即使是浪漫的恋爱,由激情支配往往是非理性的,但也绝对不可没有理性的约束。完全没有理性的约束就像脱缰的野马,断线的风筝,走向绝路是必然的!

需要约束的不仅仅是自己的情绪,更重要的是行为。婚姻生活,既是个人间的私事,又是社会生活的一部分,因此走进婚姻的人就不能光是想到权利,还要想到义务,想到责任,就不能仅仅追求自由而不顾社会规范。

这些说起来都是老话,也似乎是人人都知道的,但是,知道是一回事,做起来又是一回事。知和行若能取得统一,至少是大致的统一,人们就可以减少婚姻生活中的苦恼而增加其幸福,婚姻的围城就不致于变得很可怕。

四、"激情"的围城

"婚姻"的围城说的是正式夫妻之间婚姻生活的围城,本节讨论婚外恋的围城。

在人类情感生活,尤其是在男女之间的情感生活中,不管主体是否意识得到,人们的内心深处总有一种隐秘的倾向:渴望激情。表现这种倾向的文艺作品多至不可胜数,这里,我们举例性地提出几个加以分析。

比较早也比较有代表性的人物形象恐怕要属于福楼拜笔下的爱玛,即包法利夫人。爱玛是外省一个富裕农民的独生女,她自幼在修道院附设的寄宿女校读书,受着贵族式教育。爱玛渴慕虚荣,喜好刺激,她爱海只爱海的惊涛骇浪,爱青草仅仅爱青草遍生于废墟之间,凡不直接有助于她的感情发泄的,她就看成无用之物,弃之不顾。浪漫主义小说和多情善感的性格使她对婚姻充满了诗意的幻想,然而实实在在的现实生活却与她的想象相距甚远。她幻想中的丈夫应该无所不知、无所不能,能够启发女人领会热情的力量和生命的奥妙,然而她的丈夫查理·包法利先生却是一个极为平庸的乡下医生。"查理的谈吐就像人行道一样平板,见解庸俗,如同来往行人一般,衣着寻常,激不起情绪,也激不起笑或者梦想。"他不会游泳,不会比剑,不会放手枪,甚至没有动过看一场戏的念头。丈夫的平庸让爱玛非常失望,婚后的生活凝滞、呆板,百无聊赖,沉闷空虚。她的灵魂深处,一直期待意外发生,期待偶然事件的出现改变生活,期待她认为人生应当经历的疯狂爱情。“可是上帝有意同她为难！她就什么事也碰不到”。

后来，爱玛渴望的“疯狂爱情”终于出现了。她丈夫看她整日闷闷不乐，无精打采，为了解除她的烦闷，从偏僻的小城镇迁到较繁华的永镇居住。在这里，深谙风月的土地主罗道耳弗看到爱玛年轻漂亮，便向她调情，她经不住诱惑，很快投入他的怀抱。她想不到的那种神仙欢愉，那种风月乐趣，终于到手。久经压抑的感情一涌而出，欢跃沸腾，她兴奋地卷入激情的漩涡，任其漂流。

热恋中的爱玛多次要求罗道耳弗带她私奔，但罗不过是逢场作戏，玩玩而已，后来终于无情地抛弃了她。她大病一场，病好后依然不甘心平凡的日子，又陷入一场婚外恋情，并为此大肆举债，终至无力归还。高利贷商人一再催逼，爱玛遍借无果，万般无奈之下服毒自杀，为自己的“激情”付出了惨重的代价。

再一个“渴望激情”的典型人物，我想说一说 20 世纪 90 年代美国小说《廊桥遗梦》中的女主角——弗朗西斯卡。

弗氏出生于意大利，后来到美国学比较文学，毕业后到温特塞特地区当了英文教师并嫁给了当地一位退伍军人。丈夫是一位农场主，他不喜欢她出去工作，因此她辞去了工作成为专职农家妇女。她有两个孩子，丈夫对她也很好，应该说她的生活很幸福，但她内心深处却有一种说不清的淡淡的遗憾。封闭的乡村生活让人感到沉闷和压抑。这里的生活方式枯燥乏味，没有浪漫情调，没有性爱，人们在平平淡淡的日子里过着同床异梦的生活。人们不谈艺术不谈梦，永远的话题只是天气，农产品价格，谁家生娃娃，谁家办丧事等非常实际的内容。用弗朗西斯卡的话说即“这不是我少女时代梦想的地方”。她与环境格格不入。在家里，她喜欢独处深思，或在厨房里读小说，或坐在前廊秋千上眺望远方。与丈夫之间缺少精神上的沟通和理解。丈夫的观念保守陈旧，认为女人带耳环太轻佻，性爱不体面而且很危险。这里没有自然亲密的性爱愉悦，有的只是最原始意义上的性的本能和种的延续的观念。

——这一切让弗氏感到不满足。她感到“在她身上还有另外一个人在骚动,这个人想要沐浴、洒香水……然后让人抱起来带走,让一种强大的力量层层剥光,这力量她能感觉到,但从未说出过”。总之一句话,她厌烦生活的沉闷和乏味,她“渴望激情”。她用叶芝的诗来表达自己的心情:“我到榛树林中去,因为我头脑里有一团火……”

后来,具有浪漫气质,自称是“远游客”和世界上最后一个“牛仔”的摄影家罗伯特·金凯出现于弗朗西斯卡的生活中,一下子点燃了她心中多年封闭着的那团火,于是激情喷发,他们疯狂地爱上了。虽然在一起的时间只有短短的四天,但弗氏说“在四天之内,他给了我一生,给了我整个宇宙,把我分散的部件合成了一个整体”;罗伯特也庆幸他们的结合,感到“在一个充满混沌不清的宇宙中,这样明确的事只出现一次,不论你活几生几世,以后永不会再现”。

爱玛和弗朗西斯卡“渴望激情”,从客观原因来说,她们都生活于保守闭塞的农村,她们的丈夫文化层次和精神品位都不高,都比较平庸,缺少情趣。那么,生活于繁华喧嚣、文化生活丰富、时时处处都充满了新鲜刺激的城市,尤其是现代城市,而且丈夫或妻子都是有很高文化及精神品位的人,就不“渴望激情”了吗?未必!这里有一部长篇小说,书名恰好就叫《渴望激情》[①],讲的就是现代城市文化人“渴望激情”的故事。

故事中的男女主角都是高级知识分子。男的叫尹初石,报社摄影部主任;女的叫王一,大学教授。夫妻二人都很善良、文雅,互相尊重,互相谅解,互相关怀,互相帮助。双方都在尽力地履行着自己的责任和义务。每天早上王一起来做早饭,这让尹初石感到隐隐的不安,心存某种感激。王一呢?每天上班下班,做饭洗衣服,孩子出生后更是如此,她从没觉得尹初石不关心她,他很周到也很体贴,更重要的是在夫妻生活中他很讲道理。他们从不吵架更不打架,他们的家庭平稳和睦,生活安定而宁静,连一点小的冲突也没有。平静的生活将他们的情感分别掩埋着,他们已经不了解对方的内心情感,因为情感没有碰撞就产生不了火花,彼此就不能互相感觉到。其实,在和睦和安定之中,两人都模模糊糊地感到似乎是缺

① 皮皮著,春风文艺出版社 2000 年版。

了点什么。正如丈夫尹初石有一次向情人小乔说的那样："我们结婚十几年了，她是个非常好的女人，无论做妻子还是做母亲，她都没什么过错。可悲的是我们的性情决定了我们的生活只能那样，像一潭不流动的水。我……我……我总觉得缺点儿什么。"缺点儿什么呢？简单说，缺点儿激情，缺点儿男女生活中的热烈情感。

对于这一点，夫妻双方在发生婚变之后都意识到了。尹初石说："我需要感情激情碰撞，我需要别的女人填补这块空白，王一不需要么？也许她跟我在一起才使得生活死气沉沉，也许换个男人，她也会发现另一种生活，也许她更喜欢那种生活。"妻子王一在婚姻即将破裂前与丈夫的一番深谈中也同样省悟到了这一层，她坦白地对尹初石说认识那个老外之后才明白自己这么多年并不是不需要激情，而是没有合适的人去引发它。事实正是如此。他们之间有尊重有关怀有谅解有忍让，但仅有这些是不够的，他们还需要激情。所以当遭到"激情"袭击的时候，他们谁都未能躲开，都作了"激情"的俘虏：首先是尹初石有了婚外恋，极大地伤了王一的心；然后是一个外籍教师真诚而痴迷地爱上了王一，王一也接受了他的爱情。一个和睦的家庭终于解体了。

从以上三部作品四个人物我们看到，无论中国和外国，无论城市与乡村，无论性别与职业，无论文化层次高与低，走进恋爱与婚姻圈子里的人，在情感方面一个普遍的共同要求是——渴望激情。激情使人热烈奔放，神魂颠倒，充满生机与活力；激情让人的生命力得到尽情的扩张与释放。激情是一首调子高昂激越的抒情诗，激情永远富有魅力。但是，就生活的一般规律而言，激情是感情激烈爆发的异常状态而非平常、正常、经常的所谓常态。人可以一时处于激情状态，但不可能永远处于激情状态；在漫长的人生历程中，可以间或出现激情状态，而不可能时时都出现激情状态。激情是对常情的一种补充，也是对常情的一种冲击或颠覆。激情的冲击力量往往是很强大的，必须用很强的理智力才能加以约束和控制，否则容易越轨，直至酿成人生大错。这样的悲剧，无论是在文艺作品中还是现实生活中，都是很常见的。

在我们叙述过的几个人物中，弗朗西斯卡似乎处理得比较好。在她那里,激情冲决了闭塞的心灵闸门而又没有泛滥成灾。当她与罗伯特疯狂地爱了四天之后,罗伯特提出要带她走,但她为了丈夫为了孩子即为了责任,终于没有走,她牺牲了感情保住了家庭。但也因此注定了三个人几十年间刻骨铭心的痛苦:她与罗伯特之间的思恋之苦,她丈夫感觉出来后的嫉妒和歉疚之苦。至于爱玛就不用说了,她的激情完全失去控制因而付出了生命的代价。即使如精神修养很高自制力很强的尹初石和王一,激情冲击的结果也让他们始料不及:尹初石的激情之源——情人小乔因受不了情感折磨之苦准备自杀,后因误会在激怒之中死于车祸;王一呢,面对情人、孩子、丈夫,无法选择,受尽心灵撕裂的折磨;尹初石被人痛打一顿几乎丧命,后来因无颜面对妻子和孩子,只得放逐自己,独自出走。不仅如此,他们的情变还不可避免地造成了灾难冲击波:小乔父亲受不了女儿之死的打击,一气之下中风去世;他们的女儿小约因受不了父母离婚的打击,小小年纪发誓要去当尼姑;痴爱王一的那个“老外”,眼看无法抉择的王一,只得黯然离去。伤害造成了多米诺骨牌的连锁效应。

人啊,情感生活过于平淡、静如止水会让人感到空虚沉闷,了无趣味,因而“渴望激情”;“激情”让人沉醉让人幸福,但其盲目的力量往往难以控制,因而容易造成对自身对别人的伤害,引发始料不及的后果,也挺可怕。于是想到还是回归平凡平淡的好,有道是“平平淡淡才是真”。这就形成一个怪圈:平淡——激情——平淡——,像狗咬着自己的尾巴一样绕圈转。这就是说,平淡之美不是平淡中人体会出来的,而是被激情冲击得晕头转向的人体会出来的;反过来也一样,激情之美也不是被激情冲得晕头转向的人体会出来的,而是生活平淡乏味的人看出来的。看来这又是一个人类生存的“围城”。有没有走出这一“围城”的途径,即既享受激情的欢愉又不致让激情摧毁了生活,这恐怕是人类需要在生活实践中永远不断探索的问题。

五、“成功”的围城

人人都向往成功,渴望成功,然而成功之后又怎样呢?让我们来观察一个现实个案——作家路遥成功后的故事。

路遥出身寒微,但胸襟阔大,志存高远,意志坚强。他向往成功,渴望成功。他说:“我几十年在饥寒、失误、挫折和自我折磨的漫长历程中,苦苦追寻一种目标,任何有限度的成功对我至关重要。”所以他默默地顽强奋斗,为成功付出了超人的努力。终于,他的努力有了回报。他于上世纪八十年代接连两届获全国优秀中篇小说奖,《人生》小说和电影都产生了巨大反响,一时间他成了名人。成名带来了名人效应:

> 小说《人生》发表之后,我的生活完全乱了套。无数的信件从全国四面八方蜂拥而来,来信的内容五花八门。除了谈论阅读小说后的感想和种种生活问题文学问题,许多人还把我当成了掌握人生奥秘的“导师”,纷纷向我求救:“人应该怎样生活”,叫我哭笑不得。更有一些遭受挫折的失意青年,规定我必须赶在几月几日前写信开导他们,否则就要死给我看。与此同时,陌生的登门拜访者接踵而来,要和我讨论或“切磋”各种问题,一些熟人也免不了忙中添乱。刊物约稿,许多剧团电视台电影制片厂要改编作品,电报电话接连不断,常常半夜三更把我从被窝里惊醒。一年后,电影上映,全国舆论愈加沸腾,我感到自己完全被淹没了。另外,我已经成了“名人”,亲戚朋友纷纷上门,不是要钱,就是让我说情安排他们子女的工作,似乎我不仅腰缠万贯,而且有权有势,无所不能。更有甚者,一些当时分文不带而周游列国的文学浪人,衣衫褴褛,却带着一脸破败的傲气庄严地上门来让我为他们开路费,以资助他们神圣的嗜好。这无异于趁火打劫。①

成功给路遥带来了他想要的热烈、辉煌、荣耀,所到之处,迎接他的是鲜花和掌声,他高兴了,满足了,他沉浸于成功的喜悦之中,充分享受着成功的快乐。他说:“我为自己牛马般的劳动得到了某种回报而感到人生的温馨。我不拒绝鲜花和红地毯。”但是,很明显,正如上面所述,“成功”的喧嚣也带给他无边的痛苦和烦恼。他说,也许当时好多人羡慕我的风光,

① 《路遥文集》,陕西人民出版社1997年版,第219页。

但说实话,我恨不能地上裂出一条缝赶快钻进去。他清醒地意识到了成功带来的危机,他真诚地说,我绝不可能在这种过分戏剧化的生活中长期满足。他坚决地表示:“我不能这样生活了,我必须从自己编织的罗网中解脱出来。”“有一点是肯定的,眼前这种红火热闹的广场式生活必须很快结束。”①

那么怎么办?路遥渴望重新投入一种沉重,他认为只有在无比沉重的劳动中,人才活得更为充实。于是他选择的是重新投入“牛马般的劳动”——这就是更为艰难更为宏大的创作《平凡的世界》的计划以及随之而来的漫长的过程。

路遥向往成功渴望成功,然而当成功真正到来的时候,他发现成功带给他的不仅有他想要的东西,而且还有他不想要的东西,可见任何事物都是有一利必有一弊,谁也无法专取其利而逃避其弊。利弊相互纠缠,当你对其弊烦不胜烦的时候,你只好逃避。这就是“成功”的围城:没有成功的人千方百计想成功,成功的人千方百计想躲避成功。

路遥的遭遇,应该不仅仅是个别的特殊的个案,而是隐含着具有普遍意义的规律。熟悉历史熟悉生活熟悉文学艺术作品的人都发现,类似的例子出现于各个时代、各个社会的各行各业,可以说太多太多了。也就是说,成功者职业、时代、社会环境不同,但上述遭遇大致相同。成功者如果能意识到“成功”之弊而自觉地躲避,应该说还算理智和清醒。就像路遥,他成功地逃出了成功带给他的骚扰和围困,因而取得了更大的成绩,创造了更大的辉煌。然而也有相当一部分人,沉浸在成功的氛围里头脑发晕身子发软,从此一无所为,他们被“成功”的围城围死了,困在里面出不来,死在里面了。这样的例子不在少数,其中的经验和教训值得认真思考和汲取。

那么怎样走出成功的围城,或者说怎样避免怎样化解成功之“弊”呢?这要因人因事而异,具体情况具体分析。

笔者认为,一是成功者要积极反思什么叫成功?成功的涵义是什么?

---

① 《路遥文集》,陕西人民出版社1997年版,第219页。

一般来说，世俗所谓的成功，无非是荣誉、金钱、地位之类，然而似乎还有其他涵义。著名哲学家周国平先生对成功做过不少的反思和论述。他认为名声、地位和金钱这个意义上的成功当然也是好东西。世上有人淡泊于名利，但没有人会愿意自己彻底穷困潦倒，成为实际生活中的失败者。这种意义上的成功可以让你摆脱小环境里琐屑的利益之争。但这类成功并不值得炫耀，因为它常常很大程度上依赖外界环境和机遇，所以他说这样的成功不是衡量人生价值的最高标准。他认为比这类成功更重要的是，“一个人要拥有内在的丰富，有自己的真性情和真兴趣，有自己真正喜欢做的事。只要你有自己真正喜欢做的事，你就在任何情况下都会感到充实和踏实。那些仅仅追求外在成功的人实际上是没有自己真正喜欢做的事的，他们真正喜欢的只是名利，一旦在名利场上受挫，内在的空虚就暴露无遗。照我的理解，把自己真正喜欢做的事做好，尽量做得完美，让自己满意，这才是成功的真谛，如此感到的喜悦才是不掺杂功利考虑的纯粹的成功之喜悦。……这个意义上的成功已经超越于社会的评价，而人生最珍贵的价值和最美好的享受恰恰就寓于这样的成功之中。”周国平先生的这段话可以帮助那些沉醉于外在成功的人清醒下来，更多地注重自己的内在生活，就不致于在所谓的成功面前迷失方向。

其次，看淡所谓成功的意义和价值。任何意义上的成功，从终极角度看，都是渺小的，不值一谈的。但太多的人不理解这一道理，他们小有成绩，小有成功就沾沾自喜，自以为了不起，原因无他，皆因站得太低所致。他们所看到的就是自己脚下、自己周围那一小片，所以砂子可以被看成大山，小池可以视为汪洋。然而如果换一个角度，即终极角度，宇宙角度，大山无非砂子，汪洋无非小池。所以我们可以看到一个看似反常而实正常的现象：越有大成就的人越谦逊——真诚真正的谦逊；而越是“半瓶子醋”，越得意忘形。如何看待自己所谓的成功，是衡量一个人的精神境界、人生涵养的标尺。

再次，像路遥那样，迅速走出成功所带来的喧嚣，尽快投入下一个奋斗的历程。说到底，人生不过是一个从生到死的过程，其中任何一个所谓的成功无非是过程中的界标。你如果到了一个界标就停滞不前了，那你的人生也就到此终结,肉体可能还活着,但精神已然死了。20 世纪西方流行“过程哲学”,过程哲学重过程而不重目的,重体验而不重占有,重精神价值而不重功利价值。因而,在过程哲学的指导下,人们永远走在积极奋斗,努力进取的路途上,永远充实而快乐。

后　　记

人生在世,短短几十年,转瞬即逝,因而才显得十分乃至万分的珍贵,因而才要求活得更好些,活得更有价值更有意义些。怎样活得更好、更有价值和意义?苏格拉底说过,未经省察的人生不值得过(也有人译为“未经思考的人生没有意义”)。从苏格拉底的话我们知道,要想活得好,活得有价值有意义,就必须对人生有所反省、反思,必须把人生看得清楚、明白、透彻点。把人生看清楚看明白看透彻了,就是开悟了,觉醒了,就具有人生智慧了。智慧与金钱多少、物质丰盈、地位高低没有关系,金钱、物质、地位不能保障你的幸福和快乐,而人生智慧可以保障你的幸福和快乐,保障你活得更好,活得有价值有意义。

把人生看清楚看明白看透彻,是一种很高的精神境界。达到这一境界,途径有二:直接与间接。“直接”就是你在生活中摸爬滚打,历经失败挫折,遍尝酸甜苦辣,而后开悟。但人生短暂,生命给你的时间和空间都很有限,穷尽一生,你又能经历多少事!况且,你就是亲身经历了,你敢保证就一定能从中悟出人生道理!人世间忙忙碌碌苦恼困顿终生而什么都没有悟出的人还少吗!又况且,即使你有慧根,遍尝酸甜苦辣后你确实有些开悟了,可是你已经垂垂老矣,少年头白了,只剩下“空悲切”——此生白过了。

那么怎么办?这就需要“直接”之外的“间接”来援助了。所谓“间接”就是读书,从前人留下的精神遗产中汲取人生智慧。“书”的范围很广——文史哲,政经法,心理教育艺术……而本书所讲的是文学。在所有学科、学问中,文学是与生活、与人生最切近最契合最同构的(电影、电视剧的根——剧本,也是文学)。文学就是人学,文学中蕴涵着极为丰富的人生经验和人生智慧,是古今中外各种人的生存生活史,灵魂演变史,情感密码室。这是一个广阔神秘的宇宙,借助想象,我们可以上天入地,出入六合,思接千载,视通万里,观古今于须臾,抚四海于一瞬。在这里,我们"变成了"各种各样的人,体验了不同时代各种人的人生,不知不觉中多活了多少辈子,从中学到了无限多的人生经验、人生智慧,潜移默化中觉醒了,开悟了,人生境界提升了;从此你知道人生应该怎么活,从此活得幸福快乐,活得有价值有意义了。

基于上述对文学的理解,我们编写了这本书。

提醒读者注意的是,本书于众多欣赏、解读、分析文学作品的角度之外,特别推荐了人生角度,即从人生视角解读文学,借助文学透视人生。换句话说,文学作品本身可能具有多方面的价值,但我们突出和强调的是人生价值。因为,人生问题(例如生老病死、人生意义等)具有永恒性、超越性、普遍性,它不因时空的转移而转移,所以文学作品中人物所遇到的人生问题在我们这里仍然存在,他们的人生经验、人生智慧,至今对我们仍然有启发和借鉴意义。

对于文学作品的解读,读者习惯的传统视角一般是社会、政治等,如"封建阶级压迫、资本主义剥削、劳动人民反抗"之类。对于社会政治视角,本书予以保留,因为文学作品的社会、政治、历史价值需要用这一视角去评价,但本书突出和强调的是"人生"。本书认为文学永远不变的精华就在"人生",因此,"人生"将永远是分析解读文学最重要的视角之一。"人生"视角让古今中外所有作品的精华与当下读者接轨,接当下时代、社会的"地气"。

2014 年 10 月

修订本后记

这次修订,增补了第三编;删除了初版的下编,取而代之的是第四编。补第三编的目的是扩大欣赏、解读、分析文学作品的角度;补第四编是想更突出地强调文学与人生的关系,让读者从具体例证中体会怎样从人生视角解读文学,借助文学透视人生。

我们一再倡导、呼吁让文学从大学课堂解放出来,走向大众,走进人生,让文学切切实实成为人们灵魂生活的朋友,让文学的精华活在当下人的生活中、心灵中。本书身体力行,以实际行动实践自己提出的理念,希望对读者的文学阅读有所启发。

2017 年 6 月